Diogenes Taschenbuch 22489

D1721711

Mehr Horror

Moderne Horrorgeschichten von Graham Greene bis Patricia Highsmith
Ausgewählt von Barbara Birrer

Diogenes

Nachweis der Übersetzer und
Rechteinhaber am Schluß des Bandes
Umschlagzeichnung
von Tomi Ungerer

Originalausgabe

Inhalt

FREDRIC BROWN

Die Antwort

Dwar Ev verlötete feierlich die letzte Schaltung mit Gold. Die Augen von einem Dutzend Fernsehkameras beobachteten ihn, und der Sub-Äther trug ein Dutzend Bilder von dem, was er tat, durch das Universum. Er richtete sich auf und nickte Dwar Reyn zu, dann bezog er Position neben dem Hebel, der den Kontakt herstellen würde, wenn er ihn umlegte. Neben dem Hebel, der mit einem Schlag alle Riesencomputer aller bevölkerten Planeten im Universum – sechsundneunzig Milliarden Planeten – zu dem Super-Schaltsystem zusammenschlösse, welches sie alle in einen Super-Rechner integrieren würde, in eine kybernetische Maschine, die das gesamte Wissen aller Galaxien in sich vereinigte.

Dwar Reyn richtete kurz das Wort an die zuschauenden und zuhörenden Billionen. Dann, nach einem Augenblick des Schweigens, sagte er: »Jetzt, Dwar Ev.«

Dwar Ev legte den Hebel um. Ein mächtiges Summen erhob sich, der Spannungsstoß von sechsundneunzig Milliarden Planeten. Lichter blitzten kurz auf und erloschen wieder auf der meilenlangen Instrumententafel.

Dwar Ev trat zurück und holte tief Luft. »Die Ehre, die erste Frage zu stellen, gebührt dir, Dwar Reyn.«

»Danke«, sagte Dwar Reyn. »Es wird eine Frage sein, die noch keine einzige kybernetische Maschine hat beantworten können.«

Er wandte sich der Maschine zu.

»Gibt es einen Gott?«

Die machtvolle Stimme antwortete, ohne zu zögern, ohne das Klicken eines einzigen Relais.

»Ja, *jetzt* gibt es einen Gott.«

Plötzliche Angst blitzte in Dwar Evs Gesicht auf. Er machte einen Satz, um nach dem Hebel zu greifen.

Ein Blitzschlag aus dem wolkenlosen Himmel streckte ihn nieder und brannte die Hebelsicherung durch.

ROBERT BLOCH

Ergebenst, Jack the Ripper

Ich musterte den gepflegten Engländer. Er musterte mich.

»Sir Guy Hollis?« fragte ich.

»Gewiß. Und ich habe das Vergnügen mit John Carmody, dem Psychiater?«

Ich nickte. Mein Blick glitt über die Gestalt meines distinguierten Besuchers. Groß, mager, rotblondes Haar und der übliche buschige Schnurrbart. Natürlich im Tweed. Wahrscheinlich trug er auch ein Monokel in der Westentasche; und ich fragte mich, ob er seinen Schirm im Vorzimmer hatte stehen lassen.

Noch mehr fragte ich mich allerdings, was zum Teufel Sir Guy Hollis von der Britischen Botschaft veranlaßte, einen ihm völlig Fremden hier in Chicago aufzusuchen.

Sir Guy setzte sich, ohne diese Frage zu klären. Er räusperte sich, sah sich nervös um und klopfte seine Pfeife gegen die Schreibtischkante. Dann begann er zu sprechen.

»Mr. Carmody«, sagte er, »haben Sie je von Jack the Ripper gehört?«

»Der Mörder?«

»Genau. Das größte Monster aller Zeiten. Schlimmer als Springheel Jack oder Crippen. Jack the Ripper. Der Schlitzer. Der Rote Jack.«

»Ich habe von ihm gehört«, sagte ich.

»Kennen Sie seine Geschichte?«

»Hören Sie, Sir Guy«, brummte ich. »Ich glaube nicht, daß es uns weiterbringt, Altweibergeschichten über berühmte Verbrechen der Vergangenheit auszutauschen.«

Das war ein Volltreffer. Er holte tief Luft.

»Dies ist keine Altweibergeschichte. Es geht um Leben und Tod.«

Er war dermaßen besessen von seiner Zwangsvorstellung, daß er sogar pathetisch sprach. Nun, ich war bereit zuzuhören. Wir Psychiater werden dafür bezahlt.

»Schießen Sie los«, sagte ich, »lassen Sie mich Ihre Geschichte hören.«

Sir Guy zündete sich eine Zigarette an und begann zu erzählen.

»London, 1888. Später Sommer und Frühherbst. Das war die Zeit. Da tauchte aus dem Nichts die schattenhafte Gestalt Jack the Rippers auf – sein Schatten mit einem Messer ging um in Londons East End. Er spukte in den armseligen Spelunken von Whitechapel und Spitalsfields herum. Woher er kam, wußte niemand, aber er brachte den Tod. Tod durch ein Messer.

Sechsmal stieß dieses Messer herab, um Kehlen und Körper von Londons Frauen aufzuschlitzen. Von Straßendirnen und Nutten. Die erste Schlächterei war am 7. August. Man fand die Leiche mit 39 Stichwunden. Ein gräßlicher Mord. Ein weiteres Opfer am 31. August. Die Presse begann sich für den Fall zu interessieren. Das Interesse der Slumbewohner war noch größer.

Wer war dieser unbekannte Mörder, der mitten unter ihnen lauerte und willkürlich in den verlassenen Straßen der Stadt zuschlug? Und noch wichtiger – wann würde er wieder zuschlagen?

Es war am 8. September. Scotland Yard entsandte Experten. Wilde Gerüchte griffen um sich. Die scheußliche Art der Morde war Anlaß für haarsträubende Spekulationen. Der

Mörder führte das Messer wie ein Experte. Er schlitzte Kehlen auf und entfernte bestimmte Organe aus den toten Körpern. Er wählte Opfer und Tatorte mit teuflischer Bedachtsamkeit. Niemand sah oder hörte ihn. Aber Nachtwächter, die im Morgengrauen ihre Runden drehten, fanden die zerstückelten und schrecklich zugerichteten Leichen, die das Werk des Schlitzers waren.

Wer war er? Was war er? Ein wahnsinniger Chirurg? Ein Metzger? Ein geisteskranker Wissenschaftler? Ein aus dem Irrenhaus Entflohener? Ein degenerierter Adeliger? Ein Mitglied der Londoner Polizei?

Dann erschien das Gedicht in den Londoner Zeitungen. Ein anonymes Gedicht, das die Spekulationen eindämmen sollte, das öffentliche Interesse aber nur weiter anfachte. Ein boshafter kleiner Vierzeiler:

Ich bin kein Metzger, bin kein Jud,
Und auch kein fremder Schiffer;
Ich bin doch nur ein guter Freund –
ergebenst: Jack the Ripper.

Und am 30. September wurden zwei weitere Kehlen aufgeschlitzt.«

Ich unterbrach Sir Guy.

»Sehr interessant«, sagte ich. Ich fürchte, ein Hauch von Sarkasmus lag in meiner Stimme.

Er zuckte zusammen, ließ sich aber in seiner Erzählung nicht beirren.

»Dann herrschte eine Weile Ruhe in London. Ruhe und unbeschreibliche Angst. Wann würde der Rote Jack wieder zuschlagen? Man wartete den ganzen Oktober. Jeder Nebelfetzen verbarg sein Phantom. Verbarg es gut, denn man erfuhr nichts über des Schlitzers Identität oder seine Ziele. Die Londoner Huren zitterten im kalten Wind Anfang November. Zitterten und waren jeden Morgen froh, wenn die Sonne aufging.

9. November. Man fand sie in ihrem Zimmer. Sie lag ganz still da, die Extremitäten hübsch arrangiert. Neben ihr, ebenso nett angeordnet, lagen ihr Kopf und ihr Herz. Der Schlitzer hatte sich selbst übertroffen.

Da brach Panik aus. Aber unnötige Panik. Denn obwohl Presse, Polizei und Bevölkerung gleichermaßen in angstvoller Spannung warteten, schlug Jack the Ripper nicht mehr zu. Monate vergingen. Ein Jahr. Das aktuelle Interesse verlor sich, aber nicht die Erinnerung. Man sagte, Jack sei nach Amerika verschwunden. Er habe Selbstmord begangen. Man sagte und schrieb viele solche Dinge. Man schreibt sie sogar heute noch. Theorien, Hypothesen, Polemiken, Abhandlungen. Aber bis heute weiß niemand, wer Jack the Ripper war. Oder warum er tötete. Oder warum er aufhörte zu töten.«

Sir Guy schwieg. Offensichtlich erwartete er irgendeinen Kommentar von mir.

»Sie erzählen die Geschichte gut«, bemerkte ich, »allerdings mit einer leichten emotionalen Voreingenommenheit.«

»Ich habe alle Dokumente«, sagte Sir Guy Hollis, »ich habe alle existierenden Daten gesammelt und sie eingehend studiert.«

Ich stand auf. »Tja«, ich gähnte, Müdigkeit vortäuschend, »Ihre Gutenachtgeschichte hat mir sehr gut gefallen, Sir Guy. Es war wirklich nett von Ihnen, Ihre Pflichten in der Britischen Botschaft zu vernachlässigen und bei einem armen Psychiater hereinzuschauen, um ihn mit Ihren Anekdoten zu unterhalten.«

Ihn zu reizen, verfehlte nicht sein Ziel.

»Ich nehme an, Sie wollen wissen, woher mein Interesse kommt?« sagte er barsch.

»Ja. Genau das wüßte ich gerne. Warum sind Sie daran interessiert?«

Sir Guy Hollis sagte: »Weil ich auf der Spur des Schlitzers bin. Ich glaube, daß er hier ist – in Chicago!«

Ich setzte mich wieder. Diesmal war ich es, der blinzelte.

»Sagen Sie das nochmal«, stotterte ich.

»Jack the Ripper lebt, und zwar in Chicago, und ich bin unterwegs, um ihn zu finden.«

»Moment«, sagte ich. »Moment mal.«

Er lächelte nicht. Es war kein Scherz.

»Schauen Sie mal«, sagte ich. »Wann fanden diese Morde statt?«

»August bis November 1888.«

»1888? Aber wenn Jack the Ripper 1888 ein Mann im Vollbesitz seiner körperlichen Kräfte war, wäre er heute zweifellos tot! Schauen Sie, selbst wenn er damals erst geboren worden wäre, müßte er heute 57 Jahre alt sein!«

»Müßte er?« lächelte Sir Guy Hollis. »Oder sollte ich besser sagen: Müßte sie? Denn vielleicht war Jack the Ripper eine Frau. Oder irgend etwas anderes.«

»Sir Guy«, sagte ich, »Sie haben sich an die richtige Adresse gewandt, als Sie mich aufsuchten. Sie brauchen wirklich die Hilfe eines Psychiaters.«

»Vielleicht. Mr. Carmody, glauben Sie, ich bin verrückt?«

Ich schaute ihn an und zuckte die Achseln. Aber ich mußte ihm eine wahrheitsgemäße Antwort geben.

»Ehrlich gesagt – nein.«

»Dann sollten Sie sich die Gründe anhören, warum ich glaube, daß Jack the Ripper heute noch lebt.«

»Vielleicht.«

»Ich habe diesen Fall dreißig Jahre lang studiert. Ich war dort. Habe mit den Beamten geprochen. Mit den Freunden und Bekannten der armen Huren, die umgebracht wurden. Habe Männer und Frauen in dem Viertel aufgesucht. Eine ganze Bibliothek an Material über Jack the Ripper gesammelt. All die wilden Theorien und verrückten Ideen studiert.

Ich habe etwas dabei gelernt. Nicht viel, aber eben doch ein wenig. Ich will Sie nicht mit meinen Schlußfolgerungen langweilen. Es gab aber noch einen anderen Untersuchungszweig, der sehr viel fruchtbarer für mich war. Ich studierte ungelöste Fälle. Morde.

Ich könnte Ihnen die Ausschnitte aus Zeitungen der größten Städte der halben Welt zeigen. San Francisco. Shanghai. Kalkutta. Omsk. Paris. Berlin. Pretoria. Cairo. Mailand. Adelaide.

Die Spur ist da, es gibt ein Muster. Ungelöste Verbrechen. Aufgeschlitzte Frauenkehlen. Mit den typischen Verstümmelungen und Verunstaltungen. Ja, ich bin einer Blutspur gefolgt. Von New York westwärts über den Kontinent. Bis zum Pazifik. Von dort nach Afrika. Während des Ersten Weltkriegs war es Europa. Danach Südamerika. Und seit 1930 wieder die USA. Siebenundachtzig solcher Morde – für den erfahrenen Kriminalisten tragen sie alle das Zeichen Jack the Rippers.

In der jüngeren Vergangenheit gab es die sogenannten Torso-Morde in Cleveland. Erinnern Sie sich? Eine schokkierende Serie. Und schließlich, unlängst, zwei Todesfälle in Chicago. Innerhalb der letzten sechs Monate. Einen in South Dearborn, einen irgendwo in Halsted. Derselbe Typ von Verbrechen, dieselbe Technik. Ich sage Ihnen, es gibt unmißverständliche Hinweise bei allen diesen Morden – Hinweise darauf, daß Jack the Ripper am Werk ist.«

Ich lächelte.

»Eine sehr stichhaltige Theorie«, sagte ich. »Ich will Ihr Beweismaterial oder die Schlüsse, die Sie ziehen, gar nicht in Frage stellen. Sie sind der Kriminalist, und ich glaube Ihnen. Aber eines muß doch noch erklärt werden. Ein nebensächlicher Punkt vielleicht, aber einer Erklärung wert.«

»Und was wäre das?« fragte Sir Guy.

»Nun ja, wie könnte ein Mann von, sagen wir, 85 Jahren

diese Verbrechen begehen? Denn wenn Jack the Ripper 1888 ungefähr 30 gewesen wäre, dann müßte er heute um die 85 sein.«

Sir Guy Hollis schwieg. Ich hatte ihn. Aber –

»Angenommen, er wäre nicht gealtert?» wisperte Sir Guy.

»Wie bitte?«

»Nehmen wir an, Jack the Ripper würde nicht älter? Nehmen Sie einmal an, er wäre heute noch ein junger Mann?«

»Also gut«, sagte ich, »ich nehme es für einen Augenblick an. Aber dann lasse ich die Annahmen und rufe nach meiner Pflegerin, um Sie in eine Zelle bringen zu lassen.«

»Es ist mein Ernst«, sagte Sir Guy.

»Das sagen alle«, erwiderte ich. »Das ist ja das schlimme daran, nicht wahr? Sie wissen alle ganz sicher, daß sie Stimmen hören und Dämonen sehen. Aber trotzdem sperren wir sie ein.«

Das war grausam, brachte aber Ergebnisse. Er stand auf und sah mir gerade ins Gesicht.

»Es ist eine verrückte Theorie, das gebe ich zu«, sagte er. »Alle Theorien über den Schlitzer sind verrückt. Die Idee, er sei Arzt gewesen. Oder ein Irrer. Oder eine Frau. Die Gründe für solche Ansichten sind fadenscheinig genug. Das führt zu nichts. Warum sollte also meine Annahme schlechter sein?«

»Weil alle Menschen altern«, argumentierte ich. »Ärzte, Verrückte, und Frauen ebenso.«

»Wie steht's mit – Zauberern?«

»Zauberern?«

»Nekromanten. Hexern. Praktikern der Schwarzen Magie?«

»Worauf wollen Sie hinaus?«

»Ich habe es studiert«, sagte Sir Guy. »Ich habe alles studiert. Nach einer Weile begann ich, mich mit den Daten der Morde zu beschäftigen. Mit dem Muster, das diese Tage bildeten. Dem Rhythmus. Dem solaren, lunaren, stellaren Rhythmus. Dem siderischen Aspekt. Der astrologischen Bedeutung.«

Er war verrückt, aber ich hörte ihm zu.

»Angenommen, Jack the Ripper mordete nicht um des Mordens willen allein? Angenommen, er wollte – ein Opfer darbringen?«

»Was für eine Art von Opfer?«

Sir Guy zuckte die Achseln. »Es heißt, wenn man den dunklen Göttern Blut opfert, gewähren sie Wohltaten. Ja, wenn man zur rechten Zeit ein Blutopfer bringt – wenn der Mond und die Sterne richtig stehen – und man die richtigen Zeremonien vollführt – dann erweisen sie Gefälligkeiten. Beispielsweise Jugend. Ewige Jugend.«

»Das ist doch Unsinn!«

»Nein. So war es bei Jack the Ripper.«

Ich stand auf. »Eine hochinteressante Theorie«, sagte ich. »Doch da ist noch etwas, Sir Guy, das mich interessiert. Warum kommen Sie hierher und erzählen mir das? Ich bin kein Experte für Zauberei. Ich bin weder Polizist noch Kriminalist. Ich bin praktizierender Psychiater. Wo ist die Verbindung?«

Sir Guy lächelte.

»Sie sind also interessiert?«

»Nun, ja. Sie müssen doch etwas bezwecken.«

»Das tue ich. Aber ich wollte zuerst sichergehen, daß Sie interessiert sind. Jetzt kann ich Ihnen meinen Plan erzählen.«

»Und was ist das für ein Plan?«

Sir Guy sah mich lange an.

»John Carmody«, sagte er, »Sie und ich werden Jack the Ripper fangen.«

So hat sich das zugetragen. Ich habe den Kern dieses ersten Gesprächs mit all seinen komplizierten und etwas langweiligen Details wiedergegeben, weil ich glaube, daß es wichtig ist. Sir Guys Charakter und Einstellung wurden dadurch ein wenig deutlich. Und im Hinblick auf das, was später geschah –

Aber dazu komme ich noch.

Sir Guys Gedanke war einfach. Es war kaum ein Gedanke, mehr ein Gefühl.

»Sie kennen die Leute hier«, sagte er. »Ich habe mich erkundigt. Das ist der Grund, warum ich zu Ihnen gekommen bin. Zu Ihren Bekannten zählen viele Schriftsteller, Maler und Dichter. Die sogenannte Intelligentia. Die Bohèmiens. Die ganzen Spinner von der nahen North Side.

Aus bestimmten Gründen, auf die ich jetzt nicht eingehen will, lassen mich meine Hinweise zu dem Schluß kommen, daß Jack the Ripper zu dieser Szene gehört. Er liebt es, sich als Exzentriker zu geben. Ich habe das Gefühl, daß ich die richtige Person finden könnte, wenn Sie mich mitnehmen und in Ihren Bekanntenkreis einführen.«

»Ich habe nichts dagegen«, sagte ich, »aber wie wollen Sie ihn suchen? Wie Sie selbst sagen – er kann irgend jemand, irgendwo sein. Und Sie haben keine Ahnung, wie er aussieht. Er kann jung sein oder alt. Jack the Ripper – ein Hansdampf in allen Gassen? Reich, arm, Bettler, Dieb, Doktor, Anwalt – wie wollen Sie das wissen?«

»Wir werden sehen.« Sir Guy seufzte tief. »Aber ich muß ihn finden. Sofort.«

»Warum so eilig?«

Sir Guy seufzte wieder. »Weil er in zwei Tagen erneut töten wird.«

»Sind Sie sicher?«

»Todsicher. Ich habe nämlich ein Diagramm gezeichnet. Alle Morde korrespondieren mit einem bestimmten astrologischen Rhythmus. Wenn er, wie ich vermute, Blutopfer durchführt, um seine Jugend zu erhalten, muß er in zwei Tagen morden. Bedenken Sie das Muster seiner ersten Verbrechen in London. 7. August. Dann 31. August. 8. September. 30. September. 9. November. Intervalle von 24 Tagen, 9 Tagen, 22 Tagen – er tötet zwei dieses Mal – und dann 40 Tage. Natürlich gab es auch dazwischen Verbrechen. Es muß welche gegeben haben. Sie wurden nur nicht entdeckt und ihm angelastet.

Jedenfalls habe ich auf Grund aller mir verfügbaren Daten sein Muster ausgearbeitet. Und ich sage Ihnen, er wird in zwei Tagen wieder zuschlagen. Ich muß ihn also irgendwie vorher finden.«

»Und ich frage Sie immer noch, was Sie von mir wollen.«

»Nehmen Sie mich mit«, sagte Sir Guy. »Stellen Sie mich Ihren Freunden vor. Bringen Sie mich auf Parties.«

»Aber wo soll ich anfangen? Soviel ich weiß, sind alle meine Künstlerfreunde trotz ihrer Überspanntheiten ganz normale Leute.«

»Das ist der Schlitzer auch. Vollkommen normal. Außer in gewissen Nächten.« Wieder dieser abwesende Blick in Sir Guys Augen. »Dann wird er zu einem alterslosen pathologischen Monstrum und geht auf Mord aus, in jenen Nächten, da die Sterne im flammenden Muster des Todes erstrahlen.«

»Also gut«, sagte ich, »meinetwegen. Ich nehme Sie auf eine Party mit, Sir Guy. Ich will ohnehin selbst vorbeischauen. Ich kann einen Drink gebrauchen, nachdem ich mir Ihre Art von Unterhaltung angehört habe.«

Wir verabredeten uns. Und ich nahm ihn an diesem Abend mit in Lester Bastons Studio.

Als wir mit dem Lift zum Penthouse fuhren, benützte ich die Gelegenheit, Sir Guy zu warnen.

»Baston ist ein echter Spinner. Und seine Gäste ebenso. Seien Sie auf alles mögliche gefaßt.«

»Das bin ich.« Sir Guy war vollkommen ernst. Er steckte seine Hand in die Hosentasche und zog eine Pistole heraus.

»Was zum –«, begann ich.

»Wenn ich ihn sehe, werde ich bereit sein«, sagte Sir Guy. Er lächelte nicht im geringsten.

»Mann, Sie können auf einer Party nicht mit einem geladenen Revolver in der Hosentasche herumlaufen!«

»Machen Sie sich keine Sorgen, ich werde nichts Unvernünftiges tun.«

Da war ich allerdings nicht so sicher. Nach meinen Maßstäben war Sir Guy Hollis keine normale Persönlichkeit.

Wir verließen den Lift und gingen zur Tür von Bastons Apartment.

»Übrigens«, murmelte ich, »wie soll ich Sie eigentlich vorstellen? Soll ich denen sagen, wer Sie sind und was Sie suchen?«

»Das ist mir egal. Vielleicht wäre es das beste, ganz offen zu sein.«

»Aber meinen Sie nicht, daß der Schlitzer – angenommen er oder sie wäre wunderbarerweise tatsächlich anwesend – augenblicklich gewarnt wäre und in Deckung ginge?«

»Ich glaube, der Schock nach der Ankündigung, daß ich den Schlitzer jage, würde eine Art verräterische Geste bei ihm hervorrufen«, sagte Sir Guy.

»Sie würden selbst einen ganz guten Psychiater abgeben«, räumte ich ein. »Das ist eine brauchbare Theorie. Aber ich warne Sie, Sie können sich auf eine Menge blöder Witzeleien gefaßt machen. Das ist ein wilder Haufen.«

Sir Guy lächelte.

»Ich bin bereit«, behauptete er. »Ich habe einen kleinen Plan. Seien Sie nicht schockiert, was immer ich auch tue«, warnte er mich.

Ich nickte und klopfte an die Tür.

Baston öffnete und taumelte in den Gang. Seine Augen

waren so rot wie die Maraschinokirschen in seinem Manhattan. Er schwankte vor und zurück, während er uns sehr ernst betrachtete. Er schielte auf meinen viereckig geschnittenen Homburg und Sir Guys Schnurrbart.

»Aha!« rief er dann. »Das Walroß und der Zimmermann.« Ich stellte Sir Guy vor.

»Willkommen«, sagte Baston und winkte uns mit übertriebener Höflichkeit hinein. Er wankte hinter uns in den protzig eingerichteten Raum.

Ich starrte die Menge an, die sich rastlos durch den Zigarettenrauch bewegte. Der Abend hatte gerade begonnen für diese Typen. Jede Hand hielt einen Drink. Auf jedem Gesicht lag eine leicht hektische Röte. In einer Ecke dröhnte ein Klavier mit voller Lautstärke, aber die pompösen Töne des Marsches aus »Die Liebe zu drei Orangen« konnten die profanen Geräusche des Würfelspiels in der anderen Ecke nicht übertönen. Prokofieff hatte keine Chance gegen African Polo, und ein Wurf rappelte lauter als der andere.

Sir Guy bekam auch gleich ein Monokel voller Eindrücke mit. Er sah LaVerne Gonnister, die Poetin, Hymie Kralik eins aufs Auge hauen. Er sah Hymie auf dem Boden sitzen und weinen, bis ihm Dick Pool versehentlich in den Magen trat, als er auf der Suche nach einem Drink durch das Eßzimmer stolperte. Er hörte, wie die Graphikerin Nadja Vilinoff zu Johnny Odcutt sagte, daß sie seine Tätowierung für grauenhaft geschmacklos halte, und er sah, wie Barclay Melton mit Johnny Odcutts Frau unter den Eßzimmertisch kroch. Er hätte seine zoologischen Beobachtungen beliebig lange fortsetzen können, wäre nicht Lester Baston mitten in den Raum getreten und hätte um einen Augenblick Ruhe gebeten, indem er eine Vase auf den Boden fallen ließ.

»Wir haben heute vornehme Gäste in unserer Mitte«, brüllte Lester und schwenkte sein Glas in unsere Richtung. »Niemand Geringeren als das Walroß und den Zimmermann. Das Walroß ist Sir Guy Hollis, ein Irgendjemand von der Britischen Botschaft. Der Zimmermann ist, wie Sie alle wissen, unser guter alter John Carmody, der bekannte Apotheker für Libidocremen.«

Er wandte sich um, packte Sir Guy am Arm und zog ihn auf die Mitte des Teppichs. Einen Augenblick lang glaubte ich, Hollis könnte protestieren, aber ein schneller Blick beruhigte mich. Er war auf alles vorbereitet.

»Es ist unsere Sitte, Sir Guy«, sagte Baston laut, »unsere neuen Freunde einem kleinen Kreuzverhör zu unterziehen. Nur eine kleine Formalität bei diesen sehr formellen Zusammenkünften, Sie verstehen. Sind Sie bereit, einige Fragen zu beantworten?«

Sir Guy nickte grinsend.

»Sehr gut«, murmelte Baston, »Freunde – ich überlasse euch diesen Burschen aus Großbritannien. Euer Zeuge!«

Dann ging die Witzelei los. Ich wollte zuhören, aber in diesem Moment sah mich Lydia Dare und schleppte mich ins Vestibül, um eines dieser Darling-ich-habe-den-ganzen-Tag-auf-deinen-Anruf-gewartet-Programme abzuspulen.

Als ich sie schließlich loswurde und zurückkehren konnte, war das improvisierte Quiz in vollem Gange. Dem Verhalten der Meute entnahm ich, daß Sir Guy sich gut hielt.

Schließlich stellte Baston selbst eine Frage, die alles über den Haufen warf.

»Und was, wenn ich fragen darf, führt Sie heute abend in unsere Mitte? Was ist Ihre Mission, o Walroß?«

»Ich suche Jack the Ripper.«

Niemand lachte.

Vielleicht waren sie alle so betroffen wie ich. Ich warf einen Blick auf meine Nachbarn und begann, mir Fragen zu stellen.

LaVerne Gonnister. Hymie Kralik. Harmlos. Dick Pool. Nadja Vilinoff. Johnny Odcutt und seine Frau. Barclay Melton. Lydia Dare. Alle harmlos.

Aber was für ein gezwungenes Lächeln auf Dick Pools Gesicht! Und dieses schlaue, selbstzufriedene Grinsen auf dem von Barclay Melton!

Oh, es war absurd, ich gebe es gerne zu. Aber zum ersten Mal sah ich diese Leute in einem neuen Licht. Ich fragte mich, wie ihre Leben verliefen – ihre geheimen Leben außerhalb der Partyszene.

Wieviele von ihnen spielten eine Rolle und verbargen etwas? Wer von ihnen würde Hekate beschwören und dieser schrecklichen Göttin Blutopfer versprechen?

Selbst Lester Baston trug vielleicht eine Maske.

Die Stimmung hielt uns alle für einen Moment gefangen. Ich sah Fragen in dem Kreis von Augen im Raum aufflakkern.

Sir Guy stand da, und ich hätte schwören mögen, daß er sich der Situation, die er geschaffen hatte, voll bewußt war und sie genoß. Ich fragte mich, was wirklich mit ihm los war. Warum hatte er diese merkwürdige Fixierung auf Jack the Ripper? Vielleicht hatte auch er seine Geheimnisse...

Baston zerstörte die Stimmung, wie immer. Er persiflierte sie.

»Das Walroß macht keine Witze, Leute«, sagte er. Er schlug Sir Guy auf den Rücken und legte den Arm um ihn, während er in seiner Rede fortfuhr: »Unser englischer Vetter ist wirklich auf der Spur des legendären Schlitzers. Ihr erinnert euch alle an Jack the Ripper, nehme ich an? War ein ganz schönes Schlitzohr damals, wenn ich mich recht erinnere. Der amüsierte sich wirklich prächtig, wenn er auf Rippertour ging. Das Walroß hat so eine Idee, daß der Schlitzer noch lebt und vermutlich mit einem Pfadfindermesser durch Chicago schleicht. Tatsächlich –«, Baston machte eine eindrucksvolle Pause und sprach dann in einer Art Bühnengeflüster – »tatsächlich glaubt er, daß Jack the Ripper heute abend sogar hier in unserer Mitte sein könnte.«

Es kam die zu erwartende Reaktion aus Gekicher und Grinsen. Baston sah Lydia Dare strafend an. »Ihr Mädchen braucht gar nicht zu lachen. Stellt euch vor, Jack the Ripper könnte auch eine Frau sein. So eine Art Jill the Ripper.«

»Sie meinen, Sie verdächtigen wirklich einen von uns?« kreischte LaVerne Gonnister, Sir Guy einfältig angrinsend. »Aber dieser Jack the Ripper verschwand doch vor ewigen Zeiten, nicht wahr? War es nicht 1888?«

»Aha!« unterbrach Baston. »Wie kommt es, daß Sie so viel darüber wissen, junge Frau? Das klingt verdächtig! Behalten Sie sie im Auge, Sir Guy – vielleicht ist sie nicht so jung, wie sie aussieht. Diese Dichterinnen haben dunkle Vergangenheiten.«

Die Spannung war weg, die Stimmung zerstört und die ganze Angelegenheit löste sich in einen trivialen Partywitz auf. Der Mann, der vorhin den Marsch gespielt hatte, betrachtete das Klavier mit einem Scherzo-Glanz im Auge, der nichts Gutes für Prokofieff verhieß. Lydia Dare schaute sehnsüchtig nach der Küche und wartete auf eine Pause für einen Drink. Dann fiel Baston etwas auf.

»Wißt ihr was?« quiekte er. »Das Walroß hat eine Knarre!« Er war mit dem Arm, den er um Sir Guy gelegt hatte, abgerutscht und hatte die harte Kontur der Pistole in dessen Tasche gespürt. Er zog sie heraus, bevor Hollis protestieren konnte.

Ich starrte Sir Guy an und fragte mich, ob man nun nicht zu weit gegangen war. Aber er zwinkerte mir beruhigend zu, und ich erinnerte mich, daß er mir gesagt hatte, ich solle die Ruhe bewahren.

Also wartete ich, während Baston eine typische Schnapsidee aufs Tapet brachte.

»Wir wollen fair sein mit unserem Freund, dem Walroß«, rief er. »Er ist mit seiner Mission schließlich den ganzen Weg von England bis hierher gekommen. Wenn schon keiner von euch ein Geständnis ablegen will, schlage ich vor, daß wir ihm eine Chance geben, etwas herauszufinden – auf die harte Tour.«

»Und wie?« fragte Johnny Odcutt.

»Ich werde für eine Minute das Licht ausschalten. Sir Guy kann hier mit seiner Kanone stehen bleiben. Wenn einer in diesem Raum tatsächlich der Schlitzer ist, kann er entweder abhauen oder die Gelegenheit nutzen, um – nun, seinen Verfolger endgültig loszuwerden. Ist das fair genug?«

Es war noch verrückter, als es klang, aber es traf die Stimmung. Sir Guys Proteste gingen im losbrechenden Stimmengewirr unter. Und bevor ich hinübergehen und irgend etwas unternehmen konnte, hatte Lester Baston den Lichtschalter erreicht.

»Keiner bewegt sich«, sagte er feierlich. »Eine Minute bleiben wir im Dunkeln – vielleicht einem Killer ausgeliefert. Dann werde ich das Licht wieder andrehen und nach Leichen Ausschau halten. Wählen Sie Ihre Partner, meine Damen und Herren.«

Das Licht ging aus.

Jemand kicherte.

Ich hörte Schritte. Gemurmel.

Eine Hand strich über mein Gesicht.

Die Uhr an meinem Handgelenk tickte laut. Aber noch lauter war ein anderes Geräusch. Mein Herzschlag. Absurd, dieses Herumstehen im Dunkeln mit einem Haufen Beschwipster. Und trotzdem kroch hier wirklicher Schrecken durch den Raum, stahl sich durch die samtene Finsternis.

Jack the Ripper lag bei Dunkelheit wie dieser auf der Lauer. Und er hatte ein Messer. Er hatte das Hirn eines Irren und die Motive eines Irren.

Aber Jack the Ripper war tot, tot und zu Staub geworden in so vielen Jahren – nach allen menschlichen Gesetzmäßigkeiten. Nur gibt es keine menschlichen Gesetzmäßigkeiten, wenn man sich allein fühlt im Dunkeln, wenn die Finsternis verbirgt und schützt und einem die Maske vom Gesicht fällt und man etwas in sich aufsteigen spürt, einen brütenden formlosen Willen, der ein Bruder dieser Dunkelheit ist.

Sir Guy Hollis schrie.

Es gab einen schauerlich dumpfen Aufschlag.

Baston schaltete das Licht ein.

Alles kreischte.

Sir Guy Hollis lag mitten im Raum ausgestreckt am Boden. Seine Hand umklammerte immer noch die Pistole.

Mein Blick glitt über die Anwesenden, und ich war erstaunt über die Vielfalt der Mienen, die menschliche Gesichter im Angesicht des Entsetzens annehmen können.

Es waren noch alle da. Niemand war geflohen. Und doch lag dort Sir Guy Hollis...

LaVerne Gonnister wimmerte und bedeckte ihr Gesicht.

»In Ordnung.«

Sir Guy drehte sich herum und sprang auf die Füße. Er lächelte.

»Es war nur ein Experiment. Wenn Jack the Ripper hier gewesen wäre und gedacht hätte, ich sei ermordet worden, würde er sich irgendwie verraten haben, als das Licht anging und er mich da liegen sah. Ich bin von Ihrer individuellen und kollektiven Unschuld überzeugt. Nur ein kleiner Scherz, meine Freunde.«

Hollis sah Baston an, der glotzend dastand, und die anderen, die sich hinter ihm zusammendrängten.

»Sollten wir nicht gehen, John?« fragte er mich. »Es wird allmählich spät, glaube ich.«

Er drehte sich um und ging zur Garderobe. Niemand sagte etwas.

Die Party muß danach ganz schön langweilig gewesen sein.

Am nächsten Abend traf ich Sir Guy an der Ecke 29. und South Halsted, wie wir es ausgemacht hatten. Nach den Geschehnissen des Vorabends war ich auf nahezu alles gefaßt. Aber Sir Guy wirkte ganz prosaisch, wie er so dastand, in einen schmutzigen Hauseingang gelehnt, und auf mich wartete.

»Buh!« rief ich und sprang plötzlich aus dem Schatten. Er lächelte. Nur eine verräterische Handbewegung zeigte mir, daß er instinktiv nach seiner Pistole gegriffen hatte, als ich ihn erschreckte.

»Alles fertig zur Wildgansjagd?« fragte ich.

»Ja.« Er nickte. »Ich bin froh, daß Sie ohne lange Fragen bereit waren, mich zu begleiten«, sagte er. »Es zeigt, daß Sie meinem Urteil vertrauen.« Er nahm meinen Arm und zog mich langsam die Straße entlang.

»Eine neblige Nacht, John«, sagte Sir Guy Hollis. »Genau wie in London.«

Ich nickte.

»Und kalt für November.«

Ich nickte nochmals und drückte halb schaudernd meine Zustimmung aus.

»Komisch«, sagte Sir Guy nachdenklich. »Londoner Nebel und November. Ort und Zeit der Ripper-Morde.«

Ich grinste im Dunkeln. »Sir Guy, darf ich Sie daran erinnern, daß das hier nicht London, sondern Chicago ist? Und es ist nicht November 1888. Es ist mehr als fünfzig Jahre später.«

Sir Guy grinste zurück, aber ohne jede Heiterkeit. »Da bin ich mir nicht so sicher«, murmelte er. »Sehen Sie sich um. Diese gewundenen Gassen und verwinkelten Straßen. Sie sind wie das East End. Mitre Square. Und sie sind bestimmt mindestens fünfzig Jahre alt.«

»Sie befinden sich hier im Schwarzenviertel jenseits der South Clark Street«, sagte ich kurz. »Und warum Sie mich hierher geschleift haben, weiß ich immer noch nicht.«

»Es ist nur eine Ahnung«, gab Sir Guy zu. »Nur eine Ahnung meinerseits, John. Ich will hier herumstreifen. Die Anordnung der Straßen ist dieselbe wie die der Gäßchen, in denen der Schlitzer jagte und schlachtete. Hier werden wir ihn finden, John. Nicht im hellen Licht des Bohème-Viertels, sondern hier in der Dunkelheit. In der Dunkelheit, in der er wartet und lauert.«

»Haben Sie deshalb die Pistole mit?« fragte ich. Es gelang mir nicht, den Anflug einer sarkastischen Nervosität aus meiner Stimme zu verbannen. Dieses ganze Gerede, dieses besessene, unaufhörliche Gequassel von Jack the Ripper, das alles ging mir mehr auf die Nerven, als ich zugeben mochte.

»Vielleicht brauchen wir eine Pistole«, sagte Sir Guy ernst, »jedenfalls ist heute die angekündigte Nacht.«

Ich seufzte. Wir liefen weiter durch die nebligen, verlassenen Straßen. Hier und dort brannte eine trübe Funzel über dem Eingang einer Kaschemme. Alles übrige war Düsternis und Schatten. Tiefe, gähnende Gassen führten von einer abfallenden Straße weg, die wir hinuntergingen. Einsam und schweigend bewegten wir uns durch den Nebel, wie zwei winzige Maden, die durch ein Leichentuch kriechen. Als mir dieser Gedanke kam, stöhnte ich auf. Die Atmosphäre schaffte auch mich allmählich. Wenn ich nicht aufpaßte, wurde ich noch ebenso verrückt wie Sir Guy.

»Sehen Sie denn nicht, daß keine Menschenseele in diesen Straßen unterwegs ist?« sagte ich und zog ungeduldig an seinem Mantel.

»Er muß kommen«, sagte Sir Guy. »Es zieht ihn hierher. Das war es, was ich gesucht habe. Einen Genius loci. Einen Ort des Bösen, der das Böse anzieht. Es waren immer die Slums, in denen er getötet hat. Sehen Sie, das ist eine seiner

Schwächen. Er ist fasziniert vom Elend. Nebenbei, die Art Frauen, die er für seine Menschenopfer braucht, findet er am ehesten in den Spelunken und Kaschemmen einer Großstadt.«

Ich lächelte. »Na, dann lassen Sie uns in eine der Spelunken und Kaschemmen gehen«, schlug ich vor. »Mir ist kalt. Ich brauche einen Drink. Dieser verdammte Nebel geht einem bis in die Knochen. Ihr Briten haltet das aus, aber ich mag Wärme und trockene Hitze.«

Wir verließen unsere Seitenstraße und standen am Eingang zu einer Quergasse.

Durch die weißen Nebelschwaden vor uns sah ich verschwommen ein schwaches blaues Licht, eine nackte Glühbirne, die vom Bierschild über einer Kneipe baumelte.

»Da ist unsere Chance«, sagte ich, »ich beginne schon zu zittern.«

»Gehen Sie voran«, sagte Sir Guy. Ich führte ihn zu der Kneipe. Vor der Tür hielt ich inne.

»Worauf warten Sie?« fragte er.

»Ich will nur einen Blick hineinwerfen«, sagte ich. »Das ist ein rauhes Viertel hier, Sir Guy. Man weiß nie, was einen erwartet. Und ich würde es vorziehen, wenn wir nicht in die falsche Gesellschaft gerieten. Manche von diesen Kneipen für Schwarze wollen keine weißen Besucher.«

»Gute Idee, John.«

Ich beendete meine Inspektion durch den Eingang. »Sieht ziemlich leer aus. Versuchen wir's.«

Wir betraten eine schummrige Bar. Ein schwaches Licht flackerte über der Theke, ohne die dunklen Nischen des Raumes zu beleuchten.

Ein riesiger Neger lümmelte hinter der Theke herum – ein schwarzer Gigant mit vorspringendem Unterkiefer und dem Oberkörper eines Gorillas. Er rührte sich kaum, als wir eintraten, aber seine Augen weiteten sich unwillkürlich, und ich wußte, daß er unsere Gegenwart zur Kenntnis nahm und uns abschätzte.

»'n Abend«, sagte ich.

Er nahm sich Zeit für eine Antwort. Taxierte uns immer noch. Schließlich grinste er.

»'n Abend, die Herren. Was darf's sein?«

»Gin«, sagte ich. »Zweimal. Die Nacht ist kalt.«

»Das stimmt.«

Er schenkte ein, ich zahlte und nahm die Gläser mit hinüber in eine der Nischen. Wir verloren keine Zeit und schütteten sie hinunter. Der feurige Gin wärmte.

Ich ging hinüber zur Theke und holte die Flasche. Sir Guy und ich gossen uns einen neuen Drink ein. Der große Schwarze versank wieder in sein Dösen, ein Auge halb geöffnet für den Fall plötzlicher Betriebsamkeit. Die Uhr über der Theke tickte weiter. Draußen jaulte der Wind und zerriß den Nebel zu bizarren Fetzen. Sir Guy und ich saßen in der warmen Nische und tranken unseren Gin. Er begann zu schwatzen, und nur die Schatten hörten uns zu. Er redete munter drauflos. Er ging alles noch einmal durch, was er mir schon bei unserer ersten Begegnung im Büro gesagt hatte, als hätte ich es noch nicht gehört. So ist das mit diesen armen Teufeln, die unter Zwangsvorstellungen leiden.

Ich hörte sehr geduldig zu. Ich schenkte Sir Guy noch einen Gin ein. Und noch einen.

Aber der Alkohol machte ihn nur immer gesprächiger. Er redete und redete: Ritualmorde und unnatürliche Lebensverlängerung – die alten Märchen kamen wieder zur Sprache. Und natürlich blieb er beharrlich bei seiner Meinung, der Schlitzer sei heute nacht unterwegs. Ich fürchte, es war meine Schuld, daß ich ihn auch noch anstachelte.

»Sehr gut«, sagte ich, ohne die Ungeduld in meiner Stimme verbergen zu können, »sagen wir, Ihre Theorie sei richtig – selbst wenn wir alle Naturgesetze beiseite lassen und eine Menge Aberglauben konzedieren müssen, um das annehmen zu können. Aber nehmen wir einmal als Gedankenexperiment an, Ihre Idee sei richtig. Jack the Ripper war ein Mensch, der herausfand, wie er sein Leben durch Menschenopfer verlängern konnte. Er reiste um die Welt, wie Sie glauben. Jetzt ist er in Chicago und will töten. Mit anderen Worten, nehmen wir an, Sie haben mit alldem recht. Und dann?«

»Wie meinen Sie das: ›Und dann?‹«, sagte Sir Guy.

»Ich meine: Und dann?« erwiderte ich. »Wenn das alles stimmt, heißt das noch lange nicht, daß wir bloß in einer Ginkneipe auf der South Side herumzusitzen brauchen, damit der Schlitzer hereinkommt und sich hier von Ihnen umlegen oder der Polizei übergeben läßt. Und wo ich gerade davon spreche, ich weiß immer noch nicht, was Sie mit ihm machen wollen, wenn es Ihnen je gelingt, ihn zu finden.«

Sir Guy stürzte seinen Gin hinunter. »Ich werde das verdammte Schwein fangen«, sagte er. »Es fangen und den Behörden übergeben, zusammen mit allen Papieren und Beweisen, die ich im Laufe vieler Jahre gesammelt habe. Ich habe ein Vermögen ausgegeben, um diese Angelegenheit zu untersuchen, ein Vermögen, sage ich Ihnen! Seine Festnahme wird die Aufdeckung von Hunderten ungelöster Verbrechen bedeuten, davon bin ich überzeugt. Ich sage Ihnen, eine wahnsinnige Bestie ist los in dieser Welt! Eine alterslose, ewige Bestie, die Hekate und den finsteren Göttern opfert!«

In vino veritas. Oder war dieses ganze Geschwätz das Resultat von zuviel Gin? Es spielt keine Rolle. Sir Guy schenkte sich noch einen ein. Ich saß da und fragte mich, was ich mit ihm anfangen sollte. Der Mann steuerte zielstrebig auf einen Höhepunkt hysterischer Betrunkenheit zu.

»Da wäre noch ein Punkt«, sagte ich, mehr, um das Gespräch fortzusetzen, als in der Hoffnung auf wirkliche Information. »Sie haben mir noch nicht erklärt, woher Ihre Hoffnung kommt, genau hier in den Schlitzer hineinzulaufen.«

»Er wird da sein«, sagte Sir Guy. »Ich habe eine Vorahnung. Ich weiß es.«

Sir Guy hatte keine Vorahnung. Er hatte einen sitzen. Diese ganze Sache begann mich zu ärgern. Seit einer Stunde saßen wir nun hier, und ich hatte die ganze Zeit das Kindermädchen und Publikum für einen plappernden Idioten spielen müssen. Schließlich war er nicht einmal ein regulärer Patient von mir.

»Das reicht«, sagte ich, als Sir Guy seine Hand wieder nach der halbleeren Flasche ausstreckte. »Sie haben genug gehabt. Jetzt mache ich mal einen Vorschlag. Wir rufen ein Taxi und verschwinden von hier. Es wird spät, und es sieht nicht so aus, als ob Ihr schwer faßbarer Freund hier erscheinen wollte. An Ihrer Stelle würde ich morgen alle diese Papiere und Dokumente dem FBI übergeben. Wenn Sie von der Wahrheit Ihrer wilden Theorie so überzeugt sind, dann werden die in der Lage sein, eine sehr sorgfältige Untersuchung durchzuführen und Ihren Mann zu finden.«

»Nein.« Sir Guy sprach mit der Sturheit eines Betrunkenen. »Kein Taxi.«

»Aber lassen Sie uns wenigstens von hier fortgehen«, sagte ich nach einem Blick auf meine Uhr. »Es ist schon nach Mitternacht.«

Er seufzte, zuckte die Achseln und erhob sich unsicher. Als er zur Tür ging, zog er die Pistole aus der Hosentasche.

»He, geben Sie sie mir«, flüsterte ich. »Sie können nicht auf der Straße mit dem Ding herumfuchteln.«

Ich nahm die Pistole und steckte sie in meinen Mantel. Dann nahm ich seinen rechten Arm und steuerte ihn zur Tür. Der Schwarze sah nicht auf, als wir gingen.

Wir standen fröstelnd auf der Straße. Der Nebel war dichter geworden. Beide Enden der Gasse waren unsichtbar. Es war kalt. Feucht. Dunkel. Nebel oder nicht, ein Lüftchen flüsterte den Schatten hinter uns Geheimnisse zu.

Die frische Luft traf Sir Guy, wie ich es erwartet hatte. Nebel und Gindämpfe vertragen sich nicht gut. Er torkelte, während ich ihn langsam durch den Nebel führte.

Obwohl Sir Guy ziemlich angeschlagen war, starrte er immer noch besorgt in die Gasse, als erwarte er, eine Gestalt zu sehen, die sich näherte.

Mir kam der Ärger hoch.

»Kindischer Blödsinn«, platzte ich heraus. »Jack the Ripper, zum Teufel! Sie treiben es zu weit mit Ihrem Hobby.«

»Hobby?« Er blickte mich an. Durch den Nebel konnte ich sein verzerrtes Gesicht sehen. »Hobby nennen Sie das?«

»Na, was denn sonst?« knurrte ich. »Warum sind Sie denn sonst so daran interessiert, die Spur dieses mythischen Mörders zu finden?«

Ich hielt seinen Arm fest. Aber sein Blick hielt mich fest.

»In London«, flüsterte er. »1888 ... eine dieser namenlosen Huren, die der Schlitzer umbrachte ... war meine Mutter.«

»Was?!«

»Später wurde ich von meinem Vater anerkannt und legitimiert. Wir schworen uns, unser Leben der Suche nach dem Schlitzer zu widmen. Mein Vater machte sich zuerst auf die Suche. Er starb 1926 in Hollywood, auf der Spur des Schlitzers. Es hieß, er sei von einem unbekannten Angreifer in einem Streit erstochen worden. Aber ich weiß, wer dieser Angreifer war. Also habe ich seine Arbeit fortgesetzt, verstehen Sie, John? Ich habe weitergemacht. Und ich werde weitermachen, bis ich ihn finde, und ich werde ihn mit meinen eigenen Händen töten. Er hat meine Mutter und Hunderten anderer das Leben genommen, um seine eigene höllische Existenz zu erhalten. Wie ein Vampir ernährt er sich von

Blut. Wie ein Unhold tut er sich an den Toten gütlich. Wie ein Satan geht er durch die Welt, um zu morden. Er ist schlau, teuflisch schlau. Aber ich werde nicht ruhen, bis ich ihn finde, niemals.«

Jetzt glaubte ich ihm. Er würde nicht aufgeben. Er war nicht mehr bloß ein betrunkener Schwätzer. Er war so fanatisch, so entschlossen, so erbarmungslos wie der Schlitzer selbst. Morgen würde er nüchtern sein. Er würde die Suche fortsetzen. Vielleicht würde er diese Papiere dem FBI übergeben. Früher oder später würde er bei seiner Beharrlichkeit – und seinem Motiv – erfolgreich sein. Ich hatte mir die ganze Zeit gedacht, er müsse ein starkes Motiv haben.

»Gehen wir«, sagte ich und zog ihn die Straße entlang.

»Warten Sie einen Moment«, sagte Sir Guy. »Geben Sie mir meine Pistole wieder.« Er schwankte ein wenig. »Ich fühle mich besser, wenn ich sie habe.«

Er drängte mich in den dunkeln Schatten einer kleinen Nische. Ich ignorierte ihn, aber er war hartnäckig.

»Geben Sie mir jetzt die Pistole wieder, John«, murmelte er.

»Gut«, sagte ich.

Ich griff in meine Manteltasche und zog die Hand heraus.

»Aber das ist nicht die Pistole«, protestierte er, »das ist ein Messer.«

»Ich weiß.«

Ich drückte ihn rasch zu Boden.

»John!« schrie er.

»Vergiß dieses ›John‹«, flüsterte ich und hob das Messer. »Nenn mich einfach . . . Jack.«

Der Vorfall in der Rue de M. Nr. 7

Ich hatte gehofft, jene recht seltsamen Ereignisse, die mich im vergangenen Monat ziemlich beunruhigt hatten, dem kritischen Blick der Öffentlichkeit vorenthalten zu können. Ich wußte natürlich, daß in der Nachbarschaft geredet wurde; ich hatte sogar einige der verdrehten Geschichten gehört, die in meinem Bezirk kursierten – und ich beeile mich hinzufügen, daß an ihnen kein Fünkchen Wahrheit ist. Doch gestern wurde mein Wunsch nach Geheimhaltung durch den Besuch von zwei Reportern zunichte gemacht, die mir versicherten, daß die Geschichte, oder besser gesagt, eine der Geschichten über die Grenzen meines *Arrondissements* hinaus bekannt geworden sei.

Angesichts der bevorstehenden Publizität halte ich es nur für recht und billig, die wahren Einzelheiten jener Vorkommnisse, die als ›Der Vorfall in der Rue de M. Nr. 7‹ bekannt geworden sind, zu veröffentlichen, damit den Tatsachen, die nicht ohne *Bizarrerie* sind, kein weiterer Unsinn hinzugefügt wird. Ich werde die Ereignisse, so wie sie geschehen sind, kommentarlos aufzeichnen und es der Öffentlichkeit überlassen, die Situation zu beurteilen.

Zu Beginn des Sommers brachte ich meine Familie nach Paris und ließ mich in einem hübschen kleinen Haus in der Rue de M. Nr. 7 nieder, einem Gebäude, in dem zu einer anderen Zeit die Stallungen des großen Nachbarhauses untergebracht gewesen waren. Der ganze Besitz ist jetzt Eigentum einer französischen Adelsfamilie, die ihn zum Teil auch bewohnt und die so alt und reinrassig ist, daß ihre Mitglieder bis heute die Bourbonen als Anwärter auf den französischen Thron für unannehmbar halten.

In diesem hübschen, kleinen umgebauten Stall mit drei Stockwerken über einem gutgepflasterten Hof brachte ich meine nächsten Angehörigen unter, bestehend aus meiner Frau, meinen drei Kindern (zwei kleine Jungen und eine erwachsene Tochter) und natürlich mir selbst. Unser Personal besteht – neben der Concierge, die gewissermaßen zum Haus gehörte – aus einer sehr begabten französischen Köchin, einem spanischen Zimmermädchen und meiner Sekretärin, einer gebürtigen Schweizerin, deren hohe Fertigkeiten und Ziele höchstens noch von ihrer moralischen Größe eingeholt wurden. Dies war damals unsere kleine Familiengruppe, als die Ereignisse, von denen ich nun berichten will, sich ankündigten.

Wenn man in dieser Angelegenheit eine treibende Kraft benennen muß, so sehe ich keine andere Möglichkeit, als meinem jüngsten Sohn John zwar nicht die Verantwortung, so doch die – wenn auch unschuldige – Urheberschaft zuzuschreiben. Er hat erst vor kurzem sein achtes Lebensjahr vollendet und ist ein lebhaftes Kind, gesegnet mit einzigartiger Schönheit und Kaninchenzähnen.

Dieser junge Mann ist in den vergangenen Jahren weniger ein Süchtiger als ein *Aficionado* jener kuriosen amerikanischen Gewohnheit des Bubble-gum-Kauens geworden, und einer der erfreulicheren Aspekte dieses Frühsommers in Paris bestand darin, daß unser Jüngster es versäumt hatte, etwas von dieser gräßlichen Substanz aus Amerika mitzubringen. Die Sprache des Kindes wurde klar und unverstellt, und der hypnotisierte Blick verschwand aus seinen Augen.

Leider – diese wunderbare Situation sollte nicht von langer

Dauer sein. Ein alter Freund der Familie, der in Europa auf Reisen war, brachte den Kindern einen mehr als ausreichenden Vorrat dieses abscheulichen Gummis als Geschenk mit, in der Meinung, ihnen eine Gefälligkeit zu erweisen. Daraufhin trat der altbekannte Zustand wieder ein. Die Sprache erkämpfte sich ihren gedämpften Weg an einem riesigen Kaugummipfropfen vorbei und kam mit dem Klang eines schadhaften Wasserhahns zum Vorschein. Die Kiefer waren in ständiger Bewegung und verliehen dem Gesicht günstigstenfalls einen Ausdruck der Agonie, während die Augen den glasigen Blick eines Schweines annahmen, dem man unlängst die Kehle durchgeschnitten hatte. Da ich nicht daran glaube, durch Verbote etwas zu erreichen, fand ich mich resigniert damit ab, einen nicht ganz so erfreulichen Sommer zu verleben, wie ich zuerst gehofft hatte.

Es gibt Gelegenheiten, bei denen ich nicht meiner üblichen Praxis des *laissez-faire* folge. Wenn ich das Material für ein Buch oder ein Theaterstück oder einen Essay zusammenstelle, mit einem Wort, wenn höchste Konzentration erforderlich ist, habe ich die Neigung, zu meiner eigenen Bequemlichkeit und Effektivität tyrannische Regeln aufzustellen. Eine dieser Regeln lautet, daß Kaugummi weder gekaut noch aufgeblasen werden darf, während ich versuche, mich zu konzentrieren. Diese Regel hat John, unser Jüngster, so vollkommen begriffen, daß er sie wie ein Naturgesetz akzeptiert und sich weder beklagt noch sie zu umgehen trachtet. Es ist ihm ein Vergnügen und mir ein Trost, wenn mein Sohn manchmal in mein Arbeitszimmer kommt, um dort eine Weile ruhig neben mir zu sitzen. Er weiß, daß er still sein muß, und wenn er auf diese Weise so lange geblieben ist, wie es sein Charakter erlaubt, geht er ruhig hinaus, uns beide bereichert von dieser wortlosen Gemeinschaft zurücklassend.

Vor zwei Wochen, am späten Nachmittag, saß ich an meinem Schreibtisch und schrieb einen kurzen Essay für den

Figaro littéraire, einen Essay, der später, als er unter dem Titel ›Sartre Resartus‹ gedruckt wurde, eine ziemliche Kontroverse entfachte. Ich war bei dem Abschnitt über die richtige Umhüllung der Seele angelangt, als ich zu meinem Erstaunen und zu meinem Kummer das unmißverständliche sanft ploppende Geräusch einer platzenden Kaugummiblase vernahm. Ich blickte meinen Sprößling ernst an und sah ihn vor sich hin kauen. Seine Wangen waren vor Bestürzung gerötet, und die Muskeln seiner Kiefer standen hart hervor.

»Du kennst die Regel«, sagte ich kalt.

Zu meiner Überraschung traten ihm Tränen in die Augen, und während seine Kiefer fortfuhren, gewaltig zu kauen, erzwang sich seine schluchzende Stimme einen Weg an dem riesigen Bubble-Gum-Klumpen in seinem Mund vorbei. »Das war ich nicht!«

»Was soll das heißen, du warst es nicht!« fragte ich zornig. »Ich habe es deutlich gehört, und jetzt sehe ich es deutlich.«

»O nein, Sir!« stöhnte er. »Ich war es wirklich nicht. Ich kaue es nicht. Es kaut mich.«

Ich sah ihn einen Augenblick scharf an. Er ist ein ehrliches Kind, das sich nur unter dem größten Druck eines Vorteils eine Unwahrheit erlaubt. Ich hatte den schrecklichen Gedanken, daß das Kaugummi es schließlich geschafft hatte und der Verstand meines Sohnes ins Wanken geraten war. Falls dies zutraf, war es besser, vorsichtig zu Werke zu gehen. Ruhig streckte ich meine Hand aus. »Leg es hier hinein«, sagte ich freundlich.

Tapfer versuchte mein Sohn, das Kaugummi aus seinem Mund zu holen. »Es läßt mich nicht los«, stotterte er.

»Mach auf«, sagte ich und steckte meine Finger in seinen Mund. Ich ergriff den großen Brocken Kaugummi, und nach einem Kampf, bei dem meine Finger immer wieder abglitten, gelang es mir, ihn herauszuziehen und den häßlichen Klumpen auf einen Stapel weißen Manuskriptpapiers auf meinem Schreibtisch zu legen.

Für einen Augenblick schien das Kaugummi dort auf dem Papier zu erzittern und begann dann mit gemächlicher Langsamkeit sich wellenförmig zu bewegen, an- und abzuschwellen, genauso, als ob es gekaut würde, während mein Sohn und ich es anglotzten.

Wir beobachteten es lange Zeit, während ich mir das Gehirn nach einer Erklärung zermarterte. Entweder träumte ich, oder irgendeine bisher noch unbekannte Kraft hatte sich des pulsierenden Bubble-gum auf dem Schreibtisch bemächtigt. Ich bin nicht ganz dumm, und während ich das anstößige Ding betrachtete, rasten hundert kleine Gedanken und Verständnisschimmer durch mein Gehirn. Schließlich fragte ich: »Wie lange kaut es dich schon?«

»Seit letzter Nacht«, antwortete er.

»Und wann hast du diese – diese Neigung seinerseits zuerst bemerkt?«

Er sprach mit völliger Aufrichtigkeit. »Ich bitte Sie, Sir, glauben Sie mir«, sagte er. »Am vergangenen Abend legte ich es vor dem Schlafengehen unter mein Kopfkissen, so wie ich es immer tue. In der Nacht wachte ich auf, um festzustellen, daß es in meinem Mund war. Ich legte es wieder unter mein Kissen, und heute morgen war es wieder in meinem Mund, ohne sich zu bewegen. Als ich jedoch richtig wach wurde, spürte ich eine leichte Bewegung, und kurz danach dämmerte mir, daß ich nicht mehr Herr des Kaugummis war. Es hatte die Führung übernommen. Ich versuchte es zu entfernen, aber es ging nicht. Sie haben selbst gesehen, wie schwer es bei all Ihrer Kraft war, es herauszuholen. Ich bin in Ihr Arbeitszimmer gekommen, um zu warten, bis Sie frei wären, damit ich Ihnen von meinem Problem hätte erzählen können. O Daddy, was glauben Sie, ist nur geschehen?«

Das krebsartige Ding hielt meine ganze Aufmerksamkeit gefangen.

»Ich muß darüber nachdenken«, antwortete ich. »Dies ist eine etwas ungewöhnliche Geschichte, und ich meine, sie sollte nicht ohne Untersuchung abgetan werden.«

Während ich sprach, ging eine Verwandlung mit dem Kaugummi vor. Es hörte auf, sich zu kauen, und schien sich einen Moment auszuruhen. Dann glitt es mit einer fließenden Bewegung wie jene Einzeller der Paramecium-Ordnung über den Schreibtisch geradewegs auf meinen Sohn zu. Für einen Augenblick war ich völlig verblüfft, und während eines noch etwas längeren Augenblicks versäumte ich es, seine Absicht zu erkennen. Es ließ sich auf Johns Knie fallen und kletterte schauerlich an der Vorderseite seines Hemdes hinauf. Erst da begriff ich. Es versuchte wieder in seinen Mund zu gelangen. Gelähmt vor Entsetzen, blickte er darauf hinunter.

»Halt«, schrie ich, denn ich erkannte, daß mein Drittgeborener in Gefahr war, und in solchen Momenten bin ich zu einer Gewalttätigkeit fähig, die ans Mörderische grenzt. Ich riß das Monster von seinem Kinn und verließ mit großen Schritten mein Arbeitszimmer, betrat den Wohnraum, öffnete das Fenster und schleuderte das Ding in den lebhaften Verkehr auf der Rue de M.

Ich glaube, es ist die Pflicht eines Elternteils, wann immer möglich Erlebnisse abzuwehren, die Träume oder ein Trauma hervorrufen können. Ich ging in mein Arbeitszimmer zurück und fand John an derselben Stelle vor, an der er gesessen hatte, als ich ihn verließ. Er starrte ins Leere. Zwischen seinen Augenbrauen zeichnete sich eine sorgenvolle Linie ab.

»Sohn«, sagte ich, »du und ich, wir haben etwas gesehen, was anderen wohl nur schwerlich mit Erfolg zu erklären ist, auch wenn wir wissen, daß es passiert ist. Ich bitte dich, dir die Szene vorzustellen, wenn wir den anderen Familienmitgliedern diese Geschichte erzählen. Ich fürchte sehr, daß wir zum Gespött des Hauses würden.«

»Ja«, sagte er widerstandslos.

»Deshalb schlage ich vor, mein Sohn, daß wir diese Episode tief in unserer Erinnerung verschließen und keiner Seele davon erzählen, solange wir leben.« Ich wartete auf seine Zustimmung, und als sie nicht kam, sah ich hoch und blickte in sein vor Entsetzen verzerrtes Gesicht. Seine Augen starrten auf einen Fleck. Ich drehte meinen Kopf in die Richtung seines Blicks, unter der Tür kroch eine papierdünne Masse hindurch, die, sobald sie in den Raum gelangt war, zu einem grauen Klumpen anwuchs und auf dem kleinen Teppichläufer liegenblieb, pulsierend und kauend. Nach einem kurzen Moment schlug er mit scheinfüßchenhafter Bewegung wieder die Richtung zu meinem Sohn hin ein.

Ich unterdrückte meine Panik, während ich zu dem Klumpen stürzte. Ich ergriff ihn und warf ihn auf den Schreibtisch; dann nahm ich von der Wand eine afrikanische Keule, die zwischen den Trophäen hing, ein schreckliches, messingbeschlagenes Instrument, und drosch damit auf das Kaugummi ein, bis ich außer Atem und es ein formloses Gebilde war. In dem Moment, in dem ich innehielt, zog es sich wieder zusammen, kaute einige Augenblicke sehr schnell, als ob es über meine Ohnmacht in sich hineinlachte, und bewegte sich dann unerbittlich auf meinen Sohn zu, der inzwischen in einer Ecke kauerte und vor Entsetzen stöhnte.

Nun ergriff mich Kaltblütigkeit. Ich hob das ekelhafte Ding auf und wickelte es in mein Taschentuch, eilte aus dem Haus, ging drei Blocks bis zur Seine und schleuderte das Taschentuch in die langsame Strömung.

Ich verbrachte einen guten Teil des Nachmittags damit, meinen Sohn zu beruhigen und ihm zu versichern, daß es mit seinen Ängsten vorbei sei. Aber er war so nervös, daß ich ihm eine halbe Barbiturattablette geben mußte, damit er in jener Nacht einschlafen konnte, während meine Frau darauf bestand, daß ich einen Arzt rief. Zu der Zeit wagte ich noch nicht, ihr zu sagen, warum ich ihrem Wunsch nicht gehorchen konnte.

In der Nacht wurde ich aufgeweckt, ja, das ganze Haus wurde aufgeweckt, als ein erstickter Schreckensschrei aus dem Kinderzimmer drang. Ich rannte zwei Stufen auf einmal nehmend die Treppe hinauf, stürzte ins Zimmer und knipste noch im Laufen das Licht an. John saß kreischend im Bett, während er mit den Fingern in seinem halboffenen Mund grub, einem Mund, der, grausig anzusehen, immer weiter kaute. Eine Blase kam zwischen seinen Fingern zum Vorschein und platzte mit einem feuchten Plopp-Geräusch.

Welche Chance hatten wir jetzt noch, unser Geheimnis zu wahren! Alles mußte erklärt werden, aber das mit der Eishacke auf ein Brotschneidebrett geheftete ploppende Kaugummi machte die Erklärung leichter, als sie es sonst vielleicht gewesen wäre. Und ich bin stolz auf die Hilfe und den Trost, die mir zuteil wurden. Es geht doch nichts über die Stärke der Familie. Unsere französische Köchin löste das Problem, indem sie sich selbst dann weigerte, es zu glauben, als sie es sah. Das sei nicht vernünftig, meinte sie, und sie sei ein vernünftiges Mitglied eines vernünftigen Volkes. Das spanische Dienstmädchen bestellte und bezahlte einen Exorzismus durch den Gemeindepriester, der, armer Mann, nach zwei Stunden angestrengter Bemühungen wieder wegging, vor sich hin murmelnd, daß dies eher eine Angelegenheit des Magens als der Seele sei.

Zwei Wochen lang wurden wir von dem Monster belagert. Wir verbrannten es im Kamin und ließen es zischend und blaue Flammen sprühend zu einem ekelhaften Dreckklumpen in der Asche schmelzen. Bevor es Morgen wurde, war es durch das Schlüsselloch des Kinderzimmers gekrochen, eine

Spur Holzasche auf der Tür hinterlassend, und wieder wurden wir durch Schreie von unserem Jüngsten geweckt.

Verzweifelt fuhr ich weit aufs Land und warf es aus meinem Auto. Vor dem nächsten Morgen war es wieder zurück. Offenbar war es auf die Straße gekrochen und hatte sich unter den Pariser Verkehr gemischt, bis es von einem Lastwagenreifen mitgenommen wurde. Als wir es aus Johns Mund rissen, trug es noch den Gleitschutzabdruck von Michelin an der Seite.

Erschöpfung und Frustration fordern ihren Tribut. Entkräftet, mit geschwächtem Kampfwillen und nachdem wir jede nur mögliche Methode, das Kaugummi loszuwerden oder zu vernichten, ausprobiert hatten, legte ich es schließlich unter eine Glasglocke, die ich gewöhnlich benutze, um mein Mikroskop abzudecken. Ich ließ mich auf einen Stuhl fallen und starrte es mit müden, besiegten Augen an. John schlief in seinem kleinen Bett unter dem Einfluß von Beruhigungsmitteln, im Vertrauen auf mein Versprechen, daß ich das Ding nicht aus dem Blick lassen würde.

Ich zündete mir eine Pfeife an und lehnte mich zurück, um es zu beobachten. Der graue, tumorartige Klumpen unter der Glasglocke bewegte sich ruhelos hin und her auf der Suche nach einer Fluchtmöglichkeit aus seinem Gefängnis. Von Zeit zu Zeit hielt er inne, wie um nachzudenken, und schickte eine Blase in meine Richtung. Ich konnte seinen Haß, den er auf mich hatte, spüren. In meiner Müdigkeit bemerkte ich, daß mein Geist in eine Analyse davonglitt, der ich bisher ausgewichen war.

Mit den Hintergründen war ich rasch fertig. Es mußte so sein, daß durch den ständigen Kontakt mit dem sprühenden Leben meines Sohnes das magische Leben in dem Bubblegum erzeugt worden war. Und mit dem Leben war die Intelligenz gekommen, nicht die männliche, offene Intelligenz des Jungen, sondern eine böse, berechnende Verschlagenheit.

Wie konnte es anders sein? Intelligenz ohne die Seele als Gegengewicht mußte zwangsläufig böse sein; das Kaugummi hatte keinen Teil von Johns Seele in sich aufgenommen.

Sehr gut, sagte mein Verstand, jetzt, da wir eine Hypothese für seinen Ursprung haben, wollen wir seine Natur betrachten. Was denkt es? Was will es? Was braucht es? Meine Gedanken sprangen hin und her wie ein Terrier. Es muß und will zu seinem Wirt zurück, zu meinem Sohn. Es möchte gekaut werden. Es muß gekaut werden, um zu überleben.

Im Innern der Glocke schob das Kaugummi einen dünnen Keil von sich selbst unter den schweren Glasfuß und zog sich zusammen, so daß das ganze Gefäß sich um den Bruchteil eines Zentimeters hob. Ich lachte, während ich es zurücktrieb. Ich lachte in beinahe irrsinnigem Triumph. Ich hatte die Lösung.

Im Eßzimmer besorgte ich mir einen durchsichtigen Plastikteller, einen von einem Dutzend, das meine Frau für ein Picknick auf dem Land gekauft hatte. Dann drehte ich die Glasglocke um, sicherte das Monster in ihrem Kuppelboden und beschmierte den Rand mit einem harten, garantiert wasser-, alkohol- und säurefesten Plastikklebstoff. Ich drückte den Teller auf die Öffnung und preßte ihn nach unten, bis der Kleber anzog und so, den Teller am Glas festhaltend, einen luftdichten Behälter schuf. Anschließend stellte ich die Glocke aufrecht hin und justierte die Leselampe, damit ich jede Bewegung meines Gefangenen beobachten konnte.

Wieder suchte es die Kreisfläche nach einer Fluchtmöglichkeit ab. Dann wandte es sich mir zu und produzierte in rascher Folge eine große Anzahl Blasen. Ich konnte die kleinen platzenden Plopps durch das Glas hören.

»Ich habe dich, mein Guter«, rief ich. »Endlich habe ich dich.«

Das war vor einer Woche. Seitdem habe ich mich nicht von der Glasglocke weggerührt und nur meinen Kopf gedreht, um eine Tasse Kaffee in Empfang zu nehmen. Wenn ich auf die Toilette gehe, übernimmt meine Frau meinen Platz. Ich kann nun die folgenden hoffnungsvollen Neuigkeiten melden.

Am ersten Tag und in der ersten Nacht versuchte das Bubble-gum auf jede nur erdenkliche Weise zu fliehen. Danach schien es einen Tag und eine Nacht lang aufgeregt und nervös zu sein, als ob es zum ersten Mal seine mißliche Lage erkannte. Am dritten Tag arbeitete es mit seinen Kaubewegungen, nur daß die Bewegungen extrem beschleunigt waren, wie das Kauen eines Baseball-Fans. Am vierten Tag begann es schwächer zu werden, und ich beobachtete mit Vergnügen eine Art Trockenheit auf seinem früher glatten und glänzenden Äußeren.

Heute ist der siebente Tag, und ich glaube, es ist fast vorbei. Das Kaugummi liegt in der Mitte des Tellers. Dann und wann hebt und senkt es sich. Seine Farbe hat sich in ein häßliches Gelb verwandelt. Als mein Sohn heute einmal den Raum betrat, sprang es aufgeregt hoch, schien dann seine Hoffnungslosigkeit zu erkennen und fiel auf dem Teller in sich zusammen. Ich glaube, es wird heute nacht sterben, und erst danach werde ich ein tiefes Loch im Garten graben, und ich werde die versiegelte Glasglocke hineinsetzen, sie zudecken und Geranien darauf pflanzen.

Es ist meine Hoffnung, daß diese Darstellung einige der dummen Geschichten zurechtrücken wird, die in der Nachbarschaft verbreitet werden.

HUGH ATKINSON

Blumensprache

Gott teilt Sensibilität, ebenso wie Schönheit, in sehr unter-
schiedlichem Maße aus. Es ist eine Begabung, die für den
Dichter unentbehrlich ist. Bei Politikern oder Enzyklopädie-
verkäufern ist Sensibilität wie eine Geschwulst auf der Nase.
Hätte man Mr. Herman gefragt, würde er den beiden Berufs-
gruppen den Bankmanager hinzugefügt haben.

Mit einem solch subtilen Einfühlungsvermögen, einer so
außergewöhnlichen Empathie begabt zu sein, daß man sich
bei jedem flüchtigen Kontakt und bei jeder Zufallsbekannt-
schaft in die Haut des anderen versetzt sieht, ist ein unange-
nehmer Zustand in einer Welt, die von einem verlangt, daß
man vor allem für sich selber sorgt. Für einen Bankmanager,
der mit Hypotheken und Darlehen zu tun hat, ist es so lästig
wie einzigartig. In seiner Jugend hatte Mr. Herman viele
qualvolle Gespräche mit seinen wenig sensiblen Vorgesetzten
zu erdulden. Nur dank seiner Erfahrung und der Nörgelei
seiner Frau gelang es ihm, die notwendige Disziplin aufzu-
bringen, um bis zum Pensionierungsalter in seinem unbequemen, ungeliebten Beruf auszuharren. Mr. Herman hatte
nie damit gerechnet, zu einem Bankjob verdammt zu werden.
Er hatte damit gerechnet, Weinhändler zu sein. Seine deutschen Vorfahren hatten sich vor hundert Jahren im Barossa-
Tal niedergelassen. Dort, zusammen mit anderen Deutschen, die vor religiöser Verfolgung geflohen waren, aßen die

Hermans deutsche Gerichte, sangen sie deutsche Lieder, heirateten sie andere Deutsche und pflanzten sie an den sonnengesprenkelten Talhängen Weinstöcke, die sie von der Rhone mitgebracht hatten. Die Reben waren grün, und der Wein war rot, und es gab viele deutsche Feste und Feiertage. Urgroßvater Herman und Großvater Herman, die gestorben waren, ohne Englisch gesprochen zu haben, waren dort als Weinhändler erfolgreich. Aber Vater Herman stellte fest, daß alle Erzeugnisse, die er kaufte, nicht halbwegs so kostbar waren wie die Fässer mit Wein, die er verkaufte. Er verlegte sich darauf, sein Produkt zu verbrauchen, was seine lutheranischen Brüder empörte, und als er voll und übelriechend wie seine weingetränkten Fässer dahingerafft wurde, hinterließ er einen vernachlässigten Weinberg und ein teutonisch genaues Verzeichnis seiner Schulden in einem Hauptbuch.

Der Niedergang des Vaters war qualvoll für die Sensibilität seines Sohnes, aber dennoch war es diesem unmöglich, kein Verständnis zu haben. Als ein Onkel dafür sorgte, daß er in die Bank eintreten konnte, mußte er, obwohl die Aussicht ihn entsetzte, anerkennen, daß dessen Argumente schlagender waren, und machte um seines Onkels willen gute Miene dazu.

Aber das Gefühl für die Reben und den Geruch umgegrabener Erde war zu tief, um von Zahlen ausgelöscht zu werden. Fünfundvierzig Jahre lang ging Herman seinen Pflichten nach wie ein Mann, der zu seiner Hinrichtung geht. Und kehrte abends in die Gärten zurück, die er pflegte, wie ein Mann, dem Aufschub gewährt worden ist. Mr. Hermans Gärten waren wunderbar anzusehen, und es zerriß ihm das Herz, sie zu verlassen. Aber wohin ihn die Bank auch versetzte, als erstes legte er einen neuen Garten an. Immer, ganz gleich wie verheerend das Klima oder der Boden waren, pflanzte Mr. Herman einen Rebstock.

Es war ein großer Tag und eine große Erleichterung, als Mr. Herman eine eigene Filiale bekam. Auch wenn es nicht viel mehr als ein Raum im neuesten Vorort von Adelaide war.

»Endlich«, sagte er zu seiner Frau, die er aus dem Barossa-Tal geheiratet hatte, »endlich kann ich Wurzeln schlagen. Dies wird mein letzter Garten sein.«

Seine Frau sagte: »Erster, letzter, was ist das für ein Unterschied? Manchmal denke ich, wenn ich dich wässern würde, Herman, dich bis zu den Knöcheln in ein Loch setzte, die Gießkanne nähme und dich wässerte, würde ich am nächsten Morgen feststellen, daß du immer noch dastehst und grüne Triebe aus deinen Ohren kommen.«

Seine Frau nannte ihren Mann Herman, weil sein Vorname Adolph war. Während des Krieges war das sehr peinlich gewesen. Wenn er seinen Namen nannte, wußte Mr. Herman genau, was andere dachten.

Herman hatte seine Filiale zehn Jahre lang geleitet, als er in die Hauptgeschäftsstelle gerufen wurde. In einem wachsenden Staat mit reichlichen Möglichkeiten wuchsen auch die Vorstädte und Banken. Der Personaldirektor, der allen Grund hatte, mit Hermans Lebenslauf vertraut zu sein, saß hinter einem großen Schreibtisch in einem getäfelten Raum und begrüßte Herman mit unnötigem Überschwang. Herman konnte an seinem Gesicht und seinem Verhalten ablesen, daß der Direktor sich unbehaglich fühlte. Sein Händedruck war überherzlich, und um die Augen lag ein besorgter Ausdruck. Herman dachte: ›Der arme Kerl hat etwas Unangenehmes zu sagen. Nach all den Jahren auf diesem Posten bereitet ihm Unangenehmes immer noch Kummer.‹ Bei seinem Mitgefühl für den Personaldirektor übersah er, daß alles Unangenehme, das in diesem Raum zur Sprache kam, ihn unverzüglich selbst treffen würde.

»Müssen fünf Jahre her sein, seit wir uns das letzte Mal gesehen haben«, sagte der Personaldirektor.

Herman dachte nach. Abgesehen von seinem schwachen Punkt, der Sensibilität, war er peinlich genau mit Zahlen.

»Vier Jahre und sieben Monate am dreiundzwanzigsten. Es war auf der Weihnachtsparty.«

»So war es, so war es.« Der Direktor schien erfreut über die Information.

Mr. Herman wartete.

»Das Geschäft bei Ihnen da draußen scheint kräftig zu wachsen.«

»Die Einlagen haben um achthundertzweiunddreißig Prozent zugenommen«, sagte Herman. »Darlehen haben...«

»Ja, ja«, meinte der Direktor. »Wußten Sie, daß da draußen eine Autofabrik gebaut wird?«

»Ich habe so ein Gerücht gehört.«

»Die Firma beabsichtigt, am Anfang fünfzehnhundert Leute zu beschäftigen. Das bedeutet eine große Bautätigkeit. Geschäfte, Wohnungen, Häuser und so weiter.«

»Darlehen?« bot Mr. Herman an.

»Darlehen und Hypotheken«, sagte der Direktor fest.

Herman dachte an seinen Garten. Ein zehn Jahre alter Garten. Der beste und größte, den er je angelegt hatte.

»Sie haben doch nicht etwa vor, mich zu versetzen?«

»Wir haben vor, Sie zu pensionieren.«

»Pensionieren? Aber ich habe noch fünf Jahre bis dahin.«

»Warum noch fünf Jahre warten? Wir haben einen Plan ausgearbeitet. Schauen Sie, hier sind die Zahlen.«

Als Mr. Herman leicht benommen das Zimmer verließ, war festgelegt worden, daß sein Ruhestand auf den Tag einen Monat später beginnen würde.

Mr. Herman ging nach Hause, um seiner Frau davon zu erzählen. Als sie sich von dem Schock erholt hatte, war sie als erstes um die Kürzung seiner Pension besorgt. Aber Herman erklärte ihr, daß der Verlust gering sei.

»Ach«, sagte sie, in die Sprache ihrer Kindheit verfallend,

wie sie es manchmal tat, wenn sie erregt war, »wir können ins Barossa-Tal zurückkehren und uns ein kleines Haus nehmen.«

Herman blinzelte durch seine Brillengläser.

»Nein«, entgegnete er, »wir werden genau hier bleiben. Ich werde keinen neuen Garten anfangen.«

Er war sich der Gefühle seiner Frau bewußt. Aber während seiner ganzen Ehe hatte er die Dinge getan, die *sie* wollte, und jetzt wollte er selber einmal etwas.

In der Bank teilte er die Neuigkeit seinem Personal mit und war gerührt, in ihren Gesichtern zu lesen, daß die routinemäßigen Floskeln des Bedauerns und der guten Wünsche von Herzen kamen und aufrichtig waren.

Als Oberst Cleary vom Kassierer die Neuigkeit erfuhr, marschierte er in Hermans Büro.

»Was zum Teufel ist das für eine Geschichte mit Ihrem Ruhestand?«

»Sie kennen das alte Sprichwort. Man soll in den Ruhestand gehen, solange man ihn noch genießen kann.«

»Dummes Zeug«, sagte Oberst Cleary, »Sie sind ja fast noch ein Junge. Ich nehme an, man wird Sie durch irgend so einen unerfahrenen Schnösel ersetzen, der keine Ahnung hat, wie man mit einem Gentleman umgeht.«

Oberst Cleary sah aus wie ein Cartoon-Oberst. Er hatte 1918 bei einem Kavallerie-Angriff an der indischen Front eine Lanze getragen. Nachdem er mit einer jämmerlichen Pension nach Australien in den Ruhestand gegangen war, hatte er in Herman einen verständnisvollen Bankier gefunden, der nie seinen Stolz verletzte, wenn er zwischen einem Pensionsscheck und dem nächsten sein Konto überziehen mußte. Da er chronisch pleite war, wie er es zu nennen pflegte, und keine Regimenter mehr zu befehligen hatte, war es für Oberst Cleary wichtig, daß ihn jemand mit Respekt behandelte. Mr. Herman hörte sich nicht nur seine Geschichten an, sondern führte auch das Konto des Obersts persönlich, als ob dieser sein größter Einlagenkunde wäre.

Am Morgen von Hermans letztem Tag in der Bank, bemühte sich der Oberst mit einem Päckchen zu ihm. Es war in Kreppapier gewickelt und hatte eine ungewöhnliche Form.

»Kleine Geste«, sagte der Oberst mit geröteter und grimmiger Miene, um seine Gefühle zu verbergen. »Zeichen der Wertschätzung, Sie verstehen.«

»Was ist es?« fragte Herman, während er sich die Brille aufsetzte.

»*Vanda Coerulea*, eine Kreuzung. Die Mutterpflanze kommt aus Nordindien. Wächst im Hochland, vorzugsweise auf kleinen Bäumen mit spärlichem Blattwerk, denn sie liebt das Sonnenlicht.«

Er löste das Papier.

»Hier«, sagte er, »habe sie selbst gezüchtet.«

Ein Kranz prächtiger Orchideenblüten nickte im Luftzug, der von der Tür kam.

Mr. Herman hielt den Atem an.

»Wie wunder-, wunderschön.«

Wie exotische Vögel, die im Flug auf der Stelle verharren, setzten die unirdisch blauen Blüten, kühn in dunkleren Schattierungen gemustert, ihr Nicken und Zittern fort.

Mr. Herman sagte: »Hat sie einen Duft?«

»Wie spät ist es?« fragte der Oberst.

Herman sah auf die Wanduhr.

Er antwortete: »Dreiundzwanzig Minuten vor zehn.«

»Dann werden Sie ihn jetzt nicht wahrnehmen. Ist noch zu früh. Die Sonne steht noch nicht hoch genug.«

Herman sagte: »Ich verstehe nicht.«

»Ganz einfach«, meinte der Oberst. »Die Pflanze ist nicht dumm. Gibt ihren Duft nur ab, wenn Insekten in der Nähe sind, so daß die Bestäubung während der Hitze des Tages stattfindet.«

»Wie ungewöhnlich«, bemerkte Herman.

»Sehen Sie diese Blätter?« Der Oberst berührte die langen grünen Streifen, die wie die Haube einer Kobra geformt waren. »Sie weisen immer von Osten nach Westen. Wenn Sie das verdammte Ding in nord-südliche Richtung drehen, wachsen die Blätter wieder nach Osten und Westen.«

»Mir fehlen die Worte«, sagte Herman, »ich habe nie zuvor eine Orchidee besessen.«

»Die verdammten Dinger reden mit Ihnen, wenn Sie sie kennenlernen. Ist Ihr Nachfolger schon eingetroffen?«

»Wir wurden gestern miteinander bekannt gemacht«, antwortete Herman.

»Wenn er meinen Erwartungen nicht entspricht, werde ich mein Konto verlegen, das können Sie ihm sagen, wer immer es ist.«

Der Oberst streckte seine Hand aus.

»Auf Wiedersehen und viel Glück, und ich gebe gern zu, daß es mir verdammt leid tut, Sie gehen zu sehen.«

Nach Geschäftsschluß gab es eine kleine Party in der Bank. Mr. Herman ging mit einem Silbertablett und der *Vanda Coerulea* nach Hause. In seinem Garten sah er sich um und stieß einen langen Atemzug aus. Die täglichen Erholungspausen, für die er gelebt hatte, dehnten sich nun endlos vor ihm aus.

Im Wohnzimmer stellte er die Orchidee hinter der Glasschiebetür ab.

Mrs. Herman sagte: »Ich mag sie nicht. Sie sieht durch und durch böse aus.«

»Sie ist wunderschön«, erwiderte ihr Mann. »Wie kann eine Blume böse sein?«

»Es ist ein abscheuliches Dschungelgewächs«, sagte Mrs. Herman und sah mit zusammengekniffenen Augen die Pflanze an. »Es ist schlimm genug, daß du deine ganze

Zeit im Garten vertust. Ich will nicht, daß du den Garten mit hereinbringst.«

Herman wandte ein: »Orchideen brauchen Feuchtigkeit. Diese kommt aus Indien.«

»Inder habe ich nie gemocht«, erwiderte Mrs. Herman, die noch nie in ihrem Leben einem Inder begegnet war. »Sie kann heute nacht hierbleiben, aber morgen früh kommt sie in den Garten.«

»Morgen früh«, sagte Herman, »stell dir nur vor, morgen früh.«

Mrs. Herman machte ein mißtrauisches Gesicht.

»Was ist mit morgen früh?«

»Ich muß nicht zur Bank gehen.«

»Wenn du glaubst, du kannst deine ganze Zeit im Garten verbringen, hast du dich sehr getäuscht. Die Abflußrinne muß gesäubert werden, und das Haus ist ein schrecklicher Anblick. Es muß innen und außen gestrichen werden.«

In der Küche klapperte sie mit den Töpfen herum. »Pensioniert«, hörte Herman sie sagen, »pensioniert in seinem Alter. Frauen können sich nicht pensionieren lassen. Kochen und Saubermachen gehen ewig weiter.«

Am nächsten Tag fuhr Mrs. Herman nach Adelaide hinein, um Besorgungen zu machen. Während sie ihre Handschuhe anzog, sagte sie zu ihrem Mann: »Wenn ich wiederkomme, will ich das scheußliche Ding hier nicht mehr sehen.«

Herman setzte sich hinter das Glas in die warme Sonne und las die Zeitung, nachdem seine Frau gegangen war. An der Orchidee war etwas, was ihm Sorgen machte, und er legte die Zeitung weg, um die Pflanze genauer zu betrachten. Es schien Herman, daß die Blüten ihre Farbe verändert hatten. Das unirdische Blau war verblaßt.

Er sagte: »Ich glaube, du bist nicht ganz glücklich. Vielleicht ist es zu heiß so dicht am Glas.«

Er stellte den Topf weiter nach hinten, wo die Sonne sich

mit Schatten mischte, und kehrte zu den Gartenmitteilungen zurück. Den Rest der Zeitung las Mr. Herman nie. Die menschlichen Katastrophen, die in der Presse zelebriert wurden, verursachten ihm immer Bestürzung und Schmerz. Als er fertig war, blickte er rasch zur Orchidee hin.

»Na, so was!« staunte er.

An der geschützten Stelle hatte die Pflanze ihre Farbe wiedergewonnen.

»Das gefällt dir, wie?« sagte Herman.

Die *Vanda Coerulea* nickte auf ihrem Stengel.

Während er das von seiner Frau zurückgelassene Frühstücksgeschirr abwusch, dachte Mr. Herman über die Blume nach. Es gab keinen Zweifel, daß seine Frau das Gewächs nicht im Haus dulden würde, und es gab auch keinen Zweifel, daß es einen Schutz brauchte.

»Ich werde ein Glashaus bauen, ja, das werde ich tun«, beschloß Mr. Herman plötzlich. Die Hände noch im Spülwasser, verspürte er ein freudig prickelndes Gefühl. Je mehr er darüber nachdachte, um so besser erschien ihm die Idee. Er konnte es kaum erwarten, damit anzufangen. Er schlug den guten Milchkrug an, weil er nicht achtgab, während das Glashaus in seinen Gedanken wuchs.

»Ich werde dir ein eigenes Haus bauen, was hältst du davon?« sagte er zu der *Vanda Coerulea*. Irgend etwas beunruhigte ihn beim Anblick der Pflanze, und dann fiel ihm die Sonne auf.

»Da stimmt etwas nicht«, sagte er, »aber ich weiß nicht, was es ist.«

Er sah wieder zur Sonne hin. »Geht im Osten auf und im Westen unter«, meinte er nachdenklich. »Natürlich. Das ist es. Ich habe dich falsch herum gestellt.«

Die streifenartigen, wie eine Kobra-Haube geformten Blätter waren leicht in Unordnung geraten.

Herman sagte: »Von Osten nach Westen, so ist es. Es muß

sehr ungemütlich sein anders herum, und sehr ermüdend und schmerzhaft.«

Während er sich auf den Fersen ein wenig zurücklehnte, auf einer Höhe mit den Blüten, stieg ihm ein seltsamer Geruch in die Nase. Es war ein schwacher, gleichzeitig jedoch penetranter und süßlicher Duft. Mr. Herman schnupperte und zog die Nase kraus, während er sich im Zimmer umsah. Auf den schweren, schlichten Möbeln standen Vasen mit Narzissen, Kreuzkraut, Gardenien und Nelken. Keine dieser Pflanzen war für den Reiz verantwortlich, der Mr. Hermans Geruchsnerven beleidigte. Beinahe widerstrebend beugte er sich über die *Vanda Coerulea*. Während er dies tat, stieß die Orchidee eine so intensive Duftwolke aus, daß er niesen mußte.

»Nicht zu glauben«, sagte Mr. Herman und schneuzte sich die Nase in ein Taschentuch. Er erinnerte sich, was Oberst Cleary ihm erzählt hatte. »Du bist völlig durcheinander«, sagte er zur Orchidee. »Es ist erst neun Uhr.« Unmerklich löste sich der schwere Duft auf und verschwand aus dem Raum.

»Was ist los?« sagte Herman. »Was, zum Teufel, ist denn nun passiert?« Er brachte seine Nase an die Blüten und schnupperte heftig. Keine Spur von einem Duft. Schließlich begann er zaghaft zu lächeln. »Ich glaube tatsächlich, du wolltest mir danken«, sagte er, »so wie ›Marmeladen-Kater‹ schnurrt, wenn ich ihn streichle.«

Mr. Herman fiel es schwer, sich zu konzentrieren, als er sich hinsetzte, um das Gewächshaus zu entwerfen. Der Geist des Dufts verfolgte seine Nasenflügel, und die Blume zog seine Augen an wie blaue Flammen.

Er könnte das Orchideenhaus in einem Tag bauen, wenn er vorgefertigte Holz- und Glaselemente verwendete. Aber es würde Zeit kosten, das Material zu besorgen, und so lange wäre die *Vanda Coerulea* ohne Schutz. Eine Garage für eine oder zwei Nächte würde genügen, aber Herman besaß keine Garage. Er hatte ein Auto. Wenn er den Rücksitz herausnähme, hätte die *Vanda Coerulea* ein behagliches Plätzchen. Glücklich ergriff Herman den Bleistift und begann fachmännisch Berechnungen anzustellen.

Er benötigte viel Zeit, um einen Holzhändler zu finden, der den Auftrag sofort ausführen konnte. Und noch mehr Zeit, um einen Glaser zu finden, der das erforderliche Glas auf Lager hatte. Es war später Nachmittag, als Herman aus dem Bus stieg, der am Ende seiner Straße hielt. Mrs. Herman war aus der Stadt zurück. Das Auto stand in der Einfahrt. Mr. Herman beschloß, eine Probe zu machen. Als er den Rücksitz herausnahm, fand er eine Drei- und eine Achtpencemünze, neun Haarnadeln, einen Lippenstift und ein Päckchen mit zehn zerdrückten Zigaretten einer Sorte, die vom Markt verschwunden war. Herman machte sorgfältig sauber und brachte den Sitz wieder an seinen Ort. Er dachte daran, eines der vorderen Fenster herunterzukurbeln, damit die *Vanda* Luft bekam, ohne Zug ausgesetzt zu sein. Er machte sich Sorgen, daß seine Frau die Orchidee schon umgestellt haben könnte, so wie sie diese verabscheute. Vielleicht in Nord-Süd-Richtung oder, schlimmer, ganz aus dem Haus.

Die Orchidee stand so da, wie er sie verlassen hatte. Aber die Blüten hingen bleich und traurig herab.

»Hast du die Orchidee angerührt?« erkundigte sich Herman, kaum daß er das Zimmer betreten hatte.

»Sprichst du mit mir?« sagte Frau Herman mit einem gefährlichen Unterton.

»Mit wem denn sonst? Ich habe gefragt, ob du die Orchidee angerührt hast?«

Mrs. Herman sah zu ihrem Mann, zur Pflanze und dann wieder zurück.

»Ich würde das ekelhafte Ding nicht mit einem Stock anrühren. Wo bist du bis jetzt gewesen?«

»Warum hat sie dann ihre Farbe verloren?« sagte Herman aufgeregt und ignorierte die Frage seiner Frau.

»Farbe verloren?« wiederholte sie, ziemlich aus der Fassung gebracht, und sah mit großen Augen ihren Mann an.

»Du kannst mich verstehen, oder?« fuhr Herman sie an. »Du verstehst Englisch, oder nicht?«

»Ein bißchen besser als die Hermans. Es sind bekanntlich die Hermans, die drei Generationen gebraucht haben, um ein englisches Wort herauszubringen.«

Mr. Herman verlor die Orientierung bei diesem plötzlichen Themenwechsel.

Er sagte: »Wovon redest du?«

»Wovon redest *du*?« fragte Mrs. Herman. »Kommst abends um sechs nach Hause und plapperst etwas von Blumen daher, die die Farbe verlieren.«

Jetzt verstand Herman und sah rasch die *Vanda Coerulea* an. Dann setzte er seine Brille ab. Und setzte sie wieder auf. Während er die Orchidee beobachtete, ließ sie die Farbe in ihre Blütenblätter zurückströmen. Nach einer Minute standen die Blüten wieder aufrecht auf ihrem Stiel und glühten unirdischer als jemals zuvor.

»Ich habe dich gefragt, wo du gewesen bist. Schaff das Ding aus dem Haus. Wer hat meinen guten Milchkrug angeschlagen?«

Obwohl sie alles auf einmal sagte, machte es keinen Eindruck auf Herman. Mit Verwunderung auf dem Gesicht betrachtete er die *Vanda*.

Mrs. Herman fühlte sich unbehaglich, und der Klang ihrer Stimme tröstete sie.

Sie sagte: »Ich habe gehört, daß pensionierte Männer senil werden, aber ich habe nicht erwartet, daß es in nur vierundzwanzig Stunden passiert.«

Sie sagte: »Geld für ein Glashaus auszugeben, wo jedes Zimmer einen neuen Anstrich braucht.«

Sie sagte: »Nicht einmal das Spülen kann man dir anvertrauen, ohne daß du Geschirr zerbrichst.«

Nachdem sie gegessen hatten und Herman mit der *Vanda Coerulea* hinausgegangen und ohne sie wieder zurückgekehrt war, wartete Mrs. Herman, bis im Fernsehen die Sendung ›In deinem Garten‹ kam. Dann wechselte sie das Programm und setzte sich verbissen hin, um die Nachrichten zu sehen. Gewöhnlich tat es Herman leid und er entschuldigte sich, wenn er sie verstimmt hatte. Jetzt stand er auf, um sich zum Schlafengehen fertig zu machen. Er sagte nichts über ›In deinem Garten‹.

Als am nächsten Tag das Glas und das Holz geliefert wurden, begab sich Herman sogleich an die Arbeit. Seine Frau beobachtete vom Haus aus, wie er wild hämmerte, ohne eine Pause für eine Tasse Tee zu machen.

»Ich weiß nicht, was in den Mann gefahren ist«, dachte sie, während sie den Teppich saugte. Wo der Orchideentopf gestanden hatte, war ein Fleck. Das machte sie noch zorniger.

Herman stocherte in seinem Salat herum und lief hinterher fast zu seiner Arbeit zurück. Am Nachmittag mußte er zweimal ins Haus gehen, um Heftpflaster auf seine verletzten Finger zu kleben.

Es war dunkel, als er fertig war. »Das hätten wir geschafft. Was hältst du davon?« fragte er, während er ängstlich die traurig aussehende Blume anstarrte. Er beobachtete sie, bis seine Frau ihn rief.

Im folgenden Monat teilte Herman seine Zeit zwischen Anstreichen und Im-Glashaus-sitzen. Die Beziehungen zu seiner Frau waren so lange freundlich, wie er auf der Leiter stand. Wenn er die Orchidee besuchte, zeigte sie Anzeichen von Gereiztheit. Herman hatte sich angewöhnt, im Glashaus seinen Morgentee zu trinken, den er in einem Tonbecher dorthin mitnahm. Die *Vanda* verströmte ihren Duft, als Mrs. Herman Briefe brachte, die zur Post sollten. Kaum hatte sie ihren Kopf durch die Tür gesteckt, als der Duft ausging wie ein Licht. Und kaum hatte sie ihn mit einem Ausdruck des Ekels wieder zurückgezogen, verströmte die Orchidee von neuem mit unmißverständlicher Erleichterung ihren Duft.

»Du bist ein unartiges Ding«, schalt Herman. Aber irgendwie gefiel es ihm auch.

Sein ganzes Erwachsenenleben lang war Hermans Sensibilität um ihre Erfüllung betrogen worden. In seiner Gemeinschaft mit der *Vanda* gab es keinerlei Worthindernisse, die ihr triumphales Verständnis verwirrten. Keine Niedertracht des Egos, keine gemeinen Interessen, keine Ungleichheit des Geistes, die ihre vollkommene Beziehung störten. Die unsichtbare Sprache, in der sie sich verständigten, war eine Kostbarkeit an sich. Die Orchidee hing völlig von der Zuverlässigkeit seines Verständnisses ab. Wie ein Kind Wörter lernt, um seine Bedürfnisse mitzuteilen, so lernte Herman die Sprache der *Vanda*. Die langen Wurzeln waren aus dem Topf gekrochen – wie scheußliche Schnakenbeine, sagte seine Frau – und wurden weiß und durchsichtig, wenn die *Vanda* durstig war. Dann gab Herman ihr Wasser, bis die Wurzeln an den Spitzen wieder grün wurden.

Er vernachlässigte seinen prächtigen Garten, um mehr Zeit in Gesellschaft der Orchidee zu verbringen. Mrs. Herman fing an, sich darüber zu beklagen, obwohl sie sich zuvor über den Garten geärgert hatte. Das Verhältnis zwischen ihnen wurde quälend gespannt. Manchmal ertappte Herman sich dabei, daß er seine Frau mit der Orchidee verglich. Und gelangte zu dem Schluß, daß sie zwar eine tüchtige Hausfrau war, aber grob und vulgär in ihren Gefühlen.

Eines Tages, als Herman Farbe einkaufen gegangen war, traf er Oberst Cleary.

»Ich wechsle die Bank«, sagte der Oberst. »Ihr verdammter Nachfolger ist ein durch und durch Unberührbarer. Wie geht's der Orchidee?«

»Sie scheint nicht ganz in Ordnung zu sein«, antwortete Herman.

»Oh? Was hat sie?«

»Ich weiß es nicht genau.«

»Irgendeinen Pilz? Blattmilben? Schnecken?«

Mr. Herman machte ein erstauntes Gesicht.

»Natürlich nicht. Das hätte sie mir mitgeteilt.«

»Mitgeteilt?« wiederholte der Oberst.

»Zweifellos«, sagte Herman. »Sie hätte es mich sofort wissen lassen.«

Er dachte nach.

»Ich frage mich wirklich, ob sie nicht befruchtet werden will.«

Der Oberst sah Herman scharf an.

»Wissen Sie, wie man eine Orchidee kreuzt?«

»Ich könnte sie fragen, nehme ich an.«

»Wen fragen?«

»Einfach fragen«, meinte Herman vage.

Der Oberst sagte: »Wenn Sie mit mir nach Hause kommen, werde ich es Ihnen zeigen.«

»Ich sollte vielleicht besser zurückgehen«, entgegnete Herman, »sie sah heute morgen sehr kränklich aus.«

»Tut mir leid, das zu hören«, sagte der Oberst und dachte dabei an Hermans Frau.

»Ich glaube, das werde ich tun, wenn Sie so freundlich sind«, entschied Mr. Herman.

»Was tun?«

»Mit zu Ihnen nach Hause kommen.«

Oberst Cleary lebte bei seiner verheirateten Tochter in einer kleinen vom Haus getrennten Wohnung. In dem mit Militärtrophäen dekorierten Wohn-Schlafzimmer neigten sie sich über einen Orchideenkranz.

»So müssen Sie's machen«, sagte der Oberst. »Sehen Sie hier?« Er deutete auf das Zentrum der Blume. »Dies ist die

Lippe. Den kanuförmigen Vorsprung über der Lippe nennen wir Säule. Direkt hier an der Säule befindet sich eine kleine Kappe. Man bricht sie mit den Fingern ab, sehen Sie, so, und da sind die beiden Staubfäden.«

Die fleischige Kappe, die so sauber abgegangen war wie ein Helm, enthüllte zwei gelbe Staubbeutel von halber Streichholzkopfgröße.

Der Oberst pflückte sie mit einem Zahnstocher ab.

»Sie nehmen die Staubfäden und drücken sie hier unten auf den Staubbeutel.«

Mr. Herman sagte: »Ist das alles?«

»Das ist alles. Nach der Bestäubung wachsen zwei feine Stränge vom Staubbeutel zum Fruchtknoten hinunter. Wenn der Stengel unter dem Blütenkopf anschwillt, wissen Sie, daß das verdammte Ding schwanger ist.«

Mr. Herman nahm seine Brille ab, putzte sie und kratzte sich in seinem schütteren Haar.

Er sagte: »Sehr sexy, nicht wahr?«

Der Oberst erwiderte: »Sie brauchen etwas, das Größe und Textur hat, um es mit Ihrer *Vanda* zu kreuzen. Etwas Rundes, mit Fleisch in den Blütenblättern, um ihre verdammte Figur ein bißchen aufzubauen.«

»Was würden Sie vorschlagen?«

»Draußen habe ich eine *Cimbidium* namens Falstaff, die ich Ihnen für einen Fünfer überlassen könnte.«

Der Oberst litt unter chronischem Geldmangel und erhielt keine Unterstützung von Hermans Nachfolger.

»Sind Sie sicher, daß dieser Falstaff der Richtige für sie ist?«

»Sie könnten es nicht besser treffen«, sagte der Oberst. »Müßte etwas Hübsches draus werden.«

Als Mr. Herman in sein Glashaus zurückkehrte, schien die *Vanda* guter Stimmung zu sein. Er beschloß, sie noch nicht mit Falstaff bekannt zu machen, und stellte die neue Orchidee unter die Bank. Mr. Herman war nicht besonders erbaut von Falstaff. Die Blume war rotgefleckt, schwer und plump und erholte sich von einem Pilzbefall. Der Oberst hatte Herman eine Flasche Gift gegeben, mit dem Falstaff besprüht werden sollte. »Seien Sie verdammt vorsichtig«, hatte er gewarnt, »Orchideengifte sind hochgefährlich. Rauchen Sie nicht, wenn Sie es benutzen, und schrubben Sie sich hinterher kräftig die Hände ab.«

Als Herman nach Hause kam, gab es Ärger. Er hatte vergessen, die Farbe zu kaufen.

Am nächsten Morgen nahm er wie gewöhnlich seinen Teebecher und suchte das Glashaus auf.

»Ich habe etwas für dich«, sagte er zur *Vanda* und holte Falstaff unter der Bank hervor. Er stellte die beiden Töpfe nebeneinander. Die *Vanda* blieb völlig ausdruckslos. Herman verabreichte ihr gedüngtes Wasser und wartete, bis die Wurzeln grün glänzten.

»Es ist wohl besser, wenn ich dich ein bißchen einsprühe«, sagte er zu Falstaff. »Ich möchte nicht, daß du sie mit Pilz ansteckst.«

Er bereitete das Gift zu, wie man es ihm gesagt hatte, und war ziemlich nervös dabei. Der Oberst hatte einen großen Totenkopf mit gekreuzten Knochen auf die Flasche gemalt.

Als er an jenem Abend mit Anstreichen fertig war, ging Herman wieder zum Glashaus. Die Wurzeln der *Vanda* auf Falstaffs Seite hatten sich wieder in den Topf zurückgezogen. Er stellte die neue Orchidee ans Ende der Bank. Am nächsten Morgen hatten die Wurzeln der *Vanda* wieder ihre ursprüngliche Position eingenommen.

Als er dieses Mal mit seinem Tee kam, hatte er außerdem einen Bleistift und einen Schreibblock dabei.

Während er an dem Becher nippte, schrieb er oben auf eine Seite das Datum und machte folgende Eintragung: »Ich sehe Probleme voraus. Sie hat mir deutlich zu verstehen gegeben, daß meine Vorkehrungen nicht nach ihrem Geschmack sind.« Dann hob er Falstaff hoch und stellte ihn wieder neben die *Vanda*.

In den folgenden Wochen lauteten seine Aufzeichnungen:

»28. Oktober. Immer noch keine Fortschritte.«

»3. November. Als ich heute morgen hereinkam, nahm sie die gräßlichste Farbe an.«

»6. November. Ich habe alles versucht, sie versöhnlich zu stimmen, und bin sehr besorgt.«

»9. November. Ich sollte meine Bemühungen aufgeben, aber ihr Verhalten macht mich dickköpfig.«

Bei der ihm eigenen Sensibilität wollte Herman die Orchidee nicht bestäuben, ohne vorher sozusagen ihre Zustimmung erhalten zu haben. Sie lehnte nicht nur ihren rotgefleckten Gefährten ab, sondern ließ auch Anzeichen von Eifersucht erkennen. Herman hatte bemerkt, daß sie ihre Farbe veränderte, ihren Duft zurückhielt oder an den Wurzelspitzen weiß wurde, wenn er Falstaff mit Gift behandelte. In jenen schwierigen Wochen beschloß er mehrmals, aufzugeben und auf seinen Plan zu verzichten. Aber so wie die Dinge im Haus standen, war er wankelmütig.

Am 11. November notierte er in seinem Block: »Ich bin es leid, mich von Frauen schikanieren zu lassen.«

Am 13. November entdeckte er mit Bestürzung, daß die *Vanda* Falstaffs Pilz bekommen hatte. Seine Eintragung für diesen Tag lautete: »Es würde mich nicht wundern, wenn das ihre Art der Erpressung wäre. Sie weiß, daß ich mich vor dem Gift fürchte.«

Am 17. November erhielt Mrs. Herman einen Brief, der die Verlobung ihrer Nichte mit einem Nachkömmling einer der ältesten Familien des Barossa-Tals ankündigte. Es sollte eine Hausparty geben, und Tante und Onkel Herman wurden eingeladen, übers Wochenende zu bleiben.

Herman sagte: »Du wirst allein fahren müssen.«

Mrs. Herman sah ihn ungläubig an.

»Allein? Auf eine Wochenendparty? Zur Verlobung deiner eigenen Nichte?«

»Ich kann nicht weg«, sagte Herman.

»Was heißt das, du kannst nicht weg? Natürlich kannst du weg. Du bist pensioniert. Du kannst weg, wann immer du willst.«

»Ich kann nicht weg. Ich habe Probleme mit der Orchidee.«

Mrs. Herman explodierte. Nie hatte es eine solche Szene gegeben. Unterdessen wiederholte Herman die ganze Zeit, daß er nicht weg könne. Am Ende schloß sich Mrs. Herman in einer Flut von Tränen im Schlafzimmer ein. Sie wußte nicht, was sie tun oder wohin sie gehen sollte. Sie war davon überzeugt, daß ihr Mann verrückt geworden war.

Diese Szene, ebenso wie alles übrige, entfesselte in Herman die entscheidende Wut.

Er war auf und zum Glashaus unterwegs, ehe er sich's versah.

Dort riß er eine Kappe nach der anderen von Falstaffs Säulen ab und drückte, brutal wie ein Vergewaltiger, die Staubfäden auf die zurückweichenden Staubbeutel der *Vanda*.

Er war so durcheinander, als er den Akt beendet hatte, daß er sich ins Auto setzte und fünf Zigaretten rauchte.

Nach einer langen Zeit kehrte er ins Haus zurück. Mrs. Herman war immer noch im Schlafzimmer eingeschlossen. Er machte Tee und trug ihn nach draußen. Er wagte nicht, die *Vanda* anzusehen, holte jedoch das Gift hervor und besprühte ihren Pilz. Dann schrieb er auf den Block: »Ein trauriger Tag. Es wird nie mehr wie vorher zwischen uns sein.«

Das Gift tropfte von der Blütenkrone der *Vanda* herab

und sammelte sich in den Blattknoten. Wenn ein Knoten voll war, lief das Gift über und füllte den Knoten darunter.

Mr. Herman saß unglücklich da und starrte durch das Glas auf die vernachlässigten Dinge in seinem Garten.

Der Tonbecher stand neben dem Orchideentopf. Als sich der letzte Knoten gefüllt hatte, änderten die Blätter, die wie eine Kobrahaube vom Stiel standen, ihre Ost-West-Anordnung. Das unterste Blatt streckte sich wie eine Zunge nach vorn, und das Gift spritzte in den Tee.

Der große Mann mit den harten Gesichtszügen und einem Filzhut auf dem Kopf sagte zu dem anderen großen Mann: »Sie ist nach dem Streit in ihr Zimmer gegangen und hat ihn erst so gegen zwei Uhr gefunden. Sie sagte, er habe sich sehr merkwürdig benommen.«

Der andere Mann erwiderte: »Er hat seine Sache gründlich gemacht. Der Doktor meinte, das Gift in seinem Körper hätte gereicht, um ein Pferd zu töten.«

»Selbstmorde habe ich nie verstanden«, sagte der erste Mann. »Es ist schwer genug heutzutage, am Leben zu bleiben.«

»Vielleicht hat ihm seine Pensionierung zu schaffen gemacht. Manche werden damit nicht fertig. Sie denken, sie haben die besten Jahre hinter sich.«

»Ich nehme es an«, entgegnete der andere und nahm Mr. Hermans Notizblock in die Hand.

Der erste Mann sagte: »Dieses blaue Ding hat eine phantastische Farbe.«

»Heiliger Strohsack«, sagte der andere.

»Was ist?«

»Hör dir das an: Ich sehe Probleme voraus. Sie hat mir deutlich zu verstehen gegeben, daß meine Vorkehrungen nicht nach ihrem Geschmack sind ... 6. November: Ich habe alles versucht, sie versöhnlich zu stimmen, und ich bin sehr besorgt... 11. November: Ich bin es leid, mich von Frauen schikanieren zu lassen... 13. November: Es würde mich nicht wundern, wenn das ihre Art der Erpressung wäre. Sie weiß, daß ich mich vor dem Gift fürchte...«

»Zeig her«, sagte der erste Mann. Als er die Aufzeichnungen gelesen hatte, wiederholte er: »Sie weiß, daß ich mich vor dem Gift fürchte...«

Der Mann mit den harten Gesichtszügen faltete die Notizen sorgfältig zusammen und steckte sie in eine Innentasche.

»Tja«, sagte er, »dann gehen wir wohl besser rüber.«

Das Glashaus füllte sich mit einem süßen, penetranten Duft.

MARGARET MILLAR

McGowneys Wunder

Ich fand ihn schließlich durch reinen Zufall. Er wartete in der Powell Street auf ein Cable Car, ein kleiner, würdevoller, etwa sechzigjähriger Mann in schwarzem Mantel und grauem Filzhut. Er stand ein wenig abseits von den anderen, zurückhaltend, doch freundlich, die Hände etwas unterhalb der Brust gefaltet wie ein Pfarrer, der sich anschickt, eine Gruppe von Heiden zu segnen. Ich wußte, er war kein Pfarrer.

Ein Nebelschleier hing über San Francisco, er trübte die Lichter und dämpfte das Rattern der Cable Cars.

Ich stellte mich hinter McGowney und sagte: »Guten Abend.«

Seine Augen verrieten kein Wiedererkennen, in seiner Stimme schwang kein Zögern. »Nun, guten Abend, mein Herr.« Er drehte sich lächelnd um. »Wie nett von Ihnen, einen Fremden so freundlich zu grüßen.«

Einen Augenblick war ich fast bereit zu glauben, ich hätte mich getäuscht. Es sind viele Fälle perfekter Doppelgänger aktenkundig, und außerdem hatte ich McGowney seit Anfang Juli nicht mehr gesehen. Doch etwas Wesentliches konnte McGowney nicht verbergen: seine Stimme hatte noch immer den kehligen Tonfall des Leichenbestatters.

Er tippte an seinen Hut und ging rasch die Powell Street hinauf, wobei der Mantel wie gebrochene Flügel um seine mageren Beine flatterte.

In der Mitte des Häuserblocks drehte er sich um, um zu sehen, ob ich ihm folgte. Das tat ich. Er ging weiter und schüttelte den Kopf, als ob mein Interesse an seiner Person ihn echt verwunderte. An der nächsten Ecke blieb er vor einem Kaufhaus stehen und wartete auf mich, ans Schaufenster gelehnt, die Hände in den Taschen.

Als ich bei ihm angekommen war, sah er stirnrunzelnd zu mir auf. »Ich weiß nicht, warum Sie mir folgen, junger Mann, aber...«

»Warum fragen Sie mich nicht, McGowney?«

Aber er fragte nicht. Er wiederholte nur seinen Namen, »McGowney«, mit überraschter Stimme, als hätte er ihn seit langem nicht mehr gehört.

Ich sagte: »Ich bin Eric Meecham, Mrs. Keatings Anwalt. Wir sind uns schon begegnet.«

»Ich bin vielen Leuten begegnet. An einige erinnere ich mich, an andere nicht.«

»Sicher erinnern Sie sich an Mrs. Keating. Sie führten im vergangenen Juli ihre Bestattung durch.«

»Natürlich, natürlich. Eine wunderbare, eine ganz wunderbare Frau. Ihr Hinscheiden betrübte die Herzen aller, die in den Genuß ihrer Bekanntschaft gekommen waren, die die Süße ihres Lächelns gekostet hatten...«

»Hören Sie auf, McGowney. Mrs. Keating war ein scharfzüngiger Drachen und hatte keine Freunde auf dieser Welt.«

Er wandte sich von mir ab, doch ich konnte sein angespanntes, ängstliches Gesicht im Spiegel des Schaufensters sehen.

»Sie sind weit weg von zu Hause, McGowney.«

»Ich bin jetzt hier zu Hause.«

»Sie haben Arbana ziemlich plötzlich verlassen.«

»Für mich war es nicht plötzlich. Zwanzig Jahre lang hatte ich geplant wegzugehen, und als die Zeit gekommen war, ging ich. Damals war Sommer, aber ich mußte immer an den kommenden Winter denken und daß alles sterben würde. Ich hatte genug vom Tod.«

»Mrs. Keating war ihre letzte – Kundin?«

»Ja.«

»Ihr Sarg wurde letzte Woche exhumiert.«

Ein Cable Car kroch den Berg hoch wie ein betrunkenes Schaukelpferd, an den Seiten quollen die Fahrgäste heraus. Völlig unerwartet schoß McGowney auf die Straße und lief hinter der Bahn her den Berg hinauf. Trotz seines Alters hätte er es schaffen können, doch der Wagen war so überfüllt, daß er sich nirgends festhalten konnte. Er hörte zu laufen auf, stand bewegungslos mitten auf der Straße und blickte dem Cable Car nach, wie es sich nach vorn warf und den Berg hinaufkämpfte. Ohne das Hupen und Schreien der Autofahrer zu beachten, ging er langsam zum Gehsteig zurück, wo ich wartete.

»Sie können nicht fortlaufen, McGowney.«

Er blickte mich erschöpft an, ohne etwas zu sagen. Dann holte er ein leicht verschmutztes Taschentuch heraus und wischte sich den Schweiß von der Stirn.

»Die Exhumierung kann keine große Überraschung für Sie sein«, sagte ich. »Sie schrieben mir doch den anonymen Brief, in dem Sie dies anregten. Er wurde in Berkeley abgestempelt. Deshalb bin ich hier in dieser Gegend.«

»Ich habe Ihnen keinen Brief geschrieben«, sagte er.

»Die Information, die er enthielt, konnte nur von Ihnen stammen.«

»Nein. Es gab noch jemanden, der genauso viel wußte wie ich.«

»Wer?«

»Meine – Frau.«

»Ihre Frau.« Das war die überraschendste Antwort, die er mir geben konnte. Mrs. McGowney war zusammen mit ihrer einzigen Tochter während der Grippeepidemie nach dem

Ersten Weltkrieg gestorben. Das ist eine Geschichte, die in einer Kleinstadt wie Arbana selbst nach fünfunddreißig Jahren noch die Runde macht: McGowney, der nach seiner Entlassung aus der Armee arbeitslos war, hatte für das Doppelbegräbnis nicht genügend Geld gehabt, und als der Bestattungsunternehmer ihm anbot, in einer Lehre die Schuld bei ihm abzuarbeiten, hatte McGowney angenommen. Es war allgemein bekannt, daß er nach dem Tod seiner Frau keine andere Frau mehr angesehen hatte, außer aus beruflichen Gründen natürlich.

Ich sagte: »Sie haben also wieder geheiratet.«

»Ja.«

»Wann?«

»Vor sechs Monaten.«

»Unmittelbar nachdem Sie Arbana verlassen hatten.«

»Ja.«

»Sie haben nicht viel Zeit verloren, ein neues Leben zu beginnen.«

»Das konnte ich mir nicht leisten. Ich bin nicht mehr der Jüngste.«

»Haben Sie eine Ortsansässige geheiratet?«

»Ja.«

Erst später merkte ich, daß er mit »ortsansässig« nicht wie ich San Francisco, sondern Arbana meinte.

Ich sagte: »Sie glauben, daß Ihre Frau mir den anonymen Brief geschrieben hat?«

»Ja.«

Die Straßenbeleuchtung ging an, und ich bemerkte, daß es spät und kalt wurde. McGowney stellte seinen Mantelkragen hoch und zog sich ein Paar schlechtsitzende weiße Baumwollhandschuhe über. Ich hatte ihn solche Handschuhe bereits früher tragen sehen; sie gehörten ebenso zu seiner beruflichen Ausstattung wie seine kehlige Stimme und sein reicher Schatz an sentimentalen Aphorismen.

Er bemerkte meinen Blick auf die Handschuhe und sagte, beinahe entschuldigend: »Geld ist heutzutage etwas knapp. Meine Frau strickt mir gerade ein Paar Wollhandschuhe zum Geburtstag.«

»Sie arbeiten nicht?«

»Nein.«

»Für einen Mann mit Ihrer Erfahrung sollte es nicht schwer sein, eine Stelle in Ihrer Branche zu finden.« Ich war ziemlich sicher, daß er sich nicht einmal um eine beworben hatte. Während der letzten paar Tage hatte ich fast jeden Leichenbestatter im Bay-Gebiet aufgesucht; McGowney war bei keinem von ihnen gewesen.

»Ich möchte keine Stelle in meiner Branche«, erwiderte McGowney.

»Das ist das einzige, was Sie gelernt haben.«

»Ja. Aber ich glaube nicht mehr an den Tod.«

Er sagte das mit so schlichter Ernsthaftigkeit wie: ›Ich spiele nicht mehr Siebzehnundvier‹, oder ›Ich esse keine gesalzenen Erdnüsse mehr‹.

Tod, Siebzehnundvier oder gesalzene Erdnüsse – über keines der Themen wollte ich mit McGowney diskutieren, deshalb sagte ich: »Mein Auto steht in der Garage des Canterbury Hotels. Lassen Sie uns hingehen und es holen, ich werde Sie nach Hause fahren.«

Wir gingen Richtung Sutter Street. Zum Strom der Einkaufenden hatten sich die Büroangestellten hinzugesellt, doch all die Menschen, der Lärm und das Durcheinander ließen McGowney unberührt. Er ging ruhig neben mir her, lächelte leicht in sich hinein, wie ein Mann, der die Fähigkeit entwickelt hat, von Zeit zu Zeit der Welt den Rücken zu kehren und auf einer fernen, glücklichen Insel ganz für sich zu leben. Ich fragte mich, wo McGowneys Insel sein mochte und wer mit ihm dort lebte.

Nur eines wußte ich mit Sicherheit: Auf McGowneys Insel gab es keinen Tod.

Plötzlich sagte er: »Es muß sehr schwierig gewesen sein.«

»Was?«

»Die Exhumierung. Der Boden wird da hinten im Osten so hart im Winter. Ich nehme an, Sie waren nicht dabei, Mr. Meecham?«

»Doch.«

»Meine Güte, das ist kein Ort für einen Amateur.«

Da hatte er genau ins Schwarze getroffen, das war kein Ort für irgend jemand. Der Friedhof war weiß vom Schnee, der in der Nacht gefallen war. Die Morgendämmerung brach gerade an, wenn man das dürftige, widerwillig zum Vorschein kommende Licht überhaupt Morgendämmerung nennen konnte. Auf dem einfachen Grabstein aus Granit stand geschrieben: ELEANOR REGINA KEATING, 3. OKTOBER 1899 – 30. JUNI 1953. EINE GESEGNETE IST VON UNS GEGANGEN, EINE GELIEBTE STIMME IST VERSTUMMT.

Die Gesegnete war tatsächlich weg. Zwei Stunden später, als der Sarg nach oben gezogen und geöffnet worden war, war der Geruch, der von ihm ausging, kein Todesgeruch, sondern der Geruch von verrotteten Zeitungen und von durch Schimmel graugrün gefärbten Steinen.

Ich sagte: »Sie wissen, was wir gefunden haben, nicht wahr, McGowney?«

»Selbstverständlich, ich führte das Begräbnis durch.«

»Sie übernehmen die alleinige Verantwortung dafür, daß ein leerer Sarg begraben wurde?«

»Nicht die alleinige Verantwortung, nein.«

»Wer steckte mit Ihnen unter einer Decke? Und warum?«

Er schüttelte bloß den Kopf.

Als wir an einer Verkehrsampel warteten, unterzog ich McGowneys Gesicht einer Prüfung, um den Grad seiner geistigen Gesundheit einzuschätzen. Seiner Handlungsweise schien keine Logik zugrundezuliegen. Mrs. Keating war auf ganz unmysteriöse Weise an einem Herzanfall gestorben und, gemäß ihren Anweisungen an mich, in einem geschlossenen Sarg begraben worden. Der Arzt, der den Totenschein ausgestellt hatte, war über jeden Zweifel erhaben. Er war an jenem Tag gerade zufällig in Mrs. Keatings Haus gewesen und hatte nach der älteren Tochter, Mary, gesehen, die an einer Erkältung litt. Er hatte Mrs. Keating untersucht, ihren Tod festgestellt und nach McGowney geschickt. Zwei Tage später hatte ich die immer noch (ob aus Kummer oder wegen der Erkältung, weiß ich nicht) schniefende Mary zum Begräbnis begleitet. McGowney sagte und tat wie gewöhnlich das Richtige.

Bis auf eines. Er versäumte es, Mrs. Keatings Leichnam in den Sarg zu legen.

Zeit war vergangen. Niemand hatte um Mrs. Keating besonders getrauert. Sie war ihrem Mann, der bei einer Sauftour in New Orleans getötet worden war, und ihren beiden Töchtern, die dem Vater ähnelten, zwar geistig und moralisch überlegen, aber dennoch eine unglückliche Frau gewesen. Ich war seit drei Jahren Mrs. Keatings Anwalt. Ich hatte mich immer gern mit ihr unterhalten; sie hatte eine schnelle Auffassungsgabe und einen beißenden Humor. Aber wie es bei Reichen oft der Fall ist, die um das Privileg der Arbeit und der Befriedigung, die diese verschafft, gebracht worden sind, war sie eine Frau gewesen, die einsam war und sich langweilte und Verzweiflung auf ihrer Schulter trug wie einen gehätschelten Sittich, den sie bisweilen mit Brocken bitterer Erinnerungen fütterte.

Unmittelbar nach Mrs. Keatings Begräbnis hatte McGowney sein Unternehmen verkauft und die Stadt verlassen. Niemand in Arbana hatte die beiden Ereignisse miteinander in Verbindung gebracht, bis kurz vor Mrs. Keatings Testamentseröffnung der anonyme Brief aus Berkeley eintraf. Der an mich gerichtete Brief hatte die Exhumierung nahegelegt und darauf hingewiesen, daß das Testament für ungültig erklärt werden müsse, da der Tod nicht nachgewiesen werden könne. Mir fiel kein Grund ein, warum McGowneys neue Frau den Brief geschrieben haben sollte, es sei denn, sie wäre seiner überdrüssig geworden und hätte diese umständliche Methode gewählt, ihn loszuwerden.

Die Fußgängerampel wurde grün, McGowney und ich überquerten die Straße und warteten unter der Hotelmarkise, während der Portier nach meinem Auto schickte.

Ich sah McGowney nicht an, konnte aber spüren, daß er mich aufmerksam beobachtete.

»Sie denken, ich bin verrückt, nicht wahr, Meecham?«

Die Frage traf mich unvorbereitet. Ich versuchte, ein unverbindliches Gesicht zu machen.

»Ich behaupte nicht, vollkommen normal zu sein, Meecham. Sie etwa?«

»Ich versuche es.«

McGowneys Hand in dem schlecht sitzenden Handschuh berührte meinen Arm, und es kostete mich Überwindung, sie nicht wegzuschlagen. Sie setzte sich wie eine verwundete Taube auf meinen Mantelärmel. »Aber nehmen Sie einmal an, Sie hätten ein ungewöhnliches Erlebnis gehabt.«

»Wie Sie?«

»Wie ich. Es war ein Schock, ein großer Schock, obwohl ich immer ahnte, daß es eines Tages geschehen würde. Jedesmal, wenn ich einen neuen Fall hatte, lauerte ich darauf. Ich hatte es immer im Sinn. Man könnte sogar sagen, ich *wollte* es.«

Zwei Schweißbahnen rannen hinter meinen Ohren in meinen Kragen. »Was wollten Sie, McGowney?«

»Ich wollte, daß sie wieder lebte.«

Erst jetzt merkte ich, daß der Portier mir Zeichen gab. Mein Auto stand mit laufendem Motor am Bordstein.

Ich setzte mich hinter das Steuer, und mit merklichem Zögern, als ob er das, was er mir erzählt hatte, bereits bedauerte, folgte McGowney mir ins Auto.

»Sie glauben mir nicht«, sagte er, als wir losfuhren.

»Ich bin Anwalt. Ich habe es mit Tatsachen zu tun.«

»Eine Tatsache ist, was geschieht, nicht wahr?«

»So ungefähr.«

»Nun, dies ist geschehen.«

»Sie wurde wieder lebendig?«

»Ja.«

»Allein durch die Macht Ihres Willens?«

Er bewegte sich unruhig im Sitz neben mir. »Ich habe ihr Sauerstoff und Adrenalin gegeben.«

»Haben Sie das auch mit anderen von Ihren Kunden gemacht?«

»Ja, oft.«

»Ist dieses Verfahren bei Angehörigen Ihres Berufs üblich?«

»Für mich war es üblich«, sagte McGowney ernst. »Ich wollte schon immer Arzt werden. Während des Krieges war ich bei der Sanitätstruppe und eignete mir hier und da etwas Wissen an.«

»Genug, um Wunder zu bewirken?«

»Es war nicht mein Wissen, was sie wieder lebendig machte. Es war mein Wille. Sie hatte den Lebenswillen verloren, ich hatte aber genug davon für uns beide.«

Wenn es stimmt, daß nur eine dünne Linie geistige Gesundheit vom Wahnsinn trennt, so überschritt McGowney innerhalb einer Stunde diese Linie ein Dutzend mal, sprang hinüber und wieder zurück, wie ein Kind beim Seilhüpfen.

»Verstehen Sie nun, Meecham? Sie hatte alle Lust verloren. Ich sah, wie es passierte. Wir sprachen nie miteinander – ich bezweifle sogar, daß sie meinen Namen kannte –, aber jahrelang beobachtete ich sie, wenn sie auf ihrem Morgenspaziergang an meinem Büro vorbeikam. Ich sah, wie die Veränderung eintrat, sah die Abgestumpftheit ihrer Augen und die Art, wie sie ging. Ich wußte, daß sie sterben würde. Eines Tages, als sie vorbeikam, ging ich hinaus, um es ihr zu sagen, sie zu warnen. Aber als sie mich sah, rannte sie davon. Ich denke, sie spürte, was ich ihr sagen wollte.«

Er sagte die Wahrheit, so wie sie sich für ihn darstellte. Im vergangenen Frühjahr hatte Mrs. Keating den Vorfall mir gegenüber erwähnt. Mir fielen ihre Worte wieder ein: »Etwas Eigenartiges ist heute morgen passiert, Meecham. Als ich am Bestattungsinstitut vorbeiging, kam dieser merkwürdige kleine Mann herausgerannt und erschreckte mich fast zu Tode...«

Im Hinblick auf das, was später geschah, war dies die größte aller Ironien. Als wir Richtung Bay Bridge und Berkeley fuhren, erzählte mir McGowney seine Geschichte.

Es war um die Mittagszeit, Ende Juni, und das kleine Hinterzimmer, das McGowney als Labor diente, war nach einem morgendlichen Regen heiß und feucht.

Mrs. Keating erwachte wie nach einem langen und unruhigen Schlaf. Ihre Hände zuckten, ihr Mund bewegte sich gequält, der Puls begann in ihrer Schläfe zu schlagen. Tränen quollen unter ihren geschlossenen Lidern hervor und glitten an den Ohrläppchen vorbei in ihre Haare.

McGowney beugte sich, vor Aufregung zitternd, über sie. »Mrs. Keating. Mrs. Keating, Sie leben!«

»Oh, Gott.«

»Ein Wunder ist geschehen!«

»Lassen Sie mich in Ruhe. Ich bin tot.«

»Sie leben, Sie *leben*!«

Langsam öffnete sie die Augen und sah zu ihm hoch. »Sie aufdringlicher kleiner Wicht, was haben Sie getan?«

McGowney trat zurück, verblüfft und erschüttert. »Aber –

aber Sie leben. Es ist geschehen. Mein Wunder ist geschehen.«

»Leben, Wunder.« Sie formte die Worte mit den Lippen, als ob es Alaunklumpen wären. »Sie zudringlicher Idiot.«

»Ich – aber ich–«

»Geben Sie mir ein Glas Wasser. Mein Hals ist ausgedörrt.«

Er zitterte so heftig, daß er kaum das Wasser aus dem Kühlbehälter herausbekam. Das war sein Wunder. Sein ganzes Leben hatte er es erhofft und erwartet, und nun war es wie eine Aprilscherzzigarre in sein Gesicht explodiert.

Er gab ihr das Wasser, ließ sich schwer auf einen Stuhl fallen und beobachtete sie, während sie sehr langsam trank, so als ob ihre Muskeln durch die kurze Unterbrechung ihres Lebens bereits ihre Funktion verlernt hätten.

»Warum haben Sie das getan?« Mrs. Keating zerdrückte den Papierbecher in ihrer Faust, wie wenn es McGowney selbst wäre. »Wer hat Sie überhaupt um ein Wunder gebeten?«

»Aber ich – nun, Tatsache ist –«

»Tatsache ist, daß Sie ein verflixter Idiot sind, der sich in fremde Angelegenheiten einmischt, darauf läuft es hinaus, McGowney.«

»Ja, Mrs. Keating.«

»Was werden Sie jetzt tun?«

»Nun, ich – darüber habe ich noch nicht nachgedacht.«

»Dann tun Sie es am besten sofort.«

»Ja, Mrs. Keating.« Er starrte zu Boden, den Kopf heiß vor Kummer, die Gliedmaßen kalt vor Enttäuschung. »Zuerst sollte ich wohl den Arzt rufen.«

»Sie werden niemanden rufen, McGowney.«

»Aber Ihre Familie – sie werden auf der Stelle wissen wollen, daß –«

»Sie werden es nicht erfahren.«

»Aber –«

»Niemand wird es erfahren, McGowney. Überhaupt niemand. Ist das klar?«

»Ja.«

»Jetzt setzen Sie sich hin, seien Sie still und lassen Sie mich nachdenken.«

Er setzte sich hin und war still. Er hatte nicht den Wunsch, sich zu bewegen oder zu sprechen. Nie hatte er sich so nutzlos und deprimiert gefühlt.

»Ich nehme an«, sagte Mrs. Keating grimmig, »Sie erwarten, daß ich Ihnen dankbar bin.«

McGowney schüttelte den Kopf.

»Wenn Sie das täten, müßten Sie verrückt sein.« Sie machte eine Pause und sah ihn nachdenklich an. »Sie sind ein bißchen verrückt, stimmt's, McGowney?«

»Einige denken das wohl«, sagte er wahrheitsgemäß. »Ich bin nicht der Meinung.«

»Natürlich nicht.«

»Kann es mir nicht leisten.«

Die Fenster des Zimmers waren geschlossen, und keine Straßengeräusche drangen durch das undurchsichtige Milchglas, doch vom Flur jenseits der Tür waren plötzlich Schritte auf den Steinfliesen zu hören.

McGowney stürzte durch den Raum, verschloß die Tür und lehnte sich dagegen.

»Mr. McGowney? Sind Sie da drinnen?«

McGowney sah Mrs. Keating an. Ihr Gesicht war kreidebleich geworden, und sie hielt ihren Hals mit einer Hand umklammert.

»Mr. McGowney?«

»Ja, Jim.«

»Sie werden am Telefon verlangt.«

»Ich – kann gerade nicht, Jim. Nimm eine Nachricht entgegen.«

»Sie will Sie persönlich sprechen. Es ist die Keating-Tochter, es geht um den Termin und die Kosten des Begräbnisses.«

»Sag ihr, ich rufe sie später zurück.«

»Gut.« Es entstand eine Pause. »Ist mit Ihnen alles in Ordnung, Mr. McGowney?«

»Ja.«

»Sie klingen irgendwie merkwürdig.«

»Mir geht's gut, Jim. Ich fühle mich absolut erstklassig.«

»Okay. Wollte nur gefragt haben.«

Die Schritte entfernten sich wieder auf dem gefliesten Gang.

»Mary läßt keine Zeit verstreichen.« Mrs. Keating sprach mit trockenen, steifen Lippen. »Sie will mich sicher unter der Erde haben, damit sie ihren Elektriker heiraten kann. Nun, es ist klar, was Ihre Pflicht ist, McGowney.«

»Was denn?«

»Bringen Sie mich dahin.«

Wie ein Holzsoldat stand McGowney gegen die Tür gelehnt. »Sie meinen, ich soll Sie b-b-beerdigen?«

»Mich oder etwas Ähnliches.«

»Das kann ich nicht, Mrs. Keating. Das ist ethisch nicht vertretbar.«

»Das ist genauso ethisch vertretbar, wie unerwünschte Wunder zu vollbringen.«

»Sie verstehen nicht, welche Probleme damit verbunden sind.«

»Zum Beispiel?«

»Erstens, Ihre Familie und Ihre Freunde. Sie wollen Sie im Sarg liegen sehen – Ich meine, üblicherweise wird der Leichnam aufgebahrt.«

»Mit dem Problem werde ich leicht fertig.«

»Wie?«

»Geben Sie mir einen Stift und Papier.«

McGowney widersprach nicht, denn er wußte, daß es seine Schuld war. Es war sein Wunder; nun mußte er die Konsequenzen tragen.

Mrs. Keating datierte den Brief um drei Wochen zurück und schrieb:

An alle, die es angeht, obwohl es nur mich selbst etwas angeht:

Ich gebe Mr. McGowney folgende Anweisungen bezüglich der Durchführung meiner Beerdigung. Da mir schon während meines Lebens viel an meiner Privatsphäre gelegen war, möchte ich auch nach meinem Ableben ungestört bleiben. Ich beauftrage Mr. McGowney, meinen Sarg sofort zu verschließen und dafür Sorge zu tragen, daß er, trotz möglicher rührseliger Bitten seitens meiner Nachkommen, geschlossen bleibt.

Eleanor Regina Keating

Die faltete das Papier zweimal und übergab es McGowney. »Sie müssen das Mary, Joan und Mr. Meecham, meinem Anwalt, zeigen.« Mit sich selbst zufrieden, hielt sie inne. »Das verspricht ziemlich aufregend zu werden, wie, McGowney?«

»Ziemlich«, entgegnete McGowney lustlos.

»Um die Wahrheit zu sagen, es hat mir Appetit gemacht. Hier gibt es wohl keine Küche?«

»Nein.«

»Dann holen Sie mir am besten etwas beim Drugstore an der Ecke. Ein paar belegte Brote mit Thunfischsalat und viel Kaffee. Das Mittagessen«, fügte sie mit einem spöttischen kleinen Lächeln hinzu, »wird auf Ihre Rechnung gehen müssen. Ich habe meine Handtasche vergessen.«

»Geld«, sagte McGowney. »*Geld*.«

»Was ist damit?«

»Was geschieht mit Ihrem Geld?«

»Ich habe vor einiger Zeit ein Testament gemacht.«

»Aber *Sie*, wovon werden Sie leben?«

»Vielleicht«, sagte Mrs. Keating trocken, »sollten Sie am besten noch ein Wunder vollbringen.«

Als er mit ihrem Mittagessen vom Drugstore zurückkehrte, aß und trank Mrs. Keating mit sichtlichem Vergnügen. Sie bot McGowney einen Teil des zweiten Brotes an, er war aber zu entmutigt, um etwas zu essen. Sein Wunder, das als große goldene Seifenblase begonnen hatte, verwandelte sich in eine Eisenkugel, die an sein Bein gekettet war.

Irgendwie stand er den Tag durch. Er ließ Mrs. Keating mit ein paar alten Zeitschriften und einem Korb Äpfel in seinem Labor zurück und ging seinen Geschäften nach. Er sprach mit Mary und Joan Keating persönlich und mit Meecham am Telefon. Er gab seinem Assistenten, Jim Wagner, den Rest des Nachmittags frei, und als Jim gegangen war, füllte er den Sarg von Mrs. Keating (das weiß-bronzene Luxus-Modell, das Mary nach Katalog ausgewählt hatte) mit in Zeitungspapier gewickelten Steinen, bis er genau das richtige Gewicht hatte.

McGowney war ein kleiner, an körperliche Anstrengung nicht gewöhnter Mann, und als er fertig war, zitterte sein Körper vor Müdigkeit.

Zu diesem Zeitpunkt rief Mary Keating an, um zu sagen, daß sie und Joan sich die Sache noch einmal überlegt hätten und zu dem Schluß gekommen seien, daß Mrs. Keating, da sie immer zur Sparsamkeit geneigt hätte, niemals in Frieden in einem so protzigen Sarg wie dem weiß-bronzenen Modell ruhen würde. Der einfache graue wäre bei weitem angemessener und außerdem auch billiger.

»Sie hätten mich das früher wissen lassen sollen«, sagte McGowney kalt.

»Wir haben uns gerade erst dazu entschlossen.«

»Jetzt ist es dafür zu spät.«

»Warum denn?«

»Es gibt – gewisse technische Einzelheiten.«

»Nun, wirklich, Mr. McGowney. Wenn Sie sich nicht ein wenig bemühen, sollten wir unsere Angelegenheit vielleicht von jemand anderem erledigen lassen.«

»Nein! Das können Sie nicht – ich meine, das wäre nicht richtig, Miss Keating.«

»Das ist ein freies Land.«

»Warten Sie einen Augenblick. Ich könnte Ihnen einen Sonderpreis für den weiß-bronzenen machen.«

»Wie besonders?«

»Sagen wir, fünfundzwanzig Prozent weniger?«

Am anderen Ende der Leitung war Geflüster zu hören, und dann sagte Mary: »Das ist immer noch viel Geld.«

»Fünfunddreißig?«

»Nun, das ist schon eher akzeptabel«, sagte Mary und legte auf.

Die Tür zu McGowneys Büro öffnete sich, und Mrs. Keating durchquerte mit einem grimmigen kleinen Lächeln den Raum.

McGowney sah sie hilflos an. »Sie sollten nicht hier draußen sein, Mrs. Keating. Sie gehen besser wieder zurück und –«

»Ich hörte das Telefon läuten und dachte mir, daß es Mary sein könnte.«

»Sie war es nicht.«

»Sie war es, McGowney. Ich habe jedes Wort gehört.«

»Nun.« McGowney räusperte sich. »Nun. Sie hätten nicht lauschen sollen.«

»Oh, ich bin nicht überrascht. Oder verletzt. Sie brauchen kein Mitleid mit mir zu haben. Ich habe mich seit Jahren nicht mehr so gut gefühlt. Wissen Sie, warum?«

»Nein, Mrs. Keating.«

»Weil ich nicht nach Hause gehen muß. Ich bin frei. Frei wie ein Vogel.« Sie streckte eine Hand aus und berührte seinen Mantelärmel. »Ich muß nicht nach Hause, nicht wahr?«

»Ich glaube nicht.«

»Sie werden niemandem etwas sagen.«

»Nein.«

»Sie sind ein guter Mensch, McGowney.«

»Ich habe nie etwas anderes angenommen«, sagte McGowney einfach.

Als die Dunkelheit hereinbrach, holte McGowney sein Auto aus der Garage und brachte es zur Krankenwageneinfahrt hinter seinem Büro.

»Sie verstecken sich am besten auf dem Rücksitz«, sagte er, »bis wir aus der Stadt sind.«

»Wohin fahren wir?«

»Ich dachte, ich bringe Sie nach Detroit, von dort können Sie einen Bus oder einen Zug nehmen.«

»Wohin?«

»Irgendwohin. Sie sind frei wie ein Vogel.«

Sie kletterte auf den Rücksitz, und da sie trotz der lauen Nacht zitterte, deckte McGowney sie mit einer Decke zu.

»McGowney.«

»Ja, Mrs. Keating?«

»Ich fühlte mich freier, als ich noch in Ihrem kleinen Labor eingeschlossen war.«

»Sie haben jetzt ein wenig Angst, das ist alles. Freiheit ist etwas enorm Wichtiges.«

Er wendete und fuhr Richtung Autobahn. Eine halbe Stunde später, als die Lichter der Stadt verschwunden waren, hielt er das Auto an, und Mrs. Keating setzte sich nach vorn auf den Beifahrersitz, die Decke nach Indianerart um die Schultern geschlungen. Im Licht der entgegenkommenden Scheinwerfer sah ihr Gesicht ein wenig besorgt aus. McGowney fühlte sich verpflichtet, sie aufzumuntern, zumal er überhaupt für ihre Situation verantwortlich war.

»Es gibt wunderbare Orte zu sehen«, sagte er entschlossen.

»Tatsächlich?«

»Ich würde mir Kalifornien aussuchen. Blumen das ganze Jahr ohne Ende.« Er zögerte. »Ich habe in all den Jahren ein wenig gespart. Ich dachte immer, daß ich eines Tages das Geschäft verkaufen und mich in Kalifornien zur Ruhe setzen würde.«

»Was hält Sie davon ab?«

»Ich konnte die Vorstellung nicht ertragen, nun ja, allein dort zu sein, ohne Freunde oder irgendeine Familie. Waren Sie jemals in Kalifornien?«

»Ich habe ein paar Sommer in San Francisco verbracht.«

»Hat es Ihnen gefallen?«

»Sehr.«

»Mir würde es auch gefallen, da bin ich sicher.« Er räusperte sich. »Aber allein zu sein, würde mir nicht gefallen. Ist Ihnen warm genug?«

»Ja, danke.«

»Vögel – nun, Vögel sind, glaube ich, gar nicht so glücklich.«

»Nein?«

»All diese Freiheit und nicht wissen, was man mit ihr anfangen kann, außer herumzufliegen. Ein solches Leben würde eine reife Frau, wie Sie es sind, Mrs. Keating, nicht zufriedenstellen.«

»Vielleicht nicht.«

»Was ich meine, ist –«

»Ich weiß, was Sie meinen, McGowney.«

»Sie – Sie wissen es?«

»Natürlich.«

McGowney errötete. »Es – nun, es kommt sehr unerwartet, nicht wahr?«

»Nicht für mich.«

»Aber bis vor einer halben Stunde habe ich noch nicht einmal daran gedacht.«

»Ich schon. Frauen sind in diesen Dingen vorausschauender.«

McGowney schwieg einen Augenblick. »Das war nicht gerade ein sehr romantischer Heiratsantrag. Ich sollte eigentlich etwas Gefühlvolleres sagen.«

»Tun Sie es.«

Er hielt das Steuerrad fest umklammert. »Ich denke, ich liebe Sie, Mrs. Keating.«

»Das hätten Sie nicht zu sagen brauchen«, erwiderte sie spitz. »Ich bin kein dummes junges Mädchen, das auf Worte hereinfällt. In meinem Alter erwarte ich keine Liebe. Ich will nicht –«

»Aber Sie werden geliebt«, versicherte McGowney.

»Das glaube ich nicht.«

»Sie werden es schließlich glauben.«

»Ist das ein weiteres Ihrer Wunder, McGowney?«

»Es ist das eigentliche Wunder.«

Zum ersten Mal in Mrs. Keatings Leben hatte ihr jemand gesagt, daß er sie liebe. Sie saß neben McGowney, ehrfürchtig schweigend, die Hände im Schoß gefaltet, wie ein kleines Mädchen im Kindergottesdienst.

McGowney brachte sie in einem Hotel in Detroit unter und fuhr wieder nach Hause, um ihre Beerdigung durchzuführen...

Zwei Wochen später wurden sie in einem kleinen Städtchen in der Nähe von Chicago von einem Friedensrichter getraut. Während der langen und gemächlichen Fahrt in McGowneys Auto Richtung Westen sprachen beide kaum von der Vergangenheit, noch machten sie sich Sorgen über die Zukunft. McGowney hatte sein Geschäft verkauft, da es aber schnell gehen mußte, hatte er nicht so lange warten können, bis ihm jemand einen anständigen Preis dafür bezahlte, deshalb waren seine Mittel begrenzt. Seiner Braut gegenüber erwähnte er das jedoch nie.

Als sie schließlich in San Francisco ankamen, hatten sie bereits eine ganze Menge von McGowneys Kapital verbraucht. Ein großer Teil dessen, was übriggeblieben war, ging für den Kauf des kleinen Hauses in Berkeley drauf.

Im Spätherbst waren sie beinahe bankrott, und McGowney nahm in einem Kaufhaus eine Stelle als Schuhverkäufer an. Zusammen mit seinem ersten Gehaltsscheck erhielt er eine Woche später die Kündigung.

Beim Abendessen an jenem Abend erzählte er Eleanor davon, tat aber so, als ob es ein Scherz wäre, und erfand ein paar Geschichten, um sie zum Lachen zu bringen.

Sie hörte ernst und gar nicht amüsiert zu. »Das hast du also die ganze Woche getan. Schuhe verkauft.«

»Ja.«

»Du hast mir nicht gesagt, daß wir so dringend Geld brauchen.«

»Es wird schon alles gut werden, ich kann leicht eine neue Stelle finden.«

»Was willst du tun?«

»Was ich immer getan habe.«

Sie beugte sich über den Tisch und berührte seine Hand. »Du willst kein Leichenbestatter mehr sein.«

»Es macht mir nichts aus.«

»Du hast die Arbeit immer gehaßt.«

»Es macht mir *wirklich* nichts aus.«

Entschlossen erhob sie sich.

»Eleanor, was willst du tun?«

»Einen Brief schreiben«, sagte sie mit einem Seufzer.

»Eleanor, tu nichts Drastisches.«

»Wir waren eine ganze Weile glücklich zusammen. Es konnte nicht ewig dauern. Sei nicht maßlos.«

Der Sinn ihrer Worte drang in McGowneys Gehirn. »Du willst jemandem schreiben, daß du lebst?«

»Nein. Das könnte ich nicht ertragen, noch nicht. Ich werde ihnen nur zeigen, daß ich nicht tot bin, damit sie mein Vermögen nicht aufteilen können.«

»Aber warum?«

»Als mein Mann hast du Anspruch auf einen Teil davon, wenn mir etwas zustößt.«

»Dir wird niemals etwas zustoßen. Darin waren wir uns doch einig, nicht wahr?«

»Ja, McGowney. Darin waren wir uns einig.«

»Wir glauben nicht mehr an den Tod.«

»Ich werde den Brief an Meecham adressieren«, sagte sie.

»Sie schrieb also den Brief.« McGowneys Stimme klang müde. »Um meinetwillen. Den Rest kennen Sie, Meecham.«

»Nicht ganz«, sagte ich.

»Was wollen Sie noch wissen?«

»Das Ende.«

»Das Ende.« McGowney bewegte sich neben mir im Sitz und stieß seufzend seinen Atem aus. »Ich glaube an kein Ende.«

McGowneys Anweisung folgend, bog ich an der nächsten Ampel nach rechts. Auf einem Schild am Laternenpfahl stand LINDEN AVENUE.

Drei Blöcke weiter südlich stand ein kleines grün-weißes Haus, von dessen Dachkanten der Nebel herabtropfte.

Ich parkte mein Auto vor dem Haus und stieg in freudiger Erregung, Mrs. Keating wiederzusehen, aus. McGowney saß bewegungslos da, starrte vor sich hin, bis ich die Autotür öffnete.

»Kommen Sie, McGowney.«

»Was? Oh. Schon gut. Schon gut.«

Er stieg so unbeholfen aus, daß er beinahe hinfiel.

Ich ergriff seinen Arm. »Stimmt etwas nicht?«

»Alles in Ordnung.«

Wir gingen die Verandatreppe hinauf.

»Es sind keine Lichter an«, sagte McGowney. »Eleanor ist vielleicht gerade einkaufen gegangen. Oder drüben bei den Nachbarn. Wir haben ein paar sehr nette Nachbarn.«

Die Eingangstür war nicht verschlossen. Wir gingen hinein, und McGowney machte im Flur und im Wohnzimmer rechter Hand Licht.

Die Frau, die ich als Mrs. Keating gekannt hatte, saß in einem Ohrensessel vor dem Kamin, ihr Kopf war nach vorn geneigt, als ob sie tief in Gedanken versunken wäre. Ihr Strickzeug war auf den Boden gefallen, und ich sah, daß es ein halbfertiger bunter Handschuh war. McGowneys Geburtstagsgeschenk.

McGowney bückte sich schweigend, hob den Handschuh auf und legte ihn auf den Tisch. Dann berührte er seine Frau sanft an der Stirn. An der Art, wie seine Hand zurückzuckte, erkannte ich, daß ihre Haut so kalt war wie die Asche im Kamin.

Ich sagte: »Ich hole einen Arzt.«

»Nein.«

»Ist sie tot?«

Er machte sich nicht die Mühe zu antworten. Liebevoll sah er auf seine Frau herab. »Eleanor, Liebes, du mußt aufwachen. Wir haben Besuch.«

»Um Himmels willen, McGowney –«

»Ich denke, es ist besser, wenn Sie jetzt gehen, Mr. Meecham«, sagte er mit fester, klarer Stimme. »Ich habe zu tun.«

Er zog seinen Mantel aus und rollte die Ärmel hoch.

Ein Besuch in Brighton

Ich bin wirklich ein ganz gewöhnlicher Mann und verabscheue alles, was den normalen Ablauf oder den sorgsam geordneten Plan meines Lebens durcheinanderbringt. Daher fand ich es anfänglich sehr beunruhigend, als mein Vorgesetzter in der Bank mich bat, über das Wochenende nach Brighton zu fahren. Stellen Sie sich vor, an einem Wochenende Bankgeschäfte erledigen. Und das außerhalb der Stadt, wo sie eigentlich hingehören. Und dazu an einem so frivolen Ort wie Brighton mit seinen Piers und seinen Badegästen und dem, was die Leute Vergnügungen nennen – Werke des Teufels der Faulheit nenne ich sie.

Obwohl ich über diese außergewöhnliche Störung in meinem Leben sehr beunruhigt war, fügte ich mich rasch den Wünschen meines Vorgesetzten. Meine Arbeit in der Abteilung für große Fonds und Stiftungen ist ungemein wichtig und oft sehr delikat, und manche meiner Kollegen wurden gelegentlich von der Bank ausgeschickt, um die finanziellen Angelegenheiten nachlässiger Kunden in den Grafschaften in Ordnung zu bringen, was manchmal, wie ich wußte, eine Abwesenheit über Nacht erforderte. Die Bank hatte mich natürlich nie auf einen dieser Ausflüge geschickt. Mein Vorgesetzter, Mr. Fotheringill, kennt sehr wohl meine heftige Abneigung gegenüber Störungen und Unregelmäßigkeiten jeder Art und vor allem meine Abneigung gegen Reisen. Ich sehe selten eine Notwendigkeit, mich von den beiden Polen meiner Existenz zu entfernen – meinem Büro im Hauptsitz der Bank in London und meiner bescheidenen, aber komfortablen Wohnung in Notting Hill. Die Fahrt in der Untergrundbahn zweimal täglich ist mir schon Reise genug. Als Mr. Fotheringill persönlich mich daher durch seine Sekretärin bat, nach Brighton zu fahren, um einige Angelegenheiten mit einem geschätzten Kunden in Ordnung zu bringen, vermutete ich sogleich – und mit Recht, glaube ich –, daß in diesem Fall meine ganz spezielle Sachkenntnis und Erfahrung notwendig waren. Mr. Fotheringill ist sich meiner Vorliebe für Ordnung und Anstand in allen Dingen wohlbewußt, und zweifellos haben ihn gerade diese meine Neigungen veranlaßt, jenes außergewöhnliche Ansinnen an mich zu richten. Ich antwortete ihm durch seine Sekretärin, daß ich bereit sei, mich ganz in den Dienst der Bank zu stellen.

Bis zum Freitagabend, als ich meine Arbeit beendete, war es mir einigermaßen gelungen, mich für das unerfreuliche Ereignis zu wappnen. Man hat schließlich eine Verantwortung gegenüber seinem Unternehmen, und ich wußte, daß Mr. Fotheringill meinen Einsatz schätzen würde. Überdies hatte ich einen Plan entworfen, mit dem ich der Bank die Ausgaben für meine Unterbringung und mir selbst die Unbequemlichkeit einer Hotel- oder Bed-and-breakfast-Übernachtung ersparen konnte. Mein Bruder Anthony bewohnt ein kleines Haus am Rande von Brighton, zusammen mit seiner Frau und einer Tochter. Er betreibt irgendein unabhängiges Geschäft – ich glaube, er repariert die defekten Fernsehgeräte von Leuten. Stellen Sie sich das vor. Obwohl ich meinen Bruder, seit unsere Eltern vor drei Jahren bei einem Autounfall ums Leben gekommen waren, nicht mehr gesehen hatte und seine blasse kleine Frau mir, ehrlich gesagt, ziemlich gleichgültig war und ich die Anwesenheit von Kindern absolut nicht ausstehen kann, schien es mir dennoch angenehmer zu sein, bei ihnen zu übernachten, als die Irritation eines Bed-and-breakfast-Etablissements ertragen zu müssen. Wenigstens wußte ich, daß mein Frühstücksspeck nicht verbrannt sein würde und keine dieser gierigen und oft wollüstigen Witwen, die solche Häuser betreiben, mir nachspionieren könnte.

Am Donnerstag suchte ich mir Anthonys Nummer heraus und rief ihn an. Er war natürlich ziemlich überrascht, aber bereitwillig damit einverstanden, mich als Gast aufzunehmen. Als Kinder haben wir uns nie besonders gut vertragen, aber immerhin bin ich sein Bruder. Wir verabredeten uns. Ich würde am Freitagabend, trotz der schrecklichen Menschenmassen, den Zug von der Victoria Station nehmen, da meine Begegnung mit dem Bankkunden sehr früh am Samstagmorgen stattfinden sollte.

Ich freute mich natürlich auf nichts anderes als auf den geschäftlichen Teil, aber es heißt, daß die Seeluft einem guttun soll, und außerdem ist Brighton für seine gefälligen und hübsch gepflegten Blumenanlagen bekannt. Es bereitet mir ziemliches Vergnügen, Blumen zu betrachten. Deshalb glaubte ich, daß der Ausflug letztlich doch erträglich würde.

Wie ungewöhnlich viele Kinder in der Victoria Station an einem Freitagabend frei herumlaufen. Aber andererseits sind sie nicht schlimmer als ihre unhöflichen Eltern, denen es ein ausgesprochenes Vergnügen zu bereiten scheint, jeden zu schubsen und anzurempeln, der das Pech hat, ihnen in den Weg zu geraten. Die fünfundfünfzigminütige Fahrt von London nach Brighton versprach, eine absolute Tortur zu werden.

Ich war allerdings unter den ersten, die den Zug bestiegen, und es gelang mir, einen Platz am Fenster zu ergattern. Für eine Minute pries ich mich glücklich. Kaum hatte ich mich jedoch niedergelassen, als eine ziemlich unordentlich aussehende Familie mit mehreren Kindern und Armen voller Gepäck sich auf die Sitze um mich herum stürzte. Ich preßte meine Lippen zusammen und rückte zur Seite in der Hoffnung, damit deutlich zu machen, daß ich in Ruhe gelassen werden wollte. Einige schreckliche Minuten lang gab es Tumult und Geschrei, während die Eltern drei Kinder versorgten und zahllose Taschen und Pakete in der Gepäckablage und auf dem Boden zu ihren Füßen verstauten. Ich schloß die Augen und öffnete sie erst wieder, als sich der Zug in Bewegung setzte.

Auf halbem Wege nach Brighton fiel mir etwas ein. Anthony und seine Frau erwarteten zweifellos, daß ich ihnen im Tausch für ihre Gastfreundschaft ein kleines Geschenk mitbrächte. Du meine Güte, dachte ich. Ich muß eine Kleinigkeit finden, wenn ich in Brighton ankomme. Vielleicht etwas für die Tochter. Wenn ein Kind im Spiel ist, ist es, wie ich höre, ganz erwünscht, diesem ein Geschenk mitzubringen. Ich bin kein großzügiger Mensch, da Großzügigkeit heutzutage sowohl unpraktisch ist, als auch selten geschätzt wird, aber ich mache die Dinge gern richtig. Ja, dachte ich, wenn ich in Brighton ankomme, werde ich irgendeinen billigen Gegenstand für das Kind kaufen.

Ich fand sogar Gefallen an dem Plan, je mehr ich darüber nachdachte. Vor fast genau einem Jahr machte sich der Verwalter meines Wohnblocks die Mühe, mich wissen zu lassen, daß der Geburtstag seiner kleinen Tochter bevorstand, der sechste oder siebte, irgendwas in der Art. Der Mann kannte absolut keine Scham und gab sehr deutlich zu verstehen, daß ein Geschenk nicht unwillkommen wäre. Natürlich lasse ich mich nicht gern einschüchtern, aber die Sache hatte einen praktischen Aspekt, den ich ohne weiteres erkannte. Zur gegebenen Zeit erhielt das Kind ein großes Bilderbuch mit Pferden. (Es war, genaugenommen, die Arbeit eines Bankkunden, der den Angestellten, die ihm gute Dienste geleistet hatten, Exemplare davon zukommen ließ.) Danach bemerkte ich klar eine neue Bereitwilligkeit des Verwalters, wenn es um kleine Reparaturen in meiner Wohnung ging. Ja, der praktische Aspekt muß immer in Betracht gezogen werden.

Zum Glück war ich den größten Teil der Reise nach Brighton mit diesen Gedanken beschäftigt, so daß es mir erspart blieb, über die lärmende Familie nachzudenken, die mich mit Kindern und Päckchen beinahe umzingelt hatte. Und ich war erfreut festzustellen, daß der Zug genau zu der angegebenen Zeit im Bahnhof von Brighton zum Stillstand kam.

Wieder ging ein großes Geschrei und Gedränge los, als meine Mitreisenden – denen, wie ich zugeben muß, der Aufruhr eindeutig zu gefallen schien – hastig ihre Kinder und Bündel einsammelten, um unter den ersten zu sein, die den Zug verließen. Ich sank in meinen Sitz zurück und ignorierte die schiebenden und drängelnden Massen in den schmalen Gängen, entschlossen, zu warten und als letzter auszusteigen. Vor allem ignorierte ich den lärmenden und konfusen Abgang der Familie, die mich auf der Fahrt ziemlich eingekreist hatte.

Als der Lärm etwas verklungen war und sich mit der wimmelnden Menge auf den Bahnsteig verlagert hatte, blickte ich um mich. Nur wenige sensible Personen wie ich waren noch da. Und wie ich verließen sie erst jetzt und in würdevollerer Form den Zug. In diesem Augenblick sah ich die Puppe.

Sie lag auf dem Boden neben meinem rechten Fuß. Ihr Haar, aus rotem Wollgarn, lag um ihren Kopf ausgebreitet. Die Augen, in Hellblau gestickt und von schwarzen Augenwimpern umrahmt, waren weit offen und starrten blind zur Decke. Weiche, ausgestopfte, rosa Arme standen gerade von ihren Seiten ab, so als ob sie gleich gekreuzigt werden sollte. Die Beine waren rot und weiß gestreift, das eine ausgestreckt, das andere unsichtbar unter den Körper gebogen. Sie trug irgend so ein rotes Fähnchen mit einer weißen Schürze darüber. Ohne zu überlegen, beugte ich mich vor, um sie aufzuheben.

Doch als meine Finger sie eben berührten, besann ich mich eines anderen und richtete mich langsam in meinem Sitz wieder auf. Mein erster Gedanke war gewesen, das häßliche Spielzeug seinen Eigentümern zurückzugeben; es gehörte offensichtlich der Familie, die den ganzen Weg von London neben mir gesessen hatte. Aber dann befürchtete ich, daß sie zurückkehren und mich des Diebstahls bezichtigen könnte, und ein Bankangestellter darf keine Zweifel an seiner Ehrlichkeit aufkommen lassen. Ich sah rasch aus dem Fenster. Der Anblick der ungeordneten Menschenmenge auf dem Bahnsteig überzeugte mich jedoch, daß Brighton und sein wilder Pöbel die Familie und ihre lärmenden Kinder bereits verschluckt hatten. Sie waren endgültig verschwunden und würden die Puppe sehr wahrscheinlich noch eine ganze Weile nicht vermissen.

Ich sah das Ding wieder an, das noch an derselben Stelle auf dem Boden lag. Es war die Art von Puppe, die, glaube ich, Raggedy Ann heißt. Gewiß, dachte ich, ihr Aussehen, ihre Farben und ihr Kleid paßten zu dieser Bezeichnung. Sie sah ziemlich neu aus und schien durch die kurze Berührung mit dem Fußboden so gut wie gar nicht schmutzig geworden zu sein, und diese Entdeckung ließ plötzlich einen neuen Gedanken in meinem Kopf entstehen.

Ich werde diese Puppe der Tochter meines Bruders schenken, beschloß ich. Es ist jetzt eindeutig unmöglich, sie ihrem Besitzer zurückzugeben, und es macht überhaupt keinen Sinn, sie im Zug zu lassen, nur damit sie von irgendeinem anonymen Dieb gestohlen wird. So gingen meine Gedanken.

Wieder wollte ich nach dem Ding greifen, als im Gang in der Nähe der Stufen zum Bahnsteig plötzlich ein neuer Tumult entstand. Anscheinend war eine dieser dummen Personen in ihrer Hast, den Zug zu verlassen, gestürzt, und alles wurde aufgehalten, während man sich um sie kümmerte und den Weg freimachte. Da half nur Geduld. Ich hob die Puppe auf, um sie eingehender zu betrachten.

Und da geschah etwas ganz Ungewöhnliches, jedenfalls dachte ich das damals, etwas Beunruhigendes und Schockierendes. Ich untersuchte die Puppe sorgfältig, um mich zu vergewissern, daß sie keine Flecken oder Verschmutzungen aufwies, die sie als Geschenk ungeeignet machten. Unter der Schürze und dem Stück roten Tuch, das wohl ein Kleid darstellen sollte, fand ich ein rotes Herz auf den Körper genäht und in weißen Buchstaben darauf geschrieben die Worte ›Ich liebe dich‹. Ich war für einen Moment verblüfft, muß ich gestehen. Wie ungewöhnlich und irgendwie beunruhigend. Ich kann es mir jetzt nicht erklären, aber für einen Augenblick – nur für einen Augenblick, natürlich – hatte ich das grauenvolle Gefühl, daß die Puppe diese unerhörten und erschreckenden Worte an mich richtete. Es war einfach merkwürdig, und die Wahrheit ist, daß ich auf höchst merkwürdige Weise reagierte, indem ich unverwandt in das ernste Gesicht der Puppe starrte. Und für einen Augenblick – die Erinnerung daran läßt mich erschauern – hätte ich schwören können, daß das Ding die Augen öffnete und tief in meine blickte, ja geradezu in meine Seele hinein, während kurz ein winziges Lächeln über ihr dummes Gesicht spielte. Ich kann wirklich nicht sagen, was über mich kam, aber ich hatte in der einen Sekunde das Gefühl, daß da eine unwiderstehliche Macht am Werke war, irgendeine geheime Verständigung zwischen dem gräßlichen Ding und mir.

Guter Gott, kein Wunder, daß in der Welt furchtbare Verbrechen begangen werden, wenn selbst ein so gesunder und sensibler Mann wie ich solchen Momenten des Verrücktseins ausgesetzt sein kann, wie spontan und kurz sie auch sein mögen.

Eine Sekunde später kam ich wieder zur Besinnung,

steckte die Puppe in meine Aktentasche, die sowohl ein Hemd zum Wechseln und Unterwäsche für den nächsten Tag als auch meine Papiere enthielt, und trat in den Gang, der nun endlich leer war. Im Bahnhof zerstreute sich die Menge rasch, und nur kurze Zeit später war ich, in mein Schicksal ergeben, selbst draußen in Brighton.

Es kostete mich nur eine Frage und wenige Minuten, um ein Geschäft zu finden, das die Puppe als Geschenk einpakken konnte. Es war nicht einmal besonders teuer. Und ich war froh, daß ich Anthony nicht gestattet hatte, mich am Zug zu treffen, wie er es gewollt hatte. Ich falle anderen nicht gern zur Last. Mit der angemessen verpackten Puppe erreichte ich dann etwas später das Haus.

Es mag genügen zu sagen, daß sie ein angemessenes Abendessen bereitstellten, ihre Freude darüber bekundeten, mich zu sehen, jede Anstrengung unternahmen, ein Gespräch aufrechtzuerhalten, mich nach meiner Gesundheit und meiner Arbeit usw. fragten; und das Kind – ich glaube, sein Name war Emily, und es war so um die neun Jahre alt – wurde aufgefordert, sich anständig für die Puppe zu bedanken. Es war, wie ich sogleich spürte, ein boshaftes Kind, das ständig zu schicklichem Benehmen angehalten werden muß. Ich bemerkte, daß es für eine kurze Weile ziemlich oberflächlich mit der Puppe spielte und sie dann schändlich in eine Ecke fallen ließ, während es zu anderen Arten des Zeitvertreibs überging, die es offensichtlich mehr amüsierten. Ich begreife wirklich nicht, was die Leute an Kindern finden, besonders an so garstigen wie dieser Emily. Sie war wirklich ein unerfreuliches junges Ding. Ich sah, wie sie mir mehrere Male über den Abendessenstisch hinüber Blicke zuwarf, die tiefen Unmut über irgend etwas verrieten. Vielleicht bildete sie sich ein, daß ich an dem Abendessen kein Vergnügen fand – was sogar stimmte, denn ich wäre lieber allein zu Hause gewesen –, aber ihr Verhalten war zweifellos unentschuldbar und ihr Betragen mir gegenüber äußerst unverschämt. Weiß Gott, ich wollte dort ebensowenig sein, wie das ungezogene Kind mich dort haben wollte.

Nach dem Abendessen boten Anthony und seine Frau mir einen Likör an. Ich trinke natürlich selten solche Dinge, aber bei dieser Gelegenheit, dachte ich, war der Genuß wohl zu entschuldigen. Ich bezweifelte, daß dies die Klarheit meiner Gedanken bei der Verabredung am nächsten Morgen ernsthaft beeinträchtigen würde, und vielleicht konnte es das Unbehagen an meiner gegenwärtigen Situation etwas mildern. Dieses verdammte Kind machte, daß ich mich äußerst unwohl fühlte.

Der Likör sollte an einem kleinen Tisch serviert werden, der auf der winzigen Rasenfläche vor dem Haus aufgestellt worden war. Anthony bezeichnete das Stück Gras als ›Garten‹, ein Ausdruck, den er vermutlich von den zahllosen amerikanischen Touristen aufgeschnappt hatte, die im Sommer nach Brighton kommen und es noch unbewohnbarer machen, als es während des übrigen Jahres ohnehin schon ist. Resigniert seufzend folgte ich ihm und seiner Frau nach draußen. Kaum hatten wir uns mit den Gläsern vor uns um den kleinen Tisch gesetzt (und die Andeutung einer sehr kühlen Brise drohte uns allen eine schreckliche Erkältung an, wenn wir lange draußen blieben), als ich die Puppe, die ich dem Mädchen zuvor geschenkt hatte, im Gras liegen sah. Sie lag verlassen, unbeachtet und von meiner abscheulichen Nichte völlig vergessen auf dem Rasen, und soviel ich weiß, hatte diese wild auf der Puppe herumgetrampelt, während ihre Eltern noch im Haus und außer Sicht waren. Sogar im schwächer werdenden Abendlicht konnte ich deutlich einen großen Grasfleck auf der sonst sauberen weißen Schürze der Puppe erkennen. Wie undankbar dieses Kind ist, dachte ich. Wie schlecht erzogen, gedankenlos und undankbar.

Mein Bruder bemerkte meinen Gesichtsausdruck, und

seine Augen folgten meiner Blickrichtung. Gleich darauf entdeckte er die Puppe, sah seine Frau an und warf ihr, das muß ich zu seiner Ehre sagen, einen Blick zu, der deutlich zum Ausdruck brachte, daß sie das Kind besser hätte erziehen sollen. Dann rief er nach seiner Tochter, die sich nun im Haus amüsierte.

Sie erschien im Hauseingang und starrte in verdrossenem Schweigen ihren Vater an, während dieser sie streng dafür tadelte, daß sie ihr Spielzeug im allgemeinen und das hübsche neue Geschenk im besonderen so achtlos im Garten liegen ließ. Heb es auf und bring es sofort nach drinnen, befahl er ihr scharf. Das Kind murmelte unhörbar etwas vor sich hin, dessen bin ich mir sicher, bevor es über das Gras stampfte und mich feindselig anfunkelte. Mich, der ich nichts getan hatte, als ihm ein Geschenk mitzubringen. Dieses gräßliche Kind machte mich irgendwie dafür verantwortlich, daß ihr Vater sie zurechtweisen mußte. Sie hob die Puppe auf, packte sie an einem rosa Fuß und zerrte sie, ich schwöre es, grausam über das Gras, um ihren Kopf vor dem Betreten des Hauses hart gegen die vordere Türstufe schlagen zu lassen – und zwar absichtlich, da bin ich mir sicher, und um besonders mich zu reizen.

Was für ein kleines Biest, dachte ich. Was für ein vollendetes kleines Biest.

Mein Bruder, seine langweilige kleine Frau und ich hatten kaum unseren Likör ausgetrunken, als der Abend ganz dunkel und der kühle Wind absolut frostig wurde. An dem Punkt behauptete ich, von der Reise müde zu sein und heftige Kopfschmerzen zu haben. Und ich erklärte, daß ich am nächsten Morgen eine sehr frühe Verabredung hätte, die mein ganzes Können erforderte. Ich gab ihnen zu verstehen, daß ich einen guten Nachtschlaf brauchte und mich zurückzuziehen wünschte. Sie drängten mich, noch eine Weile mit ihnen aufzubleiben. Es gäbe ein paar vergnügliche Programme im

Fernsehen, so sagten sie, woraufhin ich nur um so mehr insistierte, daß ich mich wirklich zurückziehen müsse. Inzwischen hatte ich tatsächlich das Gefühl beginnender Kopfschmerzen. Endlich gaben sie nach, und mein Bruder zeigte mir das Gästezimmer, in dem ich schlafen sollte.

Auf dem Weg dorthin kamen wir an Emily vorbei, die nun im Flur mit einem Buch und Buntstiften spielte. Sie blickte auf und sah erst mich, dann ihren Vater an.

»Geht er ins Bett?« fragte sie, womit sie mich meinte.

»Ja«, antwortete ihr Vater, »und du gehst als nächste.«

»Er ist älter als ich«, sagte Emily, »und er muß zuerst ins Bett.« Und sie lachte. Lachte mich regelrecht aus.

»Emily, sag gute Nacht«, forderte ihr Vater sie auf.

Immer noch lachend, sagte sie gute Nacht.

Mehr als ein Gutenacht brachte ich selbst auch nicht heraus.

Biest, dachte ich wieder. Dieses kleine Biest.

Ich schlief unruhig. Ich bin nicht daran gewöhnt, in einem fremden Bett, in einem fremden Haus, umgeben von fremden Menschen zu schlafen. Es machte mich beklommen und nervös, und ich drehte und wälzte mich fast die ganze Nacht. Die Vorstellung, müde zu meiner Morgenverabredung zu kommen, steigerte mein Unbehagen zusätzlich, was mich noch länger wachhielt. Und das gräßliche Kind meines Bruders hatte am meisten zu meiner Verstimmung beigetragen. Was für ein schlecht erzogenes, undankbares kleines Ding. Ein ausgemachtes Biest.

Folglich war ich beim Erwachen aus einem unruhigen, unerquicklichen Schlaf völlig unvorbereitet auf das Durcheinander, das ich am nächsten Morgen vorfand.

Was für ein Fehler, überhaupt hierher zu kommen, dachte ich. Vor meinem Zimmer herrschte ein ständiges Kommen und Gehen von schweren Schritten, und während ich hinter meiner Tür schweigend lauschte, glaubte ich sogar Schluchzen und Weinen zu hören. Was konnte da nur los sein? fragte ich mich. Du lieber Himmel, welche neue Methode hatten sie sich ausgedacht, um mich während meines kurzen Aufenthalts in diesem Haus zu quälen? Ich wartete noch etwas länger, damit sich der Aufruhr legte, doch das tat er natürlich nicht. Als ich auf meine Uhr sah, stellte ich fest, daß mir nur noch für eine hastige Tasse Tee Zeit blieb, wenn ich pünktlich zu meiner Verabredung kommen wollte. Und ich hatte gewiß nicht die Absicht, einen geschätzten Kunden der Bank warten zu lassen. Es blieb mir nichts anderes übrig, als das Zimmer zu verlassen und mich damit zufriedenzugeben, eine Tasse zweifellos lauwarmen Tees hinunterzustürzen, bevor ich eilig aufbrechen mußte. Es wäre zuviel des Guten, dachte ich, wenn mir die zusätzlich Ausgabe und Unannehmlichkeit erspart bliebe, ein Taxi nehmen zu müssen.

Das Schluchzen kam aus der Küche, wohin ich notgedrungen gehen mußte. Mein Bruder stand in der Nähe des Tisches, die Hände auf den Schultern seiner Frau. Es hatte den Anschein, daß er sie zu beruhigen versuchte. Das schreckliche Kind, stellte ich mit Erleichterung fest, war nirgendwo zu sehen. Was immer es war, das so viel Aufregung am frühen Morgen verursacht hatte, es nahm meine Gastgeber völlig in Anspruch. Tatsache ist, daß sie mich kaum grüßten.

Kurz darauf gelang es meinem Bruder, seiner offensichtlichen Erregung ein wenig Herr zu werden, wenigstens so weit, daß er das Wort an mich richten und mir die Tasse Tee anbieten konnte, nach der ich mich sehnte. Während er dies tat, sah er rasch zu seiner immer noch schluchzenden Frau hin und erzählte mir, ohne ein Blatt vor den Mund zu nehmen, muß ich sagen, was geschehen war. Die Frau warf mir einen Blick zu, den ich nur haßerfüllt nennen kann, aber ich legte Wert darauf, ihn zu ignorieren. Du lieber Himmel. Es scheint, daß das gräßliche Kind Emily am Abend zuvor die Puppe, die ich ihm geschenkt hatte, mit ins Bett nahm. Und es scheint ferner, daß es es in der Nacht irgendwie schaffte, sich mit dem Ding zu ersticken. Jedenfalls wurde sie heute morgen mit der dicht auf ihr Gesicht gepreßten Puppe im Bett aufgefunden. Sie war bereits tot, und die Bemühungen der Polizisten und des rasch herbeigerufenen Arztes blieben vergeblich. Unabänderlich tot.

Nun, ich will zugeben, daß ich mich für den Bruchteil einer Sekunde an den früheren Vorfall im Zug erinnerte, als ich hätte schwören mögen, daß die Puppe lebendig und beseelt sei und mir zugelächelt habe. Ja, ich verspürte sogar einen Anflug von Transpiration auf meiner Stirn und eine alarmierende, wenn auch vorübergehende Atemnot. Konnte da eine Verbindung bestehen? fragte ich mich flüchtig. Aber der Gedanke verschwand beinahe so schnell, wie er gekommen war. Es war natürlich Unsinn, völliger Unsinn.

Alles in allem war dies eine äußerst unerfreuliche Art, nach dem Aufwachen begrüßt zu werden. Und das mir, an einem Wochenende in Brighton. Und der Tee, als ich ihn schließlich probierte, war natürlich kalt.

Ich konnte kaum schnell genug aus dem Haus kommen. Kleider und Papiere hatte ich bereits in meinem Aktenkoffer verstaut, so daß nichts anderes zu tun blieb, als mich so rasch wie möglich zu verabschieden. Mein Bruder begleitete mich zur Tür – ich bin sicher, er wollte mich schnell loswerden –, und ich dankte ihm, so gut es ging, für meine Unterbringung. An der Tür jedoch hielt er mich einen Moment zurück.

Hier, sagte er, und seine Augen mieden meinen Blick. Wir wissen es wirklich sehr zu schätzen, sagte er, aber, bitte, nimm sie wieder mit. Meine Frau könnte ihren Anblick nämlich nicht ertragen. Und ich auch nicht, fügte er hinzu, während ich zu verstehen suchte, was er mir sagen wollte. Damit drückte er mir die Puppe in die Hand, die ich dem nun toten Kind mitgebracht hatte.

Einen Augenblick später eilte ich die Straße entlang und

erreichte die Ecke, gerade rechtzeitig, um, es versteht sich fast von selbst, den Bus ohne mich davonbrausen zu sehen. Nimmt das nie ein Ende? fragte ich mich.

Rasch stopfte ich die Puppe in meinen Aktenkoffer und wartete ungeduldig auf dem Bürgersteig, daß ein leeres Taxi vorbeiführe. Glücklicherweise dauerte es nur wenige Minuten. Erst dann, als ich mich im Taxi niedergelassen hatte und wußte, daß ich wenigstens rechtzeitig zu meiner Verabredung käme, war ich in der Lage, mich richtig zu entspannen.

Die Begegnung verlief zu meiner weiteren Erleichterung ganz reibungslos, und ich konnte den verdienten Ruf meiner Bank aufrechterhalten, daß sie ihren Kunden effizient und diskret zu Diensten ist. Als ich aufbrach, fühlte ich mich viel wohler als in der ganzen Zeit seit meiner Abreise von London am Abend zuvor.

Im Zug zurück nach London habe ich wieder über die Puppe nachgedacht. Was soll ich mit ihr anfangen? Es wäre wirklich ein Jammer, sie wegzuwerfen, besonders nach all der Mühe, sie auf diese Weise herumzuschleppen. Was ist die zweckmäßige Lösung? Welchen praktischen Nutzen könnte das Ding haben?

Und natürlich kam mir sofort die Antwort in den Sinn. Der Verwalter meines Wohnblocks deutete kürzlich an, daß der Geburtstag seiner Tochter wieder bevorsteht. Sie soll acht oder neun Jahre alt werden. Wirklich ein scheußliches Kind, es macht häufig viel Lärm im Flur neben meiner Wohnungstür. Aber natürlich muß es ein Geschenk haben, nicht wahr, oder der Verwalter wird sich in Zukunft mit meinen Reparaturen Zeit lassen; das ist mir bereits deutlich zu verstehen gegeben worden. Nun, das wär's dann also. Ich werde die Puppe aufheben und sie diesem gräßlichen Kind als Geburtstagsgeschenk geben.

Ja, das werde ich tun. Das ist genau das, was ich tun werde.

NIGEL KNEALE

Spieglein, Spieglein

»Die alte Königin besaß einen prächtigen Spiegel, und als sie
vor ihn trat und sagte:

›Spieglein, Spieglein an der Wand,
Wer ist die Schönste im ganzen Land?‹

antwortete er:

›Frau Königin, Ihr seid die Schönste im Land.‹

Da freute sie sich.«

Grimms Märchen,
›Schneewittchen und die sieben Zwerge‹

Es besteht kein Grund, so zu erschrecken, Judith. Es ist nur
dein Tantchen. Leg dich wieder in dein Bett zurück. Laß
mich dich gut zudecken, damit es dir nicht zieht. Und trink
einen Schluck Wasser: Deine Stirn ist heiß.

Nein, das stimmt nicht, Liebstes. Sie ist heiß, nicht normal.
Wie oft ist das so; es gefällt mir nicht. Oh! Du darfst nicht
darauf achten, wenn ich solche Dinge sage, nur zu mir selbst.
Ich bin so ein Dummerchen; es hatte nichts zu bedeuten.
Wirklich – nichts. Ja, ich weiß, für dich fühlt sie sich kühl an,
aber schließlich – schon gut! Arme kleine Judith!

Ich werde eine Weile neben dir sitzen. Dort! Was für hübsche Rohrstühle du in deinem Zimmer hast, meinst du nicht auch? Ich finde, es sind zwei der gemütlichsten im ganzen Haus. Das Alter spielt bei wirklich guten Gegenständen keine Rolle, das weißt du. Nicht wahr? Und ungeschickte Reparaturen verderben manchmal Dinge, an die wir uns gewöhnt haben und die uns ans Herz gewachsen sind.

Ich möchte, daß du jetzt ganz still und friedlich liegen bleibst. Ich werde dir etwas erzählen, Liebes.

Ja, über das, was gestern nachmittag geschehen ist.

Willst du mir nicht sagen, warum du das getan hast, Judith? Du kannst es ruhig sagen. Weil ich es sowieso weiß, besser als du.

Nein! Nein!

Verbirg dein Gesicht nicht so! Oh, es schmerzt dein Tantchen mehr, als du denkst, wenn ihr kleines Mädchen nicht mit ihr sprechen will.

Gestern bereitete ich den Tee für sie zu und überlegte, was sie am liebsten hätte. Ich hatte ein helles, sauberes Deckchen für ihr Tablett gefunden, und ich schnitt Brot, so dünn es ging, und diagonal, weil sie es gern so mag. Und dann blickte ich aus dem Fenster.

Was ich sah, bestürzte mich sehr. Es war mein kleines Mädchen, das da lief, nicht wahr? Ganz weit hinten im Garten, wo die Mauer an die große Tür stößt. Und es sah sich verstohlen um, ob ich es beobachtete. Aber ich war hinter dem Vorhang.

In dem Moment spürte ich etwas in mir. Hier. Ein eisiges Gefühl, das sich eng um mein Herz legte.

Aus zwei Gründen. Der eine war, daß es so schrecklich gegen meine Wünsche verstieß. Seit es ganz klein war, habe ich so viele Male zu ihm gesagt: ›Du darfst den Garten nicht verlassen, Judith‹ und ›Du sollst niemals rennen‹.

Aber da lief sie, trotz allem, was ich ihr gesagt und für sie getan hatte. Das machte dein Tantchen furchtbar unglücklich, Judith.

Aber der zweite Grund war noch trauriger. Während ich auf den Rasen hinauslief, sagte ich zu mir: ›Nun muß ich ihr alles erzählen, und es bricht ihr vielleicht das Herz. Irgend etwas Böses hat sie veranlaßt, das zu tun, und sie muß es wissen, damit sie ihm widerstehen kann.‹ Das sagte ich zu mir, während ich den Weg entlanglief. ›Sie muß es erfahren‹, sagte ich mir.

Du warst nicht sehr schnell, nicht wahr, Liebes? Du bist so jung, und ich bin deine alte Tante, und dennoch holte ich dich unter den Birnbäumen ein. Lag es wirklich daran, daß du auf dem Weg ausgerutscht bist? Oder war es vielleicht etwas anderes?

Ich möchte, daß du jetzt noch einen Schluck Wasser trinkst – da! Fühlst du dich ganz wohl? Du mußt sehr tapfer sein. Gib mir deine Hand, Liebes. So eine zarte kleine Hand, fest in meiner.

Bist wirklich ein mutiges Mädchen, Judith. Ich muß dir etwas erzählen, das dich sehr schockieren wird. Ich werde es so schonend wie möglich tun, aber es wird dennoch ein Schock sein.

Laß mich mal sehen. Erinnerst du dich an das Märchen aus der Zeit, als du ganz klein warst – ›Das häßliche Entlein‹? Es sah so seltsam und fremdartig aus, daß die anderen Enten und jedermann sonst es wegjagten. Und dann verwandelte es sich und wuchs zu einem wunderschönen Schwan heran. Weißt du, was ›wunderschön‹ ist, Judith? Die Geschichte hat dir jedenfalls sehr gefallen.

Jetzt überlege, Liebes. Angenommen – nur einmal angenommen, das Entlein hätte sich nicht verwandelt. Angenommen, es wäre noch häßlicher geworden. Das wäre kein glückliches Ende gewesen, nicht wahr?

Halte die Hand deines Tantchens ganz fest, mein Liebling, und versuche, so tapfer wie möglich zu sein. Ich fürchte nämlich, Judith, daß du ein solches Entlein bist.

Ruhig, ruhig!

Seit du als winziger Knirps ohne Mama und Papa hierher kamst, wußte ich, daß ich dir eines Tages würde sagen müssen, daß du – anders bist als andere Leute.

Jetzt begreifst du, warum niemand hierher kommt. Warum ich eine hohe, sichere Mauer um den Garten herum haben muß. Und warum dein Tantchen sich so um dich sorgt, jede Minute des Tages.

Ich nehme an, du hast dich oft gefragt, warum das so ist, habe ich recht? Aber du warst immer so lieb und hast getan, was Tantchen verlangte, und Tantchen liebt dich so sehr.

Es wäre dasselbe gewesen, wenn deine – Eltern am Leben geblieben wären. Deine allerliebste Mama hätte getan, was ich getan habe; wir verstanden uns so gut, so wie Schwestern es tun. Ich wußte immer, was sie brauchte, alles, was gut für sie war. Und dann heiratete sie deinen Vater – sie hatte kein Recht...

Wir – wir wollen nicht darüber sprechen. Es ist nur, was ich zuvor sagte. Er war eigentlich nichts für sie. Nicht für sie. Das heißt, er war nicht – gut genug.

Und so sind sie schon lange fort, und das arme alte Tantchen kümmert sich an ihrer Stelle um dieses kleine Mädchen.

Und das kleine Mädchen möchte wissen, warum es nicht endlich nach draußen gehen und die Welt sehen kann. Wo sie doch inzwischen fünfzehn Jahre alt ist.

Nun gut, warte einen Augenblick.

Hier ist der Wandspiegel. Ich kann ihn ans Fußende des Bettes lehnen. Vorsichtig, da sein Rahmen locker ist.

Kannst du hineinsehen, Judith? Setz dich ein bißchen hoch, Liebes. So. Siehst du das kostbare Entlein deutlich?

Dies ist der Teil, der weh tun wird, selbst wenn Tantchen dich fest in ihrem Arm hält.

Ich möchte, daß du die Gestalt im Spiegel ansiehst, Judy. Solch ein schlanker, kurvenreicher Körper, nicht wahr? So zart und blaß. Diese schwellenden kleinen Brüste.

Dachtest du, das wäre in Ordnung? Dachtest du das?

Nun schau mich an, Liebes. Ich bin überhaupt nicht so. Siehst du, wie stark und kräftig ich bin, überall gerade, ganz und gar? So sind die Menschen, Judith. Die Menschen draußen.

Dein kleines Gesicht, Judy. Bleich, fast wie die Bettücher, bis auf zwei rosige Wangen und rote Lippen. Augen so blau wie – Kupferfäule. Meine sind dunkelbraun, und meine Haut ist dunkel und fest. Und die Haare – schau in den Spiegel, Liebes; siehst du das dünne, weiche, glänzende Gelb, wie welkendes Gras? Nicht dick und schwarz wie das anderer Leute.

Meine kleine Judith – sie weint! Oh, welche Schluchzer!

Du wußtest einfach nicht, wie – anders du bist. Ich habe es dir immer verschwiegen. Deshalb gibt es keine Bilder von Menschen in den Räumen. Ich wollte dir keinen Schmerz zufügen. Braunhäutig und stark sind sie, mit kräftigem schwarzem Haar. Ich bin eine von ihnen.

Darum kann ich hinausgehen und mit ihnen reden. Und sie wissen nichts von dir, diese dunklen Leute. Nur ich denke an mein kleines Mädchen zu Hause, das so anders ist.

Weißt du, Judy, was geschehen wäre, wenn dein altes Tantchen gestern nicht auf dich aufgepaßt hätte und hinter dir her gerannt wäre, um dich zu stoppen und in dieses Haus zurückzuführen? Weißt du, was geschehen wäre, wenn du an den Birnbäumen und dem grünen Wassertank vorbei und bis zu der großen Tür gekommen wärest? Und wenn diese nicht verschlossen gewesen wäre – was sie aber immer ist – und du sie geöffnet hättest und nach draußen gegangen wärest?

Etwas ganz Furchtbares, Judith.

Du hättest Leute gesehen wie mich – ganz wie mich, Judy – nur nicht lächelnd, fürchte ich.

Du hättest sie in der Ferne stehenbleiben und auf dich zeigen und tuscheln sehen in ihren trockenen grauen Straßen; und sich sacht in den Schatten bewegen sehen. Und wenn du weitergegangen wärest, hättest du leises Schlurfen und Geflüster gehört. Und du hättest auf der anderen Seite einer Mauer den Kopf einer mit dir Schritt haltenden Person erblickt oder ein graues Handzeichen in einem Hauseingang. Und dann wären Dinge geräuschlos durch den heißen Staub auf dich zugekommen. Und die Dinge wären Leute gewesen. Und sie wären dir gefolgt. Weil du anders bist.

Erinnerst du dich, wie all die Tiere so unfreundlich zu dem häßlichen Entlein waren? Menschen können viel grausamer sein.

Du hättest vielleicht einen von ihnen angesprochen, aber deine Stimme wäre vor Angst ganz klein gewesen. Sein Kopf hätte sich abgewandt, während sein Blick an dir haften geblieben wäre, und er hätte laut und hart gesprochen. Nicht zu dir – zu den anderen. Du hättest gespürt, wie ihr Raunen sich ausgebreitet, dich von ihnen abgeschlossen hätte, und Zähne und Augen aus der ganzen Schar hervorleuchteten. Dann hätten sie geschoben, gedrängelt, gekreischt, und alle Straßen hätten von ihrem Gelächter widergehallt. ›Seht nur seine Augen!‹ hätten sie gerufen. ›Seht! Wie es weint! Da läuft es!‹ Und ihre Rufe wären zum Echo deiner davonlaufenden und auf den Steinen der Straßen widerhallenden Füße geworden. Und du wärest gerannt, bis du nicht mehr gekonnt hättest! Und sie hätten dich verfolgt, wären näher gekommen!

Wie in einem jener Träume, die Tantchen Alpträume nennt, aber dieses Mal wäre es wirklich gewesen, Judith. Vielleicht wie in deinen Träumen, meinst du nicht?

Es ist schrecklich, anders zu sein.

Aber dein Tantchen ist hier. Sie versteht dich. Und da ist eine hohe Mauer und nichts, wovor du dich fürchten müßtest, wenn sie nicht hereinsehen.

Und wenn du so singst oder dasitzt und die Wolken beobachtest oder beim Donner zitterst, weiß nur dein Tantchen, daß du tust, was sonst niemand tut. Ist es nicht so? Und Tantchen ist deine Freundin, die dich versteht.

Ist meine Judith brav und wird jetzt nicht mehr weinen? Nur noch ein letzter Blick in den Spiegel auf das seltsame kleine Gesicht, damit sie endlich weiß, was ihr Tantchen meint.

Mein armes Mädchen! Kannst es nicht ertragen hinzusehen? Oder?

Verbirg dich nicht im Bettzeug, Liebes. Glaub mir, für mich bist du nie seltsam.

Den Spiegel wegnehmen? Warte, Judith.

Ich habe etwas für dich. Ich wußte, was für ein schrecklicher Schock es sein würde, und ich habe etwas, was meinem kleinen Mädchen vielleicht hilft, es zu ertragen.

Da. Hier in deiner kleinen Hand. Weißt du, was es ist, Liebes? Eine Flasche Färbemittel – ein harmloses braunes Färbemittel. Es duftet ganz süß.

Wenn du willst, kannst du ein wenig davon ins Waschwasser tun. Um diese Hände und diese rosa und weißen Wangen dunkler zu machen. Und wenn du dann in den Spiegel siehst, wirst du dir gar nicht mehr so anders vorkommen. Dann kannst du so tun, als seist du wie ich, ist es nicht so?

Und danach müssen wir einfach geduldig sein und lieb zu Tantchen, weil wir nicht mehr so lange auf dieser Welt sind, nicht wahr? Und wenn wir nicht wie gewöhnliche Leute sind...

Wenn das kleine Mädchen jetzt zu weinen aufhört und ganz ruhig und still liegt, wird sie einen Teller mit Butterbrot bekommen, so geschnitten, wie sie es gern mag. Und einen heimlichen kleinen Leckerbissen dazu. Ihr Tantchen wird mit ihr in diesem hübschen gemütlichen Zimmer sitzen, und wir werden eine Partie ›Mensch ärgere dich nicht‹ spielen.

Denn ich verstehe sie. Und sie gehört nur mir allein. Für immer.

Arme kleine Judy.

PATRICIA HIGHSMITH

Der geheimnisvolle Friedhof

Am Rande des ostösterreichischen Städtchens G. liegt ein geheimnisvoller, kaum vierzig Ar großer Friedhof, letzte Ruhestätte vorwiegend für Arme, deren Gräber meist gar nicht oder bestenfalls mit Grabsteinfragmenten gekennzeichnet sind, die jedoch inzwischen alle an den falschen Stellen stehen.

Dieser Friedhof wurde dennoch berühmt, und zwar durch die sonderbaren knolligen Gewächse, bläulich-grüne und weißliche Gebilde, die sich gespenstisch über dem Boden erhoben und zum Teil bis zwei Meter hoch wurden. Andere solche pilzförmigen Gewächse wurden nur einen halben Meter hoch oder blieben noch kleiner, aber alle waren bizarr wie sonst nichts mehr in der Natur, nicht einmal Korallen. Nachdem sich einige dieser kleinen Exemplare über dem grasbewachsenen, matschigen Boden gezeigt hatten, machte der Friedhofswärter eine Schwester aus dem benachbarten Landeskrankenhaus darauf aufmerksam. Der Friedhof lag auf der Rückseite des ziegelsteinernen Gebäudes, und man sah ihn gar nicht so ohne weiteres, wenn man sich dem Krankenhaus auf der einzigen Straße näherte, die daran vorbeiführte und eine Abzweigung bis direkt vor dem Haupteingang hatte.

Andreas Silzer, der Friedhofswärter, sagte, er habe ein paar von diesen Gewächsen mit seiner Hacke umgehauen und auf den Komposthaufen geworfen, damit sie dort verrotten sollten, doch das täten sie nicht.

»Bloß ein Pilz«, erklärte Andreas, »aber es wachsen noch mehr nach. Ich hab schon ein Pilzmittel gestreut, und was Stärkeres will ich nicht nehmen, damit die Blumen nicht eingehen.« Andreas pflegte getreulich die Stiefmütterchen und Rosensträucher, die ein paar Angehörige von Verstorbenen hier gepflanzt hatten. Ab und an bekam er für seine Mühen ein Trinkgeld.

Die Schwester zögerte ein paar Sekunden mit der Antwort.

»Ich werd's Dr. Müller sagen. Danke, Andreas.«

Schwester Susanne Richter sagte nicht weiter, was Andreas ihr berichtet hatte. Dafür hatte sie ihre Gründe – oder Ausreden. Erstens übertrieb Andreas wahrscheinlich und hatte nach dem Regen der letzten Zeit nur ein paar Pilze auf den Grabsteinen gesehen; zweitens kannte sie ihren Platz, der nicht schlecht war, und wollte ihn gern behalten und nicht als neugierige Nase dastehen, die sich in Dinge mischte, die sie nichts angingen, wie zum Beispiel den Friedhof.

So gut wie keiner setzte je den Fuß auf diese düstere Parzelle hinter dem Landeskrankenhaus, außer dem fünfundsechzigjährigen Andreas, der mit seiner Frau in der Stadt wohnte. Dreimal wöchentlich fuhr er mit dem Fahrrad hin. Andreas war eigentlich schon in Rente, bekam aber für die Pflege der Krankenhausanlagen und des Friedhofs einen kleinen Zuschuß zum staatlichen Ruhegeld. Den etwa drei Beerdigungen im Monat wohnte meist nur der Stadtpfarrer bei, der ein paar Worte sprach, sowie die Totengräber, die das Grab hinterher wieder zuschaufeln mußten, und etwa jedes zweite Mal war auch irgendein Angehöriger des Verstorbenen dabei. Manche von den alten Leuten, die da starben, waren ganz allein auf der Welt, oder ihre Kinder wohnten weit fort. Es war ein trister Ort, dieses Landeskrankenhaus Nummer sechsunddreißig.

Gar nicht so trist war es dagegen für einen jungen Medizinstudenten der Universität von G., Oktavian Ziegler. Er war zweiundzwanzig Jahre alt, groß und dünn, doch voll Tatendrang und Humor, was ihn bei den Mädchen beliebt machte. Zudem war er ein hochbegabter, von seinen Lehrern sehr geschätzter Student. So hatte man Oktavian – er hieß so, weil sein Vater als Oboist ein Verehrer von Richard Strauss war und hoffte, sein Sohn werde vielleicht Komponist – sogar zu den Experimenten beigezogen, die ein paar Krankenhausärzte und einige seiner Professoren hier im Landeskrankenhaus mit Krebspatienten im letzten Stadium machten. Die Experimente fanden im obersten Stockwerk statt, in einem großen Raum mit langen Tischen, ein paar Waschbecken und guter Beleuchtung. Hygiene war hier nicht so wichtig, denn man experimentierte meist an Leichen oder herausgeschnittenem Krebsgewebe von Lebenden oder schon Toten, bevor diese auf den Friedhof gebracht wurden. Dabei wollten die Ärzte mehr über Krebs in Erfahrung bringen: wodurch er entstand, wie man ihn behandeln konnte und warum er weiterwuchs, nachdem er einmal angefangen hatte. In diesem Jahr hatten amerikanische Wissenschaftler entdeckt, daß eine bestimmte Veränderung innerhalb eines Gens eine Stufe zur Krebsentstehung bildete, zur Entstehung bösartiger Zellen aber noch eine zweite Stufe nötig war. »Karzinogene« lautete der Überbegriff für die Substanzen, die bei Meerschweinchen und anderen Organismen die schreckliche Krankheit auslösen konnten, sofern der Wirtsorganismus von Natur aus schon die erste Voraussetzung mitbrachte. Soviel war inzwischen Allgemeinwissen. Die Ärzte und Wissenschaftler am Landeskrankenhaus wollten indessen mehr wissen: wie schnell und warum ein Tumor wuchs oder wie ein Krebsgewebe reagierte, wenn man ihm Karzinogene in hoher Konzentration zuführte – lauter Experimente, die man nicht ohne weiteres an lebenden Menschen machen konnte, wohl aber an Organen oder Gewebestücken, die man zum Beispiel über eine kleine Pumpe unabhängig mit Blut versorgte. Nun hätte man entweder dieses Blut immer wieder reinigen oder fortwährend frisches Blut nehmen müssen, aber keiner der Ärzte wollte ja ein solches Experiment über Wochen und Monate laufen lassen. Eines konnten die Ärzte und Oktavian jedoch an einem Lebertumor (er stammte von einem verstorbenen Patienten) beobachten, daß nämlich das kranke Gewebe, nachdem man ihm Karzinogene zuführte, auch noch weiterwuchs, nachdem die Blutversorgung unterbrochen war. Die Ärzte fanden es nicht der Mühe wert festzustellen, wie groß das Gewächs noch würde, aber sie bewahrten Proben davon auf, um sie unterm Mikroskop zu untersuchen, falls sie ihnen doch noch neue Erkenntnisse brächten. Beseitigt wurden diese zuletzt nicht mehr gewünschten Überbleibsel im Keller des Krankenhauses, wo sich ein großer, von der Heizungsanlage unabhängiger Verbrennungsofen befand, der ausschließlich zur Vernichtung von Verbandsmaterial und allerlei sonstigem verunreinigten Zeug diente.

Anders war das mit den etwa drei Leichen im Monat, die ohne Einbalsamierung und manchmal nur in einem Tuch statt einem hölzernen Sarg auf den Friedhof gebracht wurden. Manchen Krebspatienten, deren letzte Stunde geschlagen hatte, injizierten die Ärzte noch Karzinogene, nachdem Morphium ihre Sinne abgestumpft hatte und eine Lokalanästhesie den Rest besorgen konnte, wovon sie sich einen »schlagartigen Durchbruch« erhofften, wie die Journalisten es nennen würden, aber nie hätten die Ärzte einen solchen Ausdruck gebraucht. Die Tumoren vergrößerten sich dann auch, die ohnehin im Sterben liegenden Patienten starben, und das nicht unbedingt früher aufgrund der Experimente. Manchmal wurden die vergrößerten Gewächse herausgeschnitten, meist nicht.

Oktavian fiel die als untergeordnet geltende und somit

einem Studenten angemessene Aufgabe zu, dafür zu sorgen, daß die »Versuchsleichen« mit dem großen alten Lastenaufzug aus dem Labor im Obergeschoß hinuntergeschafft und nach kurzem Zwischenaufenthalt in der Leichenhalle, wo man sie in ein Tuch hüllte oder einsargte, auf den Friedhof gebracht wurden. Oktavian mußte die Totengräber, die das nebenbei machten, telefonisch herbeirufen, manchmal kurzfristig, und dann taten sie alle ihr Bestes. Einer der Männer war meist angetrunken, aber Oktavian drückte ein Auge zu, scherzte mit ihnen und achtete darauf, daß sie die Grube tief genug aushoben. Manchmal mußten sie einen Toten über oder unmittelbar neben einer anderen Leiche begraben. Manchmal kam Kalk darüber. Das galt natürlich nur für die Armen, von denen keine Angehörigen dabei waren. Und bei einer solchen Beisetzung im Herbst bemerkte Oktavian dann die runden Auswüchse, von denen Andreas ein paar Tage zuvor der Schwester berichtet hatte. Oktavian sah sie, während er eine seiner gelegentlichen Zigaretten paffte und sich gegen die Kälte die Füße vertrat. Er wußte sofort, was das war und woher es kam, und sagte den Arbeitern, die in seiner Nähe schaufelten, kein Wort davon. Eins von den Dingern (er sah mindestens zehn), das in seiner Nähe stand, wollte er sich genauer ansehen, und als er hinging, stolperte er über einen dunklen Grabstein, denn die Nacht war recht finster. Das Ding war bläulich-weiß, etwa fünfzehn Zentimeter hoch, oben abgerundet und hatte in halber Höhe eine Art Wulst oder Falte, die im Boden verschwand. Oktavian war überrascht, amüsiert und erschrocken zugleich. Diese Gebilde waren riesenhaft gegenüber dem, was er und seine Vorgesetzten im Labor erzeugt hatten. Und wie groß sie erst unter dem Boden sein mußten, wenn sie sich durch fast zwei Meter Erde emporarbeiteten!

Oktavian ging zu den Totengräbern zurück und merkte erst jetzt, daß er die ganze Zeit den Atem angehalten hatte.

Er vermutete, war fast sicher, daß die Gewächse da draußen im Dunkeln höchst ansteckend waren. Sie vereinigten in sich die Karzinogene, die ihnen die Ärzte injiziert hatten, mit den wildgewordenen Zellen, die den Krebs ursprünglich ausgelöst hatten. Wie groß würden sie noch werden? Und was ernährte sie? Beklemmende Fragen! Wie die meisten Medizinstudenten schickte Oktavian gelegentlich Freunden ein kurioses Stück der menschlichen Anatomie. Es kam fast einer Liebeserklärung gleich, wenn ein junger Mann ein solches Geschenk von einer Studentin in der Post fand, aber *so* etwas? Nein!

»Jetzt noch feststampfen«, sagte Oktavian zu den Arbeitern und ging mit gutem Beispiel voran, indem er anfing, auf dem Erdhügel herumzutrampeln, der das neue Grab bedeckte. Alle vier stampften jetzt, *stapf, stapf, stapf*. Und wie lange dauerte es wohl noch, fragte sich Oktavian, bis etwas Blasses, Rundes sich aus dieser Erde drängte?

Der junge Mann behielt sein Geheimnis für sich, bis er sich Samstagabend mit Marianne traf, dem Mädchen, das er seit ungefähr einem Monat als seine Liebste betrachtete.

Marianne war nicht sonderlich hübsch, sie lernte wie besessen und nahm sich zu ihren Verabredungen selten die Zeit, etwas Lippenstift aufzutragen und sich die hellbraunen Haare zu kämmen, aber Oktavian liebte sie für ihr herzhaftes Lachen. Sie konnte, wenn sie nach endloser Büffelei ihre Bücher zuklappte, vor Freude und Befreiung regelrecht zerspringen, und Oktavian bildete sich gern ein – obwohl er zu sehr Realist war, um es wirklich zu glauben –, er allein sei die Ursache ihrer Verwandlung.

»Heute gibt's was Besonderes«, sagte Oktavian, als er sie unten in ihrem Wohnheim abholte. Er hatte ihr gesagt, sie solle Gummistiefel anziehen, und sie hatte welche an. Oktavian besaß ein Motorrad mit Sozius.

»Willst du etwa eine Nachtwanderung mit mir machen?«

»Wart's ab.« Oktavian brauste los.

Es regnete ein wenig, und der Wind war kalt und böig. Kein schöner Abend. Aber es war Samstag, und Marianne klammerte sich an Oktavians Taille, zog den behelmten Kopf ein und lachte, während er übers Land dahinbrauste.

»Hier!« sagte er, als er schließlich anhielt.

»Das Krankenhaus?«

»Nein, der Friedhof«, flüsterte er und nahm sie bei der Hand. »Komm mit.«

Er hielt ihre Hand die ganze Zeit. Die gespenstischen bleichen Gewächse waren höher geworden, fand Oktavian, oder war es Einbildung? Marianne war sprachlos vor Verwunderung. Lachen konnte sie nicht, nur verwirrt nach Luft schnappen. Oktavian erklärte ihr, was es mit den Gewächsen auf sich hatte. Er hatte eine Taschenlampe mitgebracht. Eines der knolligen Gewächse war fast einen Meter hoch! Marianne fand, es sehe fast aus wie ein Embryo in dem Stadium, in dem sich bei Fischen wie Säugetieren die Kiemenansätze unterhalb des künftigen Kopfs zeigten. Marianne hatte eine künstlerische Ader; Oktavian wäre nie auf so eine Idee gekommen.

»Was *geschieht* denn jetzt?« flüsterte sie. »Wissen die Ärzte nichts davon?«

»Weiß ich nicht«, antwortete Oktavian. »Irgendwer wird es ihnen wohl melden.«

Oktavian hatte sie die ganze Zeit zur Mitte des dunklen Friedhofs zu ziehen versucht. Links von ihnen erhoben sich die roten Ziegelmauern des fünfstöckigen Krankenhauses, dessen Fenster zur Hälfte erleuchtet waren. Im obersten Stock waren alle Fenster hell. »Nun sieh dir das mal an!« rief Oktavian, der im wandernden Lichtstrahl seiner Taschenlampe etwas entdeckt hatte.

Es war eine Doppelknolle, fast wie siamesische Zwillinge mit zusammengewachsenen Hüften, zwei Köpfen und zwei

Armen, an deren Enden Finger waren – nicht fünf an jeder Hand, aber doch so etwas wie Finger. Zufall, klar, aber unheimlich war es schon. Oktavian lächelte verlegen, aber lachen konnte er nicht. Marianne zog ihn fort. »Na schön«, sagte er. »Aber ich schwöre – ich meine, ich hätte eins von den Dingern gerade *wachsen* sehen.«

Marianne zog ihn zum Motorrad. Oktavian wollte es nicht in den Kopf, daß noch kein Arzt, keine Schwester irgendwann einmal nach draußen geschaut und gesehen hatte, was sich da auf dem Friedhof tat. Komisch, sich vorzustellen, daß Ärzte, Praktikanten und Krankenschwestern allesamt die ganze Zeit so sehr mit ihrer jeweiligen Arbeit beschäftigt sein sollten, daß keiner die Zeit hatte, einmal aus dem Fenster zu gucken oder einen kleinen Spaziergang zu machen.

Als Marianne und Oktavian eine halbe Stunde später in einem kleinen Gasthaus, wo nicht weit von ihrem Tisch ein lustiges Feuer im Kamin prasselte, bei einem heißen, scharfen Gulasch saßen, konnten sie wieder lachen, aber es klang nervös und verkrampft.

»...*muß* ich Hans erzählen!« sagte Oktavian. »Der flippt aus!«

»Und Marie-Luise. Und *Jakob*!« Marianne grinste, wieder ganz die alte Marianne vom Samstagabend.

»Wir lassen eine Party steigen. Schon bald. Sonst wird die Zeit knapp«, sagte Oktavian ernst über den Tisch.

Marianne wußte, was er meinte. Sie machten einen Plan, stellten eine Liste mit einem runden Dutzend Auserwählter zusammen. Kommenden Dienstag sollte es sein. Der nächste Samstag war vielleicht schon zu spät, da konnte das Krankenhaus inzwischen entdeckt haben, was auf dem Friedhof los war, und etwas dagegen unternommen haben.

»Eine Gespensterparty«, sagte Marianne. »Wir kommen alle in Bettlaken – auch wenn's regnet.«

Oktavian brauchte nicht zu antworten, denn Marianne

kannte ihn gut genug, um zu wissen, daß er einverstanden war. Er überlegte, ob Regenwasser das Wachstum dieser aberwitzigen Tumoren fördern könne. Oder der Erdboden? Ob die fleißigen Adern, die den Krebs nährten, Würmer und Maden ihrer kümmerlichen Nährstoffe wegen einzufangen begannen, wenn das Blut in den Leichen verbraucht war? Griffen die Kapillaren am Ende gar auf andere Leichen über, die daneben lagen? Wie auch immer, fest stand jedenfalls, daß der Tod des Wirtsorganismus nicht auch das Ende des Krebses bedeutete.

Oktavian und Marianne ernteten hämisches Grinsen, auch ein paar zynische Zweifel, als sie mündlich – und heimlich – zur »Echten Gespensterparty« am Dienstag abend auf dem Friedhof von Landeskrankenhaus sechsunddreißig einluden. Hängt euch ein Bettlaken um oder bringt eins mit, und erscheint eine Viertelstunde vor Mitternacht, hieß die Weisung.

Am Dienstag abend regnete es wieder leicht, aber dazwischen waren ein paar regenfreie Tage gewesen, und Oktavian hatte gehofft, das schöne Wetter würde halten. Der Schnürlregen dämpfte jedoch nicht die Stimmung des runden Dutzends Medizinstudenten, das sich mehr oder weniger pünktlich beim Friedhof einfand, teilweise auf Fahrrädern, denn sie waren ermahnt worden, nicht zuviel Lärm zu machen, damit ihnen nicht das Krankenhauspersonal auf die Pelle rückte.

Halblaute »Oooohs« und »Aaaahs« ertönten, als die weißgewandeten Studenten sich auf dem Friedhof umsahen; dabei hatte Oktavian jeden einzelnen ermahnt, still zu sein.

»Alles Schwindel – das sind Plastikbälle, du Schlawiner!« zischelte ein Mädchen Oktavian vernehmlich zu.

»Nein – nein!« zischelte Oktavian zurück.

»Igitt! Mein Gott, nun guckt euch das an!« rief ein junger Bursche so gedämpft wie möglich.

»Krebspatienten? Heilige Muttergottes, Okki, was macht ihr denn hier für Experimente?« fragte ein ernster junger Mann neben Oktavian.

Lakenverhüllte Gestalten zogen um den Friedhof, gingen in der mondlosen Nacht zwischen den Grabsteinen umher, die Taschenlampen mit Bedacht nach unten gerichtet, um einerseits nicht zu stolpern, andererseits nicht entdeckt zu werden. Oktavian hatte sich ausgemalt, zu einer Gespensterpolonaise um den Friedhof aufzurufen, traute sich jedoch nicht, dafür seine Stimme zu heben, was allerdings auch nicht nötig war. Aus bloßer Erregung, Angst und allgemeinem Staunen begannen schon alle zu tanzen, anfangs nicht in derselben Richtung, doch bald formierte sich der Tanz von selbst zu einem Kreis, in dem sie gegen den Uhrzeigersinn dahinstolperten, sich wieder fingen, einander bei den Händen hielten und leise summten und kicherten, während ihre durchnäßten weißen Laken im Wind flatterten.

Wie immer brannte im Krankenhaus Licht, fast die Hälfte der Fenster, sah Oktavian, waren leuchtende Rechtecke. Er hielt Marianne an der einen und einen Kommilitonen an der anderen Hand.

»Seht mal da! He, guckt doch mal!« rief einer. Seine Taschenlampe strahlte etwas an, was ihm bis zu den Hüften reichte. »Untendrunter *rosa*! Ehrlich!«

»Halt doch um Himmels willen die Klappe!« zischte Oktavian zurück.

In dem Moment sah Oktavian einen jungen Burschen auf der andern Seite gegen einen blassen Klumpen treten und hörte ihn lachen. »Die sind am Boden fest! Die sind aus *Gummi*!«

Oktavian hätte ihn umbringen können! Der Kerl verdiente nicht, Arzt zu werden! Marianne schrie auf, weil Oktavian ihre Hand zu fest drückte. »Die sind echt, du Trottel!« rief Oktavian. »Und sei bloß *still*!«

»*Masern, Malaria, Milzbrand, Mumps!*« sangen die Studenten und schwenkten die Beine wie beim Ballett. Langsam drehte sich der Kreis.

Eine Trillerpfeife schrillte.

»Los, rennt *weg*!« schrie Oktavian, dem sofort klar war, daß einer aus dem Krankenhaus sie gesehen oder gehört haben mußte, vielleicht der alte Wachmann, der um Mitternacht meist hinter der Haupteingangstür ein Nickerchen machte. Oktavian lief mit Marianne zu seinem Motorrad, das am Straßenrand stand.

Die übrigen folgten lachend, stolpernd, kreischend. Ein paar waren mit dem Auto gekommen, aber die Autos standen ein gutes Stück weg.

»He!« sagte Oktavian zu einem Jungen und Mädchen, die neben ihnen liefen. »Behaltet das für euch! Weitersagen!«

Sie zerstreuten sich erstaunlich leise, die Laken zusammengefaltet, wie eine gut gedrillte Truppe. Oktavian ließ sein Gefährt erst ein paar Meter rollen, bevor er den Motor anließ. Hinter ihnen bewegten sich langsame Gestalten mit Taschenlampen, Leute aus dem Krankenhaus, suchend um den Friedhof herum.

Oktavian blieb die nächsten Tage in Deckung. Er hatte an der Universität reichlich zu tun, die andern auch. Aber sie studierten aufmerksam den *Anzeiger*, der jedoch mit keinem Wort etwas von »Störungen« oder »Vandalen« auf dem Krankenhausfriedhof meldete, und dieses Schweigen hatte Oktavian erwartet. Die da oben konnten sich die Meldung nicht leisten, daß auf den Gräbern herumgetrampelt und Blumentöpfe umgeworfen worden waren, denn sonst kamen womöglich ein paar Angehörige Verstorbener, um die Schäden zu beheben und sich über mangelnde Sorgfalt zu beschweren, und das Krankenhaus wollte die Öffentlichkeit sicher nichts von diesen seltsamen Gewächsen wissen lassen, die jetzt so zahlreich waren, daß sie jedem aufgefallen wären. Denen mußte ein ordentlicher Schrecken in die Glieder gefahren sein, dachte Oktavian.

Am Donnerstag abend ging Oktavian wie gewöhnlich um neun ins Krankenhaus, um mit den Ärzten im Obergeschoß zu arbeiten. Als er sein Motorrad abstellte, warf er einen Blick zum Friedhof. Dieser war so finster wie eh und je, dennoch sah er die blassen kugeligen Formen, sechs oder sieben, vielleicht noch immer dieselben. Oben war die Atmosphäre verändert. Dr. Stefan Roeg, der jüngste von den Ärzten, mit dem Oktavian am besten ausgekommen war, sagte ihm fast im selben Atemzug guten Abend und auf Wiedersehen. Er hatte seine Überschuhe und einen Schirm in der Hand, obwohl es gar nicht regnete, und war anscheinend überhaupt nur gekommen, um diese abzuholen. Der alte Professor Braun, der den kahlen Kopf, auf dem nur noch ein paar lange Büschel über den Ohren wuchsen, in den Wolken trug, benahm sich als einziger von den Anwesenden wie immer. Er wollte gern über die »Fortschritte« der kleinen Gewebestückchen reden, die seit letzter Woche unter Glas lagen. Oktavian sah aber, daß die anderen es aufgegeben hatten. Höflich lächelnd wünschten sie Professor Braun gute Nacht.

»Es ist gefährlich«, sagte einer der Ärzte noch rasch zu Professor Braun, bevor er ging.

Auch Oktavian konnte sich davonmachen. Ob der alte Professor Braun jetzt allein bis nach Mitternacht arbeiten würde? Schweigend gingen Oktavian und die Ärzte die fünf Treppen nach unten. Oktavian hielt es für klüger, keine Fragen zu stellen. Sie alle kannten ein furchtbares Geheimnis. Die Ärzte behandelten ihn, den kleinen Studenten, wie ihresgleichen. Hatten sie schon etwas Bestimmtes vor? Oder wollten sie nur stillschweigend abwarten?

Etwas sickerte dann doch durch. Ein paar Neugierige kamen aus der Stadt und beäugten von fern den Friedhof.

Oktavian sah sie, als er einmal rasch mit dem Motorrad hinfuhr. Die Leute, drei oder vier, wagten sich nicht auf den Friedhof, sondern starrten nur vom Rand aus die Gewächse an, die im Dämmerlicht aussahen wie festgebundene Luftballons. Es waren Gespenster, böse Geister von Verbrechern und an furchtbaren Krankheiten Verstorbenen, die hier begraben lagen; es waren unheimliche Folgen des Fallouts von Atombombentests; es kam von den unhygienischen Zuständen im Krankenhaus, das ja nicht gerade das modernste im Land war, wie jedermann wußte. Derartige Erklärungen wurden Oktavian von Marianne hinterbracht, die sie vom Hauspersonal ihres Wohnheims zu hören bekam, das den Friedhof nicht einmal gesehen hatte.

Der *Anzeiger* meldete in einem kurzen Absatz den Tod Andreas Silzers. Er hatte »getreulich die Anlagen des Landeskrankenhauses gepflegt«. Gestorben war er an einem »metastasierenden Tumor«. Der arme alte Andreas, dachte Oktavian, war monatelang mit den Gewächsen auf dem Friedhof in Berührung gekommen. Würde die Stadt dort jemals aufräumen?

Eines Samstags fuhren Oktavian und Marianne abends zum Landeskrankenhaus und sahen auf dem Parkplatz davor zwei große Lastwagen stehen. Im Schein mehrerer Laternen gingen ein paar Gestalten auf dem Friedhof umher. Auf den zweiten Blick sahen sie, daß diese Gestalten Gesichtsmasken, graue Uniformen und Handschuhe trugen und Hacken schwangen.

»Müllwerker!« flüsterte Marianne. »Schau! Sie stecken die Dinger in große Plastiksäcke.«

Oktavian sah es. »Aber was machen sie dann mit den Säcken?« fragte er, mehr bei sich. »Komm. Wir gehen.«

Nur zwei Tage später erlitt einer der Müllwerker einen Zusammenbruch. Seine Frau ließ nicht zu, daß er ins Landeskrankenhaus eingeliefert wurde, und behauptete, er sei von der Arbeit auf dem Friedhof krank geworden. Das brachte die Bombe zum Platzen, denn die Frau wurde wörtlich im *Anzeiger* zitiert. Sofort klagten auch die anderen »Sanitärarbeiter« über Übelkeit und Schwäche. Man zog einen stabilen Drahtzaun ein paar Meter entfernt um den Friedhof herum und hängte in Abständen ein paar LEBENSGEFAHR-Schilder auf. Durch ein breites Gatter im Zaun konnte ein Bulldozer hineinfahren und die Erde abtragen. Desinfektionsmittel aller Art wurden ausgestreut. Die Arbeiter trugen Schutzanzüge und Masken. Das Landeskrankenhaus wurde von Patienten und Personal evakuiert, das Gebäude selbst gründlich gereinigt und desinfiziert. Im *Anzeiger* stand, ein seltsamer Pilz habe den Friedhof befallen, und bis die Medizin mehr über ihn wisse, halte man es für ratsam, der Öffentlichkeit den Zutritt zu verwehren.

Doch überall drangen aus der aufgewühlten Friedhofserde weitere Gewächse, zuerst kleine, am Boden kriechende Knollen, dann begannen sie, wie aus dem Nichts, immer schneller zu wachsen – einen, ja zwei Meter in vierzehn Tagen! Künstler kamen mit Campingstühlen, um sie zu zeichnen. Andere Leute machten Fotos, und die ganz Vorsichtigen hielten Abstand und schauten nur durch Ferngläser. Es war die Rede davon, den Friedhof bis in zwei, sogar drei Meter Tiefe auszubaggern. Aber wohin dann mit dem Aushub? Die Meeresschützer hatten vor Wochen einen Parlamentsbeschluß durchgesetzt, wonach die Friedhofserde von Landeskrankenhaus sechsunddreißig nicht ins Meer gekippt werden dürfe. Landwirte und Ökologen verwahrten sich dagegen, daß man sie unter ihrem oder staatseigenem Land vergrub, egal wie tief. Die Grenzbeamten der Nachbarländer kontrollierten Lastwagen, die das Land verließen, doppelt genau, ob sie nicht heimlich Friedhofsschutt geladen hatten.

Man entschied sich also für Verbrennung. Es gab horrende Gefahrenzulagen für die Männer, die mit Kränen die Erde in

Container luden, die man vor der Hintertür des Krankenhauses gerollt hatte, durch die in umgekehrter Richtung schon so viele Leichen transportiert worden waren. Die große Heizanlage und der Verbrennungsofen waren als einzige von allen Einrichtungen des Hauses wieder in Betrieb. Die Asche, die dort schwarz und dunkelgrau herauskam, beanspruchte weniger Platz als das Erdreich, wurde aber von den Arbeitern ebenso vorsichtig gehandhabt. Sollte man jetzt *sie* ins Meer kippen? Nein, auch das war verboten. Es blieb schließlich nichts anderes übrig, als die Asche vorläufig in dicken Plastiksäcken in der Leichenhalle und im Erdgeschoß des Krankenhauses zu stapeln.

Und immer mehr Gewächse kamen, als wären bei all dem Hacken und Graben Hunderte von Sporen freigesetzt worden, aber das war, wie Oktavian sich sagte, nur gleichnishaft zu verstehen, denn Tumoren wuchsen nicht aus Sporen. Immerhin war diese Friedhofserde erstaunlich fruchtbar! Doch dann vergaß er das Landeskrankenhaus über seinen Abschlußprüfungen. Marianne hatte noch ein Jahr vor sich. Danach wollten sie vielleicht heiraten.

Trotz lauter offizieller Proteste, aber zum Jubel der linksradikalen Kunstszene, waren manche Skulpturen, die jetzt auf Ausstellungen erschienen, eindeutig von dem inspiriert, was ihre Schöpfer auf dem Friedhof von Landeskrankenhaus sechsunddreißig gesehen und skizziert hatten. Es waren gewiß keine abstoßenden Gebilde, bestanden sie doch aus lauter Rundungen, die Gesäßen oder Brüsten ähnelten, je nachdem, wie man sie interpretieren wollte. Einige bekamen Preise. Ein halbabstraktes Werk glich einer dicken Frau mit Strandball; ein anderes zeigte eine sitzende Gestalt und hieß »Mutterschaft«.

Der Friedhof, obwohl jetzt abgesenkt, brachte weiter seine sonderbaren Früchte hervor. Arbeiter mit Gesichtsmasken und Handschuhen – meist ältere Rentner – hackten sie an der Basis ab wie das Unkraut daheim in ihren Gärten. Bei einigen reichten die Wurzeln so tief hinunter, daß die Arbeiter meinten, man müsse den Boden noch einmal abtragen und verbrennen. Die städtischen Behörden hatten das Ganze satt. Millionen Schillinge hatten sie dafür schon ausgegeben. Sie wollten das Gelände einfach absperren und dann versuchen, es zu vergessen. Die Straße führte sowieso nur am leeren Krankenhaus vorbei und dann in die Berge, wo sie in einen schmalen Pfad überging, den vornehmlich Wanderer benutzten. Man würde den Friedhof vergessen. Die Presse hatte das Thema bereits fallengelassen. Man wußte, daß Ärzte am Landeskrankenhaus Experimente gemacht hatten, die mit Krebs zusammenhingen, aber die Schuld am Zustand des Friedhofs verteilte sich auf so viele Leute, daß kein Arzt oder Klinikdirektor dafür zur Verantwortung gezogen wurde.

Die Annahme der Behörden, der Friedhof werde in Vergessenheit geraten, war falsch. Er wurde zur Touristenattraktion, die das Geburtshaus eines unbedeutenden Dichters in G. an Beliebtheit weit übertraf. Ansichtskarten vom Friedhof fanden reißenden Absatz. Aus vielen Ländern kamen Maler, auch Wissenschaftler (die Tests, die sie an den vom Friedhof genommenen Proben vornahmen, gaben allerdings auch keine weiteren Aufschlüsse über die Ursachen und Heilungsmöglichkeiten von Krebs). Künstler und Kunstkritiker merkten an, daß die Formgebungen der Natur, wie sie sich in den Friedhofsgewächsen manifestierten, an Genialität die Kristalle überträfen und in ihrer Ästhetik nicht zu verachten seien. Einige Philosophen und Schriftsteller sahen in den grotesken Figuren Sinnbilder für die vom Menschen selbst zerstörte menschliche Seele, für das wahnwitzige Sich-Vergreifen an der Natur, aus dem ja auch die verfluchte Atombombe hervorgegangen sei. Andere Philosophen hielten entgegen, ob Krebs denn etwa nicht zur menschlichen Natur gehöre.

Oktavian sagte zu Marianne, diese Frage könnten sie getrost stellen, denn die Antwort könne ja und nein lauten, oder ja für den einen und nein für den andern, und die Diskussion darüber könne man ewig fortsetzen.

DAVID CAMPTON

Goat

Goat* Kemp wußte mehr als für irgend jemanden gut war.
Es gab keine Menschenseele in der Stadt, außer Slow Harry,
die nicht Angst davor hatte, daß der alte Satan mit etwas
herausplatzte, was besser ungesagt blieb. Wenn ich weniger
besorgt war als die meisten, so deshalb, weil ich weniger zu
verbergen hatte – lediglich gewisse Bücher, die über die erforderliche Lektüre eines Lehrers hinausgingen. Aber Goat
wußte davon. Er flüsterte mir eines Abends einen Titel zu,
nachdem ich seine Zigarettenschnorrerei ignoriert hatte:
woraufhin er sich mit einer Zwanzigerpackung trollte. Ich
hätte festbleiben sollen – was konnte schon Ashbees porno-
graphische Bibliographie meinen Nachbarn bedeuten? Aber
meine Gelassenheit war ins Wanken geraten. Woher wußte
er es? Wenn ich das Buch nicht in der Hand habe, liegt es
verschlossen in einem Schreibtisch. Doch wo ich bloß fröstelte, erzitterten die anderen wie unter einem Erdbeben.

Es war Goat Kemp, der Sam Fernie wegen einiger Fa-
sanenpaare vor den Richter brachte. Sam schwor Rache,
doch er war ein Dummkopf gewesen, jene Vögel nicht mit
Goat zu teilen: besser einen abgeben, als alle verlieren.

Es war Goat Kemp, der die kleine Miss Mellat in die Verzweiflung trieb. Während sie im Dorfladen darauf wartete,

* »Goat« bedeutet im Deutschen »Ziege«

daß sie an die Reihe kam, meckerte er: »Was ist mit dem Kind?« Später, auf der Kirchenveranda nach dem Gottesdienst: »Wo ist es begraben?« Dann quer über die Straße für alle hörbar: »Ist die Huflattichwurzel giftig?« Was all diese Einzelheiten bedeuten mochten, erfuhren wir nie, da Miss Mellat ihr Geheimnis mit in den Fluß nahm. Alles nur, weil sie einmal bemerkte, daß Goat Kemp ein Bad benötigte.

Was nur zutraf. Sein Schmutz hatte eine mittelalterliche Qualität und schälte sich in winzigen Flocken. Sein Spitzname jedoch beruhte auf mehr als seiner persönlichen Hygiene. Sein dreieckiges Gesicht, sein zotteliges Bartgeflecht und seine rotgeränderten Schlitzaugen, all das deutete auf einen entweder unter- oder übermenschlichen Vater hin. Die Dorfbewohner fanden sich damit ab, daß er entweder von einer Ziege oder dem Teufel gezeugt worden war.

Niemand wußte, wie er zu seinem unheimlichen Wissen kam, aber wir alle wußten, wie er es benutzte. »Schön, dich zu sehen, Goat«, begrüßten wir ihn, während er zur Bar schlurfte. »Was nimmst du, Goat?« Selbst wenn wir jedes Glas für ihn bezahlten, war es nur ein bescheidener Tribut. Er blieb nie lange im ›Ochsen‹ – vor allem, wenn Slow Harry da war.

»Trottel!« zischte er Harry zu. »Großer sabbernder Trottel.«

Harry beunruhigte nichts. Er war es zufrieden, in der Kaminecke des ›Ochsen‹ zu sitzen, zu grinsen, zu nicken und gelegentlich ein freudiges obszönes einsilbiges Wort zum Höhepunkt eines Witzes, den jemand machte, zu rufen. Er sabberte nicht viel, und ohnehin wischte er sich von Zeit zu Zeit das Kinn mit seinem Ärmel ab. Goat haßte ihn, weil Slow Harry keine Laster hatte. Mit seinen großen Händen und seinem großen Kopf mangelte es ihm an Gelegenheiten, in Versuchung zu geraten. Einen Menschen ohne Furcht und Tadel konnte Goat nicht erpressen.

In gewisser Weise hoben sich unsere beiden seltsamen Käuze gegenseitig auf. Goat nahm, Harry gab. Wir mochten Harry und fürchteten Goat.

Dann begann eine neue Angst den Bezirk heimzusuchen. Ich glaube, Sams Kinder lösten sie aus, indem sie auf der Straße hinter Goat herriefen. Sie wiederholten nur Ausdrücke, die sie von ihrem Vater aufgeschnappt hatten, aber Goat ging mit seinen wie Kohle glühenden Schlitzaugen auf sie los.

»Ich habe gesehen, was du mit Mrs. Bugles Katzenminze gemacht hast«, fauchte er. »Sie denkt, es waren die Katzen, aber ich weiß, wer es getan hat.«

»Erzähl's ruhig«, gab der junge Sam zurück. Sein Hintern hatte oft genug den Gürtel seines Vaters zu spüren bekommen; er kannte den Preis und hatte sich damit abgefunden, ihn zu bezahlen. Seine Schwester, Kate, streckte die Zunge heraus.

»Wer hat Tinte in den Schreibtisch des Lehrers gekippt?« zischte Goat.

»Ich«, sagte der junge Sam, um seine Schwester in Schutz zu nehmen, während er überlegte, daß er sich statt für eine ebensogut für zwei Missetaten bestrafen lassen konnte.

Zwei ausgestreckte Zungen zeigten auf Goat. Zwei Daumen wurden gegen zwei Stubsnasen gepreßt.

»Wir haben keine Angst«, spottete der junge Sam.

»Wart's nur ab«, knurrte Goat.

»Ich fürchte mich vor ihm«, flüsterte Kate.

»Das brauchst du nicht«, befahl der junge Sam.

Um Goat zuvorzukommen, gestand er die beiden Vergehen und wurde früh ins Bett geschickt, wo er, um sich zu trösten, mit dem Gesicht nach unten lag.

Zweifellos dachte Kate an Goats Drohung, als sie zum letzten Mal an jenem Abend das Klo am Ende des Gartens aufsuchte.

Ihre Schreie ließen Fernie und seine Frau aus dem Haus rennen. Der junge Sam beobachtete die Szene aus dem Schlafzimmerfenster und erzählte mir später davon. Kate lehnte an der grobgezimmerten Holztür, ihr Gesicht bildete einen weißen Fleck im Mondlicht. Sie schrie und schrie und war nicht zu beruhigen.

»Was hatte sie gesehen?« »War es eine Ratte?«

Sie deutete auf etwas, das neben dem Pfad lag. Es war eine primitive Puppe, etwa so groß wie ein neunjähriges Mädchen. Ihr Kopf war eine Mangoldwurzel und ihre Glieder Bündel von Zweigen.

»Ist das alles, was dich erschreckt hat?« Fernie versuchte das Entsetzen wegzulachen. »Nur dieses alte Ding?«

»Es ging hinter mir«, schluchzte das Mädchen. »Es hat den Arm ausgestreckt und mich berührt.«

»Schau. Keine Arme. Keine Beine. Nichts als trockene Stöcke.«

»Es hat mich berührt«, schrie Kate. »Es hat mich berührt.«

Sie überredeten das Kind, ins Haus zu gehen und ließen, als die Heilmittel aus dem Kühlschrank versagten, den Arzt kommen. Nachdem Kate ein Beruhigungsmittel erhalten hatte, schlief sie ein, brauchte aber noch Jahre später ein Nachtlicht in ihrem Zimmer.

Fernie nahm ihr die Geschichte von dem Rübenkopf ab; doch es widersprach jeder Vernunft, daß ein Bündel Stöcke sich aus eigenem Antrieb bewegen konnte. Jemand hatte seine Tochter angegriffen. Als er den Garten nach Anzeichen für einen Eindringling durchsuchte, fand er allerdings weder Fußabdrücke noch zertrampelte Pflanzen. Merkwürdig war außerdem, daß die Puppe am nächsten Morgen verschwunden war.

Fernie war ein gesunder Mann mit einer Falle, der auf Wunsch ein Kaninchen herbeischaffen konnte, aber er brauchte immer einige Zeit, um zwei und zwei zusammenzuzählen, und es vergingen einige Tage, bevor er Goat Kemp zu verdächtigen begann. Die Kinder erzählten, daß sie Goat auf der Straße beschimpft hätten; in Goats Garten stand genau so eine Vogelscheuche; und in der Bar des ›Ochsen‹ machte sich Goat über Kates Nerven lustig.

Plötzlich stand Fernie vor Goat, und Schweigen fiel herab wie eine Decke.

»Du weißt etwas.« Bier und das Kaminfeuer röteten sein Gesicht.

Goat meckerte. Das Geräusch war als Lachen gedacht. Wir anderen, anstatt eine weitere Runde zu bestellen oder ein Pfeilspiel zu beginnen, saßen wie Dummköpfe da und warteten auf den nächsten Schritt, als ob sie Schauspieler wären und nicht Männer, die Blut zu vergießen hatten.

»Wenn ich wüßte, daß du meinem Mädchen etwas zuleide getan hast, würde ich dir dein blödes Grinsen in den Hals schlagen«, sagte Fernie.

»Geschwätz«, höhnte Goat und nahm noch einen kräftigen Schluck Bitterbier.

Ein flachhändiger Hieb schlug ihm das Glas aus der Hand und zerschmetterte es an der entfernten Wand. Goat betupfte seinen verletzten Mundwinkel.

»Das kostet dich den Preis eines neuen Getränks«, sagte er.

Eine offenstehende Naht riß weiter, als Fernie Goats Mantel packte. »Was weißt du?« brüllte er.

»Sie ist leicht zu erschrecken, oder?« grinste Goat. »Ein paar Holzreiser und eine alte Wurzel. Solange ihr nichts Schlimmeres begegnet...«

Worauf er Fernies Faust voll in den Mund bekam und hinter seinem Glas her durch den Raum geschleudert wurde.

»Hexerbrut!« wetterte Fernie.

Blut tropfte von Goats Mundwinkel und hinterließ einen roten Streifen auf seinem staubfarbenen Bart. Wir warteten auf die Drohungen. Stattdessen entblößten sich seine gekrümmten gelben Tierzähne und ließen die Karikatur eines Lächelns sehen, was schlimmer war.

»Noch irgendwelche Fragen?« knarrte er.

»Du warst es«, schrie Fernie. »Du hast meinem Mädchen einen solchen Schreck eingejagt, daß es in hysterische Schreie ausbrach. Du und diese verdammte Vogelscheuche.«

»Du hast mich gesehen, was?« lächelte Goat. »Oder vielleicht hat sie mich gesehen. Wie ich über die Mauer kletterte. Mich unter einem Stachelbeerbusch verbarg. Das nächste Mal…«

Der Kopf des alten Scheusals krachte gegen die Täfelung, als Fernie ihm einen neuen Schlag versetzte.

»Komm in ihre Nähe, und ich bringe dich um«, brüllte Fernie. »Ich… ich…«

Da ihm die Worte fehlten, riß er Goat hoch und schleuderte ihn wieder und wieder gegen die Wand. Es war Slow Harry, der die Prügelei unterbrach, indem er eine große Hand auf Fernies Arm legte.

»Uh-huh«, sagte Slow Harry kopfschüttelnd.

»Ihr habt ihn alle gehört«, rief Fernie, während er den Rückzug zum Ausgang antrat. »Das nächste Mal, sagte er. Das war eine Drohung. Eine Drohung.«

Niemand sprach, bis die Tür hinter ihm zuknallte. Dann hörten wir Goat stöhnen wie den Wind in einem Kamin.

»Töten, wie?« wimmerte Goat. »Töten.« Mühsam kam er auf Hände und Füße und übergab sich.

Die Verletzungen eines alten Mannes brauchen Zeit, um zu heilen, und es dauerte Tage, bevor Goat wieder auf die Straße humpelte. Bis dahin lag er ohne Pflege in seinem dunklen Haus. Das Dorf haßte Goat; Goat haßte das Dorf. Goats Haß wurde stärker in jenen Leidenstagen, verschärfte sich und schlug endlich zu.

Sam Fernie war beunruhigt, seit Goat Kemp sich ins Bett

verkrochen hatte. Das wunderte niemanden von uns. Wir hatten unser Lehrgeld bezahlt, daß es nichts einbrachte, sich mit Goat anzulegen; und Fernies Fausthiebe waren mehr als ein Anlegen gewesen. Freilich mußten wir daran denken, daß wir Goat nicht davor bewahrt hatten, verprügelt zu werden, und so ersannen die meisten von uns Alibis für den Fall unliebsamer Enthüllungen – obwohl ich persönlich mir nur um eine illustrierte Ausgabe von ›Zeitalter der Perversion‹ Sorgen zu machen brauchte.

Fernie entwickelte einen nervösen Tick. Er ruckte mit dem Kopf herum, als versuchte er, jemanden zu erwischen, der ihm über die Schulter spähte. Er murmelte etwas von schwarzen Flecken, und wir rieten ihm, seine Augen testen zu lassen, obgleich er auf hundert Meter immer noch eine Fliege traf.

Zum Schluß war es eine Feder – ein weißes Büschel, das, so schwor er, den ganzen Tag um seinen Kopf herumgeschwebt war. Einige von uns sahen die Feder auf seinem Mantelkragen sitzen. Hin und wieder versuchte er, sie zu packen, aber sie entwischte ihm immer und wirbelte plötzlich davon. Wir jagten sie die Bar entlang. Als wir hinter ihr herliefen, öffnete sich mit einemmal die Tür, und die Feder entkam in die Nacht.

Slow Harry blinzelte auf der Türschwelle.

»Feder«, lachten wir, als ob das alles erklärte.

»Feder«, sagte Harry und nickte.

Fernie war an jenem Abend gelöster, als ich ihn in der letzten Zeit gesehen hatte. Als die Polizeistunde nahte, sang er sogar bei einigen Refrains mit. Harry saß wie gewöhnlich in der Kaminecke, nickte und wischte sich das Kinn. Manchmal wiederholte er ›Feder‹, als ob es wichtig sei.

Nachdem wir unsere letzten Gläser geleert hatten, gingen wir gemächlich zur Tür. Ich erinnere mich deutlich, was dann geschah, und meine Beobachtungen gewannen noch dadurch an Schärfe, daß ich sie vor ungläubigen Beamten ständig wiederholen mußte.

Wir drängten uns zu fünft im Eingang. Bert Huggins und der Sohn des Arztes befanden sich an der Innenseite der Tür. Charlie Wells und ich standen auf der Straße. Die Straßenbeleuchtung im Dorf ist nicht hell, aber ich schwöre einen Eid, daß die Straße verlassen war. Sam Fernie befand sich zwischen uns und überquerte die Schwelle.

Er blieb mit einem Grunzen stehen, den Mund weit geöffnet, und machte ein Geräusch, als sammle er Luft für ein Niesen.

»Gesundheit«, sagte ich im voraus.

Jedenfalls starb er mit einer Segnung. Er kreuzte die Hände über der Brust und brach zusammen. Wir witzelten noch einige Sekunden herum. »Nimm noch ein bißchen Wasser mit.« – »Bring ihn zu Bett, Mutter.« Doch als wir ihn umdrehten, waren seine blauen Augen leblos.

Die Hände fielen ihm von der Brust und enthüllten einen Metallring, der auf seinem Hemd glänzte. Es sah wie eine Art Abzeichen aus. In Wirklichkeit war es ein Metzgerspieß, und der Rest seiner Länge war in Fernies Herz begraben.

»Feder«, sagte Slow Harry.

Später versuchte ich ihm zu erklären, daß das tödliche Instrument ein Stahldorn gewesen sei, der mit bemerkenswerter Kraft eingetrieben wurde. Aber Slow Harry wiederholte: »Feder.«

In gewissen Dingen vertraute ich Harry. Wenn er »Regen« sagte, stand zweifellos ein Regenguß bevor. Sagte er »Wind«, fegte ein Sturm heran. Seine Mutter war wegen ihrer Heilsalben und Kräutertränke angesehen; und die beiden lebten näher an der Natur als die meisten von uns. Sie erkannten ein Zeichen, wenn sie eins sahen. Ich hätte Harry nicht widersprechen sollten, als er »Feder« sagte.

Mir blieb jedoch wenig Zeit für Pedanterie. Es ist nicht angenehm, des Mordes verdächtigt zu werden. Obwohl wir alle vier kein Motiv und kaum eine Gelegenheit hatten, bestand der Arzt darauf, daß die Wunde nicht selbst-zugefügt sein konnte. Den Tatsachen zufolge konnte keiner Sam Fernie getötet haben. Und doch war er tot.

Für seine Witwe und die Kinder wurde eine Sammlung veranstaltet. Jeder gab etwas – außer Goat, der nicht dazu aufgefordert wurde. Allerdings kam er zum Begräbnis. Als der Sarg in die Erde gesenkt wurde, machte er ein merkwürdig grunzendes Geräusch. »Heh-heh-heh.« Manche meinten, er habe geschluchzt, andere hielten es für ein Lachen; aber jeder hielt seine Anwesenheit für eine Belästigung und das Geräusch für eine Provokation. »Heh-heh-heh.« Wie eine alte Ziege, die hustet.

Sam Fernies Nichte, Sue, faßte in Worte, was wir dachten.

»Halt den Mund und verschwinde«, rief sie ihm zu. »Schade, daß du nicht in dem Loch liegst anstelle von Sam.«

Sue war ein neunzehnjähriges Mädchen, das sich nichts gefallen ließ. Sie hatte Fernies Körperbau und Fernies Hautfarbe. Das eine würde mit der Zeit Fett ansetzen und das andere das verbrannte Aussehen ihres verstorbenen Onkels annehmen; aber jetzt hatte sie noch rosig frische Wangen und eine Figur, um die die Jungen sich rauften, und dazu eine Stimme, die auf der anderen Seite des Friedhofs zu hören war.

»Was hat so ein Bündel stinkender Lumpen wie du beim Begräbnis eines anständigen Mannes zu suchen?«

»Was hattest du letzte Nacht in Piggott's Alley zu suchen?« konterte Goat. Das Rot auf Sues Wangen vertiefte sich, während er seinen Vorteil wahrnahm. »Zählst du auf den Sohn des Doktors, um das Malheur loszuwerden, das du erwartest?«

Er endete mit einem schrillen Schrei, als Sues Fingernägel vier blutige Streifen über seine Wange kratzten.

Alle waren hinterher der Meinung, daß so etwas Schändliches auf einem ehrenvollen Begräbnis nicht hätte passieren dürfen; aber die Sympathien lagen bei Sue, und wir waren erleichtert, Goat davonschleichen zu sehen. Die übrige Zeremonie verlief ohne weiteren Zwischenfall, und die Schinkenbrote waren ausgezeichnet.

Sues Leiche wurde am nächsten Morgen von ihrer Mutter gefunden. Sie lag erdrosselt auf dem Bett mit den Spuren eines Stricks um den Hals. Die Polizei fand Sues Tod noch rätselhafter als den ihres Onkels. Das Vorratskammerfenster war angelehnt, aber der Spalt war nicht breiter als die Dicke einer Wäscheleine. Alle anderen Türen und Fenster waren verriegelt.

Wahrscheinlich hätte ich der Polizei helfen können; aber ich war bereits mit einem Mord in Verbindung gebracht worden und hatte keine Lust, mich noch verdächtiger zu machen. Außerdem hätten sie mir niemals geglaubt.

Am Abend von Sues Tod, kurz nach zehn, schlenderte ich, vom ›Ochsen‹ kommend, gemächlich meinem Junggesellenbett und ›Lehre sie lieben‹ entgegen, als ich an der Mauer der Pigott's Alley eine Bewegung wahrnahm. Eine Schlange wand sich über das Pflaster. Ich wußte, wo sie hinwollte, und sie bewegte sich so schnell, wie ich gehen konnte. Da ich der laienhaften Überzeugung war, daß keine britische Schlange giftig sein konnte, ging ich der Sache nach.

Die Kreatur war etwa einen Meter lang und hatte die Farbe und Struktur eines alten Stricks. Sie bahnte sich ihren Weg, schob entschlossen eine zerknitterte Zeitung beiseite und erreichte schließlich das Ende der Mauer. Dort hielt sie inne, bevor sie in das Licht der Straßenlaterne eintauchte. Zufrieden, daß alles frei war, stürmte sie über die Straße, und ich konnte jetzt ganz deutlich erkennen, was es war. Es war tatsächlich ein alter Strick.

Ein Ende war zerfranst und das andere verknotet. Es war kein Reptil, das eine Schutzfarbe angenommen hatte; es war genau das, was es zu sein schien. Dennoch bewegte es sich mit Verstand. Kein Lufthauch regte sich, und die weggeworfene Zeitung lag bewegungslos in der Gosse. Was immer diesen Meter geflochtener Fasern vorwärtstrieb, es war nicht der Wind.

Durch mehrere Schoppen Bitterbier mutig geworden und unbeeindruckt von dem Gedanken, daß mit solchen Enden Hanf zahllose Menschen erdrosselt worden waren, beschleunigte ich meinen Schritt und folgte dem Seil.

Es schien zu spüren, daß es entdeckt worden war, denn es bäumte sich auf und wiegte den Knoten wie einen Kopf nach rechts und nach links. Nach ein paar Sekunden blieb es still stehen: Es hatte mich gesehen. Statt Angst zu empfinden, fühlte ich mich irritiert – ich wurde bestimmt zum Narren gehalten. Hinter dem Seil befand sich wahrscheinlich ein Faden und dahinter jemand, der sich kaputtlachte. Selbst ein mittelmäßiger Lehrer entwickelt einen Blick für Scherze.

Das Ding drehte sich um und floh. Ich folgte ihm. Ich begann zu laufen, aber es entkam mir. Manche Schlangen können sich schneller bewegen als ein galoppierendes Pferd; doch dies war keine Schlange. Manche Jungen können schneller rennen als ein biergefüllter Lehrer; aber allmählich gelang es mir näherzukommen, und schließlich war es direkt vor mir. Ein Spurt, und ich trampelte darauf.

Ich spürte, wie es sich unter meinen Füßen wand und sich zu befreien suchte. Ich hatte den Eindruck kräftiger Muskeln, die sich verzweifelt anstrengten; ich bin jedoch stark übergewichtig, und das Ding blieb auf dem Boden festgenagelt. Einige Augenblicke freute ich mich über meinen Sieg.

Der Schmerz fuhr mir wie ein heißes Eisen über die Schienbeine, als das Seil mit der Gewalt einer Peitsche zuschlug. Mit einem schrillen Schrei stolperte ich rückwärts, als mich der nächste Hieb traf. Unvorbereitet und aus dem Gleichgewicht gebracht, stürzte ich auf das Pflaster. Das Seil fuhr auf meinen Rücken herab. Hätte ich nicht meinen besten Donegal-Tweed getragen, hätte dieser letzte Streich eine Furche in meine Schultern gerissen. Die Luft entwich aus meiner Lunge, und der nächste Atemzug, den ich machte, verströmte in einen einzigen Schmerzensschrei. Ich rollte mich zu einer fötalen Position zusammen und wartete auf weitere Züchtigung. Sie kam nicht, doch ich blieb liegen, bis ich eine Hand auf meiner Schulter spürte.

Slow Harry hob mich auf meine Füße.

»Schlimm«, sagte er, den Speichel von seinem Kinn schüttelnd.

»Das Seil«, keuchte ich und gestikulierte dahin, wo es hätte sein müssen. Da war natürlich kein Seil; aber Harry schien zu verstehen.

»Seil«, wiederholte er, als sei es ein alltägliches Ereignis, einen Lehrer sich in der Gosse wälzend zu finden.

Er half mir, zu meiner Haustür zu humpeln. Ich dankte ihm – brüsk, da ich es eilig hatte, meine Wunden zu pflegen. Er schien zu zögern, meine Türschwelle zu verlassen. Sein Gesicht, sonst eine leere, fleischige Maske, zeigte außergewöhnliche Zeichen von Aufregung. Sein Mund zuckte, und in seinen Augen war ein Licht: nicht eigentlich Intelligenz, aber so, als ob er versuchte, Gedanken auszudrücken, für die es keine Worte gab.

»Seil«, sagte er schließlich. Er legte seine Hände an die Kehle und schüttelte den Kopf.

Er wischte sich das Kinn ab und ging fort. Ich beschäftigte mich mit warmem Wasser und Salbe. Als mich die Neuigkeit von Sue am nächsten Tag erreichte, war die einzige wirksame Medizin ein großer Brandy.

Das ganze Dorf schien von dem zweiten Mord bedrückt zu sein. Wenn es zwei so gesunde Wesen traf, wo konnte man dann noch sicher sein. Im vollen Bewußtsein unserer Sterblichkeit nahmen wir an Sues Beerdigung teil. Niemand erinnerte sich, jemals eine solche Menge Blumen gesehen zu haben. Niemand erinnerte sich, die Kirche jemals so voll gesehen zu haben. Nur die Bettlägrigen und die ganz Jungen blieben dem Gottesdienst fern.

Goat war auf dem Friedhof wie zuvor und hustete, kicherte oder meckerte, während der Vikar die letzten Worte intonierte. Als der Sarg versenkt wurde und Erde auf den Deckel fiel, befingerte Goat seine Wange. Die Spuren von Sues Nägeln schimmerten durch den Schmutz. Da begriff ich.

Fernie schlug Goat und starb. Sue schlug Goat und starb. Kate Fernie hatte ein Bündel Zweige gehen sehen; und ich hatte gesehen, was ich gesehen hatte.

»Heh-heh-heh«, machte Goat.

Ich blickte über das Grab in diese gelben Schlitzaugen. Sie forderten mich zum Sprechen heraus. Goat besaß Macht, aber ich konnte ihn genausowenig anklagen, wie ich den Erzbischof anklagen konnte. Ich hatte getrunken, nicht wahr? Ich kannte das Geheimnis des alten Erpressers und wußte, daß er mein Leben in seiner dreckigen Hand hielt. Harry bewahrte mich davor, in die Grube zu stürzen.

Der kurze Schwächeanfall machte mich leichtsinnig. Warum sonst sprach ich Goat über das frisch ausgehobene Grab hinweg an?

»Was hast du mit dem Strick gemacht, Goat?«

Gesichter wandten sich mir zu; Köpfe wurden geschüttelt; Zungen schnalzten; mehrere laute Schnuppergeräusche, die mich an meinen Brandy vor der Zeremonie erinnerten, waren vernehmbar.

»Hast du den Strick verbrannt?« murmelte ich.

Goat sagte nichts, aber seine gespenstischen Augen schienen Feuerringe zu haben. Ich spürte ein eisiges Loch in meinem Innern. Auch ich würde sterben. Auf unnatürliche Weise.

Goat stahl sich vor der Menge fort. Ich sah sie alle weggehen, nur Harry war noch bei mir und der Totengräber, der darauf wartete, das Grab zuzuschaufeln. Der Totengräber spuckte in die Hände – während die anderen sich das Totenmahl schmecken ließen, blieb noch Arbeit zu tun. Harry nickte mir zu.

»Feder«, sagte er. Es war eine Warnung.

In Wirklichkeit war es keine Feder, sondern ein Stück Distelwolle. Von Zeit zu Zeit versuchte ich, es zu fangen, aber unvermeidlich griff ich immer ins Leere. Die Klasse behandelte die Episode als komische Einlage, bis Maulschellen und wahllos verhängtes Nachsitzen alle daran erinnerten, wo sie waren. Ich glaube, ich gab eine passable Imitation eines Lehrers bei der Arbeit ab, ohne die Panik zu verraten, die in mir brodelte.

Nach der Schule lief ich rasch zu Harrys Haus. Ich hatte keine Ahnung, wie Slow Harry mir helfen oder mich beruhigen könnte, aber ich spürte, daß er etwas von dem Entsetzen wußte, das mein Herz umklammert hielt. Harry wußte über die Dinge Bescheid.

Er erwartete mich und bot mir eine zwei Zentimeter dicke Scheibe Brot mit Bratenfett und einen Becher schwarzen Tee an. Dann verschloß er die Tür – das erste Mal seit Jahren, daß sie verschlossen und verriegelt worden war. Ich bemerkte, daß die Bolzen frisch geölt waren.

Harry hob den großen Eisentopf, der zu Lebzeiten seiner Mutter ständig kochte, in den offenen Kamin. Selbst er ächzte, als er ihn hochwuchtete, und Gewichte, die mich zu Boden gedrückt hätten, waren wie Spielzeug für ihn. Er zwinkerte und nickte dem Topf zu.

»Eisen«, lachte er. »Eisen.« Ich konnte nicht sehen, wo der Witz war.

Dann warteten wir. Eine anstrengende Zeit, denn Harry war kein großer Unterhalter, und mir schnürte die Angst allmählich die Kehle zu. Ich durfte nicht einmal das Haus verlassen, obwohl ich darauf hinwies, daß der ›Ochsen‹ bereits geöffnet hatte. Als ich die Tür aufschließen wollte, trug Harry mich einfach von ihr fort.

»Nein«, sagte Harry.

Ich begann zu denken, daß ich hier vielleicht in größerer Gefahr war als irgendwo sonst. Was, wenn Harry mit Goat unter einer Decke steckte?

»Nein«, sagte Harry. »Nicht Goat.«

Danach versuchte ich, meine Gedanken unter Kontrolle zu halten; aber sie wandten sich immer wieder dem Tod zu – dem raschen Tod, dem langsamen Tod, dem leichten Tod, dem qualvollen Tod, aber immer dem Tod. Harry klopfte mir auf die Schulter: das war so beruhigend wie die formelle Bitte eines mittelalterlichen Henkers um Verzeihung.

Der Tag verblaßte, und Harry holte die Kerzen hervor. Mit bleichen Gesichtern saßen wir im flackernden Licht. Das Fenster war geschlossen, die Uhr stand still, und außer dem Rumpeln in meinem Bauch war kein Geräusch zu hören.

Plötzlich zersprang das Fenster, und eine der Kerzen fiel, in zwei Hälften geschnitten, herab. Etwas pfiff an meinem Gesicht vorbei und traf die Wand hinter meinem Kopf.

Ich ließ mich zu Boden fallen. Das Objekt, das an mir vorbeigeschossen war, kehrte zurück, ritzte mein Gesäß und bohrte sich durch den Tisch. Ich konnte das Kerzenlicht durch das Loch sehen. Ich schrie, schloß die Augen und lag still.

Ich hörte Geräusche wie von querschießenden Pistolenkugeln. Gegenstände zerbrachen – eine Teekanne, eine Puddingschüssel, ein Bild von der Krönung Königin Victorias. Was immer das fliegende Objekt war, es versuchte, auch Harry zu erwischen. Ich hörte ihn im Zimmer umherspringen und war erstaunt, daß ein Mann mit seiner massigen Gestalt sich so behende bewegen konnte. Darüber hinaus besaß er das Talent, immer genau zu wissen, wo das Objekt als nächstes zuschlagen würde, und woanders zu sein, wenn es das tat.

Ein bewegliches Ziel hat mehr Überlebenschancen als eines, das auf dem Bauch liegt, deshalb beschloß ich, bei dem Tanz mitzumachen. Als ich mich erhob, schien alles zu erstarren. Selbst die Kerzenflamme vergaß zu flackern. Harry stand neben dem Kamin, in der einen Hand hielt er den Kochtopf und in der anderen den massiven Deckel. Mitten auf dem Tisch lag ein Fingerhut, der direkt auf meine Brust deutete.

Ich spürte, wie Harrys großer Stiefel mich zu Boden streckte, und im selben Moment hörte ich ein metallisches Klirren. Eine Pistolenkugel, die einen eisernen Topf trifft, würde ein solches Geräusch machen.

Bis ich wieder auf die Knie gekommen war, hatte Harry den Topf bereits mit der Oberseite nach unten auf den Steinboden gestellt. Was immer drin war, rasselte unaufhörlich wie eine Alarmglocke. Mit Kaminvorlegern gelang es uns schließlich das Geräusch zu dämpfen.

Ich keuchte wie ein alter Hund, aber Harry stand wie immer unerschütterlich da, ohne das geringste Anzeichen von Schweiß auf seinem Gesicht. Er fuhr sich mit dem Ärmel über das Kinn.

»Goat«, sagte er.

Niemand öffnete, als wir Goats Haus aufsuchten. Harry wollte die Tür aufbrechen, aber ich überredete ihn, zuerst den Konstabler zu holen. Wir fanden Goat mit glasigen Augen zur Decke starrend auf seiner wanzenverseuchten Matratze.

Der Arzt stellte ordnungsgemäß den Totenschein aus, und das ganze Dorf zog zum Begräbnis. Vielleicht wollte jeder sicher sein, daß der alte Sünder tief genug in die Erde gelassen wurde.

Das Objekt in Harrys Eisentopf rasselte auch nach der Beisetzung unaufhörlich weiter. Als Harry das Grab zugeschüttet hatte, kehrte ich mit ihm in sein Haus zurück. Er brachte den Topf in den Garten, kippte ihn auf die Seite und hob den Deckel hoch. Wie ein kleiner Lichtblitz schoß etwas in Richtung Friedhof davon.

Später fand ich einen Fingerhut neben dem Grab des alten Goat. Ein Fingerhut sieht wie der andere aus, aber es hätte derjenige sein können, der Slow Harrys Balkenwerk mit seinen zahllosen Abdrücken markierte. Ich ging mit mir selbst zu Rate, was zu tun sei. Wenn die Kraft, die den Strick und den Fingerhut beseelte, zu Goat zurückgekehrt war, würde er lebend da unten liegen und seine Klauen in den Sargdeckel schlagen. Ich konnte mir die blutigen Finger vorstellen, die in ungehörten Schreien verschwendete Luft. Konnte ich ein anderes menschliches Wesen, selbst eines wie Goat, in solch schrecklicher Angst sterben lassen.

Ich bin kein mitfühlender Charakter. Ich stieß den Fingerhut fort und humpelte zum ›Ochsen‹. Meine Wunde schmerzte noch; und außerdem war es schon über die Polizeistunde.

GRAHAM GREENE

Spiel im Dunkeln

Peter Morton erwachte mit einem plötzlichen Ruck und blickte in das erste Licht des Tages. Regen klatschte an die Fensterscheiben. Es war der 5. Januar.

Er schaute über den Tisch hinweg, auf dem ein Nachtlicht in einer kleinen Wasserlache verflackert war, auf das andere Bett. Francis Morton schlief noch, und Peter legte sich wieder hin und schaute zu seinem Bruder hinüber. Es belustigte ihn, sich vorzustellen, daß er sich selbst betrachtete, das gleiche Haar, die gleichen Augen, die gleichen Lippen, die gleiche Wangenlinie. Bald aber verlor dieser Gedanke seinen Reiz, und er befaßte sich wieder mit dem Umstand, der diesem Tag besondere Bedeutung verlieh. Es war der 5. Januar. Er konnte es kaum fassen, daß ein Jahr vergangen war, seit Mrs. Henne-Falcon ihr letztes Kinderfest gegeben hatte.

Plötzlich drehte Francis sich auf den Rücken und warf einen Arm über sein Gesicht, so daß er sich den Mund versperrte. Peters Herz begann heftig zu pochen, diesmal nicht vor Vergnügen, sondern vor Unruhe. Er setzte sich auf und rief über den Tisch hinüber. »Wach auf!« Francis' Schultern zuckten, und er fuchtelte mit einer fest geballten Faust in der Luft herum; seine Augen aber blieben geschlossen. Peter schien es, daß sich mit einemmal das ganze Zimmer verdunkelte, und er hatte den Eindruck eines riesigen Vogels im Sturzflug. Wiederum rief er: »Wach auf!« Und immer noch das silberne Licht und das Klatschen des Regens gegen das Fenster. Francis rieb sich die Augen. »Hast du mich gerufen?« fragte er.

»Du träumst schlecht«, sagte Peter. Die Erfahrung hatte ihn bereits gelehrt, wie sehr sich ihre Gemüter glichen. Aber er war der Ältere, wenn auch nur um ein paar Minuten, und dieser kurze Lichtblick, während sein Bruder noch in Pein und Finsternis rang, hatte ihm Selbstvertrauen und eine Beschützerrolle für den anderen verliehen, der sich vor so vielen Dingen fürchtete.

»Ich träumte, ich wäre tot«, sagte Francis.

»Wie war es?« fragte Peter.

»Ich kann mich nicht erinnern«, antwortete Francis.

»Du hast von einem großen Vogel geträumt.«

»Wirklich?«

Die beiden lagen schweigend in ihren Betten und betrachteten einander; die gleichen grünen Augen, die gleiche Nase, die an der Spitze ein klein wenig aufgebogen war, die gleichen festen Lippen und die gleiche frühreife Formung des Kinns. Der 5. Januar, dachte Peter wieder und ließ seine Gedanken gemächlich von dem Bild der Torten zu den Preisen wandern, die es zu gewinnen geben würde. Und die Spiele: Eierlaufen, Äpfel, die aus Schüsseln voll Wasser herauszuspießen waren, und Blindekuh.

»Ich will nicht hingehen«, erklärte Francis unvermittelt. »Ich glaube, Joyce wird dort sein und Mabel Warren.« Ekelhaft der Gedanke an das Fest mit diesen beiden. Sie waren älter als er; Joyce war elf und Mabel dreizehn. Ihre langen Zöpfe schwangen hochmütig im Takt zu ihrem männlichen Gang. Ihr Geschlecht demütigte ihn, wenn sie mit spöttisch gesenkten Augenlidern zusahen, wie ungeschickt er mit seinem Ei umging. Und voriges Jahr... mit hochroten Wangen wandte er sich von Peter ab.

»Was ist denn los?« fragte dieser.

»Ach, nichts. Mir ist nicht ganz wohl. Ich habe Schnupfen. Vielleicht gehe ich besser nicht zum Fest.«

Peter stand vor einem Rätsel. »Francis, ist es ein arger Schnupfen?«

»Es wird ein arger Schnupfen, wenn ich zum Fest gehe. Vielleicht werde ich sterben.«

»Dann darfst du nicht hingehen«, sagte Peter, bereit, jede Schwierigkeit durch einen einzigen klaren Satz zu lösen, und Francis entspannte sich. Er würde Peter alles überlassen. Aber obgleich er dankbar war, wandte er das Gesicht nicht seinem Bruder zu. Seine Wangen trugen noch immer das Brandmal der beschämenden Erinnerung an das vorjährige Versteckspiel im verdunkelten Haus und an den Schrei, den er ausgestoßen hatte, als Mabel Warren plötzlich ihre Hand auf seinen Arm legte. Er hatte sie nicht kommen hören. Mädchen waren so. Ihre Schuhe quietschten nie. Kein Fußboden knarrte unter ihrem Tritt. Wie Katzen schlichen sie dahin, die Krallen eingezogen.

Als das Kindermädchen mit dem heißen Wasser eintrat, lag Francis ruhig da und überließ alles seinem Bruder. Peter sagte: »Francis hat einen Schnupfen erwischt.«

Die große, steif gestärkte Kinderschwester legte die Handtücher auf die Wasserkanne und sagte, ohne sich umzudrehen: »Die Wäsche kommt erst morgen zurück. Du mußt ihm ein paar von deinen Taschentüchern leihen.«

»Aber, Schwester«, sagte Peter, »sollte er nicht lieber im Bett bleiben?«

»Wir nehmen ihn heute vormittag auf einen ausgiebigen Spaziergang mit«, erklärte das Kindermädchen. »Der Wind wird die Bakterien davonblasen. Steht jetzt beide auf!« Damit schloß sie die Tür hinter sich.

»Schade«, sagte Peter. »Warum bleibst du nicht einfach im Bett? Ich werde Mama sagen, daß du dich viel zu krank fühlst, um aufzustehen.« Aber Auflehnung gegen das

Schicksal stand nicht in Francis' Macht. Wenn er im Bett bliebe, würden sie heraufkommen, ihm die Brust abklopfen und ein Thermometer in den Mund stecken, sich seine Zunge ansehen und entdecken, daß er sich nur krank stellte. Es stimmte ja, daß ihm nicht wohl war, er ein leeres Gefühl der Übelkeit im Magen und beschleunigten Puls hatte; aber er wußte, daß die Ursache dafür bloße Angst war, die Angst vor der Einladung, die Angst davor, daß man ihn zwingen könnte, sich allein im Finstern zu verstecken, ohne Peter und ohne den wohltuenden Schein eines Nachtlichtes.

»Nein, ich stehe auf«, sagte er und fügte dann in plötzlicher Verzweiflung hinzu: »Aber zu Mrs. Henne-Falcons Fest gehe ich nicht. Ich geh' nicht hin, das schwöre ich dir bei der Heiligen Schrift.« Nun mußte alles noch gut werden, dachte er. Gott würde ihm nicht erlauben, einen so feierlichen Eid zu brechen. Er würde ihm einen Ausweg zeigen. Der ganze Vormittag lag noch vor ihm und der Nachmittag bis vier Uhr; es bestand also kein Grund, sich jetzt schon zu sorgen, wo das Gras noch steif vom morgendlichen Frost war. Alles konnte noch geschehen. Er konnte sich mit dem Messer schneiden, sich ein Bein brechen oder an einer ernstlichen Erkältung erkranken. Gott würde das schon irgendwie zuwege bringen.

Solches Vertrauen setzte er in Gott, daß er, als beim Frühstück seine Mutter zu ihm sagte: »Francis, ich höre, du hast dich erkältet«, die Sache als unbedeutend abtun konnte. »Wir hätten wohl mehr davon gehört«, sagte darauf die Mutter mit Ironie, »wenn du heute abend nicht deine Einladung hättest.« Francis lächelte, erstaunt und erschrocken darüber, daß seine Mutter ihn so schlecht kannte. Sein Glück hätte länger gewährt, wenn ihm beim Spaziergang am Vormittag nicht Joyce begegnet wäre. Er war mit dem Kinderfräulein allein, weil Peter die Erlaubnis erhalten hatte, in der Holzhütte einen Kaninchenstall fertigzubauen. Wenn Peter dabeigewesen wäre, hätte er sich weniger daraus gemacht; das

Kindermädchen war ja auch für Peter da; aber nun sah es so aus, als hätte man sie nur seinetwegen angestellt, weil man ihm nicht zutrauen konnte, allein spazierenzugehen. Joyce war nur zwei Jahre älter als er, und sie war allein.

Mit schwingenden Zöpfen kam sie jetzt auf sie zu, warf einen verächtlichen Blick auf ihn und wandte sich ostentativ an das Kindermädchen: »Hallo! Bringen Sie heute abend Francis zum Fest? Mabel und ich kommen auch.«

Und weg war sie in Richtung auf Mabel Warrens Haus, bewußt allein und sich selbst genug in der langen, menschenleeren Straße. »So ein nettes Mädchen«, sagte das Kindermädchen. Francis dagegen blieb stumm. Wieder verspürte er das Pochen seines Herzens und war sich bewußt, wie bald das Fest beginnen würde. Gott hatte nichts für ihn getan, und die Minuten verflogen.

Sie verflogen zu schnell, um eine Ausrede zu ersinnen oder sein Herz für die bevorstehende Prüfung zu wappnen. Panik hätte ihn beinahe überwältigt, als er gänzlich unvorbereitet vor der Haustür stand, den Mantelkragen zum Schutz vor dem kalten Wind hochgeschlagen, während die Taschenlampe des Kindermädchens einen kurzen, hellen Pfad aus der Finsternis schnitt. Hinter ihm lagen die Lichter der Halle und das Geräusch des Dienstmädchens, das den Tisch für das Dinner deckte, welches seine Eltern allein einnehmen würden. Beinahe hätte ihn das Verlangen bezwungen, ins Haus zurückzulaufen und seiner Mutter zuzurufen, daß er nicht zum Fest gehen werde, daß er sich nicht hinzugehen getraue. Man konnte ihn nicht zwingen. Er konnte sich selbst diese endgültigen Worte sprechen hören, die für immer jene Schranken der Unwissenheit niederreißen würde, die seine Eltern daran hinderten, ihn zu kennen. »Ich fürchte mich davor, hinzugehen. Ich werde nicht gehen. Ich traue mich nicht. Die Kinder werden verlangen, daß ich mich im Dunkeln verstecke, und ich fürchte mich im Dunkeln. Ich werde schreien, schreien, schreien!« Und er konnte das Erstaunen im Gesicht seiner Mutter sehen und dann aus ihrer Antwort die herzlose Zuversicht der Erwachsenen heraushören: »Sei doch nicht dumm. Du mußt gehen. Wir haben doch Mrs. Henne-Falcons Einladung angenommen.« Aber man konnte ihn nicht zwingen hinzugehen; während er auf der Schwelle zögerte, indessen das Kindermädchen mit knirschenden Schritten über das froststarre Gras zum Gartentor ging, wußte er das. Er würde zur Antwort geben: »Ihr könnt ja sagen, ich sei krank. Ich will nicht hingehen. Ich fürchte mich im Dunkeln.« Und seine Mutter würde entgegnen: »Sei nicht so dumm! Du weißt doch, daß du dich vor der Finsternis nicht zu fürchten brauchst.« Aber er kannte die Unaufrichtigkeit dieser Beweisführung; er wußte, daß die Erwachsenen auch lehrten, man brauche sich vor dem Tod nicht zu fürchten, und daß sie doch so ängstlich den Gedanken an ihn mieden. Aber sie konnten ihn nicht zwingen, zum Fest zu gehen. »Ich werde schreien, schreien, schreien!«

»Francis, komm doch!« Er hörte die Stimme des Kindermädchens über den schwach phosphoreszierenden Rasen und sah den kleinen gelben Lichtkegel ihrer Taschenlampe von Baum zu Busch huschen. »Komme schon«, rief er voll Verzweiflung. Er konnte sich nicht dazu aufraffen, seine letzten Geheimnisse zu enthüllen und die Zurückhaltung zwischen seiner Mutter und ihm zu beseitigen; denn als letzten Ausweg gab es immer noch die Möglichkeit, sich an Mrs. Henne-Falcon zu wenden. Damit tröstete er sich, während er mit festen Schritten durch die Eingangshalle auf sie zuging, er so winzig klein und sie eine so gewaltige Masse. Sein Herz schlug ungleichmäßig, aber seine Stimme hatte er nun in der Gewalt, als er mit peinlich genauer Betonung die Worte sprach: »Guten Abend, Mrs. Henne-Falcon. Es war sehr freundlich von Ihnen, mich zu Ihrem

Fest einzuladen.« Mit seinem ängstlichen Gesicht gegen die Wölbung ihres Busens emporgestreckt und seiner höflichen, gemessenen Redeweise wirkte er wie ein vertrocknetes altes Männchen. Als Zwilling war er in mancher Beziehung ein Einzelkind. Denn wenn er mit Peter sprach, dann redete er mit seinem eigenen Spiegelbild, einem Bild, das durch einen winzigen Fehler im Glas des Spiegels leicht verändert wurde, so daß er weniger ein Ebenbild zurückwarf, was er war, als das, was er sein wollte, was er wäre ohne seine grundlose Angst vor der Finsternis, vor den Schritten fremder Menschen, vor dem Flug der Fledermäuse in dämmrigen Gärten.

»Süßes Kind«, sagte Mrs. Henne-Falcon zerstreut und fegte dann mit einer weit ausholenden Armbewegung die Kinder gleich einer Schar Hühner in ihr stets gleichbleibendes Unterhaltungsprogramm hinein: Eierrennen, Dreibeinwettlauf, Apfelspießen, alles Spiele, die für Francis nichts Ärgeres als Demütigungen mit sich brachten. Und in den zahlreichen Zwischenpausen, in denen man nichts von ihm verlangte und er allein in einer Ecke stehen konnte, möglichst weit entfernt von Mabel Warrens höhnischen Blicken, fand er Zeit, Pläne zu schmieden, wie er dem nahenden Schrecken der Finsternis entrinnen könnte. Er wußte, daß er bis nach dem Tee nichts zu fürchten hatte, und erst als er sich im Bereich des gelben Lichtscheins niederließ, den die zehn Kerzen auf Colin Henne-Falcons Geburtstagstorte verbreiteten, wurde ihm voll bewußt, wie drohend ihm das bevorstand, wovor er bangte. Er hörte am anderen Ende des Tisches Joyce' hohe Stimme: »Nach dem Tee spielen wir Verstecken im Dunkeln.«

»Nein«, wandte Peter ein und beobachtete dabei das bekümmerte Gesicht seines Bruders. »Das spielen wir ja jedes Jahr.«

»Es steht aber im Programm«, rief Mabel. »Ich habe es

selbst gesehen. Ich schaute Mrs. Henne-Falcon über die Schulter. Da stand: 5 Uhr – Tee. Viertel vor 6 bis halb 7 – Versteckspielen. Es steht alles im Programm.«

Peter widersprach ihr nicht, denn wenn das Versteckenspiel in Mrs. Henne-Falcons Programm aufgenommen worden war, dann würde er es nicht abwenden, mochte er sagen, was er wollte. Er bat um ein zweites Stück von der Geburtstagstorte und schlürfte bedächtig seinen Tee. Vielleicht war es möglich, den Beginn des Spiels um eine Viertelstunde hinauszuzögern und so Francis wenigstens noch ein paar Minuten zu geben, in denen er einen Plan fassen konnte. Aber selbst dies mißlang Peter, weil die Kinder bereits in Gruppen von zweien und dreien die Tafel verließen. Es war sein dritter Fehlschlag, und wiederum sah er, wie ein mächtiger Vogel mit seinen Schwingen einen dunklen Schatten über das Gesicht des Bruders warf. Im stillen aber schalt er sich ob seiner Narrheit und aß seine Torte zu Ende, wobei ihm die Erinnerung an den Refrain im Munde der Erwachsenen: »Vor Finsternis braucht man sich nicht zu fürchten« Mut einflößte. Als letzte verließen die beiden Brüder den Tisch und trafen sich in der Halle, wo sie den musternden und ungeduldigen Blicken Mrs. Henne-Falcons begegneten.

»Und jetzt«, sagte sie, »spielen wir Verstecken im Dunkeln.«

Peter beobachtete seinen Bruder und sah, wie seine Lippen ganz schmal wurden. Er wußte, daß Francis vom Anfang des Festes an vor diesem Augenblick gebangt und versucht hatte, ihm mutig entgegenzutreten, wußte aber auch, daß er diesen Versuch aufgegeben hatte. Er mußte um Schlauheit gebetet haben, um dem Spiel zu entgehen, das jetzt von allen Kindern mit freudigen Rufen begrüßt wurde: »Ja, wir spielen Verstecken!«

»Wir müssen zwei Parteien wählen.«

»Ist irgendein Teil des Hauses verboten?«

»Wo ist das, ›Leo‹?«

Francis Morton näherte sich Mrs. Henne-Falcon, den Blick unverwandt auf ihren üppigen Busen gerichtet, und sagte: »Ich glaube, es hat keinen Sinn, wenn ich mitspiele. Mein Kinderfräulein wird mich sehr bald abholen kommen.«

»Aber sie kann doch warten, Francis«, erwiderte die Gastgeberin zerstreut und klatschte gleichzeitig in die Hände, um ein paar Kinder an ihre Seite zu rufen, die sich bereits über die breite Treppe in die oberen Stockwerke davonmachen wollten. »Deine Mutter wird sicher nichts dagegen haben.«

Weiter reichte Francis' Schlauheit nicht. Er hatte nicht glauben wollen, daß eine so wohlvorbereitete Ausrede versagen würde. Jetzt vermochte er nur zu entgegnen: »Ich denke, ich spiele lieber doch nicht mit«, immer noch mit seiner präzisen Aussprache, die die andern Kinder haßten, weil sie sie für ein Zeichen von Dünkelhaftigkeit hielten. Er stand regungslos da und verzog trotz seiner Beklommenheit keine Miene. Aber das Wissen um seine Furcht, oder die Spiegelung dieser Furcht selbst, teilte sich dem Bruder mit. Einen Augenblick lang hätte Peter Morton aus Angst davor aufschreien können, daß die hellen Lampen ausgehen und ihn auf einer Insel der Finsternis zurücklassen würden, an die fremde Schritte heranplätschern würden. Dann fiel ihm ein, daß die Furcht nicht seine eigene, sondern die seines Bruders war. Impulsiv sagte er zu Mrs. Henne-Falcon: »Bitte, ich glaube, Francis sollte nicht mitspielen. Die Finsternis bringt ihn so durcheinander.« Das waren die falschen Worte. Sechs grausame Kindergesichter, die so leer waren wie riesige Sonnenblumen, wandten sich gegen Francis und sangen dazu im Chor: »Feigling, Feigling, Hasenfuß!«

Ohne seinen Bruder anzublicken, sagte Francis: »Natürlich spiele ich mit. Ich fürchte mich nicht. Ich dachte nur…«

Aber seine menschlichen Peiniger hatten ihn bereits vergessen. Die Kinder drängten sich um die Gastgeberin und ihre schrillen Stimmen fuhren mit Fragen und Vorschlägen auf sie los. »Ja, im ganzen Haus. Wir schalten alle Lampen aus. Ja, ihr dürft euch in den Schränken verstecken. Ihr versteckt euch so lange wie möglich. ›Leo‹ gibt es keines.«

Peter stand abseits; er schämte sich, weil er auf so ungeschickte Art versucht hatte, seinem Bruder zu helfen. Deutlich verspürte er in allen Ecken seines Hirnes, wie Francis sich über die Beschützerrolle seines Bruders ärgerte; mehrere Kinder liefen in den ersten Stock hinauf, und die Lichter erloschen.

Dann senkte sich die Finsternis gleich den Flügeln einer Fledermaus herab und ließ sich auf dem Treppenabsatz nieder. Andere Kinder begannen die Lampen an den Wänden der Halle auszuschalten, bis schließlich alle im Strahlenkranz des Kronleuchters in der Mitte versammelt waren, während die Fledermäuse im Umkreis auf gefalteten Flügeln hockten und darauf lauerten, daß auch dieses letzte Licht erlösche.

»Peter und Francis, ihr seid bei der Partei, die sich versteckt«, sagte ein großes Mädchen, und dann ging das Licht aus, und der Teppich zu Peters Füßen bewegte sich ganz leicht unter den gedämpften Schritten, die wie ein feiner, kalter Lufthauch raschelten und sich in den Ecken verkrochen.

Wo ist Francis, überlegte er. Wenn ich zu ihm gehe, wird er sich vor allen diesen Geräuschen weniger fürchten. Diese Geräusche waren der Rahmen der Stille: das Knarren eines losen Parkettbrettes, das vorsichtige Schließen einer Schranktüre, das zarte Singen polierten Holzes, wenn ein Finger darüber hinstrich.

Peter stand in der Mitte des dunklen, verlassenen Zimmers. Er lauschte nicht, sondern wartete darauf, daß sich in seinem Hirn die Vorstellung vom Aufenthaltsort seines Bruders bildete. Francis aber kauerte auf dem Fußboden, die

Hände über die Ohren gelegt, die Augen geschlossen, und versperrte sein Bewußtsein allen Wahrnehmungen, so daß nur das Gefühl seiner Beklemmung die Kluft der Dunkelheit überspringen konnte. Da rief eine Stimme: »Wir kommen«, und Peter fuhr aus Angst zusammen, als ob dieser plötzliche Schrei die Selbstbeherrschung zerbrochen hätte – es war nicht seine eigene Angst. Was in seinem Bruder lodernde Panik war, war bei Peter ein selbstloses Gefühl, das den klaren Verstand nicht trübte. Wo würde ich mich verstecken, wenn ich Francis wäre? Und weil er, wenn schon nicht Francis selbst, so doch dessen Spiegelbild war, fand er sogleich die Antwort: Zwischen dem eichenen Bücherschrank links von der Tür des Arbeitszimmers und dem Ledersofa. Zwischen Zwillingsbrüdern galt der Jargon der Telepathie nicht. Sie waren im Mutterleib beisammen gewesen, und nichts konnte sie trennen.

Auf Zehenspitzen schlich Peter zu Francis' Versteck. Ab und zu knisterte der Fußboden, und weil Peter fürchtete, er könne von einem der lautlosen Sucher im Dunkeln erwischt werden, bückte er sich und schnürte seine Schuhe auf. Das Ende eines Schuhbandes schlug auf den Boden auf, und der metallene Klang setzte eine Schar behutsam schleichender Füße auf ihn zu in Bewegung. Aber nun war er bereits in seinen Strümpfen und hätte innerlich über die Verfolgung gelacht, wenn nicht das Geräusch eines Kindes, das über seine zurückgelassenen Schuhe stolperte, sein Herz hätte schneller schlagen lassen. Keine Bretter knarrten mehr, um Peters weiteren Weg zu verraten. In Strümpfen bewegte er sich lautlos und unfehlbar auf sein Ziel zu. Sein Instinkt sagte ihm, daß er in der Nähe der Wand war; er streckte seine Hand aus und legte seine Finger genau über das Gesicht seines Bruders.

Francis schrie nicht auf, aber sein eigener Herzschlag setzte einen Moment aus, und dies enthüllte ihm, wie gewaltig der Schrecken seines Bruders war. »Alles in Ordnung«,

flüsterte er, während er an der hockenden Gestalt hinab-
tastete, bis er eine zur Faust geballte Hand erhaschte. »Ich
bin's ja. Ich bleibe bei dir.« Indem er den andern fest an-
packte, lauschte er der Kaskade von Geflüster, die seine
Worte ausgelöst hatten. Eine Hand berührte unmittelbar
neben Peters Kopf den Bücherschrank, und er merkte, wie
trotz seiner Gegenwart die Angst seines Bruders unvermin-
dert anhielt. Sie war, so hoffte er, jetzt nicht mehr so stark
und erträglicher, aber sie wich nicht von Francis. Peter
wußte, daß er die Angst des Bruders und nicht die eigene
empfand. Für ihn war die Dunkelheit nur das Fehlen des
Lichts, die tastende Hand eines wohlbekannten Kindes. Also
wartete er geduldig darauf, daß man ihn finde.

Er sprach nicht wieder, er verständigte sich auch so mit
Francis ganz vertraut. Wenn sie einander an der Hand hielten, konnten ihre Gedanken schneller von einem zum andern
strömen, als ihre Lippen Worte zu formen vermochten. So
konnte er den gesamten Ablauf der Gemütsbewegung seines
Bruders mitempfinden, vom ersten panischen Schrecken bei
der unerwarteten Berührung bis zum gleichmäßigen Pochen
der Angst, das nun mit der Regelmäßigkeit des Pulsschlags
weiterging. Peter dachte mit höchster Konzentration: Ich bin
bei dir, du brauchst dich nicht zu fürchten. Bald gehen die
Lichter wieder an. Dieses Rascheln, diese Bewegung ist
nichts zum Fürchten. Nur Joyce, nur Mabel Warren. Er
bombardierte die zusammengesunkene Form mit Gedanken
an Sicherheit, aber er merkte, daß die Angst weiterging. Bald
gehen die Lichter wieder an. Das war nur jemand auf der
Stiege. Ich glaube, es ist Mrs. Henne-Falcon. Sie tasten
schon nach dem Lichtschalter! Füße streiften über einen
Teppich, Hände fuhren an der Wand entlang, ein Vorhang
wurde zur Seite geschoben, eine Klinke knackte, eine Ka-
stentür öffnete sich. Im Bücherschrank zu ihren Häupten
verschob sich ein Buch unter der Berührung einer Hand.

»Nur Joyce, nur Mabel, nur Mrs. Henne-Falcon«; ein Crescendo beruhigender Gedanken, bis mit einemmal, gleich einem Obstbaum, der Kronleuchter in hellem Licht erblühte.

Schrill erhoben sich die Kinderstimmen zu dem strahlenden Glanz: »Wo ist Peter?« – »Habt ihr im ersten Stock nachgesehen?« – »Wo bleibt Francis?« Doch ein gellender Schrei aus dem Munde ihrer Gastgeberin ließ sie wieder verstummen. Aber sie war nicht die erste, die Francis Mortons Erstarrung gewahr wurde, wo er unter der Berührung seines Bruders an der Wand in sich zusammengesunken war. In einem tränenlosen, ratlosen Schmerz hielt Peter immer noch die geballten Finger des andern. Nicht allein, daß sein Bruder tot war; sein Verstand, zu jung, den Widersinn in seiner tiefsten Bedeutung zu erfassen, fragte sich in einem dunklen Selbstmitleid, warum die Angst des Bruders denn weiterpochte, da Francis doch jetzt dort war, wo es, wie man ihm gesagt hatte, kein Grauen und keine Finsternis mehr gab.

RICHARD MATHESON

Jagdbeute

Amelia betrat ihre Wohnung um vierzehn Minuten nach
sechs. Sie hängte ihren Mantel in den Flurschrank, trug das
kleine Päckchen ins Wohnzimmer und setzte sich aufs Sofa.
Sie schnippte die Schuhe von den Füßen, während sie das
Päckchen auf ihrem Schoß auswickelte. Der Holzkasten
ähnelte einem Sarg. Amelia hob den Deckel hoch und
lächelte. Es war die häßlichste Puppe, die sie je gesehen hatte.
Achtzehn Zentimeter lang und aus Holz geschnitzt, mit einem
skelettartigen Körper und einem übergroßen Kopf. Der
Gesichtsausdruck zeugte von einem besessenen Grimm, die
spitzen Zähne waren völlig entblößt, die funkelnden Augen
standen hervor. Mit der rechten Hand hielt sie einen zwanzig
Zentimeter langen Speer umklammert. Um ihren Körper war
eine dünne Goldkette geschlungen, die von den Schultern bis
zu den Knien reichte. Zwischen der Puppe und der Innen-
wand ihres Kastens klemmte eine winzige Schriftrolle. Amelia
zog sie heraus und entfaltete sie. Es war von Hand etwas
darauf geschrieben. *Dies ist der, der tötet*, lautete der Anfang.
Er ist ein tödlicher Jäger. Amelia lächelte, während sie den
Rest der Worte las. Arthur würde sich freuen.

Der Gedanke an Arthur ließ sie den Kopf wenden und das
Telefon auf dem Tisch neben sich ansehen. Nach einer Weile
seufzte sie und stellte den Holzkasten auf das Sofa. Sie hob das
Telefon auf ihren Schoß, nahm den Hörer ab und wählte.

Ihre Mutter meldete sich.

»Hallo, Mama«, sagte Amelia.

»Du bist noch nicht unterwegs?« fragte ihre Mutter.

Amelia wappnete sich. »Mama, ich weiß, es ist Freitag abend...«, begann sie.

Sie brachte den Satz nicht fertig. Am anderen Ende der Leitung herrschte Schweigen. Amelia schloß die Augen. Mama, bitte, dachte sie. Sie schluckte. »Da ist dieser Mann«, sagte sie. »Sein Name ist Arthur Breslow. Er ist Highschool-Lehrer.«

»Du kommst nicht«, sagte ihre Mutter.

Amelia erschauerte. »Er hat Geburtstag«, sagte sie. Sie öffnete die Augen und sah die Puppe an. »Ich habe ihm eigentlich versprochen, daß wir... den Abend zusammen verbringen würden.«

Ihre Mutter schwieg. Heute abend gibt es sowieso keine guten Filme, fuhr Amelia in Gedanken fort. »Wir könnten morgen abend gehen«, sagte sie.

Ihre Mutter schwieg.

»Mama?«

»Jetzt ist dir sogar schon der Freitag abend zuviel.«

»Mama, ich besuche dich an zwei, drei Abenden in der Woche.«

»Du besuchst mich«, sagte ihre Mutter. »Wo du dein eigenes Zimmer hier hast.«

»Mama, *laß uns nicht wieder damit anfangen*«, erwiderte Amelia. Ich bin kein Kind mehr, dachte sie. Hör auf, mich zu behandeln, als ob ich ein Kind wäre!

»Wie lange triffst du dich schon mit ihm?« fragte ihre Mutter.

»Ungefähr einen Monat.«

»Ohne mir etwas davon zu erzählen«, sagte ihre Mutter.

»Ich hatte ganz bestimmt vor, es dir zu erzählen.« Amelias Kopf begann zu hämmern. Ich will *keine* Kopfschmerzen bekommen, sprach sie zu sich selbst. Sie betrachtete die Puppe. Diese schien sie anzufunkeln. »Er ist ein netter Mann, Mama«, sagte sie.

Ihre Mutter schwieg. Amelia spürte, wie sich ihre Magenmuskeln verkrampften. Ich werde heute abend nichts essen können, dachte sie.

Ihr wurde plötzlich bewußt, daß sie sich über das Telefon kauerte. Sie zwang sich, aufrecht zu sitzen. *Ich bin 33 Jahre alt*, dachte sie. Sie streckte die Hand aus und hob die Puppe aus ihrem Kasten. »Du solltest sehen, was ich ihm zum Geburtstag schenke«, sagte sie. »Ich fand es in einem Kuriositätenladen auf der Third Avenue. Es ist ein echter Zuni-Fetisch, äußerst selten. Arthur ist ein Anthropologie-Fan. Deshalb habe ich die Puppe für ihn gekauft.«

Schweigen am anderen Ende der Leitung. In Ordnung, *sag nichts*, dachte Amelia. »Es ist ein Jagd-Fetisch«, fuhr sie fort und versuchte ungezwungen zu klingen. »Der Geist eines Zuni-Jägers soll in ihm gefangen sein. Er trägt eine goldene Kette um den Körper, die verhindern soll, daß der Geist« (Das Wort fiel ihr nicht ein. Sie fuhr mit einem zitternden Finger über die Kette) »flieht, nehme ich an«, sagte sie. »Sein Name ist ›Der, der tötet‹. Du solltest sein Gesicht sehen.« Sie fühlte warme Tränen über ihre Wangen rollen.

»Viel Spaß«, sagte ihre Mutter und hängte auf.

Amelia starrte den Hörer an und lauschte auf das Amtszeichen. Warum ist es nur immer so? dachte sie. Sie ließ den Hörer auf die Gabel fallen und setzte das Telefon zur Seite. Die Konturen in dem dunkler werdenden Raum verschwammen. Sie stellte die Puppe an den Rand des Kaffeetisches und kam auf die Füße. Ich werde jetzt ein Bad nehmen, sagte sie zu sich selbst. Ich werde mich mit ihm treffen, und wir werden einen wunderbaren Abend zusammen verbringen. Sie durchquerte das Wohnzimmer. Einen wunderbaren Abend, wiederholte ihr Geist leer. Sie wußte, es war nicht möglich.

Ach, *Mama*! dachte sie. Sie ballte die Faust in ohnmächtigem Zorn, während sie ins Schlafzimmer ging.

Im Wohnzimmer fiel die Puppe vom Tischrand. Sie landete mit dem Kopf nach unten, und die Speerspitze, die sich in den Teppich bohrte, ließ die Beine der Puppe in die Luft ragen.

Die feine Goldkette begann langsam zu rutschen.

Es war fast dunkel, als Amelia ins Wohnzimmer zurückkehrte. Sie hatte ihre Kleider ausgezogen und trug einen Frotteebademantel. Im Badezimmer lief das Wasser in die Wanne.

Sie setzte sich aufs Sofa und hob das Telefon auf ihren Schoß. Mehrere Minuten lang starrte sie darauf. Schließlich hob sie mit einem tiefen Seufzer den Hörer ab und wählte eine Nummer.

»Arthur?« sagte sie, als er sich meldete.

»Ja?« Amelia kannte den Tonfall: freundlich, aber argwöhnisch. Sie konnte nicht sprechen.

»Deine Mutter«, sagte Arthur endlich.

Das kalte, flaue Gefühl in ihrem Magen. »Es ist unser Abend«, erklärte sie. »Jeden Freitag…« Sie hielt inne und wartete. Arthur sagte nichts. »Ich habe es bereits erwähnt«, fuhr sie fort.

»Ich weiß, daß du es erwähnt hast«, erwiderte er.

Amelia rieb sich die Schläfe.

»Sie bestimmt immer noch dein Leben, nicht wahr?« sagte er.

Amelia verkrampfte sich. »Ich will einfach ihre Gefühle nicht mehr verletzen«, gab sie zurück. »Daß ich bei ihr ausgezogen bin, war hart genug für sie.«

»Ich will ihre Gefühle auch nicht verletzen«, sagte Arthur. »Aber wieviele Geburtstage im Jahr habe ich? Wir haben uns für diesen verabredet.«

»Ich weiß.« Sie spürte, wie sich ihre Magenmuskeln wieder verkrampften.

»Willst du wirklich zulassen, daß sie das mit dir macht?« fragte Arthur. »Einen Freitagabend im ganzen Jahr?«

Amelia schloß die Augen. Ihre Lippen bewegten sich, ohne einen Ton hervorzubringen. Ich kann ihre Gefühle einfach nicht mehr verletzen, dachte sie. Sie schluckte. »Sie ist meine Mutter«, sagte sie.

»Sehr gut«, entgegnete er. »Es tut mir leid. Ich habe mich darauf gefreut, aber...« Er hielt inne. »Es tut mir leid«, sagte er. Er legte leise auf.

Amelia saß lange schweigend da und lauschte auf das Amtszeichen. Sie fuhr zusammen, als die Tonbandstimme laut »Bitte hängen Sie auf« sagte. Sie legte den Hörer auf und stellte das Telefon auf seinen Tisch zurück. Soviel also zu meinem Geburtstagsgeschenk, dachte sie. Es wäre sinnlos, es Arthur jetzt noch zu schenken. Sie streckte die Hand aus und knipste die Tischlampe an. Sie würde die Puppe morgen zurückbringen.

Die Puppe war nicht auf dem Kaffeetisch. Als Amelia nach unten blickte, sah sie die Goldkette auf dem Teppich liegen. Sie glitt von der Sofakante vorsichtig auf die Knie, hob die Kette auf und ließ sie in den Holzkasten fallen. Die Puppe war nicht unter dem Kaffeetisch. Amelia beugte sich nach vorn und tastete die Fläche unter dem Sofa ab.

Sie schrie auf und zuckte mit ihrer Hand zurück. Sie erhob sich, wandte sich der Lampe zu und besah sich die Hand. Etwas hatte sich unter dem Zeigefingernagel in die Haut gebohrt. Sie erschauerte, als sie es herauszog. Es war die Spitze des Puppenspeers. Sie ließ sie in den Kasten fallen und steckte den Finger in ihren Mund. Dann beugte sie sich wieder vor und tastete vorsichtiger unter das Sofa.

Sie konnte die Puppe nicht finden. Mit einem müden Seufzer stand sie auf und begann das eine Ende des Sofas von der Wand zu ziehen. Es war schrecklich schwer. Sie erinnerte sich an den Abend, an dem sie und ihre Mutter Möbel einkaufen gegangen waren. Sie hatte die Wohnung im modernen skandinavischen Stil möblieren wollen. Mutter hatte auf diesem schweren Ahornsofa bestanden; es war ein Sonderangebot gewesen. Amelia ächzte, während sie es von der Wand zog. Das laufende Badewasser fiel ihr ein. Sie sollte es lieber bald abstellen.

Sie betrachtete den Teil des Teppichs, den sie freigeräumt hatte und erblickte den Speerschaft. Die Puppe lag nicht daneben. Amelia hob ihn auf und legte ihn auf den Kaffeetisch. Die Puppe mußte sich unter dem Sofa verfangen haben, entschied sie; als sie das Sofa bewegt hatte, hatte sie wahrscheinlich auch die Puppe bewegt.

Sie glaubte ein Geräusch hinter sich gehört zu haben – ein zartes, hüpfendes. Amelia drehte sich um. Das Geräusch war verstummt. Sie fühlte eine Gänsehaut die Rückseite ihrer Beine hinaufkriechen. »Es ist ›Der, der tötet‹«, sagte sie lächelnd. »Er hat seine Kette abgenommen und ist…«

Sie brach plötzlich ab. Da war eindeutig ein Geräusch in der Küche, ein metallisches, scharrendes Geräusch. Amelia schluckte nervös. Was hat das zu bedeuten? Sie ging quer durch das Wohnzimmer zur Küche und knipste das Licht an. Sie spähte hinein. Alles sah normal aus. Ihr Blick wanderte zögernd über den Herd, den Wasserkessel darauf, den Tisch und den Stuhl, die Schubladen und Schranktüren, alle geschlossen, die elektrische Uhr, den kleinen Kühlschrank, auf dem das Kochbuch lag, das Bild an der Wand, den an der Schrankseite befestigten Messerhalter – dessen kleines Messer fehlte.

Amelia starrte den Messerhalter an. Sei nicht töricht, sagte sie zu sich selbst. Sie hatte das Messer in die Schublade gelegt, das war alles. Sie betrat die Küche und zog die Schublade mit dem Silberbesteck auf. Das Messer war nicht darin.

Ein weiteres Geräusch ließ sie rasch zu Boden blicken. Ihr stockte vor Schreck der Atem. Einige Augenblicke lang vermochte sie nicht zu reagieren; dann trat sie in den Türrahmen und sah mit dumpfem Herzklopfen ins Wohnzimmer. War es Einbildung gewesen? Sie war sich sicher, eine Bewegung wahrgenommen zu haben.

»Na, komm schon«, sagte sie. Sie gab einen verächtlichen Laut von sich. Sie hatte gar nichts gesehen.

Auf der anderen Seite des Zimmers ging die Lampe aus.

Amelia fuhr so erschrocken zusammen, daß sie mit dem rechten Ellbogen gegen den Türpfosten stieß. Sie schrie auf und umklammerte den Ellbogen mit ihrer linken Hand, die Augen für einen Moment geschlossen, das Gesicht eine schmerzverzerrte Maske.

Sie öffnete die Augen und blickte in den dunklen Wohnraum.

»Hör auf«, sagte sie gereizt zu sich selbst. Drei Geräusche plus eine durchgebrannte Glühbirne bedeuteten noch längst nicht so etwas Idiotisches wie...

Sie verscheuchte den Gedanken. Sie mußte das Wasser abstellen. Sie verließ die Küche, ging in den Flur und rieb mit einer Grimasse ihren Ellbogen.

Da war wieder ein Geräusch. Amelia erstarrte. Etwas kam über den Teppich auf sie zu. Sie blickte sprachlos nach unten. Nein, dachte sie.

Dann sah sie es: eine rasche Bewegung in der Nähe des Fußbodens. Metall blitzte auf; im selben Augenblick spürte sie einen stechenden Schmerz in ihrer rechten Wade. Amelia atmete schwer. Sie trat blind um sich. Ein neuer Schmerz. Sie fühlte warmes Blut über ihre Haut laufen. Sie drehte sich um und machte einen Satz in den Flur. Der leichte Vorleger rutschte unter ihr weg, und sie taumelte gegen die Wand, während ein heißer Schmerz durch ihr rechtes Fußgelenk schoß. Sie klammerte sich an die Wand, um nicht zu fallen, dann stürzte sie zu Boden. Mit einem Schreckensaufschrei schlug sie um sich.

Wieder eine Bewegung, dunkel auf dunkel. Ein Schmerz in ihrer linken Wade, dann wieder in der rechten. Amelia schrie auf. Etwas berührte ihren Oberschenkel. Sie krabbelte zurück, taumelte dann blind hoch und fiel beinahe wieder. Sie kämpfte um ihr Gleichgewicht, suchte krampfhaft nach einem Halt. Die Ferse ihres linken Fußes stieß gegen die Wand und gab ihr eine Stütze. Sie wirbelte herum und rannte in das dunkle Schlafzimmer. Sie knallte die Tür zu und fiel keuchend dagegen. Etwas bumste auf der anderen Seite gegen die Tür; etwas Kleines und in der Nähe des Fußbodens.

Amelia horchte und bemühte sich, nicht so laut zu atmen. Sie zog vorsichtig am Türknauf, um sich zu vergewissern, daß der Riegel eingerastet war. Als auf der anderen Seite der Tür keine Geräusche mehr zu vernehmen waren, bewegte sie sich rückwärts zum Bett. Sie erschrak, als sie gegen den Matratzenrand stieß. Sie griff nach dem Telefon des Nebenanschlusses. Wen konnte sie anrufen? Die Polizei? Sie würden sie für verrückt halten. Mutter? Die war zu weit weg.

Sie wählte Arthurs Nummer im Schein des Lichtes, das aus dem Badezimmer hereindrang, als sich der Türknauf zu bewegen begann. Plötzlich konnte sie ihre Finger nicht mehr bewegen. Sie starrte durch den dunklen Raum. Der Türriegel klickte. Das Telefon rutschte ihr vom Schoß. Sie hörte es dumpf auf den Teppich fallen, während die Tür aufflog. Etwas sprang vom äußeren Türknauf herunter.

Sie wich zurück und zog die Beine hoch. Eine schattenhafte Gestalt huschte über den Teppich auf das Bett zu. Amelia starrte sie mit offenem Mund an. Das ist nicht wahr, dachte sie. Ein Zupfen an ihrer Tagesdecke ließ sie erstarren. *Die Gestalt kletterte hoch*, um sie zu kriegen. Nein, dachte sie; *das ist nicht wahr*. Sie konnte sich nicht bewegen. Sie starrte auf den Matratzenrand.

Etwas, das wie ein winziger Kopf aussah, erschien. Amelia drehte sich mit einem Schrei des Entsetzens herum, schwang sich über das Bett und sprang auf den Boden. Sie stürzte ins Badezimmer, wirbelte herum und schlug, vor Schmerz in ihrem Fußgelenk die Luft anhaltend, die Tür zu. Sie hatte kaum den Türknopf eingedrückt, als etwas gegen den unteren Rand der Tür hämmerte. Amelia hörte ein Geräusch, wie das Kratzen einer Ratte. Dann war es still.

Sie wandte sich um und beugte sich über die Badewanne. Das Wasser hatte beinahe den Überlauf erreicht. Während sie die Hähne zudrehte, sah sie Blutstropfen ins Wasser fallen. Sie richtete sich auf und blickte in den Medizinschrankspiegel über dem Waschbecken.

Entsetzt hielt sie die Luft an, als sie die klaffende Wunde an ihrem Hals bemerkte. Sie drückte eine zitternde Hand darauf. Plötzlich wurde sie sich des Schmerzes in ihren Beinen bewußt und sah hinunter. Sie hatte tiefe Messerschnitte an beiden Waden. Blut rann ihre Fußgelenke hinab und tropfte von den Fußspitzen. Amelia begann zu weinen. Blut sickerte zwischen den Fingern ihrer Hand am Nacken hervor. Es tropfte an ihrem Handgelenk herunter. Sie betrachtete ihr Spiegelbild durch einen Schleier von Tränen.

Etwas in ihrem Gesicht rüttelte sie wach: eine Erbärmlichkeit, ein Blick verängstigter Unterwerfung. *Nein*, dachte sie. Sie streckte die Hand nach der Medizinschranktür aus, öffnete sie und nahm Jod, Mullbinde und Klebestreifen heraus. Dann klappte sie den Deckel des Toilettensitzes zu und ließ sich behutsam daraufsinken. Es kostete einige Anstrengung, den Verschluß der Jodflasche zu entfernen. Sie mußte dreimal hart damit gegen das Waschbecken klopfen, bevor er sich öffnen ließ.

Das Brennen des Antiseptikums auf den Waden verschlug

ihr den Atem. Amelia biß die Zähne zusammen, während sie die Mullbinde um ihr rechtes Bein wickelte.

Ein Geräusch veranlaßte sie, sich zur Tür umzudrehen. Sie sah, daß die Messerklinge darunter durchgestoßen wurde. Es versucht, in meine Füße zu stechen, dachte sie; es glaubt, daß ich da stehe. Sie kam sich unwirklich vor, weil sie seine Gedanken in Betracht zog. *Dies ist der, der tötet*; die Schriftrolle schoß ihr plötzlich durch den Sinn. *Er ist ein tödlicher Jäger.* Amelia starrte die stochernde Messerklinge an. Mein Gott, dachte sie.

Hastig bandagierte sie ihre beiden Beine, dann stand sie auf und säuberte, in den Spiegel blickend, ihren Nacken mit einem Waschlappen vom Blut. Sie tupfte etwas Jod auf die Ränder der Schnittwunde; der brennende Schmerz entlockte ihr ein Zischen.

Ein neuerliches Geräusch ließ sie mit klopfendem Herzen herumwirbeln. Sie trat an die Tür, beugte sich hinunter und lauschte angestrengt. Im Innern des Türknaufs war ein schwaches metallisches Geräusch zu hören.

Die Puppe versuchte das Schloß zu entriegeln.

Amelia wich langsam zurück und starrte den Knauf an. Sie versuchte sich die Puppe vorzustellen. Hing sie mit einem Arm am Knauf und benutzte den anderen, um mit dem Messer im Schloß herumzubohren? Die Vorstellung war verrückt. Sie spürte, wie ein eisiges Prickeln ihren Nacken hinunterlief. *Ich darf sie nicht hereinlassen*, dachte sie.

Ein heiserer Schrei entfuhr ihr, als der Türknopf heraussprang. Impulsiv streckte sie die Hand aus und zog ein Badetuch von der Stange. Der Türknauf drehte sich, das Schloß klickte. Langsam öffnete sich die Tür.

Plötzlich schoß die Puppe herein. Sie bewegte sich so rasch, daß ihre Gestalt vor Amelias Augen verschwamm. Diese schlug mit dem Badetuch so hart zu, als ob es ein riesiger Käfer wäre, der auf sie zukäme. Die Puppe wurde gegen die Wand geschleudert. Amelia warf das Handtuch auf sie und schwankte zum Ausgang, der Schmerz in ihrem Fußgelenk ließ sie stöhnen. Sie riß die Tür auf und stürzte ins Schlafzimmer.

Sie hatte beinahe den Flur erreicht, als ihr Fußgelenk nachgab. Sie stieß einen Schreckensschrei aus und fiel auf den Teppich. Hinter ihr war ein Geräusch zu hören. Sie drehte sich um und sah die Puppe wie eine hüpfende Spinne durch den Türrahmen des Badezimmers kommen. Sie sah die Messerklinge im Licht blinken. Dann war die Puppe im Schatten und kam rasch auf sie zu. Amelia kroch rückwärts. Sie spähte über ihre Schulter, sah den Wandschrank und zog sich, den Türknopf ergreifend, in dessen Dunkelheit zurück.

Erneuter Schmerz; ein eisiges Stechen in ihrem Fuß. Amelia schrie und zuckte zurück. Sie griff nach oben und riß einen Mantel herunter. Er fiel auf die Puppe. Sie riß alles herunter, was sich in ihrer Reichweite befand. Die Puppe wurde unter einem Berg von Blusen, Röcken und Kleidern begraben. Amelia taumelte über den sich bewegenden Kleiderhaufen. Sie zwang sich aufzustehen und humpelte in den Flur, so schnell sie konnte. Das Geräusch beiseite geschleuderter Kleidungsstücke hinter ihr wurde schwächer. Sie hinkte zur Eingangstür, schloß sie auf und zog am Knauf.

Die Tür ließ sich nicht öffnen. Amelia langte rasch zum Riegel hoch. Er war vorgeschoben. Sie versuchte ihn zurückzuziehen. Er rührte sich nicht. Sie packte ihn mit plötzlichem Entsetzen. Er war völlig verbogen. »Nein«, murmelte sie. *Sie saß in der Falle.* »O Gott.« Sie hämmerte gegen die Tür. »Hilfe! Bitte *helft* mir!«

Ein Geräusch im Schlafzimmer. Amelia drehte sich rasch um, lief quer durch den Wohnraum. Sie ließ sich neben dem Sofa auf die Knie fallen und tastete nach dem Telefon, aber ihre Finger zitterten so sehr, daß sie nicht wählen konnte. Sie begann zu schluchzen, dann wandte sie sich mit einem erstickten Schrei um. Die Puppe stürzte durch den Flur auf sie zu.

Amelia packte einen Aschenbecher, der auf dem Kaffeetisch stand, und schleuderte ihn der Puppe entgegen. Sie warf eine Vase, einen Holzkasten, eine Figurine. Es gelang ihr nicht, die Puppe zu treffen. Diese erreichte sie und begann auf ihre Beine einzustechen. Amelia bäumte sich blindlings auf und fiel über den Kaffeetisch. Sie wälzte sich auf die Knie, stand wieder auf. Dann schwankte sie zum Flur, stürzte hinter sich Möbel um, um die Puppe zu stoppen. Sie warf einen Stuhl um, einen Tisch. Sie ergriff eine Lampe und schleuderte sie auf den Boden. Sie wich in den Flur zurück, stürmte mit einer raschen Drehung in den Wandschrank und schlug die Tür zu.

Mit starren Fingern hielt sie den Türknopf fest. Wellen heißen Atems schlugen ihr ins Gesicht. Sie schrie auf, als das Messer unter der Tür durchgestoßen wurde und sich mit der scharfen Spitze in einen ihrer Zehen bohrte. Sie schob sich zurück und veränderte ihren Griff am Knauf. Ihr Bademantel stand offen. Sie spürte Blut zwischen ihren Brüsten herabsikkern. Ihre Beine waren taub vor Schmerz. Sie schloß die Augen. Bitte, wenn mir doch jemand helfen würde, dachte sie.

Sie erstarrte, als sich der Türknauf in ihrem Griff zu drehen begann. Ihr wurde eiskalt. Die Puppe konnte nicht stärker sein als sie; das *konnte* nicht sein. Amelia verstärkte ihren Griff. *Bitte*, dachte sie. Ihre Hand stieß gegen die Vorderwand ihres Koffers auf dem Regal.

Der Gedanke platzte in ihrem Kopf. Während sie mit der rechten Hand den Türknauf festhielt, griff sie mit der linken tastend nach oben. Die Verschlüsse des Koffers waren offen. Mit einem plötzlichen Ruck drehte sie den Knauf und stieß so fest sie konnte die Tür auf. Sie hörte sie gegen die Wand knallen. Die Puppe plumpste herunter.

Amelia griff nach oben und zerrte den Koffer herab. Sie riß den Deckel auf, ließ sich in der Türfüllung des Schranks auf die Knie fallen und hielt den Koffer wie ein offenes Buch. Sie sammelte ihre ganze Kraft, die Augen weit geöffnet, die Zähne zusammengebissen. Sie spürte das Gewicht der Puppe, als diese gegen den Kofferboden krachte. Sofort schlug sie den Deckel zu und warf den Koffer flach auf den Boden. Sie fiel über ihn und hielt ihn zu, bis es ihren zitternden Händen gelang, die Schnappschlösser zu schließen. Ihr klickendes Geräusch ließ sie vor Erleichterung schluchzen. Sie gab dem Koffer einen kräftigen Schubs. Er rutschte durch den Flur und bumste gegen die Wand. Amelia rappelte sich hoch und versuchte, das wütende Treten und Kratzen im Koffer nicht zu hören.

Sie knipste das Flurlicht an und bemühte sich, den Riegel zu öffnen. Er war hoffnungslos verklemmt. Sie drehte sich um und humpelte durchs Wohnzimmer und sah ihre Beine. Die Bandagen hingen lose herab. Beide Beine wiesen getrocknete Blutspuren auf, einige der Wunden bluteten noch. Sie befühlte ihren Hals. Der Schnitt war noch feucht. Amelia preßte ihre zitternden Lippen aufeinander. Sie mußte sehen, daß sie bald zu einem Arzt kam.

Sie nahm die Eishacke aus der Küchenschublade und kehrte in den Flur zurück. Sie hörte ein Schneidegeräusch und blickte zum Koffer hinüber. Sie hielt den Atem an. Die Messerklinge ragte aus der Kofferwand heraus und bewegte sich in einer sägenden Bewegung auf und ab. Amelia starrte sie an. Sie hatte ein Gefühl, als ob ihr Körper sich in Stein verwandelt hätte.

Sie hinkte zum Koffer, kniete sich neben ihn und betrachtete voller Ekel die sägende Klinge. Sie war mit Blut verschmiert. Sie versuchte, die Klinge mit den Fingern ihrer linken Hand festzuhalten, sie herauszuziehen. Die Klinge wurde gedreht, mit einem Ruck nach unten gerissen. Sie schrie auf und zog hastig die Hand zurück. In ihrem Daumen war ein tiefer Schnitt. Blut lief über die Handfläche. Amelia preßte den Finger gegen ihr Kleid. Sie hatte ein Gefühl von Leere im Kopf.

Sie schob sich wieder auf die Füße, humpelte zur Tür zurück und machte sich daran, den Riegel aufzustemmen. Sie bekam ihn nicht frei. Ihr Daumen begann zu schmerzen. Sie schob die Eishacke unter die Riegelfassung und versuchte ihn von der Wand wegzuhebeln. Die Spitze brach ab. Amelia rutschte aus und fiel beinahe hin. Wimmernd richtete sie sich wieder auf. Es blieb keine Zeit, keine Zeit. Sie blickte verzweifelt um sich.

Das Fenster! Sie konnte den Koffer hinauswerfen! Sie stellte sich vor, wie er durch die Dunkelheit fiel. Hastig ließ sie die Hacke fallen und wandte sich dem Koffer zu.

Sie erstarrte. Die Puppe hatte ihren Kopf und die Schultern durch den Riß in der Kofferwand gezwängt. Amelia beobachtete, wie die Gestalt sich anstrengte herauszukommen. Sie war wie gelähmt. Die sich windende Puppe starrte sie an. Nein, dachte sie; es ist nicht wahr. Die Puppe befreite mit einem Ruck ihre Beine und sprang auf den Fußboden.

Amelia schnellte herum und rannte ins Wohnzimmer. Ihr rechter Fuß landete auf einer Steingutscherbe. Sie spürte, wie diese tief in ihre Ferse schnitt, und verlor das Gleichgewicht. Sie fiel auf die Seite und warf sich herum. Die Puppe kam in Sprüngen auf sie zu. Sie konnte die Messerklinge schimmern sehen. Amelia trat wild um sich und schleuderte die Puppe zurück. Dann sprang sie auf die Füße, wankte in die Küche und drehte sich rasch um, um die Tür zu schließen.

Etwas hinderte sie daran. Amelia meinte, einen Schrei in ihrem Kopf zu hören. Als sie nach unten sah, erblickte sie das

Messer und eine winzige hölzerne Hand. Der Arm der Puppe war zwischen Tür und Rahmen eingeklemmt! Amelia drückte mit aller Macht gegen die Tür, bestürzt über die Kraft, mit der die Tür in die andere Richtung geschoben wurde. Es gab ein krachendes Geräusch. Ein grimmiges Lächeln trat auf ihre Lippen, und sie drückte wie rasend gegen die Tür. Das Schreien in ihrem Kopf wurde lauter und übertönte das Geräusch splitternden Holzes.

Die Messerklinge gab nach. Amelia sank auf die Knie und zerrte daran. Sie zog das Messer in die Küche und sah die hölzerne Hand und das Handgelenk vom Griff des Messers fallen. Mit einem Würgen in der Kehle rappelte sie sich auf und warf das Messer in den Spülstein. Die Tür schlug hart gegen ihre Seite; die Puppe kam hereingestürzt.

Amelia machte einen Satz rückwärts. Sie ergriff den Stuhl und schleuderte ihn nach der Puppe. Diese sprang zur Seite und lief um den zu Boden gestürzten Stuhl herum. Amelia schnappte sich den Wasserkessel vom Herd und schleuderte ihn nach unten. Der Kessel landete mit einem klirrenden Geräusch auf dem Fußboden und bespritzte die Puppe mit Wasser.

Amelia starrte die Puppe an. Sie griff nicht an. Sie versuchte am Spülbecken hinaufzuklettern, indem sie hochsprang und sich mit einer Hand an der Küchentheke festhielt. Sie will das Messer, dachte Amelia. Sie muß ihre Waffe haben.

Plötzlich wußte sie, was sie zu tun hatte. Sie trat an den Herd, zog die Bratofentür nach unten und drehte den Knopf voll auf. Sie vernahm die puffende Detonation des Gases, während sie sich umdrehte, um die Puppe zu packen.

Amelia heulte auf, als die Puppe zu treten und sich zu winden begann und sie mit ihrem wahnsinnigen Umsichschlagen von einem Ende der Küche zum anderen schleuderte. Das Schreien erfüllte wieder ihren Kopf, und plötzlich wußte sie, daß es der Geist der Puppe war, der schrie. Sie stolperte und krachte gegen den Tisch, drehte sich mit einem Ruck herum und warf, vor dem Herd auf die Knie sinkend, die Puppe hinein. Dann schlug sie die Tür zu und ließ sich dagegen fallen.

Die Tür wurde beinahe herausgedrückt. Amelia preßte ihre Schulter, dann ihren Rücken dagegen, indem sie sich mit den Füßen an der Wand abstützte. Sie versuchte das hämmernde Kratzen der Puppe im Backofen zu ignorieren. Sie beobachtete das rote Blut, das stoßweise aus ihrer Ferse quoll. Der Geruch brennenden Holzes erreichte sie, und sie schloß die Augen. Die Tür wurde heiß. Sie veränderte vorsichtig ihre Haltung. Das Treten und Hämmern erfüllte ihre Ohren. Das Schreien durchflutete ihren Kopf. Sie wußte, daß sie sich den Rücken verbrennen würde, aber sie wagte nicht, sich zu bewegen. Der Geruch brennenden Holzes wurde stärker. Ihr Fuß schmerzte schrecklich.

Amelia sah zu der elektrischen Uhr an der Wand hoch. Es war vier Minuten vor sieben. Sie beobachtete den roten Sekundenzeiger, der langsam kreiste. Eine Minute verging. Das Schreien in ihrem Kopf wurde jetzt schwächer. Sie bewegte sich unbehaglich und biß wegen der brennenden Hitze an ihrem Rücken die Zähne zusammen.

Eine weitere Minute verstrich. Das Treten und Hämmern hatte aufgehört. Das Schreien verebbte immer mehr. Der Geruch verbrannten Holzes hatte die Küche erfüllt. Eine graue Rauchwolke hing in der Luft. Das werden sie sehen, dachte Amelia. Jetzt, wo es vorbei ist, werden sie zu Hilfe kommen. So ist es immer.

Sie löste sich vorsichtig von der Backofentür, bereit, ihr Gewicht wieder dagegen zu werfen, wenn es sein mußte. Sie drehte sich um und kam auf die Knie. Der Gestank verkohlten Holzes verursachte ihr Übelkeit. Aber sie mußte es wissen. Sie streckte die Hand aus und zog die Tür nach unten.

Etwas Dunkles und Stickiges stürzte auf sie ein, und noch einmal vernahm sie das Schreien in ihrem Kopf, während Hitze sie überflutete und in sie eindrang. Dieses Mal jedoch war es ein Siegesschrei.

Amelia stand auf und drehte den Backofen aus. Sie nahm eine Eiszange aus der Schublade und hob den verkohlten Holzrest heraus. Sie ließ ihn in den Spülstein fallen und Wasser darüber laufen, bis der Rauch aufgehört hatte. Dann ging sie ins Schlafzimmer, griff zum Telefon und legte auf. Kurz darauf nahm sie den Hörer wieder ab und wählte die Nummer ihrer Mutter.

»Hier ist Amelia, Mama«, sagte sie. »Mein Benehmen von vorhin tut mir leid. Ich möchte, daß wir den Abend zusammen verbringen. Auch wenn es schon ein bißchen spät ist. Kannst du zu mir kommen, und wir brechen dann von hier aus auf?« Sie lauschte. »Gut«, sagte sie. »Ich erwarte dich.«

Sie legte auf und begab sich in die Küche, wo sie das längste Messer vom Haken nahm. Sie ging zur Eingangstür und schob den Riegel zurück, der sich nun leicht bewegen ließ. Sie trug das Messer ins Wohnzimmer, zog ihren Bademantel aus und tanzte einen Jagdtanz, einen Tanz von der Freude des Jagens, von der Freude des bevorstehenden Tötens.

Dann setzte sie sich mit gekreuzten Beinen in die Ecke. Der, der tötet, saß mit gekreuzten Beinen in der Ecke, in der Dunkelheit, und wartete auf seine Beute.

HENRY SLESAR

Der Sklave

Mit dem unbestimmten Gefühl, daß ihr ein Heiratsantrag bevorstand, hatte sich Inger für ihre Verabredung zum Abendessen besonders sorgfältig angezogen und zurechtgemacht, ohne sich auch nur die geringste Unpünktlichkeit zu gestatten. Corey mochte es, wenn seine Freundinnen hübsch und pünktlich und für gewöhnlich ein paar Jahre jünger waren, als Inger mit Recht von sich behaupten konnte. Aber da sie immer noch für dreißig durchging, hatte sie während der zwei Monate, in denen er ihr nun schon den Hof machte, jeden Anflug von quälender Mutlosigkeit von sich gewiesen.

Es war ein gutes Omen, daß Corey sie ins Windward eingeladen hatte. Es war teuer und intim. Kerzen flackerten. Die Martinis wurden in eisgekühlten Gläsern serviert. Nach dem Essen, bei einer winzigen Tasse Kaffee und einem großen Glas Brandy, sah er ihr tief in die Augen, seine Stimme sank um eine Oktave, und hätte nicht plötzlich ein Mann mit einem breiten, grinsenden Mund ihre Aufmerksamkeit erregt, wäre der große Augenblick vielleicht gekommen. Das Grinsen des Mannes war so barbarisch und galt so offensichtlich Corey, daß sie sicher war, er würde sie gleich stören. Sie hatte recht. Der Mann schlenderte auf ihren Tisch zu und riß Corey aus seiner Stimmung.

»Hallo, Core!« sagte der Unbekannte. »Dacht' ich mir doch, daß du das bist, aber es ist so unheimlich dunkel hier drinnen.« Er zeigte Inger lange, weiße Zähne, die sein gedrungenes, an ein Eichhörnchen erinnerndes Gesicht länger erscheinen ließen. Er hatte blaßblaue Augen, und sein dünnes, blondes Haar ringelte sich am Ende jeder Strähne. Inger warf einen kurzen Blick auf Corey, und was sie sah, traf sie beinahe wie ein elektrischer Schlag. Die Muskeln um Coreys Mund waren schlaff geworden und zitterten.

»Hallo, Ray«, sagte Corey, dann stammelte er: »Das ist Inger Flood. Inger, das ist Ray Chaffee.«

Inger murmelte: »Hallo.«

»Reizend«, sagte Chaffee und sog mit einem schlürfenden Geräusch die Luft ein. »Sehr, sehr nett, Core. Muß ja ein hübsch trautes Abendessen gewesen sein. Zu dumm, daß du jetzt gehen mußt, was?«

»Ray, um Gottes willen!«

»Aber du hast Glück gehabt. Ich hätte dich auch vorm Steak entdecken können. Es war doch Steak, nicht wahr, Miss Flood? Core hatte beim Essen noch nie viel Phantasie.«

»Wir hatten beide Steak«, antwortete Inger, fest entschlossen, sich nicht aus der Ruhe bringen zu lassen. »Ich habe auch nicht viel Phantasie.«

Das Lächeln wich einem Ausdruck blanker Bosheit.

»Na los, Core«, befahl Chaffee mit melodischer Stimme. »Mach, daß du wegkommst! Laß den Brandy stehen, ich trink' ihn für dich aus. Du bist doch hier noch kreditwürdig, nicht wahr? Sag beim Rausgehen am Tresen Bescheid, sie sollen die Rechnung auf dein Konto setzen! Na los, Core – wird's bald!«

Ingers Bestürzung schlug in fassungsloses Staunen um. Corey hatte sich erhoben.

»Inger, es tut mir leid…«

»*Leid?* Was tut dir leid?«

»Ich muß jetzt gehen«, sagte er unglücklich. »Ich ruf' dich nachher an – zu Hause.«

»Nein«, sagte Chaffee scharf. »Keine Anrufe mehr heut nacht, Core, hör auf, die Telefongesellschaft zu finanzieren! Du gehst gleich nach Hause und ab in die Heia! Morgen – na, morgen sehen wir weiter.«

Inger schickte sich an, ebenfalls aufzustehen, aber, so unglaublich es auch war, die Hand des Fremden lag auf ihrer Schulter und drückte sie auf ihren Sitz zurück. »Sie nicht, Miss Flood«, sagte er. »Sie können sich Zeit lassen.«

»Was soll das?« fragte Inger, die schließlich zornig wurde. »Corey, würdest du diesem Herrn bitte erklären...«

»Jetzt machen Sie doch kein Theater«, fiel ihr Chaffee süffisant beschwichtigend ins Wort. Dann rutschte er auf den Platz neben ihr. Corey zögerte noch, bis Chaffee einen Arm hob und ihn mit einer gebieterischen Handbewegung hinauskomplimentierte. Corey wandte sich jäh um, wie von einer unsichtbaren Peitsche getroffen, und strebte dem Ausgang zu, wobei selbst die Falten, die sein Mantel im Rücken warf, seine innere Spannung verrieten. Inger unternahm einen erneuten Versuch, sich zu erheben, doch Chaffee bekam ihren Ellbogen zu fassen. »Bitte«, sagte er. »Im Ernst. Gehen Sie noch nicht! Es hat doch keinen Sinn, allein hier zu sitzen.«

»Ich werde weder allein hier sitzen«, schnaubte sie, »noch mit *Ihnen*. Und jetzt nehmen Sie gefälligst Ihre Hand von meinem Arm, oder ich fange an zu schreien. Mal sehen, wie das *Ihrer* Kreditwürdigkeit bekommt.«

Draußen auf der Straße war weit und breit nichts von Corey zu sehen. Sie hatte fest damit gerechnet, er würde aus einem Hauseingang auftauchen und ihr erklären, was dieser Scherz zu bedeuten hatte. Aber bis auf ein Taxi an seinem Standplatz war die Straße verwaist. Sie stieg ein.

Am Morgen weckte sie das Telefon, nicht ihr Wecker.

»Inger?«

»Scher dich zum Teufel«, murmelte sie.

»Ich sehe ja ein, daß du sauer bist«, sagte Corey. »Im Moment kann ich dir nicht erzählen, worum es ging, aber das tue ich noch, ich verspreche es. Ich wußte einfach nicht, daß Chaffee im Restaurant war; Himmel, ich wußte nicht einmal, daß er überhaupt in der *Stadt* ist! Ich war den Mistkerl sechs Wochen lang los, seine Firma hatte ihn mit irgendeinem Auftrag nach Südamerika geschickt...«

»Ach, halt doch den Mund, Corey!« fauchte Inger, während sie sich aufsetzte. »Es war ein sehr schlechter Scherz, aber ich bin noch nicht wach genug, um mir Entschuldigungen anzuhören.«

»Gehst du mit mir Mittag essen?«

»Nein.«

»Bitte, Inger.«

Sie traf ihn in einem Restaurant, von dem sie noch nie etwas gehört hatte, in einer völlig abgelegenen Gegend. Erst als sie sich in dem dunklen Raum tastend ihren Weg zu Coreys in der hintersten Ecke verborgenem Tisch bahnte, brachte sie das obskure Restaurant mit Ray Chaffee in Zusammenhang.

»Verrat mir mal was«, sagte sie. »*Versteckst* du dich etwa vor diesem Mann?«

»Wieso?«

»Weil du dir diese *Grotte* ausgesucht hast. Sieht aus wie ein Lokal, in dem nur portugiesische Gerber verkehren. Hast du es deines *Freundes* wegen ausgesucht?«

»Sei nicht albern«, entgegnete er grinsend. »Es ist einfach ein nettes, schummeriges Plätzchen. Wie gemacht zum Knutschen.« Er drückte ihr einen Kuß auf den Mund, der allerdings nur halbherzig erwidert wurde. Dann bestellte er etwas zu trinken, und ohne ihre Frage abzuwarten, beantwortete er sie. »Also, was da gestern abend passiert ist, war natürlich ein Gag. Aber ein so dämlicher, daß er sich eigentlich nicht erklären läßt...«

»Versuch es!«

»Es geht um eine Art Wette, ein lächerliches Spiel, das Chaffee und ich seit langem betreiben.«

»Aber wer ist das denn? Arbeitest du für ihn? Ist er dein *Boss?*«

»Nein, nein, er ist nur ein Freund, im weitesten Sinn des Wortes. Er ist Computerfachmann. Wir waren zusammen auf dem College. Chaffee, ich und noch ein paar andere Kerle. Wir hatten da eine kleine Pokerrunde, aber weil einige geheiratet haben, hat sie sich aufgelöst. Du weißt ja, wie das ist.«

»Nein«, sagte Inger. »Ich weiß gar nichts. Wie der Mann dich *hinauskommandiert* hat – und erst wie du das *hingenommen* hast, einfach abscheulich!«

Corey lehnte sich in den Schatten zurück und lachte. Seine Heiterkeit klang echt, aber Inger war nicht ganz überzeugt. »O Gott, ich muß wie ein Trottel ausgesehen haben. Aber es ging nicht anders, Darling. Ich kann nicht erwarten, daß du das verstehst. Alles, was ich erwarte...« Er brach ab.

»Ja?«

»Also *jetzt* erwarte ich gar nichts. Aber in zwei Minuten...«

»Was soll sich denn in zwei Minuten ändern?«

»Vielleicht eine Menge.« Er steckte die Hand in die Tasche und holte ein kleines, samtenes Kästchen heraus. Sie hielt den Atem an. Er fragte: »Erinnerst du dich noch daran, daß ich dir von der Halbverrückten erzählt habe, mit der ich mal verlobt war?«

»Leila?«

»Ja, Leila. Erinnerst du dich auch noch, daß ich dir gesagt habe, sie hätte mir den Verlobungsring zurückgeschickt?« Inger saß ganz steif da, als er das Kästchen öffnete, aber es war leer.

»Jetzt kapiere ich gar nichts«, gestand sie.

»Nein«, sagte Corey. »Ich werde dich nicht *ihren* lausigen Ring tragen lassen! Ich war heute morgen beim Juwelier und habe mit ihm einen Tausch ausgehandelt. Du kannst hingehen, wann immer du willst, und dir einen aussuchen, der dir gefällt. Das heißt, wenn du willst.«

Inger schaute von der leeren Rille im Samt zu seinem Gesicht, aber da schob sich ein anderes Bild dazwischen. Es war ein Kellner, der ein rotes Telefon brachte.

»Was, zum Teufel, soll das?« knurrte Corey. »Muß ein Mißverständnis sein.«

»Nein, Sir«, erwiderte der Kellner. »Für Sie, Mr. Jensen.«

Corey griff nach dem Hörer und meldete sich verdutzt. Ein ganzes Stück von ihrem Ohr entfernt ließ Ray Chaffees metallischer Singsang die Membrane vibrieren, und sie verstand jedes Wort.

»Sumsum, Marienkäfer«, sagte er, »flieg heim! Dein Haus steht in Flammen, und deine Kinder verbrennen.«

»Ray, dich soll der Teufel holen...«

»Du bist unverschämt, alter Junge, und Unverschämtheit dulde ich nicht.«

»Was willst du? Woher weißt du überhaupt, daß ich hier bin? Sag mal, *verfolgst* du mich schon wieder, verdammt noch mal?«

»Los, Coreybaby, verzieh dich, schieb ab! Es paßt mir nicht, daß du dich da aufhältst. Ich bin genau gegenüber, auf der anderen Straßenseite, in einer Telefonzelle. Ich erwarte, daß du in zwei Minuten unter dem Vordach auftauchst. Na gut, ich gebe dir drei Minuten.«

Inger schwirrte der Kopf. »Corey«, sagte sie, »leg doch einfach auf!«

Genau das tat Corey auch. Inger dachte, der Spaß wäre nun vorbei, aber sie irrte sich. Corey knüllte seine Serviette zusammen und schob den Stuhl zurück. »Hör zu, Inger...«, begann er.

»Nein! Erzähl mir bloß nicht, daß du etwa wirklich gehen willst!«

»Ich *muß*, mein Schatz. Ich kann es nicht ändern. Da!« Er drückte ihr das Samtkästchen in die Hand. »Der Name des Juweliers steht innen. Vielleicht kannst du heute abend auf dem Heimweg mal bei ihm reinschauen…«

»Corey«, sagte sie nachdenklich, »wenn du jetzt hier hinausmarschierst und mir nicht erklärst, *warum*…«

»Bestell dir was zu essen«, sagte er mit einem ängstlichen Blick auf das Fenster zur Straße. Er legte einen Zehn-Dollar-Schein auf seinen Teller. »Nimm das Roastbeef! Es ist gut hier. Ich ruf' dich an.«

»Wenn du jetzt gehst, brauchst du mich überhaupt nicht mehr *anzurufen!*«

Dennoch stürzte er hinaus.

Sie bestellte nichts zu essen. Mit dem Geld bezahlte sie die beiden Drinks und verließ das Lokal, ohne sich um das zähneknirschende Mißfallen des Kellners zu kümmern. Im Büro packte sie gegen drei Uhr der Hunger, und sie aß einen klebrigen Nachtisch, den sie sich am Kaffeewagen gekauft hatte.

Corey tauchte an diesem Abend um halb elf unangemeldet in ihrer Wohnung auf. Sie war bereits im Nachthemd, in einem so hauchdünnen, daß es leicht provozierend hätte sein können, doch sie waren beide in einer Stimmung, die von vornherein jeden Gedanken an etwas anderes als an Gespräch und Whisky ausschloß. Sie saßen in ihrem kleinen, unordentlichen Wohnzimmer, und Corey begann zu reden: »Okay, Inger, ich werde dir die ganze Geschichte erzählen. Ich konnte es nicht früher tun, denn das ist ein Teil der Abmachung, aber ich habe Ray getroffen, und er ist damit einverstanden. Ihm *gefiel* sogar die Vorstellung, daß du Bescheid weißt; sie verschaffte ihm einen billigen Nervenkitzel, dem spleenigen *Bastard*.« Er hielt inne und trank seinen Scotch aus.

Inger wartete, bis Corey erklärte: »Ich bin sein Sklave, Inger.«

Er ging sein Glas nachfüllen und nutzte das als Vorwand, sie nicht ansehen zu müssen.

»Ich weiß, das hört sich ziemlich verrückt an, aber es ist nicht ganz so hirnverbrannt, wie du vielleicht denkst. Das heißt nicht, daß er mich auf dem freien Markt *gekauft* hätte oder daß wir irgend so eine beknackte Krafft-Ebing-Sex-geschichte miteinander hätten. Wir sind beide normal veran-lagt, obwohl es verdammt komisch klingt, wenn ich das von Ray Chaffee behaupte. Ich will damit nur sagen, ich *muß* alles tun, was er von mir verlangt, jedenfalls so gut wie alles. Oh, nichts, was mir körperlich schaden würde; er kann zum Beispiel nicht verlangen, daß ich aus dem Fenster springe, das wäre wider die Regeln...«

»Die *Regeln?*« fragte Inger.

»Ich bin jetzt schon seit neun, nein, zehn Monaten sein Sklave. Es dauert keine zehn Wochen mehr, dann hab ich alles überstanden. Mach dir keine Sorgen! Oft hab ich mir überlegt, was das für dich bedeutet, für *uns*, und ich war schon beinahe drauf und dran, dich überhaupt nicht mehr zu treffen, bis dieses verdammte Jahr rum ist. Aber Chaffee war fort, da dachte ich mir, ich könnte das Risiko eingehen...«

»Welches Risiko?«

»Weißt du, er war nämlich in Südamerika. Es muß ihn schier umgebracht haben, daß sie ihn ausgerechnet in der Zeit weggeschickt haben. Er fing gerade an, es zu *genießen*, daß er einen Sklaven hatte, daß er der Herr war. Er wurde von Tag zu Tag gemeiner und dachte sich immer mehr Mittel und Wege aus, um mich zu quälen.«

»Ich höre wohl nicht recht«, sagte die Frau. »Ich muß vor einer Stunde ins Bett gegangen sein, und das ist alles ein Traum.«

»Auf dem ganzen Weg hierher«, gestand Corey bedrückt,

»da habe ich versucht, mir darüber klarzuwerden, was schlimmer ist – wenn ich es dir erzähle oder wenn ich es dir nicht erzähle. So oder so riskiere ich, daß ich dich verliere. Möchtest du noch etwas trinken?«

»Nein.«

»Aber ich.« Corey füllte sein Glas zum zweitenmal nach. Als er zurückkam, war er bereit, ihrem Blick standzuhalten. »Inger, ich sage dir jetzt die Wahrheit. Vor ungefähr zehn Monaten saßen Chaffee und ich und noch ein paar andere Typen, na, diese kleine Poker-und-Mädchen-Runde, von der ich dir erzählt hab...«

»Die Mädchen hast du nicht erwähnt«, wandte sie lahm ein.

»Sie haben beim Pokern nie gestört. Jedenfalls saßen wir eines Abends alle rum, pichelten ganz schön was weg und kamen irgendwie auf Sklaverei zu sprechen. Ich meine, auf heutige Sklaverei. Sie besteht ja noch, weißt du, es gibt noch immer einen beachtlichen Sklavenhandel im Nahen Osten und in solchen Gegenden. Wie dem auch sei, in einem Punkt waren wir uns einig, eigentlich in zweien. Der eine war: Ist Sklaverei nicht etwas Schreckliches? Nicht sehr originell, zugegeben, eben so, wie man hinter seiner Mutter, hinter Apfelkuchen und hinter der amerikanischen Fahne steht. Doch wir waren uns auch darin einig, daß Sklaverei für den Sklaven zwar lausig war, aber verdammt gut für den Herrn. Läßt man mal alle moralischen Betrachtungen außer acht, was war denn dann so schlimm daran, wenn man zwei oder drei Sklaven hatte? Himmel, es muß herrlich gewesen sein, machen wir uns doch nichts vor! Deshalb war die Sklaverei ja auch jahrhundertelang so beliebt, sogar in den als aufgeklärt geltenden Kulturen der Griechen und Römer. Die wußten genau, daß sie mit dem, was sie taten, moralisch im Unrecht waren, aber sie verfügten nicht über die technischen Hilfsmittel, um sich ein bequemes Leben zu machen, also verteidigten sie ihre Unsitte. Das ist doch selbst heute noch so, denk nur an all die Leute, die sich um Dienstboten reißen, all die fetten Weiber in den Frauenvereinen, die die eine Hälfte ihres Lebens damit zubringen, ihre Dienstmädchen rumzukommandieren, und die andere Hälfte damit, über sie zu reden. Und wenn eine sagt: ›Meine kleine Bernice ist ein wahres Juwel‹, dann heißt das, sie kommt eher einer Sklavin von Anno dazumal gleich, einer niedlichen, schwarzen Sklavin aus dem Süden, als einer bezahlten Hausangestellten. Hab ich nicht recht?«

»O Gott, Corey«, wandte Inger ein, »erspar mir das Gerede über die soziale Ungerechtigkeit!«

»Okay, okay. Ich behaupte ja bloß, Sklaverei ist *verlockend*. Himmel noch mal, Chaffee hat zu diesem Thema sogar eine Stelle bei Tolstoi gefunden, allerdings glaube ich, er hat sie erst nach unserer Wette herausgesucht.«

»Eurer *Wette?*«

»Na, davon rede ich ja, so hat alles angefangen. Wie auch immer, du weißt, daß Tolstoi so etwas wie ein russischer Heiliger in Sachen individueller Freiheit war, nur, in seinem Tagebuch, da hat er geschrieben, daß Sklaverei zwar ein Übel sei, aber ein äußerst angenehmes Übel.«

»Aber eben ein Übel, nicht wahr?«

»Gewiß, gewiß! Weil sie nicht auf *Freiwilligkeit* beruht. Sklaven suchen sich ihr Schicksal nicht aus, sie werden von Händlern aufgespürt oder von ihren Vätern verkauft, wie kleine Mädchen früher in China verkauft wurden, oder sie werden in Kriegen gefangengenommen, wie bei den Griechen und bei den Römern. Wenn es aber freiwillig geschähe, wenn diese moralische Lücke geschlossen würde…«

»Hast du das getan? Bist du *freiwillig* Sklave geworden?«

»In gewisser Weise schon«, sagte Corey. »Ja, in gewisser Weise, Inger. Jedenfalls endete der Abend damit, daß Chaffee und ich eine Art Wette schlossen. Wir waren alle ziemlich voll, aber wir setzten die Fristen fest und stellten die Regeln und die Bedingungen auf. Eine der Regeln war Verschwiegenheit, von der er mich für heute abend entbunden hat...«

»Du meinst das ernst, nicht wahr? Das ist kein Scherz?«

»Nein«, sagte er trocken, »das ist die nackte Wahrheit, Inger. Chaffee wettete, ich könnte als sein persönlicher Sklave kein ganzes Jahr durchhalten. Doch jetzt ist das Jahr beinahe um. Ich gewinne, er verliert, und die Dinge normalisieren sich wieder. Ich kann doch jetzt nicht aussteigen, verstehst du das nicht? Ich wäre verrückt, wenn ich jetzt, nach zehn Monaten, aufgäbe. Das täte ich nicht einmal, wenn du es von mir verlangtest, nicht einmal dann, wenn du – wenn es deine Bedingung wäre, um dieses Ringkästchen zu füllen.«

»Nun, das ist ja ziemlich deutlich, nicht wahr?«

»Ich werfe diese zehn Monate nicht einfach weg. Chaffee hat mir einen Vorgeschmack von der Hölle gegeben, und vielleicht treibt er es noch schlimmer, aber ich werde ihm nicht den Gefallen tun und aussteigen, bevor das Jahr um ist.«

»Ihr seid wie kleine Kinder! Zwei dumme Jungen! Man sollte euch den Hintern versohlen!«

»Es ließ sich gar nicht so übel an«, erzählte Corey weiter, während er eingehend die Zimmerdecke betrachtete. »Chaffee war nicht daran gewöhnt, einen Sklaven zu haben. Am Anfang *bat* er mich noch, dies oder das zu tun, er war höflich, und er benutzte das Wort ›bitte‹. Seine Befehle waren alle harmlos, es waren mehr Botengänge, ich sollte für ihn in die Bibliothek gehen, ihm ein Taxi besorgen... Das war leicht getan.«

»Und dann änderte er sich?«

»Er darf nichts von mir fordern, was meine Gesundheit gefährden oder mich meinen Job oder Geld kosten würde...«

»Aber er darf dich demütigen. Das darf er tun.«

»Er darf nicht verlangen, daß ich mich, sagen wir mal, in

irgendeiner Weise öffentlich zur Schau stelle. Also nichts, wofür die Polizei mich aufgreifen und auf meinen Geisteszustand untersuchen lassen würde. Aber alles andere – und ich *muß* es tun, sonst wäre ich ja nicht sein Sklave, oder? Ein Sklave leistet bedingungslos Gehorsam, das ist das A und O dabei, er kann sich den Befehlen seines Herrn nicht widersetzen. Aber Chaffee hat lang gebraucht, fast ein halbes Jahr, bis er – Vergnügen daran fand.«

»Vergnügen?«

»Ja«, sagte Corey und drehte pausenlos sein Glas zwischen den Fingern. »Vergnügen bereitet es schon, beinahe ekstatische Freude. Es ist mehr als nur die Annehmlichkeit, daß jemand tut, was man ihm befiehlt, es hat im Grunde etwas mit Macht zu tun. Deshalb stechen sich Leute doch gegenseitig aus in ihrem Kampf um Macht – politische, gesellschaftliche, wirtschaftliche oder welche Macht auch immer. Es macht Spaß, über Menschen zu herrschen, sie herumzukommandieren und nach deiner Pfeife tanzen zu lassen.«

Inger gab einen Laut der Entrüstung von sich.

»Das stimmt, mein Schatz. Ich bin zwar der Sklave, und er ist der Herr, aber ich sehe schließlich, wie sich diese neue, unmittelbare Macht über einen anderen Menschen auswirkt. Wie dem auch sei, nach sechs Monaten begann Chaffee zu begreifen, wie schnell die Zeit verflog, da packte ihn die Verzweiflung, und er wurde gemein. Er befahl mir allmählich immer unangenehmere Dinge, und das immer häufiger. Das war das Ende unserer Freundschaft. Wir wurden das, was wir jetzt sind, Herr und Sklave. Nur noch das. Und da fing er an, es zu genießen.«

Inger ging auf ihn zu, ihr Gesicht war gerötet, und sie sah schön aus.

»Und du willst wirklich nicht aufgeben? Nicht einmal, wenn ich dich darum bitte?«

»Wie gesagt, hätten wir uns vor fünf oder sechs Monaten

kennengelernt, bevor Chaffee anfing mit der Peitsche zu knallen, dann wäre ich vielleicht bereit gewesen – dann hätte ich vielleicht all die Monate eingebüßt, die ich schon investiert hatte. Aber jetzt nicht mehr.«

»Corey, liebst du mich?«

»Um Gottes willen, hab ich dir denn *das* noch nicht gesagt?«

Später fragte sie ihn noch einmal.

»Nein, Inger«, erklärte er ihr. »Es ist unmöglich. Hältst du etwa das, was da in den Restaurants passiert ist, für schlimm? Ich habe schon Schlimmeres erlebt. Ich hab schon jede Art von Dreckarbeit für ihn gemacht. Ich bin sein Kammerdiener gewesen, sein Butler, seine Putzfrau. Ich hab mir Nächte um die Ohren geschlagen, hab auf ganze Wochenenden verzichtet, sogar auf Mittagspausen, wenn er es wollte. Dann fing er an, mich überallhin zu verfolgen, und verlangte, daß ich alte Gewohnheiten, Vergnügungen und Freunde aufgab.«

»Frauen auch?«

»Er hat mich mit jedem Mädchen, mit dem ich ging, auseinandergebracht. Einmal, da hat er mir sogar meine Freundin ausgespannt und ihr erzählt, welche Rolle ich für ihn spiele...«

»Ich dachte, die Grundregeln...«

»Die gelten nur für mich, nicht für ihn: Der Herr braucht nichts geheimzuhalten, nur der Sklave. Und an jenem Abend, an dem er es ihr erzählte, da hat doch dieses schwachsinnige Weib...«

»Leila?«

»Ja, vielleicht hat mir Chaffee damit sogar einen Gefallen getan. Doch ich werde nie vergessen, wie er bei uns reingeschneit ist...«

»Und er hat ihr erzählt, daß du sein *Sklave* bist?«

»Er hat es ihr erzählt und bewiesen. Er hat mich auf allen vieren kriechen lassen, Inger, *vor ihr!* Und die dumme Gans

186

hat darüber *gelacht*. Sie fand das komisch, sehr lustig; dann bat sie Chaffee darum, sie mitspielen zu lassen; sie wollte auch etwas davon haben. Und für den Rest des Abends war ich auch *ihr* Sklave, weil das nun mal dazugehört. Sobald du einem Herrn gehorchen mußt, bist du der Sklave der ganzen Menschheit.«

»Oh, Corey!« Inger drückte ihren Kopf an seine Schulter. »Wie konntest du das nur tun? Warum hast du ihn denn nicht *umgebracht?* Ich hätte ihm den Schädel eingeschlagen. Und ihr auch.«

»Gewiß, Inger, Sklaven rebellieren manchmal, darin liegt ein Teil des Reizes. Nur, ich konnte nicht mehr, verstehst du? Dazu hatte ich zuviel investiert ...«

Das Telefon klingelte. Es war lange nach Mitternacht, und Ingers Telefon schwieg für gewöhnlich um diese Zeit.

»Soll ich rangehn?« flüsterte sie. »Glaubst du, es ist ...«

»Ich *weiß*, daß er es ist«, sagte Corey.

Inger nahm den Hörer ab, und Ray Chaffee flötete ihr ins Ohr: »Hallo, Baby, wie geht's? Hat er sich bei Ihnen ausgeweint? Hat Ihnen unser Bübchen sein Herz ausgeschüttet?«

»Hallo, Mr. Chaffee«, sagte Inger. »Ich bin froh, daß Sie anrufen. Geradezu entzückt! Das gibt mir die Gelegenheit, Ihnen zu sagen, was ich von Ihnen halte.«

»Sparen Sie sich das!« antwortete Chaffee kühl. »Lassen Sie mich mit dem Kleinen reden!«

»Erst wenn Sie mir zugehört haben.«

»Meine Süße, Sie fallen mir auf die Nerven, und *er* muß es büßen. Kapiert?«

Inger zögerte noch, dann reichte sie Corey den Hörer.

Eine ganze Weile hörte Corey nur zu und wurde dabei immer bleicher. Dann sagte er:

»Jaja, verstanden ... Okay, ich habe gesagt, daß ich es tun würde, und das werde ich auch.« Er hielt den Hörer hoch, in Ingers Richtung, aber er sah sie dabei nicht an. Monoton leierte er herunter: »Ray möchte, daß ich jetzt gehe, mein Schatz, aber er möchte nicht, daß du einsam bist. Er sagt, er würde gern herkommen und dir Gesellschaft leisten. Er meint, er wüßte, wie er dich mollig warm halten könnte.«

»*Corey!*«

»Es wäre mir sehr lieb, Inger, wenn du damit einverstanden wärst. Natürlich kann ich dich nicht dazu zwingen, aber du würdest mir damit wirklich einen Gefallen erweisen, wenn du Ray erlaubtest, jetzt herzukommen.«

Aus dem Hörer schlug ihr Chaffees trockenes, schepperndes Gekicher entgegen.

»Mach, daß du hier rauskommst!« schrie Inger. »Scher dich zum Teufel, Corey!«

»Inger, bitte! Dann sprich doch wenigstens mit ihm, sei so gut! Sprich mit ihm darüber!« Er streckte ihr das Telefon noch näher hin, doch sie wich zurück. Corey schluckte und hielt sich den Hörer wieder an den Mund. »Na schön, du gottverdammter Mistkerl, ich hab's ihr gesagt. Aber sie will nicht mit dir reden, und darauf habe ich keinen Einfluß.« Er legte auf und wandte sich Inger zu. Seine Augen schimmerten feucht. »Hör zu, mein Schatz, ich habe versprochen, daß ich das sagen würde. Es war der Preis dafür, daß ich dir die Wahrheit erzählen durfte.«

»Hast du nicht gehört, was ich gesagt habe? Mach, daß du hier rauskommst, Corey, ich will dich hier nicht mehr sehn! Ich will dich überhaupt nicht mehr sehn. Nie mehr!«

Corey zuckte die Schultern. Es war keine Geste der Gleichgültigkeit; es war Resignation. Dann ging er und schloß behutsam die Tür.

Bis zum Wochenende hörte sie nichts mehr von ihm. Am Samstag nachmittag rief er sie an und sprach in verschwörerischem Flüsterton.

»Ich bin in der Frederick Gallery«, sagte er. »An der Madison Avenue. Diesmal habe ich den Spieß umgedreht. Ich hab ihm nachspioniert. Seine Wohnung liegt genau hier gegenüber auf der anderen Straßenseite, und ich habe eben gesehen, wie er sein Auto aus der Garage geholt hat. Wir können uns also unbesorgt treffen.«

»Unbesorgt vielleicht«, erwiderte sie kühl. »Aber das heißt doch nicht, daß ich auch will.«

Sie traf ihn dennoch in der Galerie, die voller Bilder war, auf denen das Meer wogte. Corey begrüßte sie mit bleichem Lächeln. »Ich hab vergessen, dir zu sagen, du sollst deine Tabletten gegen Seekrankheit mitbringen.« Anstatt darüber zu lachen, begann sie zu weinen, allerdings nicht zu laut, damit sie die übrigen Besucher nicht störte. Er zog sie in eine Ecke, schirmte sie mit einem Katalog ab und erklärte: »Hör zu, was ich mir ausgedacht habe! Die Sache mit Chaffee ist in neun Wochen vorbei. Ich werde dich bis dahin nicht wiedersehen, ich werde es nicht einmal versuchen. Er würde es doch herausfinden und alles nur schlimmer machen.«

»Neun Wochen! Corey, das ist so unfair!«

»Aber es ist die einzige Möglichkeit. Es ist besser, wenn er glaubt, wir haben uns getrennt, dann läßt er uns – dich – in Ruhe. Danach – na ja, vielleicht hast du bis dahin noch keinen anderen kennengelernt...«

»Du Dummkopf!« sagte sie theatralisch und packte ihn am Revers. »Glaubst du denn, ich *möchte* einen anderen?«

»Inger, gehen wir doch in dieses Juweliergeschäft! Jetzt gleich. Vielleicht ist es anders, wenn du meinen Ring am Finger trägst.«

Sie suchte einen schlicht gefaßten Diamanten ohne Verzierungen und Schnörkel aus. Corey fand den Ring unnötig streng, aber Inger wollte ihn so. Auf dem Rückweg erinnerte sie ihn daran, daß er ihr nie einen offiziellen Heiratsantrag gemacht hatte. Er erklärte ihr, daß er dazu unbedingt den gebührenden romantischen Rahmen haben wollte. Also schlenderten sie zu Fuß in die 59. Straße, bestiegen eine Kutsche und fuhren in den Central Park. Sie weinte die meiste Zeit, sogar noch nach dem Heiratsantrag. Sie klammerte sich an ihn und flüsterte: »Corey, komm mit mir nach Hause, laß mich jetzt nicht allein! Du hast doch diesen entsetzlichen Menschen wegfahren sehen, vielleicht läßt er uns ja in Frieden. Komm mit zu mir, Corey!«

Sie fuhren zu dem Apartmenthaus, in dem sie wohnte. In der Nähe der Markise, die den Eingang überspannte, stand ein kleines, kastanienbraunes Cabrio. Ray Chaffee saß zwar nicht am Steuer, aber Corey kannte den Wagen.

»Er ist hier, Inger. Ich gehe jetzt besser.«

»Corey, bitte! Er wartet vielleicht in der Halle oder oben im Flur. Ich habe Angst vor ihm!«

»Das brauchst du nicht. Dir kann er nichts anhaben. Falls er dich irgendwie belästigt, sagst du ihm, du rufst die Polizei. Wenn er androht, sich an mir zu rächen, dann sagst du ihm, das sei dir piepegal, wir hätten uns getrennt.«

»Wie schrecklich!«

»Ich ruf' dich an«, stieß Corey hastig hervor. Darauf wandte er sich um und ging schnell weg.

Wie sie befürchtet hatte, saß Chaffee in einem der abgewetzten, blauen Ohrensessel in der Eingangshalle.

»Guten Abend, Miss Flood. Ich möchte zu gern wissen, ob Sie wohl unseren Freund, Mr. Jensen, gesehen haben.«

»Nein«, antwortete sie. »Ich habe Ihren Freund nicht gesehen, und ich möchte ihn auch nicht sehen.«

»Klappern Sie dann vielleicht gerade den Markt nach einem neuen Freund ab?« fragte er grinsend. »Ich wäre kein schlechtes Angebot. Ein bißchen eingestaubt, aber strapazierfähig.«

»Gute Nacht«, sagte sie, als der Fahrstuhl hielt, doch er legte seine Hand an den gepolsterten Rand der Tür.

»Kommen Sie bloß 'nem Komiker nicht komisch, Miss

Flood! Wo verstecken Sie denn den Kleinen? Haben Sie ihn in einen Kleiderschrank gestopft oder unters Bett?«

Sie blieb stehen. Der Portier mußte irgendwo in der Nähe sein, wahrscheinlich las er gerade die neuesten Anschläge am Schwarzen Brett vor dem Lastenaufzug, aber sie überlegte es sich anders und rief ihn nicht.

»Na gut«, sagte Inger. »Kommen Sie doch mit hinauf und schauen Sie selbst nach! Ich möchte Sie ohnehin um etwas bitten.«

Er sah überrascht aus. Für einen Augenblick war es ihr gelungen, ihn aus dem Gleichgewicht zu bringen. In ihrer Wohnung fing er sich allerdings wieder und schlang einen Arm um ihre Taille. Sie wich ihm aus und sagte: »Ich möchte Sie um einen Gefallen bitten. Ich möchte, daß Sie aus dieser Wette, die Sie mit Corey geschlossen haben, aussteigen.«

Er war verblüfft und zugleich belustigt.

»Sie möchten, daß ich den Sklaven freilasse? Soll ich etwa auch eine Emanzipationsproklamation erlassen?«

»Ja«, sagte Inger. »Er hat genug von dem Spaß, und ich glaube, Sie auch.«

Erstaunlicherweise schwand das Lächeln von seinen Zügen.

»Wissen Sie was? Sie haben recht. Es ist eine echte Belastung geworden, nicht nur für den armen, alten Corey, sondern auch für mich. Es ist anstrengend, einen Sklaven zu haben, wissen Sie das? Es ist eine Verantwortung, wie wenn man eine Menge Geld erbt. Man ist dauernd genötigt, etwas damit anzufangen. Manchmal wache ich mitten in der Nacht auf und frage mich, was ich am nächsten Tag mit Corey anfangen soll. Klingt pervers, was? Aber Sie halten mich ja wahrscheinlich sowieso für pervers. Corey hat Ihnen doch sicher erzählt, wie gemein und bösartig ich bin.«

»Stimmt das vielleicht nicht?«

»Alle Herren erscheinen ihren Sklaven gemein und bösartig. Aber machen Sie sich keine Sorgen. Der alte Corey kommt schon noch auf seine Kosten.«

»Auf wieviel?« fragte Inger.

»Was?«

»Wie hoch sind diese Kosten? Ich bin bereit, einen Handel einzugehen, Mr. Chaffee.«

»Ich weiß nicht, wovon Sie reden.«

»Sie haben doch panische Angst davor, daß Corey dieses Jahr durchsteht. Sie können sich ja gar nicht genug Abscheulichkeiten einfallen lassen, nur um ihn dazu zu bewegen, daß er aufgibt. Und wenn Sie tun, was ich sage, dann sorge ich dafür, daß Sie Ihr Geld zurückbekommen.«

Er grinste wieder, als er fragte: »Ist das ein Angebot?«

»Ja. Wenn Sie die Sache abblasen – jetzt gleich –, verspreche ich Ihnen, daß Sie jeden Penny zurückbekommen, den Corey gewinnt.«

»Oh! Glauben Sie wirklich, Sie können den Kleinen um den Finger wickeln? Ist ja interessant!« Er strich sich mit der Hand über das dünne, blonde Haar, daß die kleinen Locken nur so sprangen. Dann schritt er langsam auf sie zu. »Wissen Sie was? Ich rate Ihnen, es doch mal mit einer anderen Form der Überredung zu versuchen. Sie können sich gar nicht vorstellen, wie wenig mir an Geld liegt.«

Er griff nach ihr. Sie drehte sich halb um und war plötzlich von seinen Armen umschlungen. Er war stärker, als man ihm ansah, und sie kriegte es mit der Angst zu tun. Sie schlug ihn mit dem linken Handrücken auf die Wange. Sie hatte schlecht gezielt und spürte, wie die Kante des neuen Diamanten ihm ins Fleisch schnitt. Das Auge verfärbte sich rot und schwoll sofort an. Chaffee stöhnte vor Schmerz und hielt sich eine Hand vors Gesicht.

»Sie haben mich verletzt«, sagte er gereizt. »Sie dummes Mädchen. Warum mußten Sie das tun?«

Er holte ein fein säuberlich gefaltetes Taschentuch hervor,

preßte es an die Wange und betrachtete dann die Blutspur auf dem Stoff. Er wurde blaß, und Inger fürchtete schon, ihm könnte übel werden.

»Sie dummes Mädchen«, wiederholte er.

Erneut drückte er das Taschentuch an die Wange, dann ging er zur Tür. Inger blickte auf den Verlobungsring hinunter, der an ihrem Finger steckte, berührte den Diamanten und sagte laut: *»Girl's best friend.«*

Inger wußte nicht, wie spät es war, als es zu klopfen begann. Sie wußte nur, daß es nicht die richtige Zeit war, um zu klopfen und einen solchen Spektakel vor ihrer Tür zu machen. Auf dem Leuchtzifferblatt ihrer Nachttischuhr sah sie, daß es kurz nach drei war. Sie tastete nach dem Morgenrock am Fußende des Bettes und wankte ins Wohnzimmer, einzig und allein mit dem Wunsch, dieses entsetzliche, schamlose Klopfen abzustellen. Sie öffnete die Tür und sah alle beide: Chaffee und Corey. Chaffee grinste furchterregend. Sein Grinsen war zu einer Grimasse verzerrt, und irgend etwas, das die verschwommene Erinnerung an einen Alptraum wachrief, entstellte sein Gesicht; da merkte sie, daß es sein Auge war. Die Wange war geschwollen und gelblich blau, die Haut glänzte und spannte. Sie wandte sich von diesem Anblick ab und schaute Corey an, wobei sie sich fragte, warum die beiden wohl in das Dunkel ihrer Nacht eingedrungen waren. Sobald sie das Wohnzimmer betreten hatten, tastete Corey nach dem Lichtschalter und überflutete den Raum mit qualvoller Helligkeit.

»Corey, was ist denn los?«

»Inger«, begann er mit erstickter Stimme und ballte dabei die Fäuste. »Gott steh mir bei, Inger, es tut mir wirklich leid. Aber das hättest du nicht tun dürfen...«

»Sag's ihr!« befahl Chaffee.

Corey streckte die Hand aus und griff nach ihrem Arm.

»Inger, du hast ihn verletzt, verstehst du. Du hättest ihn sogar ernsthaft verletzen können.«

»Sag ihr, wen!« verlangte Chaffee. »Wen sie verletzt hat.«

»Meinen Herrn«, sagte Corey mit zusammengebissenen Zähnen. »Schau mal, was du ihm angetan hast, Inger! Siehst du es?«

»Corey, laß mich los!« rief Inger.

»Jetzt sag's ihr schon!« drängte Chaffee. »Los, Corey, sag Miss Flood, was sie zu tun hat!«

»Sei nicht sauer mit mir, Liebling! Nach dieser Nacht werde ich nicht mehr – er hat's versprochen – nie mehr, nicht nach dieser Nacht... Wir werden dich in Ruhe lassen, beide. Aber du mußt es tun.«

»*Was* tun?«

»Es küssen«, sagte Corey. »Tut mir leid, Inger. Du mußt das Auge küssen. Du hast es verletzt, er ist wirklich schwer verletzt. *Küß das Auge, Inger!*«

Er zog sie zu Chaffee hin und drückte dabei gewaltsam ihren Kopf nahe an sein Gesicht. Chaffee grinste immer noch, nur war es kein Grinsen mehr, es war wie eine Totenmaske, ein wahrhaft sardonisches Lachen. Inger schrie und schlug auf Corey ein. Er versuchte, ihre Hände festzuhalten, und sie konnte an seinen Zügen ablesen, wie er litt. Sie verabscheute und bedauerte ihn gleichermaßen. Dann umklammerte er mit festem Griff ihre Handgelenke und rief Chaffee etwas zu. Da sackte Inger zusammen, und Corey führte sie zum Sofa. Sie schloß die Augen und hörte, wie Corey teils wütend, teils beschwichtigend weiter auf Chaffee einredete. Sie machte die Augen nicht mehr auf, bis sie Chaffee sagen hörte: »Schon gut, Kleiner, schon gut. Du hast deine Pflicht erfüllt.«

Sie wandte den Kopf und sah, wie Chaffee auf die Tür zuschritt. Und Corey folgte ihm. Gehorsam folgte der Sklave nach getaner Arbeit seinem Herrn. Sie gingen hinaus und ließen Inger in Ruhe.

Der September verstrich und beinahe der ganze Oktober. Nur ein einziges Mal hatte sie etwas von Corey gehört. Es war ein Brief gewesen, mangelhaft getippt auf einem Bogen Geschäftspapier. Er lautete:

Inger, ich weiß, Du haßt mich jetzt. Hat es noch einen Sinn, Dir zu erklären, daß ich Dich liebe? Meine Ketten fallen am Sonntag, den 28. Oktober. Ich rufe Dich dann an. Was auch immer Du mir sagen wirst, ich werde dafür Verständnis haben. Corey.

Anfang Oktober hatte sie einen Mann kennengelernt, der ihr gefiel. Er sah gut aus und schien Geld zu haben. Er ging in einer Woche dreimal mit ihr aus und versuchte, nicht zu hartnäckig, sie am darauffolgenden Wochenende zu verführen. Als sie zu weinen begann, entlockte er ihr, daß ihr Herz einem anderen gehörte. Sie hatte versucht, sich vorzustellen, Corey sei tot, verschollen oder fortgezogen, doch er war es eben nicht. Er war noch immer da, und der 28. Oktober, der Tag der Freiheit, das Ende seiner Sklaverei, war sehr nahe. Sie sagte dem Mann, daß sie ihn nicht mehr wiedersehen würde.

Am Freitag vor dem 28. Oktober kam eine Freundin namens Sylvia übers Wochenende zu ihr; sie strichen die Wohnung neu, und ihr machte der Farbgeruch zu schaffen. Sylvia sprach die meiste Zeit von einem gewissen Leonhard, der verheiratet war, bat Inger in wehleidigem Ton um ihren Rat und schmollte, sobald Inger ihr empfahl, sich von ihm zu trennen.

Am Samstag abend, als der Alkohol ihr die Zunge ein wenig gelockert hatte, legte Inger ihre Zurückhaltung ab und erzählte Sylvia von Corey Jensen. Ihre Freundin hörte fasziniert zu und vergaß vorübergehend ihren eigenen Liebeskummer. Lautstark schloß sie sich der Überzeugung an, zu der Inger schon selbst gelangt war. »Schrecklich! Entsetzlich! Du läßt besser die Finger von ihm, glaub mir!«

Aber je mehr sie über Corey sprach und je mehr Sylvia ihr beipflichtete, desto deutlicher erkannte Inger, wie sehr sie ihn vermißte.

»Meinst du, er ruft an?« fragte Sylvia mit großen Augen. »Glaubst du, er traut sich?«

»Ich weiß es nicht«, antwortete Inger.

Sylvia schlief noch, als Inger am Sonntag morgen aufwachte und erwartungsvoll auf das Telefon schaute. Gegen zwei Uhr, als Sylvia wegging, um nachmittags nur ja nicht ihr Rendezvous mit Leonhard zu verpassen, hatte es noch immer nicht geklingelt.

Um drei Uhr entschied Inger, daß ihr Stolz es nicht wert sei, sich derart auf die Folter spannen zu lassen. Sie rief in Coreys Wohnung an. Die Leitung war besetzt, und sie legte schnell wieder auf, weil sie hoffte, er würde gerade versuchen, sie zu erreichen. Nichts rührte sich. Eine Viertelstunde später hatte sie die Nummer so oft gewählt, daß ihr der Zeigefinger weh tat. Sie zwang sich dazu, eine halbe Stunde zu warten, bevor sie wieder anrief. Das Telefon klingelte, aber niemand meldete sich. Sie verwünschte sich selbst, weil sie meinte, den falschen Entschluß gefaßt zu haben.

Kurz nach vier zog sie einen leichten Regenmantel an und verließ das Haus. In einem Taxi fuhr sie zu Coreys Wohnung und bemühte sich, nicht darüber nachzudenken, ob sie dabei das Gesicht verlor oder nicht.

Inger hatte sich schon ganz darauf eingestellt, daß sie längere Zeit vor seiner Tür würde ausharren müssen, doch sie hatte Glück. Corey machte ihr auf, das Telefon wie eine Aktenmappe unter den Arm geklemmt.

»Ich hoffe, du rufst bei mir an«, sagte Inger leichthin. »Du hast es versprochen, erinnerst du dich noch?«

»Ich wollte dich anrufen, Inger, ehrlich. Es ist bloß etwas dazwischengekommen. Hör mal, laß mir eine Minute Zeit!«

»Schon gut«, sagte sie. »Ich habe ja nicht erwartet, daß du mir zu Füßen fällst. Nur hab ich noch immer deinen Ring, und ich würde gern wissen, ob du möchtest, daß ich ihn behalte.«

»Natürlich möchte ich das.« Eigentlich hätte er sie bei diesen Worten umarmen müssen, aber seine Finger klebten nach wie vor am Telefon. »Hör mal, mein Schatz, setz dich doch hin und wart 'nen Moment, bis ich mit dem Gespräch fertig bin.«

Er stellte das Telefon auf den Tisch und wählte mit fahrigen Fingern.

»Hallo, hier ist noch einmal Corey Jensen... Ja, ich weiß, aber ich habe mir gedacht, Sie könnten inzwischen etwas erfahren haben...« Seine Stimme schwoll vor Wut an. »Also, Sie arbeiten doch bei ihm, verdammt noch mal, ich dachte, er würde Ihnen vielleicht sagen... In Ordnung, richten Sie es ihm aus!«

Er knallte den Hörer auf die Gabel.

»Was ist denn los, Corey? Du siehst nicht gut aus.«

»Inger, würdest du bitte warten?« Er wählte von neuem. Sein Gesicht war feucht. Er war nicht rasiert, und Schweißtröpfchen glitzerten zwischen den Stoppeln auf seinem Kinn.

»Hallo, Marta?« meldete er sich. »Corey hier. Das ist zwar 'ne verwegene Hoffnung, aber hast du vielleicht Ray gesehen?... Nein, ich will damit überhaupt nichts sagen, ich wollte es bloß wissen. Sag mal, ist Ronnie zu Haus?... Nein, mach dir keine Umstände, wenn du nicht weißt, wo Ray ist, dann weiß er es schon zweimal nicht... Nein, ich kann jetzt nicht darüber reden, ich habe es sehr eilig. Wiederhören, Marta.«

Er legte auf. Bevor er erneut wählen konnte, sagte Inger: »Jetzt reicht's, Corey! Wenn du dir zwischen deinen Anrufen nicht *eine Minute* Zeit für mich nehmen kannst, dann gehe ich besser.«

Er nahm ihre Drohung ungerührt hin und erklärte einfach: »Das verstehst du nicht, mein Schatz. Ich versuche, ihn zu finden. Er ist nicht in seiner Wohnung, und nicht einmal sein Hausmädchen weiß, wo er steckt.«

»Wer?«

»Ray Chaffee. Er ist verschwunden!« Nervös rieb er seine Hände an der Hose. »Ich glaube, er macht sich aus dem Staub, verdammt noch mal!«

»Meinst du wegen der Wette? Weil du gewonnen hast?«

Das Telefon klingelte, und er stürzte sich darauf.

»Ja, ich bin Mr. Jensen, ich habe das Gespräch angemeldet... Hallo, Mr. Valdez!... Hören Sie, ich muß dringend Mr. Chaffee erreichen, ich glaube, er hat für heute einen Flug bei Ihnen gebucht, aber ich weiß nicht welchen... Ja, es geht um Leben und Tod, in seiner Familie ist jemand schwer erkrankt... Ich weiß, daß das gegen die Vorschriften verstößt, aber – was?« Seine Augen blitzten auf. »Ja, verstanden. Flug Nummer 33, planmäßiger Abflug sechs Uhr dreißig... Nein, eine Nachricht würde nicht genügen, er könnte sie für einen Irrtum halten... Ich kann rechtzeitig am Flugplatz sein... Ja, vielen Dank, Mr. Valdez!«

Er legte auf und schnappte wütend und triumphierend zugleich nach Luft.

»Es stimmt! Er will mich reinlegen! Er will nach Südamerika!«

»Corey, das verstehe ich nicht.«

»Deshalb diese Reise im Juni! Er hat sich dort nach einem Job umgesehen und seinen Rückzug vorbereitet.«

»Aber warum? Hat er denn soviel Geld verloren?«

»Ich muß weg, Inger. Ich muß zum Flugplatz!«

»Ist die Lage wirklich so auswegslos für ihn? Corey, um Gottes willen, wieviel Geld war es denn?«

Er ging auf den Wandschrank zu, doch sie stellte sich ihm in den Weg.

»Geld!« schrie er. »Glaubst du wirklich, es handelt sich um Geld?«

»Aber das hast du mir doch erzählt. Diese Wette.«

»Ich habe nie von Geld gesprochen, das hast du dir selbst zusammengereimt. Und es war auch keine richtige Wette. Es war ein Tausch, ein Geschäft, ein Abkommen auf Gegenseitigkeit. Kapiert?«

»Corey!«

»Jetzt glaubst du wohl wirklich, ich bin pervers, nicht wahr? Na schön, glaub, was du willst! Ich sag dir nur eins, Inger, er kommt mir nicht ungeschoren davon. Er hat sein Jahr gehabt, und jetzt kriege ich meins!«

»Ein Jahr! Willst du damit sagen, er ist jetzt ein Jahr lang – *dein* Sklave?«

»So ist es, mein Schatz. Mr. Chaffee wird seine Schuld bezahlen. Er hat mich meine bezahlen lassen, und jetzt ist er dran. Jetzt schwinge ich die Peitsche, und er wird springen. Und wenn ich ihn aus diesem Flugzeug rauszerren muß!«

Er wandte sich zur Tür, aber Inger hielt ihn am Arm fest.

»Corey, um Gottes willen, tu's nicht. Laß ihn abhauen! Du kannst nicht mit ihm dasselbe machen, was er mit dir gemacht hat – das ist zu schrecklich. Es ist unmenschlich!«

»Schluß jetzt, Inger, es ist eine weite Fahrt bis hinaus zum Flugplatz...«

»Corey, noch so ein Jahr könnte ich nicht aushalten, wirklich nicht!«

»Aber diesmal wäre es doch anders, begreifst du das nicht? Diesmal ist *er* der Sklave, und ich bin der Herr...«

»Das kommt auf dasselbe raus. Da besteht überhaupt kein Unterschied! Unter diesen Umständen könnte ich dich nicht heiraten, das würde ich nicht ertragen. So will ich dich nicht heiraten, Corey!«

Für einen Moment stockte ihm der Atem, und seine Augen verloren etwas von ihrem fiebrigen Glanz. Dann sagte er: »Tut mir leid, Inger. Ich kann nicht anders. Da ist jetzt nichts mehr zu machen. Es ist zu spät.«

Er lief hinaus und zog rasch die Tür zu. Bevor das Schloß zuschnappte, riß Inger sie wieder auf, und während er bereits durch den Flur zum Fahrstuhl spurtete, schrie sie ihm nach, so schrill, wie sie das selbst nie für möglich gehalten hätte: »Geh doch! Geh ganz schnell! Geh zu deinem kostbaren Sklaven! Ich hoffe, ihr werdet sehr glücklich miteinander!«

Sie schloß die Tür hinter sich und hatte das Gefühl, daß sie nun eigentlich weinen müßte, aber sie war nicht imstande, auch nur eine einzige Träne zu vergießen, und dachte bloß: *Ich möchte wetten, daß sie das werden! Ja, darauf gehe ich jede Wette ein!*

CHARLES WILLEFORD

Der Alectryomant

Wo kam der alte Alectryomant überhaupt her? Weder sah ich noch hörte ich ihn auf dem weichen Sand näherkommen. Ich hob meinen Blick vom Meer, und da war er und wartete geduldig darauf, daß ich von ihm Notiz nahm. Die blauen Drillichfetzen, die seine Beine bedeckten, waren sauber und sein verblichenes blaues Arbeitshemd ebenfalls. Seine dunkle Haut hatte die Tönung von nassem Schmirgelpapier Nummer zwei, und er hielt respektvoll einen zerfetzten Strohhut mit Krempe in der rechten Hand. Als er meiner Aufmerksamkeit sicher war, nickte er freundlich mit dem Kopf und lächelte mir zu, indem er zahnloses Zahnfleisch entblößte, das die Farbe einer verfaulten Mango hatte.

»Was wollen Sie?« fragte ich grob. Einer meiner Hauptgründe, ein Haus auf der winzigen Insel Bequia zu mieten, war der private Strand.

»Bitte entschuldigen Sie mein Eindringen in Ihre Privatsphäre, Mr. Waxman«, sagte der Eingeborene höflich, »aber als ich hörte, daß der Autor von *Cockfighting in the Zone of Interior* am Princess Margaret Beach ein Haus gemietet hatte, wollte ich ihm persönlich gratulieren.«

Ich war besänftigt und gleichzeitig verblüfft. Natürlich hatte ich *Cockfighting in the Zone of Interior* geschrieben, aber es war eine dünne Broschüre, privat gedruckt, mit einer begrenzten Auflage von fünfhundert Stück. Die Broschüre war im Auftrag zweier wohlhabender Hahnenkämpfer in Florida geschrieben worden, die gehofft hatten, dadurch die Unterstützung eines östlichen Syndikats für diesen Sport zu gewinnen, und ich hatte mehr Geld erhalten, als die Arbeit wert war. Aber ganz gewiß war es nicht die Art von Büchlein, die normalerweise in die Hände eines eingeborenen Bequianers in der Karibik gelangte.

»Wie sind Sie an das Exemplar gekommen?« fragte ich, indem ich aufstand und den feuchten Sand von meiner Badehose wischte.

»Ich bestreite meinen Lebensunterhalt mit Kampfhähnen, Mr. Waxman«, erwiderte er schlicht. »Und ich lese alles, was ich darüber finden kann. Ihre Broschüre, Sir, war sehr lehrreich.«

»Danke, ich hatte ausgezeichnete Informationen. Allerdings wußte ich nicht, daß auf Bequia noch Hahnenkämpfe stattfinden. Nach dem britischen Erlaß von 1857 wurden Hahnenkämpfe im ganzen Reich verboten.«

»Ich veranstalte keine Hahnenkämpfe, Mr. Waxman.« Er lächelte wieder und hielt eine protestierende Hand hoch. »Mein Interesse an Kampfhähnen liegt in einer parallelen Kunst: der Alectryomantie.«

Ich lachte, aber ich war dennoch interessiert. Ich war nach Bequia gegangen, weil es eine friedliche kleine Insel in den Grenadinen ist, und ich hatte gehofft, einen Roman beginnen und beenden zu können. Aber im Laufe von drei Monaten hatte ich keine einzige Zeile geschrieben. Gelangweilt und mit kaum einer anderen Beschäftigung, als verdrossen aufs Meer zu starren, entdeckte ich, daß mir diese seltsame Begegnung Spaß machte.

»Das ist eine parallele Kunst«, stimmte ich gutmütig zu, »aber ich wußte nicht, daß es im Atomzeitalter überhaupt noch Leute gibt, die das Hahnorakel praktizieren.«

»Mein Hahn hat ein paar faszinierende Prophezeiungen

zum Atom gemacht, Mr. Waxman«, vertraute mir der Wahrsager an. »Wenn Sie Lust haben, mich einmal zu besuchen – ganz nach Ihrem Belieben, natürlich –, könnten wir seine Resultate diskutieren. Oder vielleicht sind Sie mehr an einem persönlichen Orakel interessiert...«

»Ich brauche keinen Kampfhahn, der Voraussagen für mich macht«, sagte ich wahrheitsgemäß. »Wenn ich nicht bald mit meinem Buch weiterkomme, wird mir das Geld ausgehen, und dann muß ich in die Vereinigten Staaten zurückkehren und mir Arbeit suchen.«

»Kommen Sie mit Schreiben nicht voran?«

»Es geht überhaupt nicht.«

»Dann muß es einen Grund dafür geben. Und nur durch Alectryomantie kann...«

Ich brach das Gespräch ab und kehrte in mein Haus zurück. Nachdem ich mir etwas Wasser für eine Tasse Pulverkaffee gekocht und ein paar Minuten über die merkwürdige Begegnung nachgedacht hatte, kam ich zu dem Schluß, daß der alte Mann und seine schwarze Kunst einen Artikel hergeben könnten. Warum nicht? Es war durchaus denkbar, daß drei- oder viertausend schnelle Wörter über die ungewöhnliche Beschäftigung des alten Burschen einen Markt in den USA fänden, und ich war mir verteufelt sicher, daß ich mit meinem Romanprojekt nichts erreichte.

Alectryomantie wird natürlich als eine Pseudowissenschaft betrachtet, vergleichbar etwa der Astrologie, und ist bei den Abergläubigen vielleicht genauso beliebt. Ein Kreis wird auf den nackten Boden gezeichnet; dann werden die Buchstaben des Alphabets an die äußere Peripherie geschrieben, und auf jeden Buchstaben wird ein Getreidekorn gelegt. Ein Hahn, vorzugsweise aus einer Kampfhahnrasse, wird mit seinem linken Bein an einen Stab im Mittelpunkt des Kreises gebunden und pickt von verschiedenen Buchstaben die Körner auf. Der Alectryomant notiert sie in ihrer Reihenfolge, die eine

Botschaft ergibt. Die »Wissenschaft« ist wirklich verrückt, denn bevor die Botschaft irgendeine Gültigkeit haben könnte, müßte der Hahn in der Lage sein, eine Sprache zu verstehen. Und das Gehirn eines Hahns ist ungefähr so groß wie eine Luftgewehrkugel. Dennoch würde ein Artikel über einen praktizierenden Alectryomanten viele Leser interessieren, und ich brauchte das Geld.

Ich besuchte den alten Wahrsager nicht sofort; in der Karibik geschieht nichts mit solcher Eile. Ich bereitete mich auf das Gespräch vor, indem ich ein paar Tage darüber nachdachte, und dann machte ich mich auf den Weg zur Hütte des Sehers auf dem Mount Pleasant. Bequia ist eine winzige Insel, und es war ziemlich leicht herauszufinden, wo der alte Mann wohnte.

»Wo«, fragte ich mein einfältiges Dienstmädchen, »wohnt der alte Mann mit dem Hahn?«

Es gereicht der Frau vermutlich zur Ehre, daß sie wußte, wen ich meinte, denn jeder einheimische Bewohner besitzt ein paar Hühner und wenigstens einen Hahn. Sie gab mir eine Wegbeschreibung, die ich verstehen konnte, und sie zeichnete sogar eine grobe Skizze mit ihrem Finger auf den Sandstrand vor dem Haus.

Mount Pleasant ist kein hoher Berg, wie Berge sonst sind, aber der Pfad war gewunden und steil, und ich war erschöpft von dem vierzigminütigen Aufstieg, als ich die Hütte des alten Mannes auf dem Gipfel erreichte. Er begrüßte mich herzlich und ohne überrascht zu sein und forderte mich auf, das wunderbare Panorama seines Ausblicks zu genießen. Neun Seemeilen entfernt ragte die grünende vulkanische Masse von St. Vincent aus dem dunklen Meer, und hinter uns, in südwestlicher Richtung, funkelten die kleineren Inseln der Grenadinen wie Smaragde im Sonnenlicht.

»Ihre Aussicht ist wunderschön«, sagte ich, als ich wieder normal atmete.

»Sie gefällt uns, Mr. Waxman.« Der alte Einheimische nickte mit dem Kopf.

»Uns?«

»Meinem Hahn und mir.«

»Ach ja«, sagte ich beiläufig, mit den Fingern schnipsend. »Ich würde gern einen Blick auf ihn werfen.«

Auf einen leisen Pfiff des Alectryomanten stolzierte der Hahn gemessenen Schrittes aus der Hütte und kam zu uns auf die Lichtung. Es war ein großer, sechs bis sieben Pfund schwerer weißlicher Vogel, der auf den Flügeln und der Brust braun und rot gesprenkelt war. Sein schlaffer Kamm war nicht gestutzt, und die dunkelroten Kehllappen hingen ihm fast bis auf die Brust. Er beäugte mich einen Augenblick mißtrauisch, richtete munter den Kopf auf und krähte tief in der Kehle, während er seinen langen Hals reckte. Dann wandte er sich von uns ab, um lustlos im Schmutz zu kratzen.

»Er sieht wie eine Whitchackle-Kreuzung aus«, bemerkte ich.

»Stimmt, Mr. Waxman«, sagte der Wahrsager respektvoll. »Seine Mutter war ein reinrassiger *Gallus bankiva.*«

»Hab ich mir fast gedacht. Nur reinrassige Kampfhähne sollten für die Alectryomantie verwendet werden, wie Sie sicher wissen«, fügte ich pedantisch hinzu.

»Natürlich.«

Einige Augenblicke saßen wir schweigend auf dem Boden und beobachteten den dummen Hahn, der sich damit amüsierte, seinen Kopf ruckartig nach rechts und nach links zu drehen, wie ein Fußgänger, der verkehrswidrig die Straße überquert und nach einem lauernden Polizisten Ausschau hält. Ich räusperte mich. »Da ich schon hier bin, könnten Sie mir ebensogut die Zukunft deuten.«

»Ich werde mich umziehen.« Der alte Mann lächelte, wobei er wieder sein zahnloses Zahnfleisch enthüllte, und hinkte dann mühsam in seine Hütte.

Die Hütte selbst erinnerte an die alten Hooverville-Wohnhäuser der dreißiger Jahre; sie war aus flachgeklopften Fünf-Gallonen-Öldosen gebaut, und das Dach wurde von einem malvenfarbenen Fünfzig-Gallonen-Ölfaß gekrönt, das vermutlich Regenwasser enthielt. Vor der Hütte um die Lichtung herum standen in einem regelmäßigen Viereck mehrere Dutzend Fünf-Gallonen-Dosen, von denen jede eine junge Pfeilwurzpflanze enthielt. Ein Alectryomant auf einer kleinen Insel hatte bestimmt nicht viele Kunden, und die Pfeilwurzpflanzen trugen wahrscheinlich zum Lebensunterhalt des alten Mannes bei.

Ich war auf die veränderte Kleidung nicht vorbereitet und erschrak unwillkürlich, als der Wahrsager wieder erschien. Er hatte einen schmutzigweißen Turban um seinen kahlen Kopf gewickelt und trug ein langärmeliges blaues Arbeitshemd, das bis zum Hals zugeknöpft war. Das Hemd war über und über mit winzigen Herz-, Kreuz-, Pik- und Karosymbolen aus rotem Filz bedeckt, und größere Kartensymbole waren auf die verblichene Khakihose genäht, die er nun anstelle der zerlumpten blauen Drillichshorts trug. Seine auswärts gebogenen Füße waren immer noch nackt, was die Wirkung etwas verdarb.

»Das ist ein großartiges Kostüm, Mr. . . . ?«

»Wainscoting. Two Moons Wainscoting. Danke, Sir.«

»Ist Two Moons Ihr richtiger Name, Mr. Wainscoting?«

»Man könnte so sagen. Ich erhielt ihn, als ich ein kleiner Junge war. Mein Vater nahm mich auf seinem Fischerboot nach St. Vincent mit, als ich elf Jahre alt war. Als ich zurückkam, fragten mich meine Freunde, was ich dort drüben gesehen hatte. ›St. Vincent hat auch einen Mond‹, erzählte ich. Und seitdem werde ich Two Moons genannt.«

»Das ist ein romantischer Name und ganz passend für einen Wahrsager.«

»Er hat mir immer sehr viel bedeutet. Und nun . . .« Two

Moons band die Whitchackle-Kreuzung mit einer braunen Schnur an einen Pfahl auf der Lichtung und begann mit einem spitzen Stock einen Kreis darum herum zu ziehen.

»Die alten Griechen«, sagte ich, um dem Mann zu zeigen, daß ich ein wenig über Alectryomantie Bescheid wußte, »zeichneten den Kreis auf den Boden, *bevor* sie den Kampfhahn im Mittelpunkt festbanden.«

»Ja«, räumte er ein, und sein Gesicht nahm für einen Moment einen verärgerten Ausdruck an, »aber das ist nicht die Art, wie wir es in der Karibik machen. Jede Insel hat ihre eigenen Traditionen und Rituale. Ich habe nichts gegen die Griechen, und ich kann einen gewissen Vorteil darin sehen, den Kreis zuerst zu zeichnen, aber andererseits ist es möglich, daß versehentlich ein Teil des Kreises verwischt wird, wenn man diesen wieder betritt, um den Hahn anzubinden. Ich habe beide Methoden ausprobiert, und aller Wahrscheinlichkeit nach werde ich die griechische Methode irgendwann in der Zukunft wieder benutzen. Doch die Prophezeiung wird durch das gewählte System nicht beeinflußt, jedenfalls habe ich in vielen Jahren der Praxis diese Erfahrung gemacht.«

»Über diese Aussage könnte man streiten.«

»Zweifellos. Man kann über alle Details der Alectryomantie streiten«, fügte Two Moons vergnügt hinzu; und er fing an, die Buchstaben des Alphabets im Uhrzeigersinn an den äußeren Rand des Kreises zu schreiben. Er war offenbar sehr stolz auf seine Arbeit, er zeichnete große Blockbuchstaben mit seinem spitzen Stock, wischte sie wieder aus und malte sie neu, wenn sie seinen hohen Ansprüchen nicht genügten. Er schätzte, den Stock als Richtmaß benutzend, den Abstand zwischen den einzelnen Buchstaben, und fand es notwendig, das S und das T neu zu zeichnen, weil sie zu eng zusammenstanden.

»So«, sagte er, als er fertig war und sein Werk begutachtete, »der schwierigste Teil wäre geschafft. Zunächst eine persönliche Frage: Welches Geburtsdatum haben Sie, Mr. Waxman?«

»2. Januar 1919.«

»Sie müssen ein wenig lauter sprechen, Mr. Waxman«, sagte Two Moons entschuldigend. »Mein alter Hahn wird ein bißchen taub, und ich glaube nicht, daß er Sie gehört hat.«

Ich wiederholte meinen Geburtstag laut, im Interesse des Hahns um eine deutliche Aussprache bemüht, obwohl ich mir ziemlich albern dabei vorkam.

Two Moons schritt entgegen dem Uhrzeigersinn um den Kreis, ließ auf jeden Buchstaben ein Getreidekorn fallen und setzte sich dann neben mich, bevor er dem Tier mit einer abrupten Bewegung seines spitzen Stocks ein Zeichen gab. Der Vogel krähte, drehte sich zweimal um sich selbst und pickte das Korn von dem Buchstaben M auf. Two Moons schrieb M in den Staub und ließ ihm, entsprechend der Wahl des Hahnes, O, R und T folgen. Nachdem er das vierte Getreidekorn gegessen hatte, kehrte der Vogel in den Mittelpunkt des Kreises zurück, lehnte sich müde, beinahe niedergeschlagen gegen den Pflock und ließ den Kopf zu Boden hängen. Wir warteten, aber die Apathie des Hahnes ließ klar erkennen, daß er fertig war.

»Vielleicht ist er nicht hungrig?« schlug ich vor.

»Das werden wir gleich wissen.« Two Moons löste die Schnur vom linken Bein des Hahnes und trug ihn aus dem Kreis. Er verstreute ein paar Getreidekörner, ließ den Hahn los, und der Vogel pickte und schluckte die Körner, als ob er am Verhungern wäre.

»Er war hungrig genug, Mr. Waxman; Ihre Prophezeiung ist vollständig und abgeschlossen. M-O-R-T.« Two Moons murmelte die Buchstaben vor sich hin und lauschte mit halbgeschlossenen Augen dem Klang nach. »Mort. Sagen Sie, heißen Sie mit dem zweiten Vornamen zufällig Mort?«

»Nein. Nur Harry Waxman. Ich gab meinen zweiten Vornamen auf, als ich Schriftsteller wurde, aber es war nicht Mort.«

»Irgendwelche Verwandten namens Mort?«

Ich dachte sorgfältig nach. »Nein, niemand, jedenfalls nicht, daß ich wüßte.«

»Zu dumm.« Two Moons schüttelte den Kopf. »Ich hatte gehofft...« Seine Stimme verlor sich.

»Was gehofft?«

»Daß Mort nicht das bedeuten würde, was es, wie ich im Grunde meines Herzens wußte, heißt.« Er pochte sich mit geballter Faust an die Brust. »*Mort* ist ein französisches Wort und bedeutet Tod, Mr. Waxman.«

»So? Was hat das mit mir zu tun? Ich bin kein Franzose; ich bin Amerikaner. Wenn der Hahn mir etwas prophezeien will, sollte er das in Englisch tun. Richtig?«

»Er kann überhaupt kein Englisch«, erklärte Two Moons geduldig. »Ich habe diesen Hahn auf Martinique gekauft, nachdem mein voriger Kampfhahn gestorben war. Alles, was er kann, ist Französisch. In schwierigen Fällen muß ich häufig ein französisch-englisches Wörterbuch konsultieren...«

»Vielleicht wollte er ›MORTGAGE‹, Pfandbrief, sagen?« unterbrach ich.

»Ich fühle mit Ihnen, Mr. Waxman.« Two Moons schüttelte den Kopf, wobei er fast seinen schmutzigen Turban verlor. »Aber bei der Alectryomantie dürfen wir nur danach gehen, was der Hahn sagt, nicht nach dem, was er nicht sagt. Andernfalls...« Er breitete seine Hände weit auseinander und zuckte hilflos die Schultern.

»Lassen Sie es uns noch einmal versuchen.«

»Ein anderes Mal vielleicht. Prophezeiungen zu machen, strengen meinen Hahn sehr an, und mehr als eine pro Tag kann ich nicht zulassen.«

»Dann morgen«, sagte ich und stand auf.

»Vielleicht morgen«, räumte er widerstrebend ein.

Ich zog das Portemonnaie aus meiner Gesäßtasche. »Was schulde ich Ihnen?«

»Nichts.« Der Wahrsager breitete mit aufwärts gerichteten Handflächen die Arme aus und zuckte die Achseln. »Ich würde es jedoch sehr zu schätzen wissen, wenn Sie so freundlich sein könnten, mein Exemplar Ihrer Broschüre *Cockfighting in the Zone of Interior* zu signieren.«

Ich tastete nach meiner Hemdtasche. »Wenn ich morgen wieder heraufkomme. Ich habe meinen Füllhalter heute nicht dabei...«

»Wenn Sie nichts dagegen haben, Mr. Waxman«, sagte Two Moons vernünftig. »Aber angesichts der Prophezeiung wäre es mir lieber, wenn Sie mir das Autogramm heute geben würden. Warten Sie einen Augenblick, ich habe das Büchlein und einen Kugelschreiber im Haus...«

Ich schlief unruhig in jener Nacht, was nicht viel bedeutete. In den drei Monaten, die ich auf Bequia war, hatte ich jede Nacht unruhig geschlafen. Niemand hatte mir etwas von der Angriffslust der Sandfliegen am Princess Margaret Beach gesagt, und ich hatte es bei meiner Abreise von Trinidad versäumt, ein Moskitogitter zu kaufen. Aber zwischen Wachen und Schlafen gab mir die Prophezeiung der Whitchackle-Kreuzung wenigstens etwas zum Nachdenken. Ich war keineswegs zufrieden mit Two Moons' Interpretation des Wortes ›Mort‹.

Sie war mir zu glatt. Und doch, während ich so im Bett lag und mich kratzte, fiel mir selbst keine bessere Deutung ein. Gegen zwei Uhr morgens war es mir nur gelungen, M.O.R.T. als die Initialen eines geheimen Satzes irgendeiner Art zu betrachten. Während des Krieges erhielt ich mehrere Briefe von einem Mädchen in Kalifornien, das V.M.E.K. auf die Rückseite der Umschläge schrieb. Diese rätselhafte Botschaft hieß ›Versiegelt Mit Einem Kuß‹. Doch als mir dieser romantische

Kitsch in den Sinn kam, schalt ich mich einen Dummkopf, goß drei in der Kehle brennende Becher Mount-Grey-Rum hinunter und schlief fest bis zum Morgengrauen.

Um acht Uhr dreißig befand ich mich auf dem Bergpfad zu Two Moons' Metallresidenz. Auf halbem Wege legte ich eine Pause ein, um Atem zu schöpfen und eine gemächliche Zigarette zu rauchen. Ich bedauerte nun meine Entscheidung, nur Kaffee zu trinken und kein richtiges Frühstück zu mir zu nehmen, und machte beinahe meinen Entschluß, den alten Mann um eine weitere Prophezeiung zu bitten, rückgängig. Neugier und eine kurze Rast ließen mich wieder zur Vernunft kommen, und ich kletterte weiter. Als ich den letzten Kamm vor der Lichtung erreichte, saß Two Moons mit gekreuzten Beinen in der Sonne, summte glücklich vor sich hin und flocht eine Fischfalle aus grünen Palmblattstreifen. In dem Moment, da er mich sah, ließ er den Unterkiefer fallen, und seine gelben Augäpfel traten aus ihren Höhlen.

»Nanu, Mr. Waxman«, sagte er in gut gespieltem Erstaunen, »ich habe Sie heute morgen nicht erwartet!«

»Sie brauchen nicht so verdammt überrascht zu tun«, erwiderte ich finster. »Ich habe Ihnen gesagt, daß ich heute morgen wiederkomme.«

»Bitte verzeihen Sie meine unüberlegten Worte; ich entschuldige mich. Aber Ihr Fall ähnelt verblüffend dem eines Studenten in Oxford, und ich ...«

»Sie waren in Oxford?« Nun war es an mir, erstaunt zu sein.

»Baliol College, aber nur für eineinhalb Jahre«, gab Two Moons bescheiden zu. »Ich finanzierte mein Collegestudium, indem ich im Londoner West End Alectryomantie praktizierte. Ich hatte einen armen, aber festen Kundenkreis; Schauspieler, Schauspielerinnen, Regisseure und zwei oder drei Dutzend Bühnenautoren.«

»Ich begreife nicht recht, wie jemand, der in Oxford

studiert hat, wieder auf Bequia landen kann«, sagte ich und betrachtete den Wahrsager mit neuem Respekt.

»Das lag an einem englischen Dom«, erwiderte Two Moons wehmütig.

»Sie haben sich mit einer Frau eingelassen, wie?«

»Nein, Sir. Keine Frau, ein Dom. Eine wirklich prächtige Kampfrasse, der englische Dom. Völlig weiß, mit einem zitronengelben Schnabel und ebensolchen Füßen. Ich kaufte den Hahn in Sussex, und bevor ich seine Dienste bei meinen Kunden in Anspruch nahm, ließ ich ihn eine Übungsprophezeiung für mich machen. Ohne zu zögern, pickte der Dom ›Bequia‹ heraus. Ich verspeiste den Vogel als Abschiedsessen, packte meine Sachen und verließ England mit dem nächsten Schiff in Richtung Barbados. Seitdem lebe ich hier auf Bequia, zweiunddreißig Jahre sind es in diesem Oktober.«

»Jedenfalls«, sagte ich, bewegt von der unglücklichen Geschichte, »ist eine Ihrer Prophezeiungen eingetroffen.«

»Sie treffen alle ein, wenn sie von einem erfahrenen Alectryomanten gedeutet werden.«

»Wir werden sehen. Wie wär's mit meiner zweiten Prophezeiung?«

»Ja, Sir.« Two Moons streckte seine rechte Hand aus. »Das macht dann zehn Dollar, bitte – im voraus.«

»Sehr gut.« Ich rückte eine braune karibische Zehndollar-Note heraus. »Bringen Sie Ihren Französisch pickenden Hahn her.«

Es war derselbe Hokuspokus wie am Tag zuvor. Two Moons vertauschte die blauen Drillichshorts mit seinem hausgemachten Kostüm und Turban, band den Kampfhahn fest und zeichnete den Kreis und das Blockbuchstaben-Alphabet genauso sorgfältig wie beim ersten Mal. Er gab das Zeichen mit dem spitzen Stock, und der idiotische Hahn pickte M, O, R, T und hörte auf. Nach einem halbherzigen Krähen lehnte sich der Vogel mit hängendem Kopf an den Pflock, so daß sein Schnabel den Boden berührte. Es gelang mir nicht zu begreifen, wieso das Aufpicken von vier elenden Getreidekörnern den Hahn so müde machen konnte.

»Lassen Sie uns etwas warten, Two Moons.« Meine Kehle war trocken, und ich räusperte mich. »Vielleicht macht er noch weiter.«

»Wie Sie wollen, Mr. Waxman.«

Die Minuten vergingen. Die vormittägliche Sonne war heiß. Mein Nacken brannte von der stechenden Hitze. Mangofliegen und winzige Kriebelmücken summten und schwirrten um mein schweißnasses Gesicht, aber ich wartete. Fünf Minuten, zehn Minuten, und der Hahn blieb unbeweglich in der Mitte des Kreises stehen.

Two Moons schnalzte mit der Zunge. »*Mort*«, sagte er mitleidsvoll, »kommt zu uns allen irgendwann.«

»Eine unleugbare Wahrheit«, stimmte ich gleichgültig zu, während ich aufstand und mich streckte. »Tja, danke für die Prophezeiung, Two Moons. Aber es ist ein heißer Tag, und ich werde schwimmen gehen.«

Ich begann ohne einen Blick zurück den Pfad hinunterzugehen, die Hände in den Taschen meiner Khakishorts zu Fäusten geballt.

»Geben Sie auf die Barracudas acht«, rief mir Two Moons nach, »und auf die gefährlichen Gegenströmungen.«

»Danke!« sagte ich kühl über meine Schulter.

Ich ging nicht schwimmen.

Ich tat überhaupt nichts.

Ich grübelte. Ich saß in dem winzigen Wohnzimmer meines drahtgitterlosen Hauses, starrte durchs Fenster auf das leuchtendblaue freundliche Wasser der Bucht und grübelte über dunkle Gedanken nach. Das erste *Mort* war nicht so schlimm, doch zwei *Morts* hintereinander zwangen mich, in aller Ruhe ein wenig nachzudenken. Wie alle Amerikaner, die sich für intelligent halten, lache ich über Aberglauben.

Ha ha! Das sorglos über die Schulter geworfene Quentchen Salz – eine bedeutungslose Vorsichtsmaßnahme, aber ich machte es immer, ohne darüber nachzudenken. Habe ich je einen Hut auf ein Bett gelegt? Nie! Warum nicht? Nun, einfach darum. Bin ich je unter einer Leiter hindurchgegangen? Nein, natürlich nicht – eine Dose mit Farbe könnte von oben verschüttet werden. Das war Vorsicht, kein Aberglaube. Ich war eigentlich nicht abergläubisch. Nicht wirklich. Nur, daß dieser Hahn so sicher war, so verdammt sicher...!

Drei Tage später feuerte ich mein Dienstmädchen. Die eigensinnige Frau weigerte sich, mein Essen zu probieren, indem sie vorgab, Dosenfleisch und Bohnen nicht zu mögen. Ich stellte ihr zornig ein Ultimatum, und als sie sich immer noch rundweg, aber höflich weigerte, einen Bissen zu kosten, um mich vor der Möglichkeit des Vergiftetwerdens zu schützen, gab ich ihr den Laufpaß und warf die ungegessenen Bohnen in die Bucht.

Auf mich allein gestellt wurde mein Leben komplizierter, aber ich zog es vor, allein zu sein. Ich mußte zur *M. V. Madinina* gehen, die jeden Freitag in den Hafen einlief, und mir meine Vorräte besorgen, und ich mußte eine Liste mit Lebensmitteln vorbereiten, um sie dem Kapitän zu geben. Aber das machte mir nichts aus. Ich hatte auch nicht viel Hunger, und das Wenige, das ich aß, bereitete ich mir am besten selbst zu. Trotzdem machte ich mir Sorgen. Eine verdorbene Büchse Cornedbeef, eine Dose sauer gewordene Kondensmilch oder sogar eine unentdeckte botulinusverseuchte Dose mit grünen Bohnen und puff *Mort*! Ich trank eine Menge Mount-Gray-Rum und sehr wenig Wasser.

Drei Wochen nach der zweiten Prophezeiung suchte ich Two Moons ein drittes Mal auf. Ich konnte die Angst und die Anspannung nicht länger ertragen; ich benötigte zusätzliche und konkrete Informationen. Ich hatte mich mehrere Tage nicht rasiert. Angenommen, ich hätte mich mit einer rostigen

Klinge geschnitten? Wo auf dem isolierten Bequia würde ich dann eine Tetanusspritze bekommen? Mein Schlaf war nicht mehr unruhig; ich konnte überhaupt nicht mehr schlafen. Acht volle Zentimeter von meiner Gürtellinie waren verschwunden.

»Two Moons«, sagte ich ängstlich, sobald ich die Lichtung betrat, »ich muß eine dritte Prophezeiung haben.«

»Ich habe Sie erwartet, Mr. Waxman«, entgegnete Two Moons verständnisvoll. »Das heißt, ich habe eine Nachricht bezüglich Ihrer Person erwartet; aber Ihre Bitte um eine dritte Prophezeiung muß ich ablehnen. Dies ist keine willkürliche Entscheidung. Das Leben eines Alectryomanten auf Bequia ist nicht leicht, und die Aussicht auf eine zweite Zehndollar-Note würde ich begrüßen. Aber ich bin kein Mann, der völlig ohne jedes Mitgefühl ist, deshalb muß ich mich weigern...«

»Ich gebe Ihnen zwanzig Dollar...«

Two Moons hob eine Hand, um mich zum Schweigen zu bringen. »Bitte, Mr. Waxman. Meine Entscheidung ist nicht bloß eine Frage des Geldes! Lassen Sie mich zusammenfassen: Sie hatten zwei eindeutige Prophezeiungen, beide identisch. *Mort!* Ein häßliches Wort, ob in Englisch oder Französisch, aber trotz allem *Mort.* Nehmen wir einmal an, bei einer dritten Prophezeiung würde mein Hahn ein M.E.R.C. oder ein einfaches V.E.N. picken? Erkennen Sie die Konsequenzen? Sie sind Schriftsteller, Mr. Waxman; Sie sind nicht ohne Phantasie. Ein Kampfhahn ist nicht fähig zu täuschen oder bewußt zu lügen; und wenn mein Hahn V.E.N. pickte – was er in aller Unschuld tun könnte –, wäre das die Abkürzung für ›Freitag‹. Heute ist Dienstag. Wie würden Sie sich morgen, Mittwoch, fühlen? Und dann am Donnerstag? Der nächste Tag wäre Freitag, und Freitag wäre der Tag wofür? *Mort!*« Er deutete mit einem langen braunen Zeigefinger auf meine Brust und schüttelte unglücklich den Kopf.

Ein eisiger Schauer tanzte meine Wirbelsäule hinab.
»Aber...«

»Bitte, Mr. Waxman. Eine weitere Prophezeiung kann ich
einfach nicht riskieren. Ein Alectryomant hat ein Gewissen,
so wie jeder andere auch, und ich würde mit Ihnen leiden,
deshalb muß ich Ihre Bitte um eine dritte Prophezeiung ablehnen. Ich kann nicht; ich werde es nicht tun!«

»Ich bin ein junger Mann«, krächzte ich heiser, »und ich
bin nicht bereit zu sterben. Ich bin gerade Anfang vierzig – in
der Blüte meines Lebens.«

»Nun«, Two Moons schürzte seine Lippen, »es gibt eine
Alternative.« Er sah mich aufmerksam an. »Aber ich zögere,
sie gegenüber einem Mann mit so geringem Glauben zu
erwähnen.«

»Reden Sie«, sagte ich scharf. »Um Himmels willen, so
reden Sie doch.«

»Ist Ihnen das karibische *Obeah* bekannt?«

»Ich glaube schon. Es ist ein Zauber oder eine Art Talis-
man, nicht wahr?«

»Gewissermaßen, ja. Es gibt alle möglichen Formen des
Obeah; sie können zum Guten oder zum Bösen eingesetzt
werden, so wie afrikanische *Ju-jus* zum Guten oder zum
Bösen eingesetzt werden. Leider«, seufzte er, »haben viele
Kariben einen sehr nachtragenden Charakter und sind mit
einem Zauber schnell bei der Hand, um sich aus einem nich-
tigen Anlaß zu rächen. Dieser bedauerliche Charakterzug –
ich bin froh, das sagen zu können – ist kein universell karibi-
scher...«

»In diesem Augenblick«, unterbrach ich, »interessieren
mich die durchschnittlichen karibischen Charakterzüge nicht
besonders. Ich habe meine eigenen Probleme.«

»Natürlich. Um die interessante Geschichte, die ich Ihnen
erzählen wollte, abzukürzen, ich besitze einen *Obeah*, der
Mort für eine unbegrenzte Zeit abwehren kann.«

»Lassen Sie mich einen Blick darauf werfen.«

»Nicht so schnell. Wie alle Zauberformeln, Talismane und *Ju-jus*, ist das *Obeah* an eine Bedingung geknüpft.«

»Welches sind die Bedingungen?«

»Bedingung.« Er hob seinen langen Zeigefinger. »Singular, Mr. Waxman. Eine einfache Bedingung, aber dennoch eine Bedingung. Glaube. Blinder, bedingungsloser Glaube. Solange Sie an das *Obeah* glauben, werden Sie leben. Nicht ewig, wie es Ihre optimistischen christlichen *Obeahs* versprechen, aber für eine angemessene Zeitspanne. Der Grenadier zum Beispiel, der dieses *Obeah* herstellte, erreichte ein Alter von hundertzehn Jahren.«

»Das ist eine lange Zeit.«

»Eine sehr lange Zeit.«

»Ich glaube«, sagte ich rasch. »Geben Sie mir das *Obeah*!«

»Sie sind ein impulsiver junger Mann, Mr. Waxman. Dies ist ein wertvolles *Obeah*, und bevor ich erwägen kann, es Ihnen zu geben, muß ich Ihren Glauben prüfen. Das *Obeah* hat einen Preis von fünfundsiebzig Dollar.«

Ich bestand den Test.

Glücklich wie seit langem nicht mehr, lief ich den Bergpfad hinunter, einen kleinen Ledersack um den Hals gebunden. Der Rohlederriemen, an dem der Sack hing, war in meinem Nacken ordentlich verknotet, und von Zeit zu Zeit tastete ich nach dem Knoten, um mich zu vergewissern, daß er nicht aufging.

Die Nacht brach herein. Ich saß in meinem kleinen Wohnzimmer und versuchte mich bei einer Zigarre und einem leichten Grog zu entspannen. Das fahle Licht meiner Kerosinlampe – es gibt keinen Strom auf Bequia – ließ meinen Schatten wie einen Boxer an der Wand tanzen. Der Wind ebenso wie meine schnellen unachtsamen Bewegungen waren für den flackernden Schatten verantwortlich, aber ich fühlte mich wie ein Boxer, der gegen die tödliche Logik der

Vorhersage des Hahns kämpfte. Ich umklammerte den Ledersack an meinem Hals, spürte vage die eigenartigen Gegenstände darin und fragte mich, was zum Teufel das nur sein mochte. Two Moons hatte mich davor gewarnt, hineinzusehen – ›Einem geschenkten Gaul schaut man nicht ins Maul‹ – lauteten seine exakten Worte, aber ich war trotzdem neugierig. Wenn ich aufhörte, an das *Obeah* zu glauben, konnte der Tod – *Mort* – mich jeden Augenblick überraschen. Two Moons Wainscotings große Weisheit, mir eine dritte und letzte Prophezeiung zu versagen, war der einzige Lichtblick in meinem Denken. Denn selbst mit dem *Obeah* in meinem Besitz konnte ich nicht ewig leben...

Nicht, daß ich einen besonderen Grund gehabt hätte weiterzuleben, mein Leben auf eine unbegrenzte Zeit auszudehnen. Ich war nicht glücklich und bin es nie gewesen. Ich war unverheiratet, hatte keine Angehörigen und kein wirkliches Ziel im Leben – außer dem Schreiben von Romanen und gelegentlich einer Kurzgeschichte. Aber ich wollte einfach noch eine Weile dabei sein, und sei es auch nur, um zu sehen, was als nächstes passierte. Ich spürte kein Verlangen mehr, einen Artikel über Alectryomantie zu schreiben.

Ich befühlte die seltsamen Gegenstände im Innern des *Obeah*-Beutels. Was mochte das sein? Warum hatten sie diese rätselhafte Macht? Ich zog rasch meine Hand weg. Was, wenn meine Finger eines oder mehrere der Objekte in dem Ledersack erkannten? Wie konnte ich weiter an die Wirksamkeit des *Obeah* glauben, wenn ich erriet, was der Sack enthielt? Eine unangenehme Situation, wie man es auch drehte.

Tagsüber war das Leben nicht so schlecht. Das helle Sonnenlicht und der blaue Himmel verscheuchten die Probleme der Nacht. Aber alles, was ich tat – was nicht viel war –, tat ich wohlüberlegt und vorsichtig. Ich schwamm immer noch jeden Tag, wagte mich aber nie weiter als ein paar Meter von der Küste fort aus Angst vor den heimtückischen Gegenströmungen. Ich wanderte täglich, aber ich ging langsam, wie ein alter Mann mit gebrechlichen Knochen. Und ich trug einen Spazierstock bei mir. Die meiste Zeit saß ich still auf der schmalen Veranda vor meinem Haus und starrte, Rum mit Wasser trinkend, trübsinnig aufs Meer. Das *Obeah* schützte mich wirkungsvoll vor einem gewaltsamen Tod, aber manchmal wünschte ich mir, daß *Mort* in der Nacht zu mir käme, in meinem Schlaf, und alles aus und vorbei wäre.

Nach ein paar einsamen und trostlosen Nächten fing ich an, abends ins Hotel zu gehen; ich ertastete meinen Weg über den Strandpfad und ließ meine Taschenlampe über jeden Schatten gleiten, bevor ich einen weiteren vorsichtigen Schritt machte. Auch im Hotel gab es keinen Strom, aber die Veranda und die kleine Freiluftbar wurden von Coleman-Laternen erleuchtet, und die warfen keine Schatten.

Ich hatte gerade ein paar kurze Stunden an einem Korbtisch auf der Hotelveranda gesessen und mürrisch in mein Glas gestarrt, als Bob Corbett sich mir gegenüber setzte. Ein rascher Blick auf sein rotes ernstes Gesicht und seinen orangefarbenen Schnurrbart, und ich schüttelte den Kopf.

»Nein. Keine Beschimpfung heute abend, Bob«, sagte ich entschlossen. »Ich bin nicht in der Stimmung dazu.«

Bob Corbett hatte einen dieser undefinierbaren britischen Beamtenjobs, der ihm mehr Freizeit als Arbeit verschaffte. Er unternahm regelmäßig Ausflüge zu verschiedenen Inseln, um nach Pilzen oder etwas ähnlichem zu suchen, und die britische Regierung hatte ihm ein Haus auf Bequia zur Verfügung gestellt – obwohl er kein Büro hatte. Wie so viele der gelangweilten Beamten, die für drei Jahre auf die Inseln vor dem Winde versetzt worden waren, war Bob nach dem Spiel des ›Beschimpfens‹ süchtig geworden. Bei dieser Art von

Spiel tauschen zwei Personen Beleidigungen aus, bis eine von ihnen wütend genug ist, um zu kämpfen. Derjenige, der die beste Selbstkontrolle besitzt, gewinnt, auch wenn er meistens eine blutige Nase davonträgt. Während der Lehrzeit meiner Schriftstellerkarriere hatte ich fast zwei Jahre in einem Hotel in Los Angeles als Portier gearbeitet, und als Folge davon hatte ich Bob Corbett bei jeder Beschimpfungsrunde, die er anfing, übertroffen. Bei dem letzten Wortwechsel, den wir austauschten, hatte Bob mit einer leeren Black & White-Flasche nach mir geschlagen.

»Keine Beschimpfung«, stimmte Bob bereitwillig zu, während er dem Barmädchen ein Zeichen gab, unsere Gläser wieder zu füllen. »Ich bin, ehrlich gesagt, zu dir gekommen, um Wiedergutmachung zu leisten. Ich habe fast eine Stunde lang an der Bar gestanden ohne ein Zeichen des Erkennens von dir, und wenn du eine Entschuldigung haben willst, kannst du sie haben. Aber ich habe wirklich nicht mit der Flasche nach dir geschlagen, alter Knabe...«

»Es tut mit leid, Bob. Ich habe dich nicht absichtlich geschnitten; ich habe dich nicht gesehen«, entschuldigte ich mich. Mit einem Mal spürte ich ein überwältigendes Verlangen, mich Bob Corbett anzuvertrauen, um mir seinen phantasielosen gesunden Menschenverstand zunutze zu machen, und ich gab dem Verlangen impulsiv nach. Die dunklen Gedanken waren zu lange in mir eingeschlossen gewesen; ich mußte sie herauslassen.

»Hör zu, Bob«, begann ich, »hast du schon mal von Alectryomantie gehört?« Und ich breitete die ganze Geschichte vor ihm aus, ab dem Moment meiner ersten Begegnung mit Two Moons am Strand.

»Ho-ho-ho!« lachte Bob blöde, als ich geendet hatte. »Du bist reingelegt worden, alter Junge!«

»Was redest du da?«

»Reingelegt. Beschissen, betrogen! Und das dir als Kalifornier! Das macht es so lustig!« Ein weiterer Schwall von Ho-ho-hos folgte, und ich trommelte ungeduldig mit meinen Fingern auf den Tisch.

»Der alte Two Moons ist auf den Inseln bekannt wie ein bunter Hund, Harry«, sagte Bob endlich und wischte sich mit dem sommersprossigen Rücken seiner linken Hand die Tränen aus den Augenwinkeln. »Dieser alte Gauner und sein dressierter Hahn haben schon ich weiß nicht wie viele erzürnte Touristen zu Klagen beim Verwaltungsbeamten auf St. Vincent veranlaßt. Der Hahn ist nämlich darauf dressiert, das Wort *Mort* zu picken! Und der überzeugende Hokus-pokus, den Two Moons dabei veranstaltet, hat dich geblendet. Das ist alles.«

»Ich glaube dir nicht, Bob. Das würde ich gern, aber ich kann es nicht.«

»Ich werd's dir beweisen«, sagte Bob, indem er sich über den Tisch beugte. »Nachdem der Hahn die vier Getreide-körner gepickt und damit das Wort *Mort* buchstabiert hatte, ließ er den Kopf hängen. Stimmt's?«

»Stimmt.«

»Nahm nicht anschließend Two Moons den Hahn aus dem Kreis und fütterte ihm mehr Körner? Und pickte der Hahn sie nicht auf und fraß sie?«

»Natürlich. Das machte die Prophezeiung ja so überzeugend.«

»Nein, Harry. Es beweist nur, daß der Hahn dressiert ist. Denk doch mal nach, Mann. Um Tiere, egal welche, zu dressieren, muß man sie immer mit Nahrung belohnen, nachdem sie ihr Kunststück vorgeführt haben. Und Nahrung ist die einzige Belohnung, die ein Tier anerkennt! Ein dressierter Hahn unterscheidet sich in nichts von einem dressierten Bären, dem man nach jedem Tanz eine Flasche Bier gibt. Ein Bursche, den ich in Neufundland kannte, hatte einen blut-rünstigen Wolf in seiner Garage angekettet, und eines...«

Ich verließ den Tisch, ohne mir die Geschichte von dem blutrünstigen Wolf in Neufundland anzuhören, und rannte, den Strandpfad mit meiner Taschenlampe beleuchtend, den ganzen Weg nach Hause. Sobald die Kerosinlampe angezündet und der Docht getrimmt war, band ich den Riemen an meinem Nacken los und kippte den Ledersack auf dem Eßtisch aus. Inhalt: ein Plastikzahnstocher (rot); ein runder, auf Hochglanz polierter Obsidiankiesel; zwei ausgedörrte Grashechtaugen (lackiert); ein getrockneter Chamäleonschwanz, ungefähr acht Zentimeter lang; ein roter Schachbauer (Plastik); drei zerbeulte und seltsam gebogene Coca-Cola-Deckel; eine Kükenfeder (gelb); sechs verschiedenartige und (für mich) unidentifizierbare kleine dürre Knochen; und eine Kupfermarke, die ihren Besitzer zu einem Zehn-Cent-Bier in Freddy Ming's Café, Port-of-Spain, Trinidad, berechtigte.

Ein heißer roter Film versengte meine Augen. Wie benommen starrte ich auf den Inhalt des *Obeah* und verfluchte Two Moons Wainscoting laut wenigstens fünf Minuten lang. Dann schaufelte ich die Gegenstände in den Sack, band die Lederschnur zu, ging nach draußen und schleuderte das Ding ins Meer. Der Sack schwamm auf der Oberfläche und trieb, sich sanft hin und her wiegend, mit der zurückgehenden Flut von der Küste weg. Noch grimmig vor Wut, kam mir eine großartige Idee. Ich würde das *Obeah* wieder aus dem Meer fischen, es Two Moons zurückerstatten – und ihm alle Gegenstände aus dem Beutel, einen nach dem anderen, zu fressen geben.

Diese Idee entzückte mich so sehr, daß ich impulsiv meine Sandalen fortschleuderte, ins Wasser watete und dann hinter dem *Obeah* herhechtete, das jetzt von mir wegtrieb, als ob es mit einem Spinnaker ausgestattet wäre. Mit wachsender Besorgnis stellte ich bald fest, daß ich trotz aller Schwimmstöße kaum vorwärts kam. Das *Obeah* trieb hüpfend gerade jenseits meiner Reichweite, während die Kabbelung an meiner Brust und meinen Shorts zerrte. Ich geriet in Panik, und als meine Stöße schwächer wurden, wußte ich, daß das *Obeah* meine einzige Hoffnung auf Rettung war; und doch entzog es sich aufreizend immer knapp meinem Zugriff. Die Nacht war so schwarz, daß ich nicht einmal mehr erkennen konnte, wo das Land war, und ich fing an, mir Gedanken über den nachts fressenden Barracuda zu machen...

»*Obeah!*« schrie ich. »*Ich glaube an dich! Ich glaube, ich glaube, ich glaube! Ich...*« Eine zornige Welle schlug gegen meinen offenen Mund.

Als ich das Bewußtsein wiedererlangte, zeigte sich weißlich die Morgendämmerung in den Meerestümpeln entlang der Küste, obwohl der Himmel immer noch so dunkel wie Polaroidglas war. Ich war mit Wasser vollgesogen, und mir war länger schlecht, als ich in der Erinnerung wahrhaben möchte. Trotz meiner Schwäche und meiner Übelkeit erfüllte mich ein wildes, beinahe überwältigendes Hochgefühl: mit meiner rechten Hand hielt ich das *Obeah* umklammert!

Schließlich kam ich taumelnd auf die Füße und machte mich gekrümmt und mit krampfendem Magen auf den Weg über den Strand zu meinem Haus. Ich hatte den Titel – *Dies ist mein Gott* – und den größten Teil des ersten Kapitels meines Romans in Umrissen im Kopf, und ich war begierig darauf, diese Worte zu Papier zu bringen, solange die Einzelheiten noch frisch und klar waren.

PETER TREMAYNE

Tavesher

Cnoc na Bhrón ist einer dieser trostlosen, einsamen und iso-
lierten Orte, die es in der wilden Landschaft der kahlen
Kerry-Berge Irlands immer noch gibt. Es ist eine düstere
Einöde zwischen unfruchtbaren Gipfeln, die zu den höchsten
im Lande gehören. Im Englischen bedeutet Cnoc na Bhrón
›The Hill of Sorrow‹*, doch dies ist eine Gegend, in der man
selten Englisch hört, wo die Leute an der altertümlichen
Sprache des Landes festhalten und an seinen Traditionen,
die Jahrtausende alt waren, bevor das Christentum aufkam.
Cnoc na Bhrón ist ein unbewohnter Fleck, eingehüllt in brü-
tende Melancholie und quälende Verlassenheit.

Vielleicht greife ich meiner Schilderung vor. Ich sollte
Ihnen erzählen, was mich, Kurt Wolfe aus Houston, Texas,
an jenen unwirtlichen Ort führte, mehrere tausend Meilen
von meiner Heimat entfernt. Ich arbeite als Geometer für
eine Minengesellschaft, die festgestellt hatte, daß es sich
lohnen könnte, die Schürfaussichten bei einigen der alten,
verlassenen Kupferminen im Südwesten Irlands zu untersuchen. Vor einem Jahrhundert gab es viele solcher Minen,
die recht gewinnbringend arbeiteten. In jenen Tagen wurde
Irland von England aus regiert, und als es England billiger
erschien, sein Kupfer in Australien zu fördern, verloren die

* Der Hügel des Leids

irischen Minen allmählich ihre Konkurrenzfähigkeit und sahen sich eine nach der anderen gezwungen zu schließen. Meine Gesellschaft war daran interessiert, die Aussichten für eine Wiederinbetriebnahme einiger dieser Minen zu prüfen.

Ich hatte in mehreren Minen dieser Gegend erste Untersuchungen durchgeführt und befand mich auf dem Weg nach Ballyvourney. Hier sollte ich, meiner Karte zufolge, eine Straße finden, die mich in die Derrysaggart Mountains und dort zu einem bestimmten Gipfel, dem Cnoc na Bhrón, führen würde. An den Hängen des Cnoc na Bhrón befand sich eine alte Mine namens Pollroo, was, wie ich erfuhr, eine Entstellung des irischen *An Pholl Rua*, ›Rotes Loch‹, war und zweifellos etwas mit der Tatsache zu tun hatte, daß hier rotes Kupfer gefördert wurde. Aus meinen Aufzeichnungen ging hervor, daß es sich bei Pollroo um eine der letzten Minen handelte, die im Lande in Betrieb gewesen waren, und daß sie erst um die Jahrhundertwende völlig aufgegeben worden war.

Das Dorf Ballyvourney fand ich ziemlich leicht, aber obwohl ich eine sehr detaillierte Karte dieses Bezirks besaß, hatte ich Schwierigkeiten, die Straße nach Cnoc na Bhrón zu finden. Ich hatte das Glück, im Dorf ein Polizeifahrzeug zu entdecken, das dort parkte, und hielt hinter ihm an. Zwei Polizisten, Mitglieder der *Gárda Siochána*, wie die irische Polizei genannt wird, saßen im Auto, und ich erkundigte mich bei ihnen nach dem Weg.

»Sie sind, nehme ich an, Amerikaner«, entgegnete der mondgesichtige Fahrer mürrisch auf meine Frage.

Ich nickte.

»Da oben am Cnoc na Bhrón gibt es nichts zu sehen«, sagte der zweite Polizist.

Ich erklärte den Zweck meines Besuchs. Die Männer tauschten mit gehobenen Augenbrauen Blicke aus.

»Es ist gefährlich am Pollroo; die Mine ist seit der Jahrhundertwende verlassen. Niemand geht heute mehr dorthin.«

Ich unterdrückte meine Ungeduld und sagte: »Wenn Sie mir den Weg nach Cnoc na Bhrón beschreiben könnten...?«

Nach einem weiteren nicht zur Sache gehörenden Wortwechsel, wiesen sie mir schließlich den Weg durch ein Labyrinth landwirtschaftlicher Pfade bis zu einem kleinen, unbefestigten Weg, den ich auf mich allein gestellt niemals hätte finden können. Der Weg war früher einmal mit Steinen gepflastert gewesen, aber nun völlig zugewachsen. Er kletterte in vielen Windungen hoch in die Berge hinauf, vorbei an zahlreichen verlassenen Steingehöften, alten Hütten ohne Dach.

Trotz der Ödnis der höheren Berggegenden war das Wetter überraschend mild, und daß dies nichts Ungewöhnliches war, bewies die große Vielfalt subtropischer Pflanzen, die dort wuchsen. Vorherrschend auf den weitläufigen tiefer gelegenen Hängen war der Purpurschleier des Heidekrauts; auch Fuchsien waren sehr verbreitet und ebenso der Arbutus oder Erdbeerbaum, der in erstaunlich verschwenderischer Fülle vorkam. Er ist immergrün, blüht im Herbst und im Winter und hat eine eßbare Frucht, die anfänglich an wilde Erdbeeren erinnert, obwohl der Geschmack eine Idee bitterer ist.

Ein angenehmes, warmes Gefühl breitete sich in mir aus, während ich durch dieses sanfte, sonnenbeschienene Panorama fuhr.

Ich war daher überrascht, als ich das Auto über den Bergrücken steuerte und mit einem Mal auf ein flaches Stück Land kam, das gleichzeitig ein Plateau und ein Tal bildete. Es war, als hätte sich plötzlich eine Hand vor das Gesicht der Sonne gelegt; ich geriet vom Licht in die Dunkelheit. Die Landschaft sah aus, als ob ein Riese ein großes Loch in die Flanke des Berges gehöhlt hätte. Das Plateau war auf drei

Seiten von einem schützenden Halbkreis schwarzer Granitfelsen umgeben. Die tatsächliche Breite des Plateaus betrug vermutlich eine Meile und die Länge ebensoviel. Ich konnte einen kleinen Bergsee ausmachen und die Ruinen eines alten Hauses. Hinter dem Haus befanden sich zerfallene Nebengebäude und Umrisse, die ich unschwer als die verlassenen Grubenanlagen zu erkennen vermochte. Die Sonne gelangte anscheinend nicht bis auf das Plateau, und eine sonderbare Stille und Rauhheit herrschte dort; eine durchdringende Kälte breitete sich auf der Hochebene aus.

Ich nahm die unebene Fahrspur, die den Bergsee umrundete, und hielt das Auto vor dem alten, verfallenden Haus an. Nach der Karte, die ich hatte, hieß es Rath Rua, und es sah aus wie so viele der stattlichen Häuser einer vergangenen Zeit, die man überall in der irischen Landschaft verstreut findet. Es war einmal der blühende Wohnsitz des Minenbesitzers und seiner Familie gewesen. Ein Jahrhundert des Verfalls und der Vernachlässigung und die Übergriffe der Natur – heimtückisch kriechendes Unkraut und hungriges, gieriges Efeu – verbargen nun den einstmals imposanten Anblick des Ortes. Ich stieg aus dem Auto und starrte zu den blinden Fenstern, zu seiner dunklen, finsteren Erscheinung empor. Die großen Steine waren offenbar aus dem Halbkreis der schwarzen Granitklippen herausgehauen worden.

Die Atmosphäre schien feucht hier, und ich nahm einen Hauch von bittersüßem Verfall wahr, als eine kalte Brise ihren frostigen Atem gegen mich blies. Ich wandte mich dem Bergsee zu. Er war ruhig und still und sehr schwarz. Es war anscheinend ein stehendes Gewässer, und auf seiner Oberfläche zeichneten sich seltsame grüne Flecken ab. Es dauerte einen Augenblick, bevor mir klarwurde, daß sie vom Kupfererz stammten, das vermutlich aus der stillgelegten Mine in den See geschwemmt wurde. Diese Erkenntnis erleichterte mein Herz. Wenn das Erz noch den See färbte, dann mußten zweifellos noch Kupferlager in den Gängen vorhanden sein.

Ich warf einen Blick auf meine Uhr. Es war Mittag, und ich hatte noch viel Zeit, um erste Proben zu sammeln. Natürlich war es nicht meine Absicht, eine gründliche Untersuchung an Ort und Stelle durchzuführen. Ich wußte, daß ich mir Pläne der alten Grubenanlagen und vielleicht einen ortskundigen Führer besorgen mußte, um zu den Kupferadern zu gelangen und um zu sehen, ob sie wieder in Betrieb genommen werden konnten.

Hinter dem Haus waren die Reste eines überwachsenen Pfades erkennbar, der direkt zum Fuße der schwarzen Granitklippen und zum Eingang der Mine führte. Ihre dunkle, gähnende Öffnung war beinahe völlig hinter Dickicht verborgen. Ich kehrte zum Auto zurück und zog einen kleinen Beutel hervor, der mein Arbeitswerkzeug enthielt. Ich nahm eine Taschenlampe heraus, schnallte mir den Beutel um und ging vorsichtig den Pfad entlang.

Beim Haus war es kalt gewesen, aber hier war es noch kälter. Dumpfe Schwärze breitete sich aus und hüllte mich ein. Ich knipste meine Taschenlampe an und richtete den Strahl auf die Wände, die von Menschenhand in den dicken Granit gehauen worden waren. Die Wände waren feucht, und Wasser quoll daraus hervor. Es war offenbar Sickerwasser aus den Bergen, das durch die zahllosen Ritzen und Spalten drang. Weiter hinten im Tunnel war das Geräusch stürzenden Wassers zu hören, das wie laute Musik hallte.

Ich bewegte mich behutsam vorwärts, den Lichtstrahl nach rechts und links schwenkend. Es dauerte nicht lange, da bemerkte ich, daß der Tunnel schmaler wurde; die Decke über meinem Kopf begann sich zu senken. Die Wände glänzten von grüngefärbtem Wasser, und vom Nichtgebrauch war der Boden schlüpfrig wie Schleim. Ich war tatsächlich kaum ein

Stück in den Tunnel hineingegangen, als ich ausrutschte, wild mit den Händen rudernd nach einem Halt suchte und mit dem Kopf gegen einen Granitvorsprung stieß. Ich war einen Moment betäubt, verlor aber nicht das Gleichgewicht, rieb mir reumütig die Stirn und bewegte mich weiter – diesmal ein wenig vorsichtiger.

Die Bedingungen verschlechterten sich jedoch. Mein Verstand formte gerade die Einsicht, daß der Ort zu heimtückisch war, um allein weiterzugehen, als ich erneut ausrutschte. Diesmal schienen meine Füße von mir wegzugleiten. Die Taschenlampe fiel mir aus der Hand, und ich schrie laut. Ich versuchte mich an irgend etwas festzuhalten, um mich zu retten, aber der Schwung meiner Vorwärtsbewegung war ungebremst. Dann stürzte ich; stürzte in äußerste Finsternis. Ich fühlte, wie sich scharfe Felsen in mich hineinbohrten, mein Fleisch aufkratzten, meine Kleidung zerrissen. Etwas krachte gegen meinen Kopf, aber diesmal war es nicht bloß ein betäubender Stoß. Für einen schrecklichen Augenblick verspürte ich Angst; eine überwältigende Angst, die mein Herz aussetzen ließ und sich wie ein Messer in meine Brust bohrte, als ich erkannte, daß ich einen senkrechten Schacht hinabstürzte. Ich landete mit dem vagen Gefühl eines Aufpralls auf dem Boden und dann... nichts. Eine tiefe, stille, schwarze Leere hüllte mich ein.

Als ich meine Augen öffnete, erblickte ich als erstes das fröhlich knisternde Feuer, das in einer reich verzierten Feuerstelle vor sich hin loderte. Ich blinzelte und runzelte die Stirn und versuchte, meine Umgebung zu erkennen. Ich lag offenbar auf einer Couch; die Couch befand sich vor einem großen arabesken Marmorkamin, in dem das kräftige Feuer mit süßlich duftenden Pinienscheiten spielte. Mein Blick wanderte, um den großen Raum in sich aufzunehmen, der in dunklen Gold- und Burgundertönen dekoriert und für meinen Geschmack etwas zu altmodisch war. Zahlreiche Drucke und Zeichnungen bedeckten die Wände, und es gab ein paar exquisite Stilmöbel.

»Entspannen Sie sich«, sagte eine Stimme ganz in meiner Nähe. »Es geht Ihnen gut.«

Ich drehte meinen Kopf leicht, um einen hochgewachsenen Mann mit angenehmen Gesichtszügen am oberen Ende der Couch stehen zu sehen. Ich machte Anstalten, mich aufzusetzen, ein dumpfer Schmerz in meinem Kopf ließ mich jedoch stöhnen.

»Ganz ruhig«, ermahnte mich der Mann mit sanfter Stimme.

»Was ist passiert?« murmelte ich, indem ich eine Hand hob, um meine Schläfe zu massieren.

»Sie haben einen Sturz getan, alter Knabe«, erwiderte der Mann, der um die Couch herumkam und sich vor mich stellte. Er streckte seine Hand aus und nahm in höchst fachmännischer Weise mein Handgelenk zwischen Finger und Daumen. Seine grauen tiefliegenden Augen sahen in meine und wandten sich dann ab, um meine Stirn zu untersuchen.

»Eine leichte Prellung, aber Sie werden bald wieder in Ordnung sein.«

»Was ist passiert?« fragte ich wieder.

»Sie sind in der alten Mine in einen Schacht gestürzt«, antwortete er.

Die Erinnerung kehrte mit einem Mal wieder.

»Das war verdammt dumm von mir«, sagte ich reumütig.

»Sehr dumm. Mein Name ist O'Brien. Dr. Phelim O'Brien.«

Ich nannte ihm meinen Namen und fragte: »Wo bin ich?«

»In Mothair Pholl Rua; es ist ein Haus in der Nähe von meinem.«

»Ich dachte, dieser Ort hier wäre mehr oder weniger verlassen«, erwiderte ich, indem ich mich zurücklegte. »War ich lange ohnmächtig?« fragte ich, als ich bemerkte, daß die

Vorhänge zugezogen waren und draußen offenbar Nacht herrschte.

Der Doktor nickte.

»Ist dies Ihr Haus?«

»Mehr oder weniger«, antwortete O'Brien in einem Ton, der meine Neugier weckte.

»Wie bin ich hierher gekommen?«

»Ich habe Sie hergebracht.«

»Vom Minenschacht?« Ich hob erstaunt meine Augenbrauen.

»Ich war zufällig in der Nähe, als Sie stürzten«, erwiderte er kurz und wandte sich dem Kaminsims zu, um seine Pfeife in die Hand zu nehmen. Er ließ sich in einen Armsessel neben dem Feuer gleiten und schickte sich an, die Pfeife zu entzünden, während er mich die ganze Zeit über nachdenklich betrachtete.

»Sie sind Amerikaner.«

»Getroffen.« Ich lächelte. »Und Sie sind der hiesige Arzt?«

»Nein, nein.« Er schüttelte den Kopf. »Meine Praxis war in Cork City. Aber das ist jetzt schon viele Jahre her.«

»Was hat Sie dann in diese Wildnis geführt?« fragte ich. Ich machte vermutlich einfach Konversation, während ich in Wirklichkeit überlegte, ob ich mich gut genug fühlte, nach Ballyvourney zurückzufahren, um mir für die Nacht ein Hotel zu suchen.

»Oh, ich kam vor langer Zeit hierher…«

Da er nicht viel mehr als vierzig Jahre alt sei, bemerkte ich, könne das wohl nicht so lange her sein. Er antwortete mit einem gequälten Lächeln.

»Wenn man hier lebt, mitten zwischen diesen Bergen, so nahe bei der Natur, hört die Zeit auf, irgendeine praktische Bedeutung zu haben.«

»Was veranlaßte Sie, eine Stadtpraxis für die Abgeschiedenheit dieser Berge aufzugeben?« fragte ich, da meine Neugier meine anfängliche Gleichgültigkeit bezwang.

»In erster Linie – eine Frau.«

Er starrte angewidert auf seine Pfeife, stocherte darin herum, zündete sie wieder an und machte versuchsweise ein paar Züge.

»Ich war damals mit einem Mädchen verlobt. Sie war es, die eine Kostprobe vom Landleben wollte. In jenen Tagen waren nur sehr wenige Landsitze auf dem Markt; Anwesen, die sich in einem heruntergekommenen Zustand befanden und die man für ein Butterbrot erwerben konnte.«

»Also beschlossen Sie, eines zu kaufen?« Ich nickte.

»Das war der Gedanke«, gab er zu. »Ich erfuhr von einem Makler, daß dieses Haus, Mothair Pholl Rua, zum Verkauf stand. Ich sagte meiner Verlobten nichts davon, weil ich mir den Ort zuerst genauer ansehen wollte. Eines Sonntags stieg ich in mein Auto – ich besaß einen dieser neuen Fords – und fuhr nach Ballyvourney hinaus.«

»Und dann beschlossen Sie, sich hier niederzulassen?«

»Nein.«

Ich starrte ihn überrascht an. »Aber Sie sind doch hier«, sagte ich.

»Ich wollte nicht bleiben.« Er sah mich plötzlich stirnrunzelnd an. »Um ehrlich zu sein, Mr. Wolfe, es ist eine Geschichte, die einigen Glauben erfordert.«

Es war offensichtlich, daß O'Brien die Geschichte erzählen wollte, und ich war ihm dankbar für die Art und Weise, wie er mein Interesse zu wecken suchte.

»Haben Sie jemals die Bewohner dieser ländlichen Gegend hier von *taibhse* sprechen hören?«

»Tavesher?« echote ich in dem Bemühen, das irische Wort englisch wiederzugeben. »Was ist das?«

»Ein *taibhse* ist ein Gespenst«, sagte er feierlich. »Glauben Sie an solche Dinge?«

»Guter Gott, nein!« Ich lächelte breit.

»Das tat ich auch nicht ... bis zu dem Tag, an dem ich nach Cnoc na Bhrón kam.«

Ich warf ihm einen raschen Blick zu, um zu sehen, ob er scherzte, aber sein Gesicht schien durchaus ernst.

Ich seufzte. »Erzählen Sie mir Ihre Geschichte«, forderte ich ihn auf.

Er stopfte seine Pfeife neu und lehnte sich zurück. »Nun, wie schon gesagt, ich fuhr nach Ballyvourney und fand dann die Straße nach Cnoc na Bhrón. Es war ein freundlicher Tag, und ich glitt völlig sorgenfrei dahin. Die Straße war leer, und so fuhr ich mit einer tollen Geschwindigkeit, ohne Gedanken daran, daß ich jemandem auf der Straße begegnen könnte. Es passierte ganz plötzlich. Ich steuerte um eine Kurve der Bergstraße, und aus dem Nichts stand ein Esel in meinem Weg. Ich hatte keine Chance, rechtzeitig anzuhalten, und so riß ich das Lenkrad herum, um der armen Kreatur auszuweichen. Hätte ich nach rechts gesteuert, wäre ich geradewegs den Berghang hinab und in das darunter liegende Tal gestürzt. Also hielt ich nach links und fuhr in einen Graben, der die Straße begrenzte. Die Motorhaube tauchte nach unten, und als die Vorwärtsbewegung des Wagens zum Stillstand kam, wurde ich nach vorn geschleudert und krachte mit dem Kopf gegen die Windschutzscheibe.

Ich muß für einen Augenblick das Bewußtsein verloren haben, denn als ich wieder zu mir kam, war das verfluchte Biest davonspaziert. Das Auto saß so in dem Graben fest, daß ich wußte, jeder Versuch, es zu bewegen, wäre vergeblich. Deshalb beschloß ich, zu dem Haus – Mothair Pholl Rua – zu gehen, das ich in der Ferne sehen konnte. Ich hoffte halb, daß vielleicht noch ein funktionierendes Telefon im Haus wäre, von dem aus ich im Dorf anrufen und mir selbst einen langen Marsch ersparen könnte. Nun, da war kein Telefon ... aber ich greife meiner Erzählung ein wenig vor.

Ich folgte der Wagenspur, die zu dem imposanten Gebäude bergauf führte. Schon aus der Entfernung sah ich genug, um zu erkennen, daß dies kein Platz war, der mir gefiel. Es war ein einsamer, isolierter Ort. Sie mögen es vielleicht lächerlich finden, aber ich hatte das Gefühl, daß an dem Haus etwas Befremdliches war. Ist denn ein Haus schließlich etwas anderes als ein Haufen Steine, Holz und Glas, zusammengefügt durch die Geschicklichkeit eines Menschen? Ein Haus ist nur ein lebloser Gegenstand, eine tote, anorganische, vergängliche Struktur. Trotz dieses Wissens spürte ich, daß etwas an ihm war, das mich bedrohte.

Als ich zu der Steinmauer kam, die vermutlich die Grenze des früheren Gartens markierte, bemerkte ich plötzlich einen kleinen Jungen, der darauf saß. Er schnitzte an einem Stück Holz herum.

›Hallo!‹ rief ich. Zu meinem Erstaunen beachtete mich der Junge nicht. Ich fragte mich, ob er taub sei. Ich ging auf ihn zu und rief erneut. Ich schwöre, daß er den Kopf hob und mich anstarrte... nein, durch mich hindurchstarrte, als ob ich nicht vorhanden wäre. Dann warf er, denken Sie nur, ganz ruhig den Stock weg, steckte das Klappmesser in seine Tasche, sprang von der Mauer, warf einen Blick um sich und hüpfte den Berghang hinunter. Weder sprach er ein Wort, noch sah er in meine Richtung.«

»Kinder können manchmal komisch sein«, unterbrach ich O'Briens Schilderung.

Der Doktor sah mich nachdenklich an und neigte zustimmend den Kopf. »Das dachte ich damals auch. Nun, ich setzte meinen Weg zum Haus fort und spähte durch die trüben Fenster. Der Makler hatte mir den Schlüssel gegeben, und während ich meine erste Reaktion auf das Haus als lächerlich abtat, trat ich ein. Doch noch im selben Augenblick kehrte das Gefühl wieder. Das Haus wirkte irgendwie abweisend und bedrohlich. Ich fröstelte und war nervös.

Wenn das Haus jemals mit Liebe erfüllt gewesen war, war diese seit langem verschwunden. Ich erkannte bald, daß meine schwache Hoffnung, ein noch angeschlossenes Telefon zu finden, vergeblich war. Ich entschloß mich, ins Dorf hinunterzugehen. Es würde ein langer Marsch werden, aber ich schritt zuversichtlich aus. Ich fühlte mich ganz entspannt und wohl.«

Er hielt inne und starrte mich an. »Ich betone diesen Punkt wegen dem, was als nächstes geschah. Ich war etwa bis zu meinem Auto gelangt, nicht mehr als fünfzig Meter darüber hinaus, als mich ein ganz sonderbares Gefühl übermannte.«

»Was für eine Art von Gefühl?« fragte ich.

»Ich fühlte mich krank; so krank und schwindlig, daß ich glaubte, ohnmächtig zu werden. Der Anfall, oder was immer es war, war so akut, daß ich mich am Straßenrand hinsetzen mußte. Mein Körper schien eiskalt zu werden, und eine merkwürdige Dunkelheit hing vor meinen Augen, so als ob Abenddämmerung herrschte... aber ich wußte, daß es erst kurz nach Mittag war. Mir wurde klar, daß ich in diesem Zustand meinen Weg den Berg hinunter nicht fortsetzen konnte. Irgendwie, so dachte ich, würde ich mich zum Haus zurückschleppen und mich dort ausruhen müssen.

Das tat ich, unter äußerster Anstrengung aller Gliedmaßen. Stellen Sie sich mein Erstaunen vor, Mr. Wolfe, als ich mich besser zu fühlen begann, kaum daß ich mich ein paar Meter von meinem Auto entfernt hatte. Ich blieb stehen; wenn ich mich auf einmal wieder einigermaßen wohl fühlte, vielleicht hatte ich mich dann von dem rätselhaften Anfall erholt. Ich ging in Gedanken die Symptome durch. Außer einem verzögerten Schock infolge des Unfalls fiel mir nichts ein. Aber ich fühlte mich jetzt ganz wohl. Ich zuckte die Achseln, drehte mich um und begann wieder den Berg hinunterzugehen.

Kaum war ich fünfzig Meter gegangen, als wieder das gleiche passierte. In all meinen Jahren als Arzt war ich nie einer solchen Krankheit begegnet, wie sie bei mir auftrat. Schließlich nahm ich den Weg zum Haus zurück, schloß auf und schleppte mich zu derselben Couch, auf der Sie jetzt liegen. Diesmal brauchte ich etwas länger, um mich zu erholen, aber ich erholte mich.«

Er hielt einen Moment inne und starrte ins Feuer. Die tanzenden Flammen spiegelten sich in seinen melancholischen grauen Augen wider.

Ich erschauerte. Es kam mir in den Sinn, daß ich mich trotz des hellen und lebhaften Spiels des Feuers merkwürdig kalt fühlte.

Doktor O'Brien sah mich erschauern. Seine Mundwinkel sanken herab, und er gab keinen Kommentar.

»Ich lag eine ganze Weile auf jener Couch. Die Dämmerung war bereits hereingebrochen, als ich mich schließlich aufrappelte und mich zu einem dritten Versuch, den Berg hinunterzugehen, entschloß. In dem Moment entdeckte ich ein kleines Feuer, das außerhalb des Hauses brannte.

Ich spähte durchs Fenster und erkannte, daß es ein Lagerfeuer war, das vor einem Zelt loderte. Im Lichte jenes Feuers, das seinen flackernden Schein in die Dunkelheit der Nacht warf, sah ich einen jungen Mann und ein Mädchen sitzen und irgend etwas über dem Feuer kochen. Es gibt eine Menge Wanderer und Camper in diesen Bergen, und es war offensichtlich, daß diese beiden beschlossen hatten, ihr Nachtlager im Garten des alten Hauses aufzuschlagen, während ich auf der Couch lag. Nun, ich war erfreut. Hier war Gesellschaft, und ich konnte etwas zu essen und zu trinken von ihnen bekommen. Ich ging aus dem Haus und über das wilde Gewucher, das einst der Rasen gewesen war.

›Hallo!‹ rief ich, noch ein gutes Stück von ihrem Lagerfeuer entfernt. Ich bemühte mich, sie nicht durch mein plötzliches Erscheinen zu erschrecken.

Sie machten keine Anstalten aufzublicken, obwohl sie mein Rufen bestimmt gehört hatten. Statt dessen beugten sie sich über ihr Essen, kicherten und flüsterten miteinander.

Ich erreichte das Feuer und stellte mich vor sie.

›Hallo‹, sagte ich. ›Es tut mir leid, Sie zu stören, aber ich habe einen Unfall unten auf der Straße gehabt.‹

Sie ignorierten mich.

In dem Augenblick erfaßte mich eine plötzliche Kälte. Ich merkte, daß das Feuer, obwohl es prasselte und loderte, keine Wärme ausstrahlte. Die Gestalten des Jungen und des Mädchens schienen eine seltsam ätherische Beschaffenheit, einen silbrig flackernden Glanz an sich zu haben. Ihre Gesichter waren, als ich näher hinsah, ganz bleich, beinahe so durchsichtig, als ob ich geradewegs durch sie hindurchsehen könnte.

›Was ist los?‹ schrie ich, bemüht, die Angst aus meiner Kehle fernzuhalten. ›Hören Sie mich nicht?‹

Sie redeten weiter – redeten von der Wanderung über die Berge nach Kenmare, die sie für den nächsten Tag planten.

Eine plötzliche Wut ergriff mich. Ich streckte die Hand aus, um den Jungen an der Schulter zu schütteln.

A Dhia na bhfeart! Meine Hand – meine Hand ging durch seine Schulter hindurch. Der Junge besaß keine körperliche Existenz. Seine einzige Reaktion war, daß er leicht erschauerte und sich seiner Begleiterin zuwandte, indem er sagte: ›Es geht ein kalter Wind hier oben.‹

Voller Entsetzen trat ich zurück.

Hatte ich einen Alptraum? Natürlich sprachen die alten Leute oft davon, sie hätten die *taibhse*, Geister, Schatten ohne jede Substanz, gesehen. Vorsichtig zog ich mich von diesen geisterhaften Campern zurück und erwartete jeden Moment, daß sie einfach aus meinem Blick verschwinden würden. Sie taten es nicht. Ich schwitzte … doch zugleich fror ich vor Angst. Ich wußte nicht, ob ich sofort den Bergweg hinunter und in die Dunkelheit laufen oder zum Haus zurückgehen und darauf warten sollte, daß die Morgendämmerung die Szene in ein freundliches Licht tauchte.

Ein hohles Husten hinter mir ließ mich herumwirbeln, und ich fragte mich, welche neue Gefahr mich bedrohen könnte.

Auf der niedrigen Steinmauer der Gartenbegrenzung saß ein Mann. Er war alt; sein Gesicht war tief zerfurcht. Ich konnte deutlich die eingegrabenen Linien erkennen, denn er hielt eine Sturmlaterne in der einen Hand. Seine dunklen Augen starrten mich ernst an.

›Gott beschütze mich vor allem Bösen!‹ rief ich auf Irisch, denn eine schreckliche Angst überfiel mich.

›Amen‹, erwiderte der Mann.

Erleichterung durchströmte meinen Körper. ›Sie können mich hören?‹

›Kann ich.‹

›Sie können mich sehen?‹

›Kann ich auch.‹

›*Buíochas le Dia*! Gott sei Dank‹, sagte ich mit einem Seufzer. Dann drehte ich meinen Kopf. Die Erscheinungen saßen immer noch an ihrem gespenstischen Lagerfeuer. ›Aber können Sie die sehen?‹

Wieder nickte der Mann.

›Aber sie können mich weder sehen noch hören‹, rief ich verzweifelt.

Der alte Mann zuckte mit einer Schulter.

›Das ist nun mal deren Art.‹

›Wie meinen Sie das?‹

›*Mo bhuachaill*‹, sagte er, eine gütige Haltung einnehmend. ›Mein junger Mann, Sie müssen wissen, daß es Gespenster sind. Wir, die wir hier oben in den Bergen leben, sind der Natur sehr nahe und sehen viele Dinge, die Stadtbewohnern höchst seltsam vorkommen. Aber wir sind alle Teil eines Universums, einer Welt, wo Natur und Übernatur zwei Seiten derselben Münze sind. Es gibt kein »natürlich« und kein »unnatürlich«, nur das, was ist, und was ist, ist eben.‹

Wenn man mir gesagt hätte, daß ich mich hoch oben in den Derrysaggart Bergen mitten in der Nacht mit einem alten Bauern über höhere Philosophie unterhalten würde, während ich ein Phänomen anstarrte, das ich für unmöglich hielt, hätte ich die Person, die so etwas behauptete, für geisteskrank gehalten.

›Im Ernst‹, fragte ich den alten Mann, ›Sie meinen wirklich, daß es Gespenster sind?‹

›*Ceart go leor*. Ganz recht‹, erwiderte er. ›Es sind *taibhse*.‹

Ich blickte ihn mit großen Augen an und sah die Wahrheit der Angelegenheit in seinem ernsten Gesicht widergespiegelt. Ich hob eine Hand und wischte mir den Schweiß von der Stirn. Dann richtete ich meine Gedanken auf dringlichere Dinge.

›Können Sie mir einen Tip geben, wo ich vielleicht ein Bett für die Nacht mieten kann?‹

›Ich würde Ihnen gern ein Lager anbieten, aber mein Haus ist fünf Meilen zu Fuß von hier, und ich muß arbeiten. Versuchen Sie's im Haus. Miss Aine wird ganz sicher dort sein.‹

Er wandte sich um und ging rasch davon. Ich rief protestierend hinter ihm her, daß das Haus verlassen sei, aber er verschwand in der Nacht. Ich warf einen schaudernden Blick auf die geisterhaften Camper und beschloß, daß es am besten war, für die Nacht im Haus Zuflucht zu suchen.

Ich ging durch die Tür hinein und blieb stehen. War mir das Haus zuvor kalt, unfreundlich und abweisend erschienen, fiel mir jetzt auf, daß es warm geworden war, daß es eine sanfte, freundliche Wärme ausstrahlte. Wo zuvor Staub und Spinnweben vorgeherrscht hatten, erschien mir jetzt alles sauber, als ob plötzlich jemand den Ort gekehrt, geputzt und gesäubert hätte. Selbst die unpersönlichen Möbel, die ich vorher für roh, feucht und nahe dem Verfall gehalten hatte, waren fast neu und verbreiteten ein gemütliches, bewohntes Gefühl.

Ich war der Meinung, daß ich für den Tag genug Schocks gehabt hatte und wandte mich ab, als ich das schwache Rascheln von Seidenröcken vernahm. Die Tür zum Wohnraum öffnete sich plötzlich, und da stand ein Mädchen. *Dia linn!* Es war wunderschön. Ein schlankes, zartes Mädchen mit rot-goldenem Haar und ernsten grünen Augen. Wie eine Göttin stand sie im Halblicht der Lampe, die sie in einer Hand hielt. Sie schien nicht im geringsten von meiner Anwesenheit beunruhigt zu sein.

Nach den richtigen Worten suchend, stammelte ich: ›Es tut mir schrecklich leid. Ich hatte keine Ahnung, daß das Haus noch bewohnt war. Der Makler sagte, es sei vor dem 1. Weltkrieg verlassen worden.‹

Das Mädchen runzelte die Stirn und zog leicht die Brauen zusammen, als ob sie verdutzt wäre: ›Es tut mir leid, Sir‹, erwiderte sie. ›Ich verstehe nicht, was Sie meinen.‹

Verzweifelt fuhr ich rasch fort: ›Der Makler sagte mir, daß dieses Haus Mothair Pholl Rua zum Verkauf stünde und ich…‹

Sie unterbrach mich mit einem Lächeln. ›Aber dieses Haus heißt Rath Rua, Sir.‹

›Dann habe ich einen schrecklichen Fehler gemacht und bin im falschen Haus.‹

Das Mädchen lächelte, doch das Stirnrunzeln verschwand nicht aus ihrem hübschen Gesicht.

›Das Haus, das Sie suchen, heißt Mothair Pholl Rua?‹ fragte sie und schüttelte das rotgoldene Haar. ›Aber ich habe nie von einem solchen Haus gehört, und ich habe mein ganzes Leben hier verbracht. Mein Name ist Aine FitzGerald. Das Anwesen und die Mine gehören meinem Vater, Lord Cauley FitzGerald.‹

Ich stellte mich vor und sagte, daß ich bedaure, noch nie etwas von ihrem Vater gehört zu haben. Sie hingegen bat mich ins Wohnzimmer, und wir setzten uns vor das Feuer und verbrachten einige Zeit in müßigem Geplauder. Mein Erlebnis mit den geisterhaften Campern erwähnte ich nicht, aus Angst, meine liebliche Gefährtin zu erschrecken. Ich fragte mich, warum sie allein im Haus war.

Dann sah ich das graue kalte Licht der Morgendämmerung durchs Fenster kriechen und bemerkte, daß ich nicht geschlafen hatte. Seltsam, ich fühlte mich munter und erfrischt. Ich wollte mich für meine Gedankenlosigkeit, sie die ganze Nacht wachgehalten zu haben, entschuldigen.

Sie lächelte mir sanft zu und kicherte. ›Machen Sie sich keine Sorgen, Doktor‹, sagte sie freundlich. ›Niemand gibt sich hier mit Schlaf ab.‹

Ich runzelte die Stirn und glaubte, sie mißverstanden zu haben. ›Ich sollte mich auf den Weg ins Dorf zurück machen‹, sagte ich.

Ein trauriger Ausdruck legte sich auf ihre hübschen Gesichtszüge. ›Es ist leider unmöglich für Sie, ins Dorf zurückzukehren.‹

›Wie das?‹ fragte ich und fühlte mich plötzlich unbehaglich.

›Ach, mein armer Doktor. Wissen Sie es nicht? Ich hätte gedacht, ein Mann von Ihrer Intelligenz wäre in der Lage, sich die Dinge zusammenzureimen.‹

Ich sage Ihnen, Mr. Wolfe, eine schreckliche kalte Angst begann in mir hochzukriechen.

›Sich was zusammenzureimen?‹ fragte ich.

›Nun, Sie werden nicht weiter als bis zu Ihrem verunglückten Auto kommen können. Wissen Sie... Sie wurden dort getötet.‹«

O'Brien hielt inne, seufzte und trat mit seiner Stiefelspitze nach dem Feuer.

Ich starrte ihn an und wußte nicht, ob ich lachen sollte.

»Das Mädchen fuhr fort: ›Die Geister, die Sie in der vergangenen Nacht zu sehen glaubten, waren lebendige Menschen. Sie sind es, der tot ist.‹

Nun, Mr. Wolfe, ich war entsetzt, kann ich Ihnen sagen. Ich brauchte in der Tat ziemlich lange, bis ich erkannte, daß das Mädchen recht hatte. Und seit jenem Tag befinde ich mich in diesem Haus ... ich erinnere mich genau. Es war der zwölfte Mai 1929.

Er lehnte sich gleichmütig zurück und begann seine Pfeife wieder anzuzünden.

Ich sah den Mann einen Augenblick scharf an und schnaubte dann entrüstet. »Ich finde, das ist keine sehr amüsante Geschichte, Doktor«, sagte ich mit zusammengekniffenen Lippen.

Seine grauen Augen blinzelten mich an. »Das war auch nicht die Absicht, Mr. Wolfe.«

Er drehte den Kopf und warf einen Blick zu den Vorhängen.

»Der Tag bricht an«, sagte er, indem er aufstand und hinüberging, um die schweren Samtvorhänge raschelnd aufzuziehen.

Er hatte recht; das kalte graue Licht der Morgendämmerung füllte die großen Glasfenster. Ich stand auf und schüttelte den Kopf. Dr. O'Brien hatte entweder einen merkwürdigen Sinn für Humor, oder er war nicht ganz richtig im Kopf.

In der Ferne hörte man das Summen eines Motors.

»Wenn ich mich nicht irre, Mr. Wolfe« – O'Briens Stimme klang herzlich – »ist das ein Suchtrupp, der unterwegs ist, Sie zu finden.«

Ich stellte mich zu ihm ans Fenster. Auf der anderen Seite des Berges war gut die alte Straße zu sehen, und trotz der diffusen Wirkung des grauen Morgenlichts konnte ich das Aufblitzen der Scheinwerfer eines Autos erkennen, die mal nach rechts, mal nach links schwenkten, während es über Kurven und Biegungen auf uns zu kam.

»Nun, wenigstens können sie mich bis zu der Stelle mitnehmen, wo ich mein Auto geparkt habe«, sagte ich. »Ist das alte verfallene Haus in der Nähe der Kupfermine weit von hier?«

O'Brien lächelte breit. »Ihr Auto ist draußen vor diesem Haus, wo Sie es abgestellt haben.«

Mein Kiefer fiel herunter. »Aber ich habe es an der Ruine geparkt, bei dem alten Haus, genannt Rath Rua. Welches Spiel spielen Sie, Doktor? Außerdem sagten Sie, dies hier sei Mothair Pholl Rua.«

»Rath Rua war der Name des Hauses, als es noch jung und lebendig war. Sie sollten inzwischen gelernt haben, daß *mothair* im Irischen Ruine bedeutet, Mr. Wolfe. So nennen die Leute heute Rath Rua.«

Ich schnaubte ungehalten. Ich hatte in der vergangenen Nacht die Ruinen von Rath Rua gesehen, und dieses Haus war gut erhalten. Es war ganz gewiß keine Ruine.

Das Auto hielt draußen an. Ich blickte aus dem Fenster und sah, daß es ein Blaulicht mit der Aufschrift *Gárda* auf dem Dach hatte. Die irische Polizei. Hier war endlich ein wenig gesunder Verstand.

»Ich gehe besser hinaus und sage ihnen, daß mit mir alles in Ordnung ist«, sagte ich kühl.

O'Brien lächelte sanft, sagte jedoch nichts.

Ich verließ das Wohnzimmer, durchquerte die Eingangshalle und öffnete die massiven Türen. Sie führten auf einen großen Treppenbogen mit einem halben Dutzend Stufen zur Auffahrt draußen.

Unmittelbar darunter, am Fuße der Treppe stand mein Auto, hell beleuchtet von den Scheinwerfern des Polizeifahrzeugs und dem Licht des fahlen grauen Morgens. Mein Mund öffnete sich erstaunt. Viele Gedanken rasten durch meinen Kopf, und ich kam zu dem Schluß, daß O'Brien selbst das Auto von den Ruinen, wo ich es abgestellt hatte, hierher gefahren haben mußte.

Eine Autotür schlug, und ein mondgesichtiger Polizist schritt auf mein Auto zu und spähte hinein. Sein Begleiter lehnte sich gegen die Seite des Polizeiwagens, dessen Tür offenstand, und hielt ein Mikrophon in der Hand.

»Es ist das Auto des Amerikaners, ganz recht«, rief der mondgesichtige Beamte.

Er hatte mich offenbar nicht gesehen, und so begann ich mit einem Grinsen auf dem Gesicht die Treppe hinunter zu gehen. »Es ist alles in Ordnung«, rief ich ihm zu.

Zu meinem Erstaunen ignorierten sie mich beide.

»Am besten durchsuchen wir zuerst die alte Ruine, aber wenn er da nicht ist, denke ich, daß wir als nächstes in der Mine nachsehen müssen. Habe ich ihn nicht gewarnt, daß es gefährlich hier oben ist?«

»Das hast du, John-Joe«, erwiderte sein Partner.

»Nun warten Sie doch einen Augenblick«, verlangte ich mit leichtem Ärger.

Ich stellte mich vor den mondgesichtigen Polizisten, als er sich von meinem Auto abwandte. Der Mann blickte mir direkt in die Augen, machte einen Schritt vorwärts und ging geradewegs durch mich hindurch!

O'Briens schallendes, beinahe verrückt klingendes Gelächter ließ mich allmählich aus meinem Schock erwachen.

Ich drehte mich um und starrte zu ihm hoch, wie er da auf der Treppe des Hauses stand. »Was – was ist geschehen?« Meine Stimme war ein bestürztes Flüstern.

»Erkennen Sie das nicht?« O'Brien hielt inne, um sich die Lachtränen aus den Augen zu wischen. »Begreifen Sie immer noch nicht, Sie armer Narr? Sie sind genauso ein *taibhse* wie ich. Sie haben sich das Genick gebrochen, als Sie in den Schacht der alten Kupfermine fielen. Sie sind tot!«

Ich stieß einen Schrei aus, ungläubig, entsetzt. Nie zuvor hatte ich eine solche Woge blinder Panik verspürt. Ich wandte mich von dem Haus ab, dem willkommenen Licht des frühen Morgens entgegen; ich wollte diesem Ort brütender Dunkelheit entfliehen. Dabei verlor ich das Gleichgewicht, stolperte und stürzte schwer. Der Schock raubte mir die Sinne.

Kurze Zeit später erlangte ich das Bewußtsein wieder; ich war nur ohnmächtig gewesen.

Doch es war kalt und dunkel. Schwärze hüllte mich ein. Ich merkte, daß ich eine Taschenlampe in der Hand hielt und knipste sie an. Ihr Lichtstrahl spiegelte sich an der Wand wider, die von Menschenhand in den dicken Granit gehauen worden war. Die Wände waren feucht, und Wasser quoll aus ihnen hervor. Es war offenbar Sickerwasser aus den Bergen, das durch die zahllosen Ritzen und Spalten drang. Weiter hinten im Tunnel war das Geräusch stürzenden Wassers zu hören, das eine laute, widerhallende Musik verursachte.

Verwirrt stand ich einen Augenblick still. Ich hob eine Hand, um meinen schmerzenden Kopf zu massieren, und fühlte die brennende Schürfung an der Schläfe.

Dann verspürte ich ein plötzliches Bedürfnis, in lautes Gelächter auszubrechen. Ich war in der alten Kupfermine. Als ich sie betreten hatte, war ich ausgerutscht und mit dem Kopf gegen den überhängenden Granit gestoßen, was mir für einen kurzen Moment das Bewußtsein geraubt haben mußte – aber welch seltsame Phantasie war mir in diesem kurzen Moment durch den Kopf geschossen. Ich schauderte und lächelte dann reumütig über mich selbst. Die ländliche Gegend mit ihren zahllosen Legenden und Geistern mußte mich stärker beeindruckt haben, als ich mir zugestehen wollte. Nun, jetzt hatte ich mich erholt. Ich zögerte einen Augenblick, ob ich weiter in die Mine eindringen sollte; es war ziemlich gefährlich. Doch ich sollte soviel wie möglich gesehen haben, bevor ich den Rückweg antrat.

Ich bewegte mich behutsam vorwärts, den Lichtstrahl nach rechts und links schwenkend. Es dauerte nicht lange, da bemerkte ich, daß der Tunnel schmaler wurde; die Decke über meinem Kopf begann sich zu senken. Die Wände glänzten von grüngefärbtem Wasser, und der Boden war schlüpfrig vom Schleim der Nichtbenutzung.

Mein Verstand formte gerade die Einsicht, daß der Ort zu heimtückisch war, um allein weiterzugehen, als ich erneut ausrutschte. Diesmal schienen meine Füße von mir wegzugleiten. Die Taschenlampe fiel mir aus der Hand, und ich schrie laut. Ich versuchte mich an irgend etwas festzuhalten, um mich zu retten, aber der Schwung meiner Vorwärtsbewegung war ungebremst. Dann stürzte ich; stürzte in äußerste Finsternis. Ich fühlte, wie sich scharfe Felsen in mich hineinbohrten, mein Fleisch aufkratzten, meine Kleidung zerrissen. Etwas krachte gegen meinen Kopf, aber diesmal war es nicht bloß ein betäubender Stoß. Für einen schrecklichen Augenblick verspürte ich Angst; eine überwältigende Angst, die mein Herz aussetzen ließ und sich wie ein Messer in meine Brust bohrte, als ich erkannte, daß ich einen senkrechten Schacht hinabstürzte. Ich landete mit dem vagen Gefühl eines Aufpralls auf dem Boden und dann...

Nichts.

JOHN GALSWORTHY

Der Wald

Sir Arthur Hirries, Baronet von Hirriehugh, in einer nörd-
lichen Grafschaft, gelangte in jenem Gemütszustand, den
man während des Krieges häufig antraf und den man vielleicht mit Wucherpatriotismus umschreiben könnte, zu dem
Entschluß, seinen Waldbestand zu verkaufen. Wie Zeitungs-
verleger, Autoren von Büchern über Kriegsführung, Schiffs-
eigner, Firmenbesitzer, Waffenproduzenten und die übrigen
werktätigen Klassen ganz allgemein war er der Auffassung:
›Laßt mich meinem Land dienen, und wenn sich dadurch
meine Profite vergrößern, will ich es mir gefallen lassen und
in Staatsanleihen investieren.‹

Wenn man wie Sir Arthur Hirries belastete Ländereien
und einige der besten Jagdreviere besaß, verkaufte man seinen Wald erst dann, wenn die Regierung es unter allen Umständen haben wollte. Sein Jagdpatent zu verpachten, war
einträglicher gewesen, bis zu diesem Augenblick, da patrio-
tisches Handeln mit einem guten Geschäft gleichbedeutend
geworden war. Als ein Mann von fünfundsechzig, aber noch
nicht grau, mit einem Schnurrbart, Wangen, Lippen und
Augenlidern, die einen Stich ins Rötliche aufwiesen, mit
leichten X-Beinen und großen, ziemlich abgewinkelten
Füßen, bewegte er sich in den besten Kreisen auf eine
irgendwie behinderte Art. Bei den gestiegenen Preisen würde
ihm der Wald von Hirriehugh für den Rest seiner Tage ein

sorgenfreies Leben ermöglichen. Deshalb verkaufte er ihn an einem Apriltag, als die Kriegsnachrichten schlecht waren, auf der Stelle an einen Regierungsbeamten. Er verkaufte ihn um halb sechs nachmittags, praktisch gegen Barzahlung, und trank einen steifen Whisky Soda, um den Geschmack der Transaktion fortzuspülen; er war zwar kein Gefühlsmensch, aber immerhin hatte sein Ururgroßvater den größten Teil des Waldes gepflanzt und sein Großvater den Rest. Schon Seine Königliche Hoheit hatte zu seiner Zeit dort geschossen; und er selbst (nie ein besonders guter Jäger) hatte in den Schneisen und Senken seiner prächtigen Reviere mehr Vögel verfehlt, als ihm in der Erinnerung lieb war. Er verabschiedete sich von dem Regierungsbeamten, zündete sich eine Zigarre an und durchquerte den Park, um einen Abschiedsspaziergang in seinem Wald zu unternehmen.

Er betrat das innere Revier auf einem Pfad, der durch eine Gruppe von Birnbäumen hindurchführte, die gerade zu blühen begannen. Sir Arthur Hirries, der Zigarren rauchte und am Nachmittag vorzugsweise Whisky statt Tee trank, hatte nicht viel Sinn für die Schönheit der Natur. Aber diese Birnbäume, grünlich-weiß vor blauem Himmel und Schäfchenwolken, die aussahen, als trügen sie Schnee, beeindruckten ihn. Sie waren verteufelt hübsch und versprachen ein gutes Jahr für Früchte, wenn sie den Spätfrösten entgingen, obgleich es zweifellos so aussah, als ob es heute nacht Frost geben würde! Er blieb einen Moment am Gatter stehen, um einen Blick auf sie zurückzuwerfen – wie spärlich bekleidete Jungfrauen posierten sie am Rande seines Waldes. Doch das war nicht das Wunschbild von Sir Arthur Hirries, der überlegte, wie er nach Abzug seiner Hypothekenschulden das verbleibende Guthaben investieren sollte. Staatsanleihen – das Land war in Bedrängnis!

Er ging durch das Gattertor und betrat den Reitweg des inneren Reviers. Die Vielfalt der Arten spiegelte sich in den

Farben seiner Wälder wider. Sie erstreckten sich über Meilen, und seine Vorfahren hatten fast jede Sorte Baum gepflanzt – Buche, Eiche, Birke, Bergahorn, Esche, Ulme, Haselnuß, Stechpalme, Pinie; eine Linde und eine Weißbuche hier und da, und weiter drinnen in dem verschlungenen Gehölz Dickichte und Lärchengürtel. Die Abendluft war schneidend, und Schneeregen wirbelte aus den hellen Wolken herab; er ging raschen Schrittes und zog, innerlich noch warm vom Whisky, an seiner kräftig duftenden Zigarre. Er ging und dachte mit milder Melancholie, die allmählich einen leichten Zug ins Verdrießliche annahm, daß er mit seinem Jagdstock nie wieder einem Gast würde zeigen können, wo er sich hinstellen mußte, um die besten Vögel zu treffen. Die Fasane waren während des Krieges vernachlässigt worden, aber er scheuchte zwei oder drei alte Hähne auf, die lärmend und schwirrend nach links und rechts davonstoben; und Kaninchen kreuzten in bequemer Schußweite ruhig die Schneisen. Er kam an die Stelle, wo Seine Majestät vor fünfzehn Jahren während der letzten Treibjagd gestanden hatte. Er erinnerte sich, daß Seine Majestät sagte: »Sehr schönes Jagen an diesem letzten Anstand, Hirries; die Vögel gerade so hoch, wie ich es mag.« Das Gelände stieg dort in der Tat ziemlich steil an, und der Baumbestand war Eiche und Esche mit ein paar dunklen Pinien, verstreut zwischen dem kahlen grauen Astwerk der Eichen, die im Frühling immer kümmerlich waren, und dem soeben grünenden Federschmuck der Eschen.

›Die Pinien werden sie zuerst fällen‹, dachte er – stämmige Bäume, so gerade wie Euklidische Linien und frei von Zweigen, mit Ausnahme der Spitzen. Diese schwankten ein wenig in dem kräftigen Wind und gaben ein leises Klagen von sich. ›Dreimal so alt wie ich‹, dachte er; ›erstklassiges Holz.‹ Der Reitweg machte eine scharfe Biegung und führte in einen Lärchengürtel, dessen steile Erhebung die Sicht auf den ziemlich unheimlichen Sonnenuntergang versperrte – ein dunkler und melancholischer Wald, in zartem Schwarzbraun und Grau, dessen grüne Triebe und blutrote Spitzen die abendliche Kühle mit ihrem Duft erfüllten, aber in Sir Arthur Hirries' Nasenflügeln war nur Zigarrenrauch. ›Dieses Unterholz werden sie für Grubenstempel verwenden‹, dachte er; und indem er quer hindurch ging, gelangte er in ein enges, mit Heidekraut und Birken bewachsenes Tal. Als Nicht-Förster fragte er sich, was sie mit diesen gebleichten glänzenden Gestalten anfangen würden. Seine Zigarre war jetzt erloschen, und er lehnte sich an einen der satinglatten Stämme unter dem Filigranmuster aus Zweigen und Knospen, um Schutz für die Flamme eines Streichholzes zu finden. Ein Hase hoppelte zwischen den Heidelbeerschößlingen davon; ein Eichelhäher, bunt wie ein Fächer, krächzte und flatterte aufgeregt an ihm vorbei das Tal hinauf. Sir Arthur, der an Vögeln interessiert war und sich gerade noch einen Eichelhäher wünschte, um eine hübsche ausgestopfte Gruppe davon zu vervollständigen, folgte ihm, obgleich ohne Gewehr, um zu sehen, wo sich das Nest des ›Räubers‹ befand. Die Talwand stieg rasch an, und der Charakter des Holzes veränderte sich, Umfang und Festigkeit der Stämme nahmen zu. Es gab dort eine Menge Buchen – ein Teil des Waldes, den er nicht kannte, denn obwohl die Treiber jenen bei der Jagd miteinbezogen, konnten dort wegen des fehlenden Unterholzes keine Gewehre postiert werden. Der Eichelhäher war verschwunden, und das Licht wurde spärlicher. ›Ich muß zurück‹, dachte er, ›sonst komme ich zu spät zum Dinner.‹ Er überlegte einen Augenblick, ob er denselben Weg zurückgehen oder das Buchengehölz durchqueren und in einer Schleife zum inneren Revier gelangen sollte. Der Eichelhäher, der auf der linken Seite wieder erschien, veranlaßte ihn, den Buchenhain zu durchqueren. Anschließend nahm er einen schmalen Reitweg bergan, der durch ein Stück Mischwald mit dichtem Unterholz führte. Nachdem der Weg eine Weile nach links gegangen war, machte er eine Biegung nach rechts; Sir Arthur folgte ihm eilig, da ihm bewußt war, daß die Dämmerung rasch hereinbrach. Bald mußte der Pfad sich wieder nach links wenden! So war es, und dann nach rechts, und da das Dickicht undurchdringlich blieb, konnte er ihm nur weiter folgen oder andernfalls umkehren. Er ging weiter, und trotz des Schneeregens, der durch das Halbdunkel fiel, wurde ihm sehr warm. Er war von der Natur nicht für schnelle Fortbewegung geschaffen worden – seine Knie zeigten nach innen und die Zehen nach außen –, aber dennoch kam er rasch vorwärts, in dem unbehaglichen Bewußtsein, daß der Weg ihn immer noch weiter von zu Hause fort führte, und er erwartete jeden Augenblick, daß er wieder nach links abbiegen würde. Das tat er nicht, und erhitzt, außer Atem, ein wenig verwirrt, blieb er in der Dreivierteldunkelheit stehen, um zu horchen. Kein Laut außer dem Wind in den Baumkronen und einem schwachen Knarren von Holz, wo zwei Stämme über Kreuz gewachsen waren und sich berührten.

Der Pfad wurde immer unwirklicher. Er mußte den Weg durch das Unterholz abkürzen und eine andere Schneise zu erreichen versuchen! Nie zuvor war er während der Abenddämmerung in seinem Wald gewesen, und er fand die Formen der wirr durcheinander stehenden Bäume unheimlicher und bedrohlicher, als er sich je hätte träumen lassen. Er stolperte im Dickicht zwischen den Stämmen hindurch rasch weiter, ohne an einen Reitweg zu gelangen.

›Jetzt sitze ich in diesem verflixten Wald fest!‹ dachte er. Diese furchterregenden Bäume, die ihn einkreisten, ›einen Wald‹ zu nennen, verschaffte ihm Erleichterung. Immerhin war es *sein* Wald, und eigentlich konnte einem Mann in seinem eigenen Wald nichts Widriges zustoßen, wie dunkel es auch werden mochte; er konnte nicht mehr als eineinhalb

Meilen von seinem Speisesaal entfernt sein! Er sah auf seine Uhr, deren Zeiger er gerade noch erkennen konnte – beinahe halb acht. Der Schneeregen hatte sich in Schnee verwandelt, doch er erreichte ihn kaum, so dicht war der Wald hier. Er hatte keinen Überzieher und spürte das erste kleine Ziehen in der Brust, das Angst ankündigt. Niemand wußte, daß er in diesem verfluchten Wald war! Und in einer Viertelstunde würde es pechschwarz sein! Er mußte weiter und hier raus! Die Bäume, zwischen denen er dahinstolperte, verursachten ihm ein Übelkeitsgefühl, ihm, der Bäume nie ernst genommen hatte. Was für monströse Gewächse sie waren! Der Gedanke, daß Samen, winzige Samenkörner oder von seinen Vorfahren gepflanzte junge Bäume einen solch drohenden und bedrängenden Umfang erreichen konnten – geisterhafte Riesengewächse, die sich in den Himmel türmten und diese Welt aussperrten – erzürnte und zermürbte ihn. Er begann zu laufen, blieb mit einem Fuß an einer Wurzel hängen und schlug der Länge nach hin. Die verfluchten Bäume schienen es auf ihn abgesehen zu haben! Während er sich an einen Baumstamm lehnte, um Atem zu schöpfen und seinen Orientierungssinn wiederzugewinnen, rieb er Ellbogen und Stirn mit seinen schneenassen Händen. Einmal, als junger Mann, hatte er sich nachts in Vancouver Island verirrt; eine ziemlich schaurige Geschichte! Aber er war heil wieder da rausgekommen, obwohl sein Lager in einem Umkreis von zwanzig Meilen der einzige zivilisierte Fleck war. Und hier auf seinem eigenen Besitz, nur eine oder zwei Meilen von zu Hause entfernt, bekam er es mit der Angst zu tun. Es war kindisch! Und er lachte. Der Wind zischelte und seufzte in den Baumwipfeln. Es mußte jetzt ein regelrechter Schneesturm im Gange sein, der nach der Kälte zu urteilen von Norden kam – aber ob Nordosten oder Nordwesten, das war die Frage. Davon abgesehen, wie sollte man im Dunkeln ohne Kompaß eine bestimmte Richtung einhalten? Auch zerteilten die

Bäume mit ihren dicken Stämmen den Wind in scharfe, richtungslose Böen. Er blickte nach oben, konnte aber mit den zwei oder drei Sternen, die er sah, nichts anfangen. Er saß ganz schön in der Klemme! Mit einiger Mühe zündete er sich eine zweite Zigarre an, denn allmählich fröstelte ihn. Der Wind in diesem verdammten Wald fuhr schneidend durch seine Norfolk-Jacke und kroch über seinen Körper, der von der Anstrengung erhitzt war und sich jetzt klamm und unterkühlt anfühlte. Das bedeutete Lungenentzündung, wenn er nicht aufpaßte! Er setzte sich wieder in Bewegung, tastete sich von Stamm zu Stamm. Es war durchaus möglich, daß er im Kreise ging, vielleicht sogar Reitwege überquerte, ohne es zu merken. Und wieder verspürte er das angstvolle Ziehen in seiner Brust. Er blieb stehen und rief in die Dunkelheit. Er hatte das Gefühl, gegen Holzwände zu rufen, die, dunkel und schwer, das Geräusch zu ihm zurückwarfen.

›Hol euch der Teufel!‹ dachte er. ›Hätte ich euch bloß vor sechs Monaten verkauft!‹ Der Wind peitschte höhnisch die Baumkronen, und er begann wieder in jener dunklen Wildnis herumzurennen, bis er mit dem Kopf an einen niedrigen Ast stieß und betäubt zu Boden fiel. Er lag mehrere Minuten bewußtlos da, kam sterbenskalt wieder zu sich und rappelte sich auf.

›Himmeldonnerwetter!‹ dachte er mit einer Art Stottern im Gehirn, ›dies ist eine üble Sache! Vielleicht bin ich die ganze Nacht hier draußen!‹ Für einen phantasielosen Mann wie ihn war es erstaunlich, welch lebhafte Bilder nun vor seinem Auge aufstiegen. Er sah das Gesicht des Regierungsbeamten, der seinen Wald gekauft hatte, und die leichte Grimasse, mit der er dem Preis zugestimmt hatte. Er sah seinen Butler nach dem Gong wie ein Schwein am Spieß neben der Anrichte stehen und darauf warten, daß er herunterkäme. Was würden sie tun, wenn er nicht kam? Ob sie soviel Verstand hatten, sich vorzustellen, daß er sich in seinen Jagdrevieren verirrt haben könnte, und Laternen nahmen, um nach ihm zu suchen? Wahrscheinlicher war, daß sie dachten, er sei nach Greenlands oder Berrymoor hinübergegangen und dort zum Dinner geblieben. Und plötzlich sah er sich hier draußen in der Schneenacht zwischen seinem verfluchten Holz langsam erfrieren. Mit einem heftigen Zittern rannte er wieder zwischen den Baumstämmen in die Dunkelheit hinein. Er war jetzt wütend – auf sich selbst, auf die Nacht, auf die Bäume; so wütend, daß er mit den Fäusten auf einen Stamm einschlug, gegen den er gestolpert war. Es war demütigend; und Sir Arthur Hirries war Demütigungen nicht gewohnt. In jedem anderen Wald – ja; aber sich auf seinem eigenen Besitz derart zu verirren! Schön, und wenn er die ganze Nacht gehen mußte, er würde herauskommen! Verbissen stürzte er sich in die Dunkelheit.

Er kämpfte jetzt mit seinem Wald, als ob dieser lebendig und jeder Baum ein Feind wäre. Während er mit endloser Anstrengung tastend vorwärts stolperte, wich sein Zorn einer halb-komatösen Philosophie. Bäume! Sein Ururgroßvater hatte sie gepflanzt! Er selbst war die fünfte Generation, aber die Bäume waren fast so jung wie immer; das Leben eines Mannes bedeutete ihnen nichts! Er kicherte: Und sie bedeuteten einem Mann nichts! Ob sie wußten, daß sie gefällt würden? Um so besser, wenn sie es wußten und in ihrer Haut schwitzten. Er zwickte sich – seine Gedanken wurden so sonderbar! Er erinnerte sich, daß ihm, als seine Leber einmal nicht in Ordnung war, Bäume wie feste, große Geschwüre erschienen waren, wie knollenhafte, narbige, höhlenartige, hexenarmige, schwammige Ausdünstungen der Erde. Ja, das waren sie! Und er befand sich mitten unter ihnen, in einer pechschwarzen Schneenacht, in diesem Todeskampf! Das Auftauchen des Wortes Tod in seinen Gedanken ließ ihn hochschrecken. Warum konnte er sich nicht darauf konzentrieren, hier herauszukommen; warum phantasierte er über das Leben und die Natur von Bäumen, anstatt den Versuch zu machen, sich an die Anordnung seiner Reviere zu erinnern, um auf diese Weise wieder ein Gefühl für die allgemeine Richtung in sich zu wecken? Er entzündete eine Anzahl Streichhölzer, um einen Blick auf seine Uhr zu erhaschen. Du lieber Himmel! Er war fast zwei Stunden gelaufen, aber in welcher Richtung? Man sagt, daß ein Mensch im Nebel immer im Kreise geht wegen irgendeines Fehlers im Gehirn! Er begann jetzt die Bäume abzutasten, um einen hohlen Stamm zu suchen. Ein Hohlraum würde ein wenig Schutz vor der Kälte bieten – und zum ersten Mal gestand er sich Erschöpfung ein. Er war schlecht trainiert, und er war fünfundsechzig. Der Gedanke: ›Ich halte das nicht mehr lange durch‹, verursachte eine zweite Explosion mißmutigen Zorns. Verdammt! Da stand er nun – soweit er das beurteilen konnte –, wo er vielleicht schon ein Dutzend Mal auf seinem aufgeklappten Jagdstock gesessen hatte; wo er das Sonnenlicht auf den kahlen Zweigen oder die zuckende Nase seines Spaniels neben sich beobachtet und dem Schlagen der Treiberstöcke und dem schrillen, langgezogenen ›Aaachtung! Hahn über Kopf!‹ gelauscht hatte. Ob sie die Hunde herauslassen würden, um seine Spur aufzunehmen? Nein! Zehn zu eins, daß sie annähmen, er verbringe die Nacht bei den Summertons oder bei Lady Mary's, wie er das früher schon getan, nachdem er dort zu Abend gespeist hatte. Und plötzlich machte sein angestrengtes Herz einen Sprung. Er war wieder auf einen Reitweg gestoßen! Sein Verstand glitt an seinen Platz zurück wie ein Gummiband, entspannt, dankbar zitternd. Er brauchte nur diesem Weg zu folgen, und irgendwo, irgendwie käme er aus dem Wald heraus. Und er wollte sich aufhängen lassen, wenn er ihnen erzählte, wie lächerlich er sich gemacht hatte! Rechts oder links – welche Richtung? Er drehte sich so, daß der fliegende Schnee gegen seinen Rükken trieb, eilte vorwärts zwischen der dichteren Dunkelheit zu beiden Seiten, wo die Bäume wie Wände standen, und er bewegte die Arme vor dem Körper hin und her, als zöge er eine Ziehharmonika zu ihrer größten Ausdehnung auseinander, um sicherzugehen, daß er auf dem Pfad blieb. Auf diese Weise ging er einen ihm endlos erscheinenden Weg, bis er völlig zwischen Bäumen festsaß und keine Lücke, keine Fortsetzung mehr finden konnte. Er drehte sich auf dem Absatz um – der Schnee trieb ihm jetzt ins Gesicht – und ging denselben Weg zurück, bis er von Bäumen wieder zum Anhalten gezwungen wurde. Keuchend stand er da. Es war entsetzlich – entsetzlich! Und in Panik stürzte er hierhin und dorthin, um die Biegung, die Abzweigung, die Fortsetzung des Weges zu finden. Der Schnee stach ihm in die Augen, der Wind höhnte und pfiff, die Zweige schabten und ächzten. Er zündete Streichhölzer an, versuchte sie mit seinen kalten, nassen Händen zu schützen, aber eines nach dem anderen ging aus, und immer noch fand er die Abzweigung nicht. Der Reitweg mußte auf beiden Seiten in einer Sackgasse enden, die Abzweigung irgendwo in der Mitte sein. Er schöpfte wieder Hoffnung. Man soll niemals aufgeben! Er kehrte ein zweites Mal um und tastete die Stämme auf einer Seite ab, um eine Lücke zu finden. Sein Atem ging schwer. Was würde der alte Brodley sagen, wenn er ihn sehen könnte, durchnäßt, erfroren, zu Tode erschöpft, in der Dunkelheit zwischen seinen verfluchten Bäumen umherstolpernd – der alte Brodley, der ihm gesagt hatte, daß sein Herz in schlechter Verfassung sei! ... Eine Lücke? Ah! Keine Baumstämme – endlich ein Reitweg! Er drehte sich um, spürte einen stechenden Schmerz in seinem Knie und fiel hin. Er konnte nicht aufstehen – das vor sechs Jahren verrenkte Knie war wieder herausgesprungen. Sir Arthur Hirries biß die Zähne zusammen. Schlimmeres konnte ihm nicht passieren! Aber nach einer Minute – leer und bitter – begann er den neuen Reitweg entlangzukriechen. Seltsamerweise fühlte er sich auf

Händen und Knie – denn er konnte nur eins benutzen – weniger entmutigt und beunruhigt. Es war eine Erleichterung, die Augen auf den Boden zu richten und nicht auf die Baumstämme zu starren; oder vielleicht war die Anstrengung für sein Herz im Augenblick geringer. Er kroch und blieb fast jede Minute stehen, um Kräfte zu sammeln. Er kroch mechanisch und wartete darauf, daß sein Herz, sein Knie, seine Lunge ihn stoppten. Die Erde war zugeschneit, und er konnte ihre kalte Nässe spüren, während er vorwärts rutschte. Eine Spur, die gut zu verfolgen war, wenn irgend jemand auf sie stieß! Aber in diesem dunklen Wald –! Er machte eine Pause und trocknete sich die Hände, so gut er konnte, riß ein Streichholz an und tastete, es verzweifelt vor dem Wind schützend, nach seiner Uhr. Zehn vorbei! Er zog die Uhr auf und schob sie zurück an sein Herz. Wenn er nur sein Herz aufziehen könnte! Während er dort hockte, zählte er seine Streichhölzer – vier! ›Gut‹, dachte er grimmig, ›ich werde sie nicht anzünden, damit sie mir meine verfluchten Bäume zeigen. Ich habe noch eine Zigarre übrig; dafür werde ich sie aufsparen.‹ Und er kroch weiter. Er mußte in Bewegung bleiben, solange er konnte!

Er kroch, bis sein Herz und seine Lunge und sein Knie den Dienst versagten; er lehnte sich an einen Baum und saß zusammengesunken da, so erschöpft, daß er nichts empfand außer einer Art bitterem Herzschmerz. Er schlief sogar ein und erwachte mit einem Schauder, aus einem Traumlehnstuhl im Club herausgerissen in diese kalte, nasse Dunkelheit und den in den Bäumen stöhnenden Schneesturm. Er versuchte wieder zu kriechen, aber es ging nicht. Er blieb einige Minuten reglos sitzen und umklammerte mit den Armen seinen Körper. ›Gut‹, dachte er verschwommen. ›Ich habe es geschafft!‹ Sein Geist war so lethargisch, daß er sich nicht einmal selbst zu bedauern vermochte. Die Streichhölzer: ob es ihm gelänge, ein Feuer zu machen? Aber er war kein Förster, und obwohl er umhertastete, konnte er kein Brennmaterial finden, das nicht durch und durch naß war. Er kratzte ein Loch und versuchte mit dem Papier, das er in seiner Tasche fand, das nasse Holz anzuzünden. Unmöglich! Er hatte jetzt nur noch zwei Streichhölzer übrig, und er erinnerte sich an seine Zigarre. Er zog sie hervor, biß das Ende ab und begann mit unendlichen Vorsichtsmaßnahmen sich zum Anzünden bereit zu machen. Das erste brannte, und die Zigarre zog. Es blieb ihm noch ein Streichholz für den Fall, daß er einnicken sollte und die Zigarre ausging. Als er durch die Schwärze nach oben blickte, konnte er einen Stern sehen. Er heftete seinen Blick darauf und zog, an den Stamm gelehnt, den Rauch in die Lunge. Er rauchte sehr langsam, die Arme fest vor der Brust verschränkt. Wenn sie zu Ende war – was dann? Kälte und der Wind in den Bäumen bis zum Morgen! Als er die Zigarre halb geraucht hatte, nickte er ein, schlief eine lange Zeit und wurde so ausgekühlt wieder wach, daß er kaum genug Energie aufbringen konnte, um sein letztes Streichholz anzuzünden. Wie durch ein Wunder brannte es, und er brachte seine Zigarre wieder zum Ziehen. Dieses Mal rauchte er sie fast bis zum Ende, ohne sich dessen bewußt zu sein, beinahe ohne Empfindung, außer einem körperlichen Gefühl bitterer Kälte. Einmal, als sein Verstand plötzlich klar wurde, dachte er matt: ›Gott sei Dank, ich habe die Bäume verkauft, und sie werden alle gefällt!‹ Der Gedanke trieb in gefrorener Zusammenhanglosigkeit davon, löste sich auf wie sein Zigarrenrauch im Schneetreiben; und mit einem schwachen Grinsen auf den Lippen nickte er wieder ein ...

Ein Hilfsförster fand ihn um zehn Uhr am nächsten Morgen, blau vor Kälte, unter einer hohen Ulme, eine Meile von seinem Bett entfernt, ein Bein ausgestreckt, das andere an die Brust gezogen, den Fuß wärmesuchend ins Gestrüpp gebohrt, den Kopf in den Kragen seiner Jacke gemummelt, die

Arme über der Brust verschränkt. Es hieß, er müsse seit wenigstens fünf Stunden tot gewesen sein. An einer Seite war der Schnee gegen ihn geweht worden; aber seinen Rücken und die andere Seite hatte der Stamm geschützt. Über ihm, vor einem tiefblauen Himmel, waren die spindeldürren Zweige der hohen Ulme mit grüngoldenen Büscheln winziger, gekräuselter Blüten bedeckt – fröhlich wie ein Lied vollkommener Lobpreisung. Der Wind hatte sich gelegt, und nach der Kälte der Nacht sangen die Vögel im Sonnenschein rein und klar.

Die Ulme, unter der man seinen Leichnam fand, wurde nicht zusammen mit den anderen Bäumen gefällt, sondern man umgab sie mit einem kleinen Eisenzaun und brachte eine Gedenktafel an ihrem Stamm an.

J. B. PRIESTLEY

Die Grauen

»Und Ihr Beruf, Mr. Patson?« fragte Dr. Smith und hielt seinen prächtigen Füllfederhalter ein paar Zentimeter über
dem Papier.

»Ich bin Exporteur«, erwiderte Mr. Patson und lächelte
beinahe glücklich. Das war wirklich gar nicht so schlecht. Vor
allen Dingen war er an Dr. Smith geraten und nicht an dessen Partner Dr. Meyenstein. Nicht, daß er irgend etwas
gegen Dr. Meyenstein gehabt hätte – er war ihm nie begegnet –, aber er hatte es als glücklichen Zufall empfunden, daß
Dr. Smith Zeit für ihn gehabt hatte und nicht Dr. Meyenstein. Wenn er sich schon einem Psychiater offenbaren
mußte, dann wollte er lieber einen haben, der einfach und
beruhigend Smith hieß. Und Dr. Smith, ein breitgesichtiger
Mann um die fünfzig mit riesigen, randlosen Brillengläsern,
hatte nichts Abschreckendes an sich und sah aus wie ein
Buchhalter, Rechtsanwalt oder Zahnarzt. Auch sein Zimmer
wirkte beruhigend, nichts erschreckte einen hier; es war eher
wie ein Salon in einem besseren Hotel. Und dieser Füllfederhalter war ein Prachtstück. Mr. Patson hatte sich in Gedanken schon notiert, daß er Dr. Smith fragen wollte, wo er jenen Füller gekauft habe. Und gewiß konnte es um einen
Mann, der in der Lage war, sich eine solche gedankliche
Notiz zu machen, im Grunde nicht schlecht bestellt sein.

»Es ist ein Familienunternehmen«, fuhr Mr. Patson fort

und lächelte vor sich hin. »Mein Großvater hat es gegründet. Ursprünglich für den Fernen Osten. Ausländische Firmen, besonders an sehr abgelegenen Orten, schicken uns Bestellungen für alle möglichen Arten von Gütern, die wir hier auf Kommission für sie kaufen. Es ist natürlich nicht mehr das Geschäft, das es vor fünfzig Jahren einmal war, aber auf der anderen Seite haben uns in gewissem Maße all diese Handelsbeschränkungen und Exportlizenzsysteme geholfen, mit denen Leute in großer Entfernung einfach nicht zurechtkommen. Also erledigen wir das für sie. Eine oft lästige Arbeit, aber nicht uninteressant. Insgesamt macht sie mir Spaß.«

»Das ist der Eindruck, den Sie mir vermitteln«, sagte Dr. Smith und notierte sich etwas. »Und Sie sind einigermaßen wohlhabend, nehme ich an? Wir haben heutzutage natürlich alle unsere finanziellen Sorgen. Ich kenne meine.« Er brachte eine mechanische Art von Lachen hervor, wie ein Schauspieler in einer Komödie, die zu lange gelaufen ist, und Mr. Smith ließ, wie ein ebenfalls gelangweilter Schauspieler, das Echo ertönen. Dann setzte Dr. Smith eine ernste Miene auf und richtete seinen Füllfederhalter auf Mr. Patson, als ob er diesen damit erschießen könnte. »Ich denke also, daß wir diesen Punkt vernachlässigen können, Mr. Patson – hm?«

»O ja – gewiß – gewiß«, erwiderte Mr. Patson eilig, jetzt ohne zu lächeln.

»Also dann«, sagte Dr. Smith und ließ seinen Füller wieder über dem Papier schweben, »erzählen Sie mir, was mit Ihnen los ist.«

Mr. Patson zögerte. »Kann ich Ihnen eine Frage stellen, bevor ich Ihnen die ganze Geschichte erzähle?«

Dr. Smith runzelte die Stirn, als hätte sein Patient einen unpassenden Vorschlag gemacht. »Wenn Sie meinen, daß es hilft –«

»Ja, ich glaube, das würde es«, sagte Mr. Patson. »Ich

möchte ungefähr wissen, wo Sie stehen, bevor ich mit meinen Erklärungen beginne.« Er wartete einen Augenblick. »Dr. Smith, glauben Sie, daß es eine Art Prinzip des Bösen im Universum gibt, eine Art Superteufel, der es darauf abgesehen hat, die Menschheit zu ruinieren, und der seine Agenten hat, die in Wirklichkeit kleine Teufel oder Dämonen sind, die in menschlicher Gestalt unter uns leben? Glauben Sie das?«

»Bestimmt nicht«, sagte Dr. Smith ohne im geringsten zu zögern. »Das ist nichts als eine abergläubische Phantasie, für die es keinerlei wissenschaftlichen Beweis gibt. Es ist leicht zu verstehen – obwohl wir all das jetzt nicht zu untersuchen brauchen –, warum selbst heutzutage jemand, der unter emotionalem Streß leidet, von einem solch absurden Glauben besessen sein könnte, aber natürlich ist das reine Phantasie, völlig subjektiv in ihrem Ursprung. Und die Vorstellung, daß dieses Prinzip des Bösen vielleicht seine Agenten unter uns hat, könnte in der Tat sehr gefährlich sein. Sie könnte sehr ernste anti-soziale Wirkungen hervorrufen. Sind Sie sich darüber im klaren, Mr. Patson?«

»Oh – ja – das bin ich. Ich meine, in bestimmten Augenblicken jedenfalls – nun, wenn ich in der Lage bin, die Dinge so zu sehen, wie Sie, Doktor. Aber meistens kann ich das nicht. Und das«, fügte Mr. Patson mit einem matten Lächeln hinzu, »ist vermutlich der Grund, warum ich hier bin.«

»Ganz recht«, murmelte Dr. Smith, indem er sich einige Notizen machte. »Und ich glaube, Sie waren gut beraten, sich in psychiatrische Behandlung zu begeben. Diese Dinge können sich ganz plötzlich verschlimmern, obwohl ihr Verlauf in Wirklichkeit vielleicht eher als regressiv zu bezeichnen wäre. Aber ich will Sie nicht mit technischen Ausdrücken beunruhigen, Mr. Patson. Ich sage nur, daß Sie – oder war es Mrs. Patson? – oder soll ich sagen, Sie beide? – gut daran getan haben, rechtzeitig diesen sehr vernünftigen

Schritt zu unternehmen. Und da Sie nun wissen, wie Sie es ausdrückten, wo ich stehe, sollten Sie mir vielleicht alles erzählen. Verschweigen Sie bitte nichts aus Angst, lächerlich zu erscheinen. Ich kann Ihnen nur helfen, wenn Sie völlig offen zu mir sprechen, Mr. Patson. Es mag sein, daß ich ein paar Fragen stelle, aber ihr Zweck wird sein, mir Ihren Bericht klarer zu machen. Übrigens, wir wenden hier nicht die psychoanalytischen Methoden an – wir sitzen nicht hinter unseren Patienten, während diese sich auf einer Couch entspannen –, aber wenn es Ihnen leichter fallen sollte, mir nicht, wie Sie es bisher getan haben, von Angesicht zu Angesicht gegenüberzusitzen –«

»Nein, das ist in Ordnung«, sagte Mr. Patson, erleichtert, nicht auf der Couch liegen und gegen die Wand murmeln zu müssen. »Ich glaube, ich kann besser so mit Ihnen reden. Jedenfalls will ich's versuchen.«

»Gut! Und denken Sie daran, Mr. Patson, daß Sie sich bemühen müssen, mir alles Wesentliche zu erzählen. Rauchen Sie, wenn es Ihnen hilft, sich zu konzentrieren.«

»Danke, vielleicht später.« Mr. Patson wartete einen Augenblick, prüfte sorgfältig seine Erinnerungen, als ob sie ein großes, glitzerndes Meer wären, und stieg dann hinein. »Es begann vor ungefähr einem Jahr. Ich habe einen Vetter, der Verleger ist, und eines Abends nahm er mich zum Dinner in seinen Club – den Burlington Club – mit. Er dachte, ich würde dort vielleicht gern dinieren, weil es ein Club ist, in dem häufig Schriftsteller und Maler und Musiker und Theaterleute verkehren. Nun, nach dem Essen spielten wir ein oder zwei Stunden Bridge, anschließend gingen wir nach unten in den Salon, um einen letzten Drink zu nehmen, bevor wir aufbrachen. Mein Vetter war von einem anderen Verleger in Anspruch genommen, so daß ich ungefähr eine Viertelstunde allein blieb. Während dieser Zeit belauschte ich zufällig Firbright – den berühmten Maler, wissen Sie –

der offensichtlich viel getrunken hatte, obwohl man ihn eigentlich nicht betrunken nennen konnte, und vor einer kleinen Gruppe auf der anderen Seite des Kamins Reden schwang. Anscheinend war er gerade aus Syrien oder von irgendwo dort unten zurückgekommen und hatte dort bei jemandem diese Idee aufgeschnappt, obwohl sie nur bestätigte, so sagte er, was er selbst schon seit einiger Zeit gedacht habe.«

Dr. Smith schenkte Mr. Patson ein dünnes Lächeln. »Sie meinen, die Idee eines Prinzips des Bösen, das es darauf abgesehen hat, die Menschheit zu ruinieren?«

»Ja«, erwiderte Mr. Patson. »Firbright sagte, daß die Vorstellung eines scharlachroten oder schwarzen Schwefelteufels, der damit beschäftigt ist, die Leute in Versuchung zu führen, natürlich völlig falsch sei, obwohl sie früher einmal, vielleicht im Mittelalter, richtig gewesen sein mag. Damals waren die Teufel ganz und gar Feuer und Energie. Firbright zitierte den Dichter Blake – ich habe ihn inzwischen gelesen –, um zu zeigen, daß dies keine wirklichen Teufel und ihre Hölle nicht die wirkliche Hölle war. Blake wies, nach Firbrights Meinung, tatsächlich als erster darauf hin, daß wir das Prinzip des Bösen nicht verstünden, aber zu seiner Zeit war es noch kaum in Erscheinung getreten. Erst in den letzten paar Jahren, sagte Firbright, habe diese schreckliche Macht richtig auf uns einzuwirken begonnen.«

»Auf uns einzuwirken?« Dr. Smith hob seine Augenbrauen. »Indem sie was tut?«

»Das Hauptziel, wie ich Firbrights Worten entnommen habe«, antwortete Mr. Patson ernst, »besteht darin, die Menschheit den Weg der sozialen Insekten gehen zu lassen, uns in Automatenwesen, Massenkreaturen ohne Individualität, seelenlose Maschinen aus Fleisch und Blut zu verwandeln.«

Der Doktor schien amüsiert. »Und warum sollte das Prinzip des Bösen das tun wollen?«

»Um die Seele der Menschheit zu zerstören«, sagte Mr. Patson, ohne das Lächeln zu erwidern. »Um bestimmte Geisteszustände auszumerzen, die ein wesentlicher Bestandteil des Guten sind. Um vom Angesicht dieser Erde alles Wunderbare zu tilgen: Freude, tiefes Gefühl, das Bedürfnis, schöpferisch zu sein und das Leben zu preisen. Wohlgemerkt, so hat es Firbright erklärt.«

»Aber Sie glaubten ihm?«

»Ich konnte mich des Gefühls nicht erwehren, selbst damals nicht, daß etwas daran war. Ich habe früher nie in dieser Richtung gedacht – ich bin nur ein einfacher Geschäftsmann und neige nicht zu phantastischen Spekulationen – aber ich hatte seit einiger Zeit das Gefühl, daß die Dinge falsch liefen und daß sie irgendwie unserer Kontrolle entglitten zu sein schienen. In der Theorie, nehme ich an, sind wir für die Art von Leben, das wir führen, verantwortlich, aber in der tatsächlichen Praxis stellen wir fest, daß wir mehr und mehr ein Leben führen, das uns nicht gefällt. Es ist so«, fuhr Mr. Patson ziemlich heftig fort und mied den Blick des Doktors, »als ob wir alle gezwungen wären, unsere Wäsche in eine einzige, riesige, unheimliche Reinigung zu schicken, aus der alles von Mal zu Mal ausgebleichter zurückkommt, bis nur noch ein gräßliches Grau übrig ist.«

»Ich nehme an«, bemerkte Dr. Smith, »daß Sie mir jetzt erzählen, was Sie selbst dachten und fühlten und nicht, was Sie diesen Firbright sagen hörten.«

»Über die Reinigung – ja. Und über die Dinge, die falsch laufen. Ja, das ist, was ich selbst empfand. Als ob die Gestalt, die Farbe und der Geruch der Dinge sich verlören. Verstehen Sie, was ich meine, Doktor?«

»Oh – ja – es ist Teil eines vertrauten Musters. Ihr Alter mag etwas damit zu tun haben –«

»Das glaube ich nicht«, entgegnete Mr. Patson standhaft.

»Dies ist etwas ganz anderes. Ich habe alles in Betracht gezogen.«

»Soweit Sie das können, zweifellos«, sagte Dr. Smith sanft, ohne ein Zeichen von Unwillen. »Sie müssen auch bedenken, daß die englische Mittelschicht, zu der Sie offensichtlich gehören, in jüngster Zeit unter den Auswirkungen einer gewissermaßen wirtschaftlichen und sozialen Revolution leidet. Deshalb kann sich kein Mitglied dieser Schicht – und ich bin selbst eines – des Gefühls erwehren, daß das Leben nicht mehr die gleichen Befriedigungen bietet wie zuvor, vor dem Krieg.«

»Dr. Smith«, Mr. Patson blickte ihn nun geradewegs an, »das weiß ich doch alles – meine Frau und ihre Freundinnen reden genug darüber, hören nie auf zu nörgeln. Aber dies ist etwas anderes. Ich darf Ihnen sagen, daß ich immer ein Liberaler gewesen bin und an soziale Reformen geglaubt habe. Und wenn es hier lediglich darum ginge, daß eine Bevölkerungsschicht ein bißchen weniger und eine andere ein bißchen mehr erhielte oder daß meine Profite zurückgingen und die Löhne meiner Angestellten und Lagerhausarbeiter stiegen, würde mir dies keine Stunde Schlaf rauben. Wirtschaft und Politik und soziale Veränderungen mögen eine Rolle spielen, aber *sie werden nur benutzt.*«

»Ich verstehe Sie nicht ganz, Mr. Patson.«

»Das werden Sie in einer Minute, Doktor. Ich möchte auf das zurückkommen, was ich Firbright an jenem Abend sagen hörte. Ich bin nur ein wenig abgeschweift, um zu verdeutlichen, daß ich auf einmal das Gefühl hatte, daß an dem, was er sagte, etwas dran war. Einfach, weil mir zum ersten Mal jemand einen Grund dafür nannte, warum diese Dinge passieren.« Er sah sein Gegenüber ernst an.

Dr. Smith lächelte dünn und schüttelte den Kopf. »Die Hypothese eines rätselhaften, aber wirksamen Prinzip des Bösen, Mr. Patson, bietet uns wohl kaum einen Grund.«

»Es ist ein Anfang«, antwortete Mr. Patson ziemlich streit-lustig. »Und natürlich war das noch längst nicht alles. Wir kommen jetzt zu diesen Agenten.«

»Ach – ja – die Agenten.« Dr. Smith machte ein sehr ern-stes Gesicht. »Firbright hat Sie auf diese Idee gebracht, nicht wahr?«

»Ja, zugegeben, ich wäre nie auf den Gedanken gekom-men. Aber wenn dieses Prinzip des Bösen versuchte, so etwas wie Insekten aus uns zu machen, könnte es dies auf zweierlei Weise tun. Erstens – durch eine Art Fernsteuerung, vielleicht mit Hilfe einer Art ununterbrochenen Funkprogramms, das unsere Gedanken nie in Ruhe läßt und uns anweist, nichts Neues zu versuchen, auf Nummer Sicher zu gehen, keine Illusionen zu haben, uns an die Routine zu halten, keine Zeit und Energie darauf zu verschwenden, uns zu wundern und über etwas nachzubrüten und phantasievoll zu sein und all das.«

»Hat Firbright angedeutet, daß etwas in dieser Art ge-schieht?«

»Ja, aber es war nicht seine eigene Idee. Der Mann, über den er gesprochen hatte, bevor ich ihm zuhörte, jemand, dem er im Nahen Osten begegnet war, hatte ihm klipp und klar gesagt, daß all diese Nonstop-Propaganda im Gange sei. Aber die zweite Art, uns zu Insekten zu machen – man könnte sie vielleicht als direkte Kontrolle bezeichnen –, be-dient sich des Einsatzes dieser Agenten, einer Art Böser Fünfter Kolonne, die überall zahlreicher wird und hart an der Arbeit ist.«

»Teufel?« erkundigte sich der Doktor lächelnd. »Dämo-nen? Oder was?«

»Darauf läuft es hinaus.« Mr. Patson erwiderte das Lächeln nicht und runzelte ein wenig die Stirn. »Aber man macht sich dabei eine falsche Vorstellung von ihnen – Hörner und Schwänze und solche Sachen. Diese Agenten sind ganz anders, meint Firbright. Das einzige, was man mit Sicherheit sagen kann, ist, daß sie nicht menschlich sind. Sie gehören nicht zu uns. Sie mögen uns nicht. Sie arbeiten gegen uns. Sie haben ihre Befehle. Sie wissen, was sie tun. Sie arbeiten in Teams zusammen. Sie verschaffen sich gegenseitig Arbeitsstellen, immer mehr Einfluß und Macht. Welche Chance haben wir also gegen sie?« Mr. Patson stellte diese Frage mit sich beinahe überschlagender Stimme.

»Wenn solche Wesen existieren sollten«, erwiderte Dr. Smith ruhig, »wären wir ihnen bald auf Gnade und Ungnade ausgeliefert, einverstanden. Aber es gibt sie freilich nicht – außer natürlich als Phantasiegestalten, obwohl sie in dieser Form großen Schaden anrichten können. Ich nehme an, Mr. Patson, daß Sie über diese dämonischen Wesen in letzter Zeit ziemlich häufig nachgedacht – oder wollen wir sagen *nachgegrübelt* – haben? Nun gut. Übrigens, wie nennen Sie sie? Wir würden Zeit sparen und mögliche Mißverständnisse vermeiden, wenn wir ihnen einen Namen geben könnten.«

»Es sind die Grauen«, sagte Mr. Patson, ohne zu zögern.

»Ah – die Grauen.« Dr. Smith runzelte wieder die Stirn und preßte seine dünnen Lippen zusammen, vielleicht um seine Mißbilligung über eine solche prompte Antwort zu zeigen. »Sie scheinen sich sehr sicher dabei zu sein, Mr. Patson.«

»Nun, warum nicht? Sie fragen mich, wie ich sie nenne, also sage ich es Ihnen. Natürlich weiß ich nicht, wie sie sich selbst nennen. Und ich habe den Namen für sie nicht erfunden.«

»Oh – das ist wieder Firbright, nicht wahr?«

»Ja, so hörte ich ihn sie nennen, und es schien mir ein sehr passender Name zu sein. Sie versuchen allem ein graues Aussehen zu geben. Und diese Wesen haben selbst in hohem Maße etwas Graues an sich – nichts von dem grellen roten und schwarzen Mephistopheles-Zeug. Es sind stille graue

Burschen, damit beschäftigt, alles grau zu machen – so sind sie.«

»Tatsächlich? Nun, ich möchte mich jetzt ganz klar ausdrücken, Mr. Patson. Wie ich schon vorhin andeutete, ist diese Idee von den sogenannten Grauen etwas, was ich nicht leichtfertig von der Hand weisen kann, und zwar einfach deshalb, weil sie sehr gravierende anti-soziale Auswirkungen haben könnte. Es ist eine Sache, einen höchst phantastischen Glauben an irgendein rätselhaftes Prinzip des Bösen zu hegen, das zu seinem eigenen bösen Zweck auf uns einwirkt. Und es ist eine ganz andere Sache zu glauben, daß reale Mitbürger, wahrscheinlich höchst gewissenhafte und nützliche Mitglieder der Gesellschaft, überhaupt keine menschlichen Wesen, sondern maskierte Dämonen sind. Sie verstehen, was ich meine?«

»Natürlich tue ich das«, erwiderte Mr. Patson mit einem Anflug von Ungeduld. »Ich bin nicht dumm, auch wenn ich bei Ihnen vielleicht den Eindruck erweckt habe. Diese Idee von den Grauen – nun, sie macht einem alles klar, nicht wahr? Hier sind sie, emsig wie Bienen, hinter jeder Ecke, könnte man sagen.«

Der Doktor lächelte. »Dennoch sind Sie nie einem begegnet. Ist das nicht sehr vielsagend? Veranlaßt Sie das nicht, sich selbst zu fragen, was an dieser absurden Vorstellung Wahres dran sein kann? Überall diese Grauen, die Macht über uns anstreben, unser Leben beeinflussen, und doch sind Sie nie wirklich mit einem in Kontakt gekommen. Na – na – Mr. Patson –« Und er schwenkte einen Finger hin und her.

»Wer sagt, daß ich nie einem begegnet bin?« fragte Mr. Patson entrüstet. »Wie kommen Sie darauf, Doktor?«

»Wollen Sie mir etwa erzählen –«

»Gewiß will ich Ihnen das erzählen. Ich kenne wenigstens ein Dutzend. Mein eigener Schwager ist einer.«

Dr. Smith' Miene war weder schockiert noch überrascht.

Er blickte nur für einen kurzen Augenblick forschend auf und machte sich dann rasch ein paar Notizen. Danach klang er nicht mehr wie ein zu Späßen aufgelegter Schulmeister, sondern wurde der Arzt, der es mit einem schweren Fall zu tun hat. »So ist das also, Mr. Patson. Sie kennen wenigstens ein Dutzend Graue, und einer von ihnen ist Ihr Schwager. Das ist richtig, nicht wahr? Gut! Sehr gut, lassen Sie uns mit Ihrem Schwager beginnen. Wann und wo machten Sie die Entdeckung, daß er ein Grauer ist?«

»Nun, bei Harold habe ich mich schon viele Jahre gefragt, was ich von ihm halten sollte«, sagte Mr. Patson langsam. »Ich habe ihn nie gemocht, aber nie so recht gewußt, warum. Er war mir immer ein Rätsel. Er ist einer von diesen Burschen, die kein Zentrum zu haben scheinen, das man verstehen kann. Sie handeln nicht aus gewöhnlichen menschlichen Gefühlen heraus. Sie haben keine Motive, die man erkennen kann. Es ist, als ob in ihrem Innern nichts wäre. Sie funktionieren wie Automaten. Wissen Sie, was ich meine, Doktor?«

»Es wäre jetzt besser, wenn Sie mich aus dem Spiel ließen. Erzählen Sie mir einfach, was Sie dachten und empfanden – bezüglich Harold, zum Beispiel.«

»Ja, Harold. Nun, er war einer von ihnen. Kein Zentrum, keine Gefühle, keine Motive. Ich bemühte mich, ihm näherzukommen, einfach meiner Frau zuliebe, obwohl sie nie ein enges Verhältnis zueinander hatten. Ich unterhielt mich mit ihm zu Hause, nach dem Abendessen, und manchmal führte ich ihn zum Essen aus. Man konnte ihn nicht unfreundlich nennen – das wäre wenigstens *etwas* gewesen. Er hörte mir bis zu einem bestimmten Punkt zu, während ich sprach. Wenn ich ihm eine Frage stellte, gab er mir eine Art Antwort. Er sprach in einem modischen Stil, fast wie ein Leitartikel in einer der vorsichtigeren Zeitungen. Kühles, graues Zeug. Es war nichts wirklich falsch daran, aber es stimmte trotzdem nicht. Und nach einiger Zeit, so etwa nach einer halben Stunde, fiel es mir schwer, mit ihm zu reden, sogar über meine eigenen Geschäfte. Ich begann mich zu fragen, was ich als nächstes sagen sollte. Es existierte ein Vakuum zwischen uns. Er hatte einen Trick, den ich auch bei anderen oft beobachtet habe, nämlich einen nicht zu ermutigen fortzufahren, einen nur anzustarren und darauf zu warten, daß man etwas Dummes sagt. Nun, ich habe das seinem Beamtenberuf zugeschrieben. Als ich ihn kennenlernte, war er einer der Assistenten des Vorstehers unseres hiesigen Stadtrats. Jetzt ist er der Vorsteher, ein ziemlich guter Posten, denn unsere Gemeinde ist groß. Nun, ein Mann in dieser Position muß vorsichtiger sein als jemand wie ich. Er darf sich nicht gehenlassen, muß es zu vielen Leuten recht machen – oder darf sie zumindest nicht vor den Kopf stoßen. Und eines war sicher – eigentlich hätte ihn das menschlicher machen sollen, doch irgendwie tat es das nicht –, er wollte vorwärtskommen. Er hatte Ehrgeiz, aber auch da war es kein gewöhnlicher menschlicher Ehrgeiz mit ein bißchen Feuer und Frechheit darin, sondern eine Art kalter Entschlossenheit aufzusteigen. Sie verstehen, was ich meine? Oh – ich vergaß – keine Fragen. Nun, so war er – und ist er. Doch dann fiel mir etwas anderes an Harold auf. Und sogar meine Frau mußte mir da zustimmen. Er war, was wir einen ›Dämpfer‹ nannten. Wenn man mit ihm ausging, verdarb er nicht nur sich selbst, sondern auch den anderen den Abend. Ich sehe mir gern eine gute Show an und habe nichts dagegen, mir eine sehr gute mehrmals anzusehen, aber wenn ich Harold mitnahm, spielte es überhaupt keine Rolle, was es war, ich konnte es nicht genießen. Er sagte nichts direkt oder machte sich darüber lustig, aber indem er einfach nur dabei war, neben einem saß, machte er alles mies und nahm ihm jede Farbe und jegliches Vergnügen. Man fragte sich, warum man seinen Abend und sein Geld für so ein Zeug verschwen-

det hatte. Egal, ob man es mit einem Football- oder Kricket-
spiel bei ihm versuchte, man verbrachte einen langweiligen
Nachmittag. Und ihn zu einer kleinen Party einzuladen, war
tödlich. Er war höflich, hilfsbereit, tat alles, worum man ihn
bat, aber die Party kam nicht in Schwung. Es war, als ob er
uns unsichtbar mit einem teuflischen Präparat besprüht
hätte, das alle müde, gelangweilt und deprimiert machte.
Einmal waren wir dumm genug, ihn in einen Urlaub mitzu-
nehmen, auf eine Fahrt durch Frankreich und Italien. Es war
der schlimmste Urlaub, den wir je verbracht haben. Er hat
ihn völlig verdorben. Alles, was er ansah, erschien kleiner
und langweiliger und grauer, als es war. Chartres, die Loire-
Landschaft, die Provence, die Italienische Riviera, Florenz,
Siena – alles wurde mies und grau, so daß wir uns fragten,
warum wir uns überhaupt die Mühe gemacht hatten, eine
solche Reise zu organisieren, und uns nicht auf Torquay und
Bornemouth beschränkt hatten. Dann, bevor ich klüger geworden war, erzählte ich ihm von verschiedenen Plänen zur
Verbesserung meines Geschäfts, aber sobald ich Harold ein
Projekt beschrieb, konnte ich spüren, wie mein Enthusias-
mus schwand. Ich hatte das Gefühl – oder er vermittelte es
mir –, daß keiner meiner Pläne das Risiko wert war. Daß es
besser war, bei der alten Routine zu bleiben. Ich glaube, ich
wäre inzwischen erledigt, wenn ich nicht den Verstand besessen hätte, mit Harold nicht mehr über mein Geschäft zu
reden. Wenn er mich nach neuen Plänen fragte, sagte ich,
daß ich keine hätte. All das war lange, bevor ich etwas von
den Grauen wußte. Aber Harold lag mir auf der Seele, besonders da er so nah bei uns wohnte und arbeitete. Als er
Vorsteher des Stadtrates wurde, begann ich mich mehr für
unsere kommunalen Angelegenheiten zu interessieren, bloß
um zu sehen, welchen Einfluß Harold auf sie ausübte. Ich
machte fast eine Detektivarbeit daraus. Wir hatten zum Beispiel einen ziemlich jungen, energischen Leiter des Schul-

und Bildungsamtes, doch der ging, und an seiner Stelle wurde ein langweiliger, schüchterner Bursche ernannt. Und ich fand heraus, daß Harold das bewirkt hatte. Ferner hatten wir einen lebhaften Burschen, der für die Unterhaltung zuständig war, der die Dinge ein wenig aufheiterte, aber ihn wurde Harold ebenfalls los. Ihm und seinem Freund, dem Schatzmeister, der auch einer von denen war, gelang es, allem, was unserem Leben ein wenig Farbe und Glanz gab, ein Ende zu bereiten. Natürlich hatten sie immer eine gute Entschuldigung – Sparen und so. Aber mir fiel auf, daß Harold und der Schatzmeister immer nur in einer Richtung sparten, nämlich auf der, sagen wir, anti-grauen Seite, und nie den Finger rührten, um auf der anderen Seite Geld zu sparen, bei den hochoffiziellen, pompösen, lästigen, irritierenden, deprimierenden Angelegenheiten, die den Zweck haben, uns zu entmutigen. Und auch Ihnen selbst muß aufgefallen sein, daß wir nie in dieser Richtung sparen, weder in kommunalen noch in nationalen Angelegenheiten, und daß das, worüber ich mich im Zusammenhang mit unserer Gemeinde beklagte, im ganzen Land vor sich geht – ja, und soweit ich feststellen kann, in vielen anderen Ländern ebenfalls.«

Dr. Smith wartete einen Augenblick und sagte dann ziemlich scharf: »Fahren Sie bitte fort, Mr. Patson. Wenn ich etwas dazu sagen oder eine Frage stellen möchte, werde ich das tun.«

»Das war es, was ich meinte«, ergriff Mr. Patson wieder das Wort, »als ich von der Wirtschaft und der Politik und den sozialen Veränderungen sprach, die nur benutzt werden. Ich habe die ganze Zeit das Gefühl gehabt, daß etwas dahintersteckt. Wenn wir es für uns selbst tun, ergibt es keinen Sinn. Aber die Antwort ist natürlich, daß wir es nicht für uns selbst tun, wir werden bloß manipuliert. Nehmen Sie den Kommunismus. Die Grauen müssen ihre Arbeit in einigen dieser Länder beinahe beendet haben – sie brauchen sich kaum mehr darum zu sorgen. Gut, wir mögen den Kommunismus nicht. Wir müssen jede nur denkbare Anstrengung machen, bereit zu sein, ihn zu bekämpfen. Was geschieht also? Immer mehr Graue übernehmen die Macht. Dies ist ihre Chance. Sie gewinnen also so oder so, und wir verlieren. Wir sind schon weiter auf der Straße, die wir nie gehen wollten. Näher bei den Bienen, Ameisen, Termiten. Weil wir getrieben werden. Mein Gott – Doktor – können Sie das nicht selbst spüren?«

»Nein, das kann ich nicht, aber kümmern Sie sich nicht um mich. Und werden Sie bitte nicht zu allgemein. Was ist mit Ihrem Schwager, Harold? Wann kamen Sie zu dem Schluß, daß er ein Grauer ist?«

»Nachdem ich darüber nachzudenken begann, was Firbright gesagt hatte«, erwiderte Mr. Patson. »Ich habe mir vorher Harold nie erklären können – und ich habe es weiß Gott oft genug versucht. Danach sah ich sofort, daß er ein Grauer war. Natürlich wurde er nicht so geboren, denn so konnte das unmöglich funktionieren. Meine Vermutung ist, daß dem wirklichen Harold Sothers irgendwann in seiner Jugend die Seele oder Essenz genommen wurde und ein Grauer hineinschlüpfte. Das muß jetzt ständig passieren, es sind so viele von ihnen unterwegs. Natürlich erkennen sie einander und helfen sich gegenseitig, was es ihnen leichtmacht, mit uns Menschen umzugehen. Sie wissen genau, was sie wollen. Sie erhalten und geben Befehle. Es ist, als ob eine ganze, wohldisziplinierte Geheimarmee gegen uns arbeitet. Und unsere einzige Chance ist, sie zu enttarnen und ihnen den Krieg zu erklären.«

»Wie können wir das«, fragte Dr. Smith leise lächelnd, »wenn sie geheim sind?«

»Ich habe viel darüber nachgedacht«, sagte Mr. Patson ernst, »und es ist nicht ganz so hoffnungslos, wie Sie vielleicht denken. Mit der Zeit erkennen Sie den einen oder anderen. Harold, zum Beispiel. Und unseren Schatzmeister. Ich bin sicher, er ist einer. Und, wie ich anfangs schon sagte, gibt es noch ein gutes Dutzend mehr, auf die ich gern wetten würde. Ja, ich weiß, was Sie sich fragen, Doktor. Ob sie alle Beamte sind, wie? Nein, nicht alle, vielleicht sieben oder acht. Und es ist leicht einzusehen, warum gerade Beamte – weil da die Macht ist heutzutage. Zwei weitere sind tüchtige Politiker – und nicht von derselben Partei. Einer ist ein Bankier aus der Stadt, den ich kenne – und er ist ein richtiger Grauer. Ich wäre nicht in der Lage gewesen, sie zu entdecken, wenn ich nicht so viel Zeit mit Harold verbracht oder mir über ihn Gedanken gemacht hätte. Sie haben alle den gleichen verkleinernden und ausbleichenden starren Blick, die gleiche tödliche Berührung. Warten Sie, bis Sie eine ganze Gruppe davon zusammen sehen, wie sie eine Konferenz abhalten.« Hier brach Mr. Patson plötzlich ab, als ob er das Gefühl hätte, zuviel gesagt zu haben.

Dr. Smith hob die Augenbrauen, so daß sie über seinen Brillengläsern erschienen und sich bewegenden haarigen Raupen glichen. »Vielleicht möchten Sie jetzt eine Zigarette, Mr. Patson. Nein, nehmen Sie eine von diesen. Ich selbst bin kein Raucher, aber sie sollen ausgezeichnet sein. Ah – Sie haben Feuer. Gut! Nun entspannen Sie sich einen Augenblick, denn ich glaube, Sie werden ein wenig müde. Und es ist sehr wichtig, daß Sie in der Lage sind, Ihren Bericht von diesen – äh – Grauen wenn möglich ohne hysterische Überbetonung zu beenden. Nein, nein – Mr. Patson –, ich wollte damit nicht sagen, daß es schon zu einer solchen Überbetonung gekommen ist. Sie haben sich bisher sehr wacker geschlagen, wenn man die Umstände bedenkt. Und es ist ein besonders schwerer Tag, nicht wahr? Wir scheinen zu viele solcher Tage zu haben, stimmt's? Oder liegt es einfach daran, daß wir nicht jünger werden?« Er produzierte sein breites Schauspielerlachen. Dann brachte er seine großen weißen

Hände zusammen, verstand es, seine Lippen lächeln zu lassen, ohne den harten Blick aus seinen Augen zu nehmen, und sagte schließlich: »Also, Mr. Patson. An der Stelle, an der Sie Ihre Geschichte, sagen wir, abbrachen, hatten Sie angedeutet, daß Sie eine ganze Gesellschaft Grauer beim Abhalten einer Konferenz gesehen haben. Ich glaube, es wäre sehr nützlich, wenn Sie diese ziemlich erstaunliche Bemerkung näher erläutern würden, meinen Sie nicht auch?«

Mr. Patson machte ein gequältes Gesicht. »Vielleicht sollte ich es einfach dabei bewenden lassen, falls Sie nichts dagegen haben, Doktor. Wenn es nämlich alles Unsinn ist, besteht kein Grund, Ihnen davon zu erzählen. Wenn es kein Unsinn ist –«

»Ja«, sagte Dr. Smith nach einer kurzen Pause ermunternd, »wenn es kein Unsinn ist –«

»Dann sage ich vielleicht zuviel.« Und Mr. Patson hielt nach einem Aschenbecher Ausschau, als wolle er seine Bestürzung verbergen.

»Da – neben Ihrem Ellbogen, Mr. Patson. Nun sehen Sie mich bitte an. Und erinnern Sie sich an das, was ich früher sagte. Ich bin nicht an phantastischen Theorien über das Universum oder an wilden Interpretationen des gegenwärtigen Zustands der Welt interessiert. Alles, was mich hier interessiert, in meiner beruflichen Eigenschaft, ist Ihr Geisteszustand, Mr. Patson. Angesichts dieser Tatsache wäre es schlichtweg absurd, der Meinung zu sein, Sie könnten zuviel sagen. Wenn Sie nicht völlig offen mit mir sind, wird es mir schwerfallen, Ihnen zu helfen. Wir hatten uns doch darauf geeinigt, und bisher haben Sie auch meinen Anweisungen großartig Folge geleistet. Alles, worum ich Sie jetzt bitte, ist noch ein wenig Mitarbeit. Haben Sie tatsächlich an einer Veranstaltung teilgenommen, die Sie für eine Konferenz der Grauen hielten?«

»Ja, das habe ich«, antwortete Mr. Patson ein wenig widerwillig. »Aber ich gebe zu, daß ich nichts beweisen kann. Den wichtigsten Teil habe ich mir vielleicht eingebildet. Doch wenn Sie darauf bestehen, werde ich Ihnen erzählen, was geschah. Ich bekam zufällig mit, wie Harold und unser Schatzmeister sich verabredeten, gemeinsam nach Maundby Hall zu fahren, das ungefähr fünfzehn Meilen nördlich von meiner Wohnung liegt. Ich bin selbst nie dort gewesen, aber ich hatte im Zusammenhang mit verschiedenen Ferienkursen und Konferenzen und ähnlichen Dingen davon gehört. Ist Ihnen der Ort vielleicht bekannt, Mr. Smith?«

»Ja, in der Tat. Ich hatte dort an einem Samstagabend einen Vortrag zu halten. Es ist ein weitläufiges frühviktorianisches Landhaus, mit einem großen Ballsaal, der für die wichtigeren Versammlungen benutzt wird.«

»Ja, genau da. Nun, es hatte den Anschein, daß sie dort an einer Konferenz der New Era Community Planning Association teilnehmen wollten. Und als ich sie davon sprechen hörte, dachte ich zuerst, was für ein Glück, daß ich nicht auch dorthin muß. Hinterher allerdings überlegte ich mir, daß, wenn man Außenstehende von einer Versammlung fernhalten wollte, man diese am besten in einem etwas abseits gelegenen Landhaus abhielt und ›Tagung oder Konferenz der New Era Community Planning Association‹ nannte. Mir wäre jedenfalls jede Ausrede recht, wenn jemand zu mir sagte: ›Komm mit und laß uns den Tag damit zubringen, der New Era Community Planning Association zuzuhören‹. Jemand wie Harold würde sich natürlich nicht langweilen. Die Grauen langweilen sich nie, was der Grund dafür ist, daß sie in der Lage sind, heutzutage so viele Stellen und Posten zu ergattern, nämlich die Art von Posten, die nach Langeweile stinken. Nun, diese New Era Community Planning Association konnte eine der üblichen Gesellschaften von Wichtigtuern, Spinnern und Schaumschlägern sein. Aber sie konnte genausogut etwas anderes sein, und ich mußte dabei wieder an die Grauen denken. Samstag war der Tag der Konferenz. Ich begab mich am Vormittag in mein Büro, nur um nachzusehen, ob dringende Post da war, und ging dann zum Mittagessen nach Hause. Nachdem ich den halben Nachmittag verstreichen ließ, mußte ich einfach wissen, was in Maundby Hall geschah, also fuhr ich mit dem Auto hin. Ich parkte außerhalb des Geländes, erkundete ein wenig die Umgebung und fand schließlich einen Zugang durch einen kleinen Wald an der Rückseite. Es war niemand zu sehen, und ich schlich mich durch eine Dienstbotentür in der Nähe der Vorrats- und Speisekammern ins Haus. Einige Angestellte eines Speise- und Getränkelieferanten trieben sich dort herum, aber niemand kümmerte sich um mich. Ich stieg ein paar Hintertreppen hoch, und nachdem ich mich umgesehen hatte, was mir ebensoviel Vergnügen bereitete wie alles, was ich sonst in diesem Jahr gemacht habe, führte mich der Klang von Stimmen zu einer kleinen Tür auf einem Flur im Obergeschoß. Diese Tür war von innen verschlossen, aber mir hatte einmal jemand gezeigt, was man mit einer verschlossenen Tür macht, wenn der Schlüssel auf der anderen Seite noch im Schloß steckt. Man schiebt ein Blatt Papier unter die Tür, stößt den Schlüssel heraus, so daß er auf das Papier fällt, und zieht dann das Papier mit dem Schlüssel wieder hervor. Nun, dieser Trick funktionierte, und ich war in der Lage, die Tür zu öffnen, was ich sehr vorsichtig tat. Sie führte auf einen kleinen Balkon, der den Ballsaal überblickte. Es gab kein Fenster in der Nähe dieses Balkons, so daß es ziemlich dunkel da oben war und ich ungesehen an das vordere Geländer kriechen konnte. Es mußten zwischen drei- und vierhundert sein, die auf kleinen Stühlen in jenem Ballsaal saßen. Der Balkon befand sich hoch über der Tribüne, so daß ich sie recht gut davor sitzen sehen konnte. Sie sahen wie Graue aus, aber ich konnte natürlich nicht sicher sein. Und ungefähr eine Stunde lang war nicht erkennbar, ob es sich wirklich um eine Konferenz der New Era Community Planning Association oder um eine geheime Versammlung von Grauen handelte. Was gesprochen wurde, hätte auf beides hindeuten können. Darin sind die Grauen so verdammt geschickt. Sie brauchen nur weiter zu tun, was jeder von ihnen erwartet in ihrer Eigenschaft als zuverlässige, gewissenhafte Bürger und Männer mit Einfluß, sie brauchen nur ihre teuflische Aufgabe weiterzuverfolgen. Da saß ich also und wurde verkrampft, aber nicht klüger. Noch eine Gesellschaft ernsthafter Wichtigtuer, die vielleicht neue Wege vorschlugen, uns unserer Individualität zu berauben. Oder ein organisierter Trupp maskierter Teufel und Dämonen, die vielleicht Pläne schmiedeten, uns den Insekten näherzubringen, uns unsere Seelen zu rauben. Nun, ich wollte gerade wieder auf den Flur zurückkriechen und alles aufgeben, als plötzlich etwas geschah.« Er hielt inne und sah seinen Zuhörer unschlüssig an.

»Ja, Mr. Patson«, sagte Dr. Smith ermutigend, »da geschah etwas?«

»Dies ist der Teil, von dem Sie behaupten können, daß ich ihn mir einbildete, und ich kann nicht beweisen, daß es nicht so war. Aber ich habe es gewiß nicht geträumt, weil ich viel zu verkrampft war und mir alles viel zu sehr wehtat, um einzuschlafen. Also, das erste, was mir auffiel, war eine plötzliche Veränderung der Atmosphäre im Saal. Es war, als ob jemand sehr Wichtiges eingetroffen wäre, obwohl ich niemanden hatte hereinkommen sehen. Und ich hatte den Eindruck, daß die *eigentliche* Konferenz erst beginnen würde. Noch etwas – ich war jetzt ganz sicher, daß dies keine zufällige Ansammlung von Wichtigtuern und Schaumschlägern war, daß sie alle Graue waren. Wenn Sie mich bitten würden, Ihnen genau zu erzählen, woher ich das wußte, könnte ich es nicht. Aber ich bemerkte noch etwas anderes, nach ein, zwei Minuten. Diese Grauen, die sich massenweise dort unten zusammengefunden hatten, besaßen nun eine bestimmte eigene Qualität, die mir nie zuvor aufgefallen war. Nicht, daß sie einfach nur negativ waren, nicht-menschlich, wie zu gewöhnlichen Zeiten; sie hatten diese bestimmte Qualität, die ich nur als eine Art frostige Satanie bezeichnen kann. Als ob sie aufgehört hätten, Menschsein vorzutäuschen und sich gehen ließen, um ihr dämonisches Wesen wieder anzunehmen. Und hier muß ich Sie darauf aufmerksam machen, Doktor, daß meine Darstellung der Ereignisse von da an skizzenhaft und absonderlich ist. Denn zum einen hatte ich keinen wirklich guten Beobachtungsposten auf jenem Balkon, wo ich mich nicht zu zeigen wagte und nur flüchtige Blicke erhaschte; und zum anderen war ich erschrocken. Ja, Doktor, ich hatte furchtbare Angst. Ich kauerte da über immerhin drei- bis vierhundert Kreaturen aus irgendeiner kalten Hölle. Diese Eigenschaft, die ich erwähnte, dieses frostig Satanische, schien mich in Wellen zu überrollen. Vielleicht kniete ich am Rande eines Abgrunds der Frevelhaftigkeit von Millionen Meilen Tiefe. Ich spürte die Macht dieses Satanischen nicht außen, sondern innen, als ob geradezu der Kern meines Wesens in Frage gestellt und angegriffen würde. Ein Fehltritt, eine Ohnmacht, und ich wachte vielleicht auf, um festzustellen, daß ich ein Konzentrationslager leitete und Häute für Lampenschirme auswählte. Dann erschien jemand oder etwas im Saal. Dieser Jemand oder dieses Etwas, das sie erwartet hatten, befand sich da unten auf der Tribüne. Ich spürte es ganz deutlich. Aber ich konnte ihn oder es nicht sehen. Alles, was ich ausmachen konnte, war eine Verdichtung und ein Wirbeln der Luft da unten. Dann drang eine Stimme daraus hervor, die Stimme des Führers, den sie erwartet hatten. Aber diese Stimme kam nicht von außen, durch meine Ohren. Sie sprach in mir, direkt im Zentrum, so daß ich auf sie aufmerksam wurde, wenn Sie verstehen, was ich meine. Fast wie eine kleine, sehr klare Stimme bei einer guten Telefonverbindung, aber von innen kommend. Ich sage Ihnen, ich hatte nicht die geringste Lust, mir das anzuhören, ganz gleich, welche großen Geheimnisse sich offenbaren sollten; ich wollte nur raus, so schnell ich konnte. Aber für ein paar Minuten war ich zu verängstigt, um mich zu bewegen.«

»Dann hörten Sie, was diese – äh – Stimme sagte, Mr. Patson?« fragte der Doktor.

»Zum Teil – ja.«

»Ausgezeichnet! Das ist jetzt sehr wichtig.« Und Dr. Smith deutete mit seinem wunderschönen Füllfederhalter auf Mr. Patsons linkes Auge. »Haben Sie etwas erfahren, was Ihnen nicht zuvor schon bekannt war? Bitte antworten Sie mir sorgfältig.«

»Ich werde Ihnen etwas erzählen, was Sie nicht glauben werden«, rief Mr. Patson. »Nicht über die Stimme – dazu kommen wir noch –, sondern über jene Grauen. Ich riskierte einen verstohlenen Blick, während die Stimmen sprachen, und was ich sah, ließ mich beinahe ohnmächtig werden. Da waren sie – drei- oder vierhundert von ihnen – und sahen überhaupt nicht menschlich aus, bemühten sich nicht einmal darum; sie hatten alle ihre ursprüngliche Gestalt wieder angenommen. Sie glichen – besser kann ich es nicht beschreiben – halb durchsichtigen Schildkröten, und ihre Augen waren wie sechshundert unter Wasser brennende elektrische Lampen, die grünlich und unerschrocken aus der Hölle emporleuchteten.«

»Aber was hörten Sie die Stimme sagen?« Dr. Smith drängte jetzt. »Woran können Sie sich erinnern? Das will ich wissen. Nun machen Sie schon weiter.«

Mr. Patson fuhr sich mit der Hand über die Stirn und betrachtete dann mit einigem Erstaunen seine Handkante, als hätte er nicht damit gerechnet, daß sie so naß sein könnte. »Ich hörte, wie sie den Anwesenden dankte im Namen von

Adaragraffa – dem Herrn der kriechenden Heerscharen. Ja, ich hätte es mir eingebildet haben können – nur, daß ich nie gewußt habe, daß ich diese Art von Einbildung besitze. Und was ist Einbildung überhaupt?«

»Was noch – was hörten Sie sonst noch?«

»Weitere zehntausend sollen in die westliche Region abkommandiert werden. Es soll Beförderungen geben für die, die am längsten ununterbrochen im Dienst waren. Der Schwerpunkt des Angriffs vermittels der sozialen Bedingungen, der inzwischen ganz von selbst läuft, soll auf das Austrocknen des Charakters verlagert werden, besonders bei den Jüngeren der zum Untergang verurteilten Spezies. Ja, das waren genau die Worte.« Mr. Patson schrie, sprang auf und wedelte mit den Armen. »Besonders bei den Jüngeren der zum Untergang verurteilten Spezies. Bei uns – verstehen Sie – bei uns. Und ich sage Ihnen – wir haben keine Chance, wenn wir uns jetzt nicht zu Wehr setzen – *jetzt* – ja, und mit allem, was wir noch haben. Die Grauen. Und immer mehr von ihnen kommen, übernehmen die Herrschaft über uns, geben uns hier einen Schubs, da einen Stoß – hinunter – hinunter –«

Mr. Patson spürte, wie seine Arme fest ergriffen und von dem Arzt, der offensichtlich ziemlich kräftig war, festgehalten wurden. Im nächsten Augenblick wurde er in seinen Stuhl gedrückt. »Mr. Patson«, sagte der Doktor streng, »Sie dürfen sich nicht so aufregen. Das kann ich nicht zulassen. Ich muß Sie nun bitten, sich für eine Minute ruhig und still zu verhalten, während ich mit meinem Partner, Dr. Meyenstein, spreche. Es ist zu Ihrem eigenen Besten. Versprechen Sie mir das.«

»In Ordnung, aber machen Sie nicht zu lange«, erwiderte Mr. Patson, der sich auf einmal sehr erschöpft fühlte. Während er den Doktor hinausgehen sah, fragte er sich, ob er nicht entweder zuviel oder nicht genug gesagt hatte. Zuviel, befürchtete er, wenn er als der vernünftige Geschäftsmann akzeptiert werden wollte, der zufällig von ein paar neurotischen Phantasien heimgesucht wurde. Und nicht genug vielleicht, um angesichts der offensichtlichen Skepsis des Doktors die schreckliche Aufregung zu rechtfertigen, die ihn am Ende der Unterredung erschüttert hatte. Zweifellos lachten Dr. Smith und Dr. Meyenstein um die Ecke herzlich über diesen Unsinn mit den Grauen. Na schön, sie könnten ruhig versuchen, ihn ebenfalls zum Lachen zu bringen. Er wäre nur zu beglückt, sich ihnen anzuschließen, wenn sie ihn davon überzeugen könnten, daß er sich getäuscht hatte. Das ist es wahrscheinlich, was sie jetzt tun würden.

»Nun, Mr. Patson«, sagte Dr. Smith munter und ernst zugleich, als er mit zwei Männern zurückkehrte, von denen einer Dr. Meyenstein und der andere ein stämmiger Bursche in Weiß, vielleicht ein Krankenpfleger, war. Alle drei kamen langsam auf ihn zu, während Dr. Smith zu ihm sprach. »Sie müssen einsehen, daß Sie ein sehr kranker Mann sind – psychisch krank, wenn nicht gar körperlich. Deshalb müssen Sie sich in unsere Hände begeben.«

Noch während er in vager Zustimmung nickte, erkannte Mr. Patson, was er schon vorher hätte vermuten sollen, daß Dr. Smith ein Grauer war und daß er nun zwei weitere Graue mitgebracht hatte. Als die drei Männer sich auf ihn stürzten, um seine Warnung für immer zu ersticken, glaubte er einen flüchtigen Augenblick lang, die Kreaturen im Ballsaal wieder zu erblicken, dieses Mal drei von ihnen, gleich halb durchsichtigen Schildkröten, mit sechs wie elektrische Lampen unter Wasser brennenden Augen, die grünlich, unerschrocken und triumphierend aus der Hölle emporleuchteten...

Die Frage

Ich bin Elektrovollstrecker. Ich ziehe diesen Ausdruck dem Wort Scharfrichter vor; ich glaube, Wörter sind von großer Bedeutung. Als ich ein Junge war, hießen Leute, die die Toten begruben, Leichenbestatter, und dann, im Laufe der Zeit, wurden daraus Bestattungsunternehmer, was sich sehr zu ihrem Vorteil auswirkte.

Man nehme nur den Leichenbestatter in meinem Ort. Er war ein anständiger, geachteter Mann – sehr freundlich, wenn man ihm Gelegenheit dazu gab, aber kaum jemand tat das. Sein Sohn, der heute das Geschäft leitet, ist kein Leichenbestatter mehr, sondern ein Bestattungsunternehmer und überall willkommen. Er ist sogar im Vorstand meiner Loge und eines der beliebtesten Mitglieder, die wir haben. Und alles, was dazu notwendig war, war ein neues Wort. Die Arbeit ist dieselbe, aber das Wort ist ein anderes, und für die Leute werden immer nur die Wörter zählen, nicht die Bedeutungen.

Ich bin also, wie gesagt, Elektrovollstrecker – was die richtige Berufsbezeichnung in meinem Staat dafür ist, wo der elektrische Stuhl als Mittel der Hinrichtung dient.

Nicht, daß das mein Beruf wäre. Es ist tatsächlich nur eine Nebenbeschäftigung, wie für die meisten von uns, die Hinrichtungen durchführen. Eigentlich betreibe ich einen Laden für Elektrobedarf und -reparaturen, wie schon mein Vater vor mir. Als er starb, erbte ich nicht nur das Geschäft von ihm, sondern auch den Posten als staatlicher Elektrovollstrecker.

Wir begründeten eine Tradition, mein Vater und ich. Er betrieb diesen Laden schon vor der Jahrhundertwende mit Gewinn, als Elektrizität noch eine vergleichsweise neue Sache war, und er war der erste, der eine erfolgreiche Hinrichtung auf dem elektrischen Stuhl für den Staat durchführte.

Es war jedoch nicht die erste Elektrovollstreckung des Staates. Bei dieser handelte es sich um ein Experiment, das von dem Ingenieur, der den Stuhl im Staatsgefängnis installierte, bös verpfuscht wurde. Mein Vater, der bei der Aufstellung des Stuhls geholfen hatte, war Assistent bei der Elektrovollstreckung, und er erzählte mir, daß alles, was an jenem Tag nur schiefgehen konnte, schiefging. Die Stromspannung war zu stark, und sein Boß blieb am Hebel hängen und verkohlte, während der Mann auf dem Stuhl gesund und munter war. Das nächste Mal erklärte sich mein Vater bereit, die Arbeit selbst zu machen, verlegte die Leitungen neu und bediente den Hebel so gut, daß ihm der Posten als offizieller Elektrovollstrecker angeboten wurde.

Ich trat in seine Fußstapfen – so entsteht eine Tradition, aber ich befürchte, daß diese mit mir enden wird. Ich habe einen Sohn, und was ich zu ihm sagte, und was er zu mir sagte, ist der springende Punkt bei der ganzen Sache. Er stellte mir eine Frage – nun, meiner Meinung nach war es die Art von Frage, die den meisten Problemen unserer heutigen Welt zugrunde liegt. Es gibt ein paar schlafende Hunde, die man nicht aufwecken sollte; es gibt ein paar Fragen, die man nicht stellen sollte.

Um all das zu verstehen, glaube ich, daß Sie mich verstehen müssen, und nichts könnte leichter sein. Ich bin sechzig, fange gerade an, so auszusehen, bin etwas übergewichtig und leide manchmal an Arthritis, wenn das Wetter feucht ist. Ich bin ein guter Bürger, beklage mich über meine Steuern, die ich aber pünktlich zahle, wähle die richtige Partei und betreibe mein Geschäft gut genug, um bequem davon leben zu können.

Ich bin seit fünfunddreißig Jahren verheiratet und habe in der ganzen Zeit nie eine andere Frau angesehen. Na ja, angesehen vielleicht, aber mehr auch nicht. Ich habe eine verheiratete Tochter und eine knapp einjährige Enkelin, die das hübscheste Baby mit dem schönsten Lächeln in der Stadt ist. Ich verwöhne es und entschuldige mich nicht dafür, denn das ist meines Erachtens die Aufgabe von Großvätern – ihre Enkelkinder zu verwöhnen. Mögen Mama und Papa sich um die ernsten Dinge kümmern; der Großvater ist für das Vergnügen da.

Und dann habe ich noch einen Sohn, der Fragen stellt. Die Art von Fragen, die man nicht stellen sollte.

Man setze das Bild zusammen, und was herauskommt, ist jemand wie Sie selbst. Ich könnte Ihr Türnachbar sein, ich könnte Ihr alter Freund sein, ich könnte Ihr Onkel sein, dem Sie begegnen, wann immer die Familie sich zu einer Hochzeit oder einem Begräbnis trifft. Ich bin wie Sie.

Natürlich sehen wir äußerlich alle verschieden aus, aber dennoch können wir uns auf Anhieb als die gleiche Art von Menschen erkennen. Tief in unserem Innern, in unserem Kern, haben wir alle dieselben Gefühle, und wir wissen das, ohne daß wir Fragen dazu stellen müßten.

»Aber«, könnten Sie sagen, »es gibt einen Unterschied zwischen uns. Sie sind derjenige, der die Hinrichtungen durchführt, und ich bin derjenige, der darüber in der Zeitung liest, und das ist ein großer Unterschied, ganz gleich, wie Sie es sehen.«

Ist es wirklich ein Unterschied? Nun, betrachten Sie es ohne Vorurteil, betrachten Sie es mit absoluter Aufrichtigkeit, und Sie werden zugeben müssen, daß Sie unfair sind.

Lassen Sie uns den Tatsachen ins Auge sehen, wir sitzen alle im selben Boot. Wenn zufällig ein alter Freund von Ihnen unter den Geschworenen ist, die einen Mörder für schuldig befinden, verschließen Sie doch nicht die Tür vor ihm, oder? Und weiter: Wenn Sie die Bekanntschaft des Richters machen könnten, der jenen Mörder zum elektrischen Stuhl verurteilt, wären Sie doch stolz darauf, nicht wahr? Sie würden sich geehrt fühlen, ihn an Ihrem Tisch sitzen zu haben, und Sie hätten nichts Eiligeres zu tun, als es der Welt zu verkünden.

Und da Sie der Jury, die schuldig spricht, und dem Richter, der verurteilt, so freundlich gesonnen sind, wie steht's da mit dem Mann, der den Hebel bedient? Er führt die Arbeit zu Ende, die Sie getan haben wollen, er macht die Welt zu einem besseren Ort. Warum muß er sich in einer dunklen Ecke verstecken, bis er das nächste Mal gebraucht wird?

Es ist sinnlos zu leugnen, daß fast alle meinen, er solle das tun, und es ist noch sinnloser zu leugnen, daß es für jemanden in meiner Lage eine grausame Sache ist. Es ist verdammt empörend, einen Mann für eine unangenehme Aufgabe anzuheuern und ihn dann dafür zu verachten. Manchmal ist es schwer, eine solche Selbstgerechtigkeit zu ertragen.

Wie werde ich damit fertig? Die einzige Möglichkeit ist, das Geheimnis in mir verschlossen zu halten und es unter keinen Umständen zu verraten. Das gefällt mir nicht, aber ich bin kein Narr.

Das Problem ist, daß ich von Natur aus ein umgänglicher und freundlicher Mensch bin. Ich gehöre zu der geselligen Sorte. Ich mag Menschen und möchte, daß sie mich mögen. Bei Logenzusammenkünften oder im Klubhaus unten am Golfplatz bin ich immer der Mittelpunkt der Gesellschaft. Und ich weiß, was geschehen würde, wenn ich bei einer dieser Gelegenheiten meinen Mund aufmachte und das Geheimnis herausließe. Eine fünfminütige Sensation und danach die langsam einsetzende Abkühlung. Es würde das Ende jenes Lebens bedeuten, das ich gern führen möchte, und kein Mensch, der bei gesundem Verstand ist, wirft sechzig Jahre seines Lebens für eine fünfminütige Sensation fort.

Sie sehen, ich habe viel über die Sache nachgedacht. Mehr noch, es war kein bloßes Nachdenken. Ich behaupte nicht, ein gebildeter Mann zu sein, aber ich bin bereit, Bücher über jedes Thema zu lesen, das mich interessiert, und Hinrichtungen gehören zu meinen Hauptinteressen, seit ich in dieses Fach geraten bin. Ich lasse mir die Bücher in den Laden schicken, wo niemand eine zusätzliche Postsendung bemerkt, und ich halte sie in einem großen Behälter in meinem Büro verschlossen, damit ich sie ungestört lesen kann.

Das hat zwar etwas Anrüchiges, es auf diese Weise zu tun – in meinem Alter haßt man es, sich wie ein Junge zu fühlen, der sich verstecken muß, um ein Schundmagazin zu lesen –, aber ich habe keine andere Wahl. Keine Menschenseele außer dem Gefängnisdirektor und ein paar ausgesuchten Wachen weiß, daß ich derjenige bin, der bei einer Exekution den Hebel bedient, und ich beabsichtige, es dabei zu lassen.

O ja, mein Sohn weiß es jetzt. Er ist zwar in mancher Hinsicht schwierig, aber er ist kein Dummkopf. Wenn ich mir nicht sicher gewesen wäre, daß er den Mund hält, hätte ich es ihm überhaupt nicht erzählt.

Habe ich aus diesen Büchern irgend etwas gelernt? Immerhin genug, um auf das, was ich für den Staat tue, und darauf, wie ich es tue, stolz zu sein. Man kann beliebig weit in der Geschichte zurückgehen, es hat immer Henker gegeben. Der Tag, an dem Menschen die ersten Gesetze machten, um den Frieden untereinander zu wahren, war der Tag, an dem der erste Henker geboren wurde. Es hat immer Gesetzesbrecher gegeben; und es muß immer einen Weg geben, sie zu bestrafen. So einfach ist das.

Das Problem ist nur, daß es heute zu viele Leute gibt, die nicht wollen, daß es so einfach ist. Ich bin kein Heuchler, ich bin keiner von diesen engstirnigen Dummköpfen, die meinen, daß jeder, der mit einer Regung von Großmut daherkommt, ein Spinner ist. Aber er kann sich irren. Ich würde die meisten Leute, die gegen die Todesstrafe sind, in diese Kategorie einordnen. Es sind edle, hochherzige Bürger, die nie in ihrem Leben einem Mörder oder Vergewaltiger so nahe gekommen sind, daß sie das Böse in ihm riechen konnten. Ja, sie sind so edel und hochherzig, daß sie sich niemanden auf der Welt vorstellen können, der nicht so wäre wie sie. Wer einen Mord oder eine Vergewaltigung begeht, sagen sie, ist lediglich ein einfacher und gewöhnlicher Mensch, der einen schwachen Moment gehabt hat. Er ist kein Verbrecher, sagen sie, er ist nur krank. Er braucht keinen elektrischen Stuhl; alles, was er braucht, ist ein freundlicher alter Doktor, der seinen Kopf untersucht und seine Spleens in Ordnung bringt.

Sie gehen sogar so weit zu sagen, daß es überhaupt keine Verbrecher gibt. Es gibt nur gesunde und kranke Menschen, und diejenigen, die aller Fürsorge und Aufmerksamkeit bedürfen, sind die Kranken. Wenn sie zufällig einige von den Gesunden ermorden oder vergewaltigen, nun ja, ab zum Doktor mit ihnen.

Das ist das Argument von Anfang bis Ende, und ich bin der letzte, der leugnet, daß es auf ehrlicher Nächstenliebe und guter Absicht beruht. Aber es ist ein falsch verstandenes Argument. Es läßt den wichtigsten Punkt außer acht. Wenn jemand einen Mord oder eine Vergewaltigung begeht, gehört er nicht mehr der menschlichen Rasse an. Der Mensch hat ein Gehirn und eine von Gott gegebene Seele, um seine animalische Natur unter Kontrolle zu halten. Wenn das Tier in ihm die Oberhand gewinnt, ist er kein menschliches Wesen mehr. Dann muß er ausgerottet werden wie ein Tier, das inmitten wehrloser Menschen toll wird. Und meine Pflicht ist es, der Henker zu sein.

Es könnte sein, daß die Menschen die Bedeutung des Wortes *Pflicht* einfach nicht mehr verstehen. Ich möchte um Himmels willen nicht altmodisch klingen, aber als ich ein Junge war, waren die Dinge unkomplizierter und klarer. Man lernte zu tun, was getan werden mußte, und man stellte nicht bei jedem Schritt auf dem Weg Fragen. Wenn man aber irgendwelche Fragen stellen mußte, dann waren es die Fragen nach dem *Wie* und *Wann*, die wichtig waren.

Dann kam die Psychologie, kamen die Professoren, und die Hauptfrage war immer *Warum*. Wenn man sich bei allem, was man tut, *warum, warum, warum* fragt, tut man schließlich überhaupt nichts mehr. Und nach ein paar Generationen hat man schließlich einen Menschenschlag, der wie die Affen in den Bäumen sitzt und sich die Köpfe kratzt.

Klingt das an den Haaren herbeigezogen? Nun, das ist es nicht. Das Leben ist eine komplizierte Geschichte. Der Mensch sieht sich in seinem Leben den unterschiedlichsten Situationen ausgesetzt, und er wird mit ihnen fertig, indem er sich an die Regeln hält. Fragen Sie sich einmal zu oft *Warum*, und Sie geraten vielleicht so aus dem Tritt, daß Sie scheitern. Die Vorstellung muß weitergehen. Warum? Frauen und Kinder zuerst. Warum? Recht oder Unrecht, mein Land. Warum? Kümmern Sie sich nicht um Ihre Pflicht. Fragen Sie sich nur immer *Warum*, bis es zu spät ist, etwas zu tun.

Ungefähr zu der Zeit, als ich in die Schule kam, schenkte mir mein Vater einen Hund, einen Colliewelpen namens Rex. Einige Jahre später wurde Rex plötzlich unfreundlich, wie es bei Hunden manchmal vorkommt, und dann bösartig, und eines Tages biß er meine Mutter, als sie ihn streicheln wollte.

Am Tag darauf sah ich meinen Vater mit dem Jagdgewehr unter dem Arm und Rex an einer Leine das Haus verlassen. Es war keine Jagdsaison, daher wußte ich, was mit Rex geschehen würde, und ich wußte, warum. Aber für einen Jungen ist es verzeihlich, Dinge zu fragen, die ein Mann klugerweise nicht fragen sollte.

»Wohin bringst du Rex?« fragte ich meinen Vater. »Was wirst du mit ihm tun?«

»Ich bringe ihn aus der Stadt«, antwortete mein Vater. »Ich werde ihn erschießen.«

»Aber warum?« fragte ich, und da zeigte mir mein Vater, daß es nur eine einzige Antwort auf eine solche Frage gibt.

»Weil es getan werden muß«, sagte er.

Ich habe diese Lektion nie vergessen. Es war schwer; eine Zeitlang haßte ich meinen Vater deswegen, doch als ich älter wurde, erkannte ich, wie recht er hatte. Wir wußten beide, warum der Hund getötet werden mußte. Darüber hinaus hätten alle Fragen zu nichts geführt. Warum war der Hund bösartig geworden, warum hatte Gott einen Hund geschaffen, der auf diese Weise getötet werden mußte – das sind Fragen, über die man endlos reden kann, und während man darüber redet, hat man immer noch einen bösartigen Hund am Hals.

Es ist seltsam, zurückzublicken und sich jetzt klarzumachen, daß mein Vater, als die Sache mit dem Hund passierte, und lange davor und lange danach, Elektrovollstrecker war, ohne daß ich etwas davon wußte. Niemand wußte es, nicht einmal meine Mutter. Wenige Male im Jahr packte mein Vater seine Tasche, nahm einige Werkzeuge mit und ging für ein paar Tage fort, aber das war alles, was wir wußten. Wenn man ihn fragte, wohin er ginge, sagte er, er habe eine Arbeit außerhalb der Stadt zu erledigen. Er war nicht jemand, den man im Verdacht gehabt hätte, Frauen nachzulaufen oder eine einsame Sauftour zu unternehmen, also dachten wir nicht weiter darüber nach.

In meinem Fall funktionierte es genauso. Ich konnte feststellen, wie gut es funktionierte, als ich meinem Sohn schließlich erzählte, worin diese Arbeiten außerhalb der Stadt bestanden und daß ich die Erlaubnis des Gefängnisdirektors erhalten hätte, ihn zu meinem Assistenten zu machen und auszubilden, damit er selbst den elektrischen Stuhl bedienen könnte, wenn ich in Pension ging.

Sein Blick verriet mir, daß er ebenso vom Donner gerührt war wie ich vor dreißig Jahren, als mein Vater mich ins Vertrauen gezogen hatte.

»Elektrovollstrecker?« sagte mein Sohn. »Ein *Elektrovollstrecker?*«

»Nun, das ist doch keine Schande«, sagte ich. »Und da es getan werden muß, und es jemand tun muß, warum sollte es da nicht in der Familie bleiben? Wenn du dich ein bißchen damit beschäftigt hättest, wüßtest du, daß es ein Beruf ist, der innerhalb einer Familie oft von Generation zu Generation weitergegeben wird. Was ist an einer guten, gesunden Tradition auszusetzen? Wenn mehr Menschen an die Tradition glaubten, gäbe es heute nicht so viele Probleme in der Welt.«

Es war die Art von Argument, die mich in seinem Alter mehr als überzeugt hätte. Ich hatte jedoch außer Betracht gelassen, daß mein Sohn nicht wie ich war, so sehr ich mir das gewünscht hätte. Er war zu einem selbständigen Menschen herangewachsen, aber zu einem, der sich nie seinen Pflichten stellte. Ich hatte immer meine Augen davor verschlossen, ich hatte ihn immer so gesehen, wie ich ihn sehen wollte, und nicht so, wie er war.

Als er nach einem Jahr das College verließ, sagte ich, in Ordnung, es gibt Menschen, die nicht fürs College geschaffen sind, ich bin nie dort gewesen, also was macht es schon aus. Als er mit einem Mädchen nach dem anderen ausging und sich nie entscheiden konnte, eins von ihnen zu heiraten, sagte ich, na schön, er ist jung, er muß sich die Hörner abstoßen, es wird noch früh genug die Zeit kommen, da er bereit ist, für ein Heim und eine Familie zu sorgen. Als er tagträumend im Laden saß, anstatt sich um das Geschäft zu kümmern, habe ich nie viel Aufhebens davon gemacht. Ich wußte, wenn er nur wollte, war er der beste Elektriker, den man sich wünschen konnte, und in diesen empfindsamen Zeiten ist es den Leuten erlaubt, mehr zu träumen und weniger zu arbeiten, als es früher üblich war.

Die Wahrheit ist, daß ich nur daran interessiert war, sein Freund zu sein. Denn trotz all seiner Fehler war er ein gutaussehender Junge mit einem guten Herzen. Es lag ihm nicht viel daran, sich mit Leuten einzulassen, aber wenn er wollte, konnte er jeden für sich gewinnen. Und die ganze Zeit, während er heranwuchs, war in meinem Kopf der Gedanke, daß er der einzige war, der eines Tages mein Geheimnis erfahren und es mit mir teilen würde, so daß es leichter zu tragen wäre. Ich bin von Natur aus nicht verschwiegen. Und ein Mensch wie ich braucht einen Gedanken wie diesen, der ihn hochhält.

Als nun die Zeit gekommen war, ihn einzuweihen, schüttelte er den Kopf und sagte nein. Ich hatte ein Gefühl, als ob meine Beine unter mir weggerissen würden. Ich stritt mit ihm, aber er sagte immer noch nein, und ich verlor die Geduld.

»Bist du gegen die Todesstrafe?« fragte ich ihn. »Du brauchst dich nicht zu entschuldigen, wenn das der Fall ist. Ich würde eine noch höhere Meinung von dir haben, wenn das dein einziger Grund wäre.«

»Ich weiß nicht, ob es das ist«, erwiderte er.

»Du solltest dich entscheiden, so oder so«, sagte ich. »Es wäre mir ein Greuel, denken zu müssen, daß du wie jeder andere Heuchler bist, der es völlig richtig findet, einen Menschen zum elektrischen Stuhl zu verurteilen, und völlig falsch, den Hebel zu bedienen.«

»Muß ich derjenige sein, der ihn bedient?« fragte er.

»Mußt du es sein?«

»Einer muß es tun. Einer muß immer die Schmutzarbeit für die anderen machen. Es ist nicht mehr wie zu Zeiten des Alten Testaments, wo das jeder für sich erledigte. Weißt du, wie sie damals einen Menschen hinrichteten? Sie legten ihn auf den Boden und banden ihm Hände und Füße zusammen, und jeder mußte schwere Steine auf ihn werfen, bis er völlig zerschmettert starb. Sie luden niemanden ein, herumzustehen und zuzusehen. Du hättest damals kaum eine Wahl gehabt, oder?«

»Ich weiß nicht«, meinte er.

Und dann, weil er so schlagfertig war, wie sie es heute leider sind, und wußte, wie man die Wörter gegen einen wendet, sagte er: »Ich bin schließlich nicht ohne Sünde.«

»Rede nicht wie ein Kind«, sagte ich. »Du bist ohne die Sünde des Mordes oder irgendeine Sünde, die nach Hinrichtung verlangt. Und wenn du so sicher bist, daß die Bibel auf alles eine Antwort hat, dann erinnere dich daran, daß man dem Kaiser geben soll, was des Kaisers ist.«

»Nun«, sagte er, »in dem Fall überlasse ich es dir, ihm das zu geben.«

An der Art, wie er es sagte und wie er mich ansah, erkannte ich, daß es keinen Sinn hatte, mit ihm zu streiten. Das schlimmste daran war das Bewußtsein, daß wir uns irgendwie weit voneinander entfernt hatten und daß wir uns nie wieder wirklich nahe sein würden. Ich hätte genügend Verstand besitzen sollen, um es dabei bewenden zu lassen. Ich hätte ihn einfach bitten sollen, die ganze Angelegenheit zu vergessen und darüber zu schweigen.

Wenn ich jemals die Möglichkeit in Betracht gezogen hätte, daß er nein sagt, hätte ich vielleicht geschwiegen. Aber weil ich mit dieser Möglichkeit nicht gerechnet hatte, verlor ich die Fassung, ich war viel zu bestürzt, um vernünftig zu denken. Das gebe ich heute zu. Es war mein eigener Fehler, daß ich die Dinge dramatisierte und ihn dadurch veranlaßte, die eine Frage zu stellen, die er niemals hätte stellen dürfen.

»Ich verstehe«, sagte ich. »Es ist die alte Geschichte, nicht wahr? Soll es doch jemand anders tun. Aber wenn sie deine Nummer aus einem Hut ziehen und dich dazu bestimmen, Geschworener zu spielen und einen Menschen auf den Stuhl zu schicken, dann ist das für dich in Ordnung. Wenigstens solange es jemanden gibt, der die Arbeit tut, die du und der Richter und jeder anständige Bürger erledigt haben möchte. Blicken wir den Tatsachen ins Auge, Junge, du hast nicht den Mumm. Allein schon der Gedanke, daß du an dem Todeshaus vorbeigehst, wäre mir unangenehm. Der Laden ist der Ort, wo du hingehörst. Da hast du es hübsch und gemütlich, kannst Leitungen verlegen und die Kasse klingeln lassen. Ich werde mit meinen Pflichten auch ohne deine Hilfe fertig.«

Es tat mir weh, das zu sagen. Nie zuvor hatte ich so mit ihm gesprochen, und es tat weh. Das merkwürdige war, daß er nicht wütend darüber zu sein schien; er sah mich nur verwundert an.

»Etwas anderes ist es nicht?« fragte er. »Nur eine Pflicht?«

»Ja.«

»Aber du wirst dafür bezahlt, oder?«

»Ich bekomme wenig genug.«

Er sah mich immer noch verwundert an. »Nur eine Pflicht?« sagte er und nahm seinen Blick nicht von mir. »Aber es macht dir Spaß, oder?«

Das war die Frage, die er stellte.

Es macht dir Spaß, oder?

Man steht da und sieht durch ein Gucklock in der Wand auf den Stuhl. In dreißig Jahren habe ich über hundert Mal dort gestanden und den Stuhl beobachtet. Die Wachen bringen jemanden herein. Gewöhnlich ist er benommen; manchmal schreit er, wirft sich herum und kämpft. Manchmal ist es eine Frau, und es kann genauso schwer sein, mit einer Frau fertigzuwerden, wenn sie zum Stuhl geführt wird, wie mit einem Mann. Früher oder später wird der Betreffende festgeschnallt, und die schwarze Haube wird über seinen Kopf gezogen. Jetzt befindet sich deine Hand am Hebel.

Die Wache gibt dir ein Zeichen, und du ziehst am Hebel. Der Strom fährt in den Körper wie ein gewaltiger Luftstoß, der ihn plötzlich füllt. Der Körper springt aus dem Stuhl, nur von den Riemen gehalten. Durch den Kopf geht ein Ruck, und eine Rauchwolke steigt daraus auf. Du läßt den Hebel los, und der Körper fällt wieder zurück.

Du wiederholst die Prozedur, und noch einmal, um sicherzugehen. Und wann immer deine Hand den Hebel bewegt, kannst du im Geiste sehen, was der Strom mit dem Körper macht und wie das Gesicht unter der Haube aussehen muß.

Macht es Spaß?

Das war die Frage, die mir mein Sohn stellte. Das war es, was er zu mir sagte, als ob ich tief in mir nicht die gleichen Gefühle hätte wie wir alle.

Macht es Spaß?

Aber, mein Gott, wie kann es jemandem *keinen* Spaß machen!

KIT PEDLER

Die Dauergäste

Riker fühlte sich unbehaglich. Die lange Fahrt von London war eine einzige Frustration gewesen mit stinkenden Lastwagen und ständigen Behinderungen. Nun beruhigte der Anblick des kühlen, gewundenen Sträßchens, überwölbt von sanften Bäumen, seine überreizten Sinne. Vier Tage, vier ganze Tage mit grüner Landschaft, Meer und Stille. Keine Sitzungen, keine Kompromisse, keine Sorge um Zuschüsse.

Als er in den grünen Tunnel der Straße hineinfuhr, spürte er, wie das absurde Theater seines Berufslebens zurückwich, bis es nur noch eine ferne Unruhe ohne jede Realität war.

Er rekapitulierte Kemptons Anweisungen: Wenn du Ryde verläßt, nimmst du die Abzweigung Richtung Bonchurch, nach ungefähr einer halben Meile siehst du dann auf der linken Seite das Schild ›Pickstone Hotel‹ – es ist gleich hinter der Kirche.

Sonderbar, Kempton zu sehen. Er schien aus dem Verkehr gezogen zu sein. Dann tauchte er plötzlich auf der biochemischen Konferenz auf. Er erinnerte sich an die zwanghafte, beinahe fanatische Redeweise, als jener von seinen letzten Experimenten erzählte und Seite für Seite eine dicke, aus losen Blättern bestehende Datensammlung mit ihm durchging. Ihm fiel ein, daß er sich an einer der Heftleisten des Ordners den Finger geschnitten und welch übertriebene Aufregung das verursacht hatte. In seiner Erinnerung ging es auch um einen Sturm ethischer Entrüstung. Um ein Experiment mit Affen...

Laien moralisieren immer zu schnell, wenn es um die Wissenschaft geht – sie kennen nie die Fakten, wissen nur, was irgend so ein Käseblatt ihnen erzählt hat...

Die Kirche war durch die Bäume zu sehen – ja –, da war es, halb in der Hecke verborgen – in einfachen, frisch gemalten Buchstaben: ›Pickstone Hotel‹. Als er in die Zufahrt einbog, sah er in Gedanken vor sich: Essen, ein Bad und saubere, kühle Laken. Er schwelgte in der Vorstellung, während die Räder auf dem Kiesweg knirschend zum Stillstand kamen.

Es sah zu perfekt aus. Ein gedrungenes, verwittertes Steinhaus – eine leicht durchhängende Dachlinie – geschmackvolle Blumenbeete und eine einzige riesige Zypresse, die das milde Licht der Abendsonne auf den Rasen sprenkelte. Als er den Motor abstellte, war das Schweigen so vollkommen, daß seine Ohren ein eigenes Geräusch zu erzeugen schienen. Irgendwo hinter dem Garten konnte er noch schwach das dumpfe Dröhnen und Zischen des Meeres in der Ferne hören.

Als er durch die offene Eingangstür trat, spürte er sofort, daß sich die Atmosphäre der Luft verändert hatte. Er blickte um sich, und seine Augen schweiften über ruhige Eichenmöbel, helle Sitzbezüge, eine große Standuhr, die selbstgefällig in einer Ecke vor sich hin tickte. Einen mit guten Perserteppichen bedeckten Steinfliesenboden. An den Wänden hingen gerahmte Photographien von Männern in kleinen Gruppen – einer von ihnen – ja, gewiß – war Carrel, der Gewebekultur-Pionier. Aber irgend etwas war mit der Luft in dem Raum, sie schien irgendwie einen höheren Druck zu haben – nicht der geringste Luftzug, nur ein alles umhüllender Eindruck großer Abgestandenheit. So als ob die leiseste Störung das ganze Bild zum Erzittern bringen würde.

Jedes Haus hat seinen eigenen Geruch. Möbelpolitur,

frisch gewaschenes Leinen. Aber hier war ein anderer, unbestimmter Duft. Ganz schwach, er versuchte ihn zu identifizieren. Irgendwie erinnerte er ihn an seine berufliche Tätigkeit – Desinfektionsmittel – nein – nicht ganz. Süßlich – aromatisch, nicht unangenehm. Die Uhr surrte kurz.

»Hallo.«

Die Stimme ließ ihn zusammenfahren. Er drehte sich um.

»Kann ich Ihnen helfen?«

Sie stand in der Türöffnung. Groß, ein schmales, von Lachfältchen gerunzeltes Gesicht; leuchtende, intelligente Augen. Sie hielt einen Strauß frisch gepflückter Blumen und streichelte die Blütenblätter.

»Sind sie nicht wunderschön? Kommen Sie aus London?«

»Nun, ja, aber woher wissen Sie...«

Sie lächelte. »Ihre Zulassungsnummer – Middlesex. Ich sah sie vom Fenster aus.«

»Ich hätte gern ein Zimmer, wenn Sie eins haben.«

»Ja, das geht in Ordnung. Es ist noch früh in der Saison. Ich habe ein hübsches mit Blick auf den Garten, wollen Sie es sich ansehen?«

»Meine Tasche ist noch im Wagen.«

»Oh, Nils wird sie holen. Kommen Sie – ich bringe Sie rauf.«

Das Zimmer war genau richtig. Hoch und luftig. Der Abendgesang der Vögel drang durch die großen offenen Fenster herein.

»Dies ist – danke vielmals, hier wird es mir bestimmt gefallen.«

»Das freut mich. London ist schrecklich, Sie werden sich hier prächtig entspannen – das tut jeder.«

»Ja, ich komme nicht so oft weg, wie ich sollte.«

Er betrachtete sein Gesicht im Spiegel. Gott, was für ein schrecklicher Anblick. Großstadtblässe, schlaffe Säcke unter den Augen. Hinter sich, im Spiegel, sah er, daß sie ihn ernst beobachtete. Er drehte sich um. Ihr Ausdruck hatte sich bereits in ein Lächeln verwandelt. Sie beschäftigte sich nervös mit den Handtüchern.

»Jetzt zeige ich Ihnen, wo alles ist.«

Müdigkeit überkam ihn, als sie die Treppe hinuntergingen, er hörte kaum zu:

»... das Badezimmer – da ist das Klo. Zum Speisezimmer geht's hier entlang – das ist die Bar – Nils kümmert sich darum – machen Sie sich keine Sorgen wegen der Ausschankzeiten oder etwas ähnlichem. Hier ist der Salon.« Als sie ihn durch die halboffene Tür betraten, sah er eine Anzahl älterer Paare schweigend dasitzen. Die Luft, die durch die Tür strömte, war heiß. Wieder nahm er diesen süßlichen Geruch wahr, diesmal gemischt mit Parfüm. Erinnerungen wurden wach – ein leichtes Prickeln des Erkennens durchlief seinen Körper.

»Machen Sie von allem Gebrauch. Sie sehen, im Moment geht es hier ganz ruhig zu.«

Sie wies auf den Salon:

»Zur Zeit habe ich nur meine Dauergäste.« Sie lachte kurz. Ihre Stimmung schien sich zu ändern: »Ja, meine Dauergäste – sie sind immer bei mir, die armen Lieben.«

»Die armen Lieben?«

»Nein, nicht wirklich. Die meisten sind pensioniert, wissen Sie, und haben eigentlich nicht viel zu tun. Ich *liebe* es, beschäftigt zu sein.«

»Es ist wirklich ein wunderschönes Haus, Sie müssen sehr stolz darauf sein.«

»Ja, und dann habe ich noch meine Papiere – ich bin nie um eine Tätigkeit verlegen – keine Zeit für Erinnerungen. Es gibt immer irgend etwas. Bewahrt mich davor, senil zu werden.«

»Sie sehen kein bißchen alt aus.«

»Oh, ich bin absolut betagt.« Sie lächelte.

Netter alter Vogel, dachte er. Wahrscheinlich werde ich ein Psychosenbündel, wenn ich so alt bin wie sie.

»Sie müssen irgendein geheimes Elixier besitzen.«

»O nein, nichts derart Magisches, fürchte ich, ich versuche nur, bewußt zu bleiben – das ist alles.«

Ihr Gesicht beunruhigte ihn. Der Ausdruck – nicht das Gesicht, sondern der Ausdruck – war ihm irgendwie vertraut, aber er konnte ihn nicht einordnen...

»Was ist?« Sie lächelte ermutigend.

»Tut mir leid, für einen Moment dachte ich, ich hätte Sie schon irgendwo gesehen.«

Sie lächelte: »Alte Frauen sehen sich ähnlich...«

»Verzeihen Sie, ich wollte nicht...«

»Menschen werden nur zu Individuen, wenn sie sich verlieben, meinen Sie nicht auch? Babies und alte Leute sind sich eigentlich alle ähnlich.«

Er murmelte etwas Nichtssagendes. Während sie weitergingen, zerbrach er sich den Kopf über ihre Worte.

»Betreiben Sie dieses Hotel schon lange?« Die Direktheit seiner Frage machte ihn leicht verlegen.

»O ja – schon seit Jahren. Ich kam zu etwas Geld und kaufte es. Am Anfang war es ein Hobby, dann kamen die Leute regelmäßig, und es bildete sich eine Art Stammkundschaft. Meinen Dauergästen gefällt es – sie haben hier keine Sorgen. Ich tue alles für sie, sie können sich wirklich entspannen. Es ist schwer, alt zu sein, Mr. ... tut mir leid, ich vergaß...«

»Riker.«

»Es tut mir so leid, ich habe ein schreckliches Namensgedächtnis.«

Ein großer grauhaariger Mann in einer weißen Barkeeperjacke kam auf sie zu.

»Oh, Nils, das ist Mr. Riker. Er wird eine Weile bei uns bleiben – ich habe ganz vergessen zu fragen, wie lange.«

»Drei oder vier Tage, wenn ich darf.«

»Das ist in Ordnung – es geht sehr ruhig bei uns zu. Ich nehme an, Sie hätten gern einen Drink vor dem Abendessen?«

»Ich freue mich schon seit Stunden darauf.«

»Nils, nimm doch Mr. Riker mit, ja?«

Der große Mann nickte ernst.

»Gut. Wenn Sie mich jetzt entschuldigen würden, Mr. Riker, ich muß mich um das Abendessen kümmern.« Sie eilte geschäftig davon und legte im Vorbeigehen letzte Hand an eine Vase mit Blumen. Nils ging voraus. Riker bemerkte eine mühelose Grazie in seinen Bewegungen; seine kräftig gebaute Gestalt hatte einen sich beinahe schlangenhaft windenden Gang – ohne jede Anstrengung.

In der Bar entschied sich Riker fürs Luxuriöse. Er bestellte einen großen Malzwhisky. Während Nils einschenkte, fielen ihm wieder dessen geschickte Bewegungen auf – wie einer seiner Techniker beim Aufbau eines Experiments. Der Vergleich verursachte ihm Beklemmungen – Zeit, das Labor zu vergessen – er verbannte das Bild aus seinem Kopf.

»Abendessen gibt es, wann Sie wollen, Sir.« Seine Stimme hatte eine Spur von einem Akzent. »Nehmen Sie sich noch einen, wenn Sie mögen.«

»Das ist sehr vertrauensvoll von Ihnen«, lachte er.

»Ich habe den Pegel auf der Flasche markiert, Sir.« Sein Lächeln war breit und spontan. »Ich werde Mrs. Connors beim Abendessen ein wenig helfen. Gehen Sie in den Salon, wenn Sie Lust haben.«

Riker dankte ihm und ließ sich auf einem der weichen Lederstühle nieder. Langsam breitete sich die Wärme des Whiskys in seinem Körper aus. Er genoß die veränderte Stimmung, die ihn überkam, als Anspannung und Hektik des Stadtlebens zurückwichen. Er saugte die Ruhe in sich auf. Er dachte an Thérèse – hätte sie mit herbringen sollen –

nein, eigentlich nicht – großartig im Bett – redete zuviel hinterher. Er dachte an ihren vollkommenen Körper – zuviel Unruhe – sie würde soviel *tun* wollen... seine Gedanken schweiften ab, und er schlief ein.

»Sir?« Er schreckte hoch. Nils beugte sich über ihn, die Hand auf seiner Schulter.

»Neun Uhr, Sir. Möchten Sie jetzt vielleicht Ihr Abendessen?«

»Was – Abendessen? Guter Gott, habe ich so lange geschlafen?«

»Sie waren fix und fertig. Die lange Reise, nehme ich an.«

Das Speisezimmer enthielt ungefähr ein Dutzend Tische mit aufgelegten Gedecken. Er war allein. Während Nils ihm ein einfaches, aber gut zubereitetes Mahl servierte, erkundigte er sich nach den anderen Gästen.

»Sie essen alle in ihren Zimmern, Sir. Es ist ihnen lieber, sie sind ein bißchen pingelig. Sie haben alle ihre bevorzugten Spezialitäten.«

Riker lag ruhig im Bett und horchte auf das schwache Geräusch des Windes in der großen Zypresse draußen vor dem Fenster. Hellwach starrte er die grauen, kaum wahrnehmbaren Schatten an den Wänden an. Das Haus machte seine eigenen kleinen Geräusche – Geräusche, die in der Nacht eine gewisse Schärfe annahmen. Schlaf war unmöglich, seine Gedanken überschlugen sich in dem Bemühen, die Anspannung des Tages abzuschütteln. Er überreagierte auf jedes Bild, das seine überreizte Vorstellung hervorbrachte. Allmählich nahm die Spannung in seinem Körper zu, fast wie ein physischer Schmerz: wie ein beengendes Band um die Brust. Es war, als ob die Luft des Schlafzimmers uralte Gefühle atmete, ihm eine Gefahr mitteilte – eine schleichende Gefahr, die sich nach oben durch das ganze Haus ausbreitete.

Er zwang sich, vernünftiger zu denken, die hektischen

Tage der jüngsten Vergangenheit noch einmal durchzugehen – die endlose Schinderei im Labor – die Sorge wegen seines Vortrags für die internationale Konferenz in Prag. Langsam überzeugte er seine gereizten Nerven von der Ursache seines Zustandes – schlichte Überarbeitung – ein in Unordnung geratenes Leben – zu wenig Liebe.

Selbstmitleid trat an die Stelle von Angst, und er versuchte eine bequemere Position zwischen den zerknitterten Bettlaken zu finden. Erschrocken bemerkte er, daß er kurz eingeschlafen war. Wieder begann das Gefühl der Angst zu pulsieren, und wieder übermannte der Schlaf die Angst. Er trieb ins Unbewußte davon.

Den nächsten Tag verbrachte er damit, die Küste zu erforschen, und wanderte meilenweit über den fast menschenleeren Kiesstrand. Nach einem Sandwich zum Mittagessen kletterte er über die Klippen zurück, ging durch die Stadt und dann weiter zum Hotel.

Es sah immer noch wie ein Gemälde aus. Wie zu Unbeweglichkeit erstarrt, bis er zurückkehrte. Sie zog die Standuhr auf mit einer Kurbel, die im Zifferblatt steckte, als er die Empfangshalle betrat.

»Sie sehen bereits viel besser aus«, sagte sie lächelnd.

»Der Strand ist faszinierend, es gibt dort Unmengen von Fossilien.«

»Ja, hauptsächlich Ammoniten.« Sie öffnete die vordere Tür der Uhr, um zu sehen, ob die Gewichte frei hingen.

Er studierte ihr Gesicht.

Hinter den Linien des Alters verbarg sich etwas beinahe Begehrenswertes. Es war, als ob sie eine unbestimmte Sehnsucht in seiner eigenen Erinnerung repräsentierte. Er begann, sie sich jünger vorzustellen. Sah ihr Profil, befreit von der Schlaffheit der Jahre. Ja, ihre Augen waren ruhig, beinahe liebevoll. In ihrem Ausdruck lag unzweifelhaft Sympathie, in ihrem Blick eine herzliche Wärme. Während sie sich an den Stielen und Blüten zu schaffen machte, war ihr Blick in die Ferne gewandert, irgendwohin, wo sie einmal gelebt hatte. Nicht dort in der überordentlichen Halle, sondern weit weg, an einem unbekannten Ort. Wo an Werten festgehalten wurde gegen alle Opposition.

Er dachte kurz an Thérèse. An ihre selbstsichere Schönheit, ihre ungezwungene Sexualität. Ihre Umarmung war eine unbeschwerte Belohnung. Ein offenes Geben und Nehmen. Eine kindliche Hinnahme eines kurzen Bedürfnisses. Aber nichts sonst.

In der Haltung der Frau war ein altes und sehr starkes Verständnis, keinerlei Zwang, eine abwartende Zielstrebigkeit. Sie drehte sich zu ihm um.

»Sie sind so richtig frisch, nicht wahr?«

Er murmelte ermutigend.

»Sie wachsen gemäß ihrem eigenen vorherigen Bild.«

Ihre Intelligenz beunruhigte ihn. Warum benutzte sie so seltsame Anspielungen?

»Ich habe sie viele Jahreszeiten hindurch beobachtet.«

Sie wandte sich ihm plötzlich zu. »Ich wollte, sie hielten ewig. Aber sie tun es nicht. Das Wasser, das ich ihnen gebe, ist unvollkommen – es vergiftet sie. Sie mögen nicht, was ich ihnen gebe. Es ist nicht in Ordnung – irgend etwas fehlt...«

Er merkte, wie er ins Schwimmen kam. »Es gibt doch noch so viele andere – sie wachsen immer weiter...« Sogar während er sprach, war er sich eines Gefühls unglaubwürdiger Verstellung bewußt. Er hatte keinen Kontakt zu ihr; da war eine tiefe, unüberbrückbare Kluft.

Er sprach lediglich, um eine Lücke in einem Dialog zu füllen. Während er ihre sanften Bewegungen beobachtete, hatte er das Gefühl, ein Störenfried zu sein. Ein Spion bei einer privaten Zeremonie, ein Eindringling in einem sorgfältig geplanten Theaterstück.

Sie sah ihn direkt an. Ihr Ausdruck war nach innen gewandt. Es war, als ob er ein Bedürfnis befriedigte – auf ein Ziel zusteuerte.

»Sie sehen aus, als ob Sie sehr bedrückt wären«, sagte sie.

»Nein. Ich brauche nur Luft. Die Dinge gehen nicht sehr gut im Augenblick.« Er fand seine Worte abwehrend; ihr Ausdruck war aufmerksam.

Sie fuhr fort: »Es gibt eine Menge hier – vieles böte sich an – als Ihre Rolle.«

Die Worte kribbelten auf seiner Haut.

Für einen Moment nahmen sie beide eine abwartende Haltung ein – beugten sich ein wenig vor, sondierten Nuancen, aufmerksam und mißtrauisch. Ihre Augenlider senkten sich – besiegten seine Angst.

»Warum machen Sie nicht einen Spaziergang an der Küste? Der Wind hat sich gelegt.«

Für einen kurzen Augenblick sah er ihre Augen, blutrot, gierig; er sah seinen eigenen Tod, trivial und sinnlos. Der Augenblick dauerte an – eine schwache, angstvolle Erfahrung des Verderbens.

»Am Strand in Richtung Rimble gibt es ein Pub.«

Das Wort ›Pub‹ gab ihm Zuversicht, es hatte einen so gewöhnlichen, banalen Klang. Voller Humpen und Freundlichkeit.

Das Gefühl der Bedrohung verschwand.

Es war ein Pub wie auf einer Theaterbühne.

Pferdezaumzeug an schwarzen Balken. Grünes Glas in Fischernetzen, die Sportsegler in weißen Pullovern. Selbst das Bier war vollmundig und bekömmlich. Er unterhielt sich sogar mit dem traurig dreinblickenden Mann hinter der Bar.

»Ja, ich wohne bei Mrs. Connors.«

»Bei wem, Sir?«

»Bei Mrs. Connors. An der Küstenstraße hinter der Kirche. Sie wissen schon.«

»Ich weiß es wirklich nicht, Sir – wo soll das sein?«

Als er langsam zwischen den dunklen Hecken zurückging, die das mondbeschienene Band der Straße begrenzten, wetteiferte die Vorstellung mit der Vernunft...

Er war der Londoner Tretmühle entflohen. Der schrillen Gehässigkeit seiner akademischen Kollegen, den Vorlesungen, den Routineexperimenten im Labor.

Thérèse mit ihrer kurzen Zuwendung und ihrem auf Rechte pochenden Bedürfnis. Ein Gefühl des Verlusts – ein Dahinschwinden.

Der saubere, feuchte Geruch der Sommernacht, selbst der war jetzt vergiftet – vielleicht nur durch sein Mißtrauen.

Er erreichte die Abzweigung zum Hotel, suchte in der Hecke nach dem bemalten Schild.

Es war nicht da.

Er verglich die Umrisse der Hecke, den hohen Telegraphenmast. Er rekonstruierte die Szene, wie er hier entlang gefahren war. Er setzte das bemalte Schild da hinein.

Es war nicht da. Es war einfach nicht da. Verdammt lächerlich. Zuviel getrunken. Werde morgen nachsehen.

Er ging den Hügel hinunter zum Hotel.

Was ich da sage? Ihr Schild ist geklaut worden. Hab's gesehen, als ich ankam, war die einzige Möglichkeit, hierher zu finden. Es ist weg – nicht da.

Er stellte sich ihr freundliches Erstaunen vor.

»Ich sage Ihnen, es ist weg!« Gott, bin ich betrunken, dachte er. Es muß da sein. Er sah noch einmal nach. Er riß die Zweige zur Seite. Kein Hotelschild – kein verdammtes Schild, nichts. Nur Scheißblätter, wo ist das verfluchte Ding? – sah es, als ich herkam – muß es gesehen haben – die einzige Möglichkeit, das verdammte Haus zu finden.

Er stolperte weiter.

Das Schild war *nicht* da.

Der Barkeeper kannte das Haus nicht.

Zurück in seinem Zimmer, setzte er sich auf den Bettrand, ein Glas Cognac in der Hand, und dachte über das ganze Erlebnis nach. Er verglich es mit seiner eigenen chronischen Müdigkeit und Angst. Wie bringt man einem Hotelbesitzer bei, daß sein Schild gestohlen worden ist? Warum nicht? Das muß ziemlich alltäglich sein – wahrscheinlich Vandalen. Im Pub schienen sie sie nicht zu kennen – wenigstens nicht mit Sicherheit.

Sie sprach in seltsamen Sätzen.

Nils bewegte sich wie eine Katze.

Der Geruch des Hauses – er hatte ihn irgendwo in seinem Kopf gespeichert.

Plötzlich klickte es. F199 – synthetischer Gewebenährboden. Er benutzte ihn selbst im Labor, um Zellen zu züchten – F199, das war es.

Auf dem Weg nach unten zum Abendessen kam er am Salon der Dauergäste vorbei. Die Tür stand teilweise offen. Er ging hinein. Es war heiß.

In einer Ecke saß ein älteres Paar neben dem Kamin. Der Mann sah wie etwa sechzig aus. Er war dünn, mit kurzgeschnittenem grauem Haar. Er trug eine braune Tweedjacke mit Lederflicken an den Ellenbogen und las Zeitung durch eine Brille mit Halbgläsern. Die Frau war dick und sah, ohne sich zu rühren, ausdruckslos und schweigend zu.

Auf der gegenüberliegenden Seite des Kamins saß ein großer knochiger Mann unbequem in einem Sessel zusammengesunken und in ein Buch vertieft da. Er hatte langes schwarzes Haar mit grauen Strähnen an den Schläfen, und sein Gesicht trug einen Ausdruck wacher, aggressiver Intelligenz. Er sah auf, als Riker eintrat, nickte mit einem leichten abwesenden Lächeln und wandte sich wieder seinem Buch zu. Riker konnte gerade den Titel erkennen: ›Zellorganisation und Systemanalyse‹.

Ein anderes Paar saß am Fenster. Der Mann schien unglaublich alt zu sein. Sein Gesicht hatte eine hinfällige gelbe Farbe, und die Haut hing ihm in tiefen, ausgeprägten Falten herab, so als ob nichts sie je bewegt hätte. Er starrte unverwandt aus dem Fenster. Irgend etwas an der Spitze der Zypresse nahm seine Aufmerksamkeit gefangen. Er beugte sich vor. Als er sich bewegte, bemerkte Riker, daß der Rücken seiner Jacke am Stuhl befestigt zu sein schien. Die Jacke wurde nach hinten gezogen, von seinem Körper fort. Die Frau folgte seiner Bewegung. Wie Riker schien, mit einem feindseligen, verächtlichen Ausdruck.

Ein Stuhl war frei. Riker nahm ein Bauernmagazin zur Hand, setzte sich und gab vor zu lesen.

F199, da war der Geruch wieder.

Über den Rand der Zeitschrift hinweg versuchte er, sich die Charaktere der beiden Paare und des einzelnen Mannes vorzustellen. Der alte Mann am Fenster sprach: »Es wird bald Regen geben.«

Die Frau antwortete nicht.

»Ich würde gern ein bißchen nach draußen gehen – würde ich wirklich gern.«

Die Frau nickte einige Male, dann streckte sie langsam ihre Hand aus und berührte ihn. Es war eine tadelnde Geste. Sie sagte leise: »Es ist fast soweit.« Der Klang ihrer Stimme verriet sowohl Verlangen als auch Unwillen.

Der Mann am Feuer klappte sein Buch mit einem dumpfen Knall zu, sah auf die Uhr und lehnte sich mit geschlossenen Augen im Stuhl zurück. Wieder spürte Riker die stickige Feuchtigkeit des Zimmers auf sich lasten. Er hatte das Gefühl, daß er nicht einmal die Seiten der Zeitschrift umblättern sollte, weil sie ein zu scharfes Geräusch in der samtenen Stille machen würden.

Fünf Leute, die darauf warteten zu sterben. Kein Ziel – sie existierten nur zwischen Mahlzeiten. Er parodierte im stillen Parkinsons Gesetz für sich: Das Leben entfaltet sich, um die seiner Vollendung zugemessene Zeit zu erfüllen. Alle Geräusche erschienen undeutlich und gedämpft in der überheizten Luft. Er begann die Anwesenden wegen ihres Alters zu hassen. Er würde sich nie in diesen Zustand bringen. Lieber bei der Arbeit sterben. Sie waren wie Parasiten, die atmeten, einander abnutzten, aßen, schliefen…

»Ich sehe, Sie haben den Weg herein gefunden.«

Sie stand im Türrahmen. Nils ragte hinter ihr auf. Ihr Gesicht hatte sich verändert; die Entdeckung versetzte ihm einen Angststich in der Brust. Ein paar von den Falten waren verschwunden. Die leichte Schlaffheit ihrer Haut hatte eine festere, vollere Kontur angenommen. Ihre ganze Haltung war lebhafter.

Während er sie anstarrte, machte es Klick, und das undeutliche Gefühl der Vertrautheit ihrer Gesichtszüge wich einem Wiedererkennen.

Connors – nein, nicht Connors. Vor Jahren, eine Geschichte in den Zeitungen – ein wissenschaftlicher Skandal. Es gab eine Untersuchung – die Universität – wer – Marjorie – ja – Marjorie Pribram – Dr. Marjorie Pribram!

Einem in hohem Grade geschulten Geist sind unmögliche Mischungen von Umständen einfach Stoff für die Diskussion. In den Lehrerzimmern der Welt bilden sie die Grundlage für manch einen gesitteten Diskurs. Sie geben individuellen Denkern Gelegenheit, ihre genialsten und eloquentesten Strategien zu entfalten. Dabei gibt es jedoch eine Bedingung. Die unmöglichen Umstände dürfen keine realen Auswirkungen auf diejenigen haben, die sie diskutieren. Wie immer die Debatte sich also entwickelt, niemandem wird ein

Schaden zugefügt. Sollte der geschulte Geist tatsächlich dem Unmöglichen begegnen, schottet er sich ab.

Marjorie Pribram!

Er taumelte zurück und prallte gegen den Tisch neben dem grauhaarigen Mann mit der Tweedjacke. Der Mann zeigte keine Reaktion – keine Geste des Ärgers. Er las die Zeitung weiter, als sei nichts geschehen.

Er stieß die Worte hervor: »Ich – ich verstehe nicht – Sie sind – Sie sind gestorben!«

Sie lächelte. »Es war ganz einfach – das Beste, was ich tun konnte.«

Er erholte sich etwas und machte einen Satz zur Tür. Nils bewegte sich geräuschlos, um den Ausgang zu blockieren. Der schwarzhaarige Mann mit dem Buch saß kerzengerade da und starrte sie begierig an. Er sprach gebieterisch.

»Wird es lange dauern?«

»Um Gottes willen, was ist hier los?«

Riker kämpfte gegen seine Panik an, er versuchte die Orientierung wiederzufinden, rang nach Worten: »Wie können Sie – Sie haben sich umgebracht!«

Die Erinnerungen flammten in seinem Gehirn auf. Dr. Marjorie Pribram. Trinity College. Gewebekultur – die erste, die das Problem der Ganzkörpertransfusion löste. Die ein Tier mit einer künstlichen Zirkulation weiterleben ließ. Sie hatte erst Ratten und dann Primaten monatelang mit ihrer Technik am Leben erhalten. Mit wem hatte sie zusammengearbeitet?

»Kempton!« Er rief den Namen fast.

»Ja«, sie lächelte beifällig. »Er ist erst kürzlich zu uns gestoßen – ein Autounfall, wissen Sie. Ich bat ihn, Sie zu überreden, hierher zu kommen. Jetzt möchte ich Sie gern allen vorstellen.« Ihr Arm schwenkte herum und wies auf den Mann mit dem schwarzen Haar. »Dies ist Dr. Corfield.« Der Mann lächelte bedächtig, während er mit seinen Fingern ungeduldig auf die Stuhllehne trommelte. »Und dies sind Mr. und Mrs. Loder.« Sie deutete auf den grauhaarigen Mann in der Tweedjacke und auf die dicke Frau, dann wandte sie sich dem Fenster zu. »Und dies sind Professor und Mrs. Gregory.« Der betagte Mann neigte steif seinen Kopf, und die Frau lächelte linkisch und richtete mit einer Hand ihr Haar.

Riker spürte die Kraft aus seinen Beinen weichen, ein kalter Brechreiz stieg ihm in die Kehle. Sie ergriff seinen Arm und führte ihn zu dem einzigen freien Stuhl.

»Sie sind eine sehr wichtige Persönlichkeit – alle Merkmale stimmen...«

»Bitte sagen Sie mir...«, Riker suchte nach Begriffen »– warum sind Sie hier – was hat das alles zu bedeuten?«

Sie tätschelte die Armlehne seines Stuhls. »Dies wird Ihrer sein – es ist Ihr Stuhl.«

»Sie sagten, es sei Zeit!« sprach Dr. Corfield ungeduldig.

»Ja, es tut mir leid«, erwiderte sie. »Nils, würdest du so nett sein?«

Nils ging zu einem Intarsieneckschrank und nahm einen glänzenden Metallständer mit einer Reihe von Glasflaschen heraus, deren jede ein gesondertes Etikett trug. Er setzte den Ständer sacht auf einem niedrigen Kaffeetisch ab.

»Sie sagten, wir könnten das neue Derivat versuchen.« Der Professor sprach gereizt wie ein kleiner Junge, der auf Süßigkeiten wartet. Er sah auf seine Uhr. »Es ist nach sieben.«

»Das können Sie, mein lieber Robert«, murmelte sie. »Das können Sie.«

Nils ging zum Professor hinüber und bewegte ihn vorsichtig nach vorn. Riker saß zitternd auf seinem Stuhl. Er konnte sehen, daß der Mantel des Professors ebenfalls teilweise an der Rückenlehne des Stuhls befestigt zu sein schien. Nils hob den Mantel hoch.

Riker machte große Augen.

Aus einer Öffnung in der gepolsterten Rückenlehne stand

ein Gewirr von durchsichtigen Plastikschläuchen mit polierten Chromverbindungen hervor. Die Schläuche endeten in einer grünen Kunststoffplatte, die mit der unteren Rückenpartie des Professors verschmolz. Nils nahm eine der Flaschen aus dem Ständer, stülpte sie um und befestigte sie mit einem Stutzen an einer der polierten Metallverbindungen. Er drehte ein kleines Ventil an der Verbindung, und der Spiegel der rosa Flüssigkeit in der Flasche begann langsam zu fallen. Nach ungefähr fünfzehn Sekunden drehte Nils das Ventil zu, er nahm die Flasche ab, säuberte die Verbindungsstelle mit einem kleinen Wattebausch und lehnte den Professor wieder vorsichtig zurück. Die besorgte Quengeligkeit des Alters wich einer beinahe ekstatischen Entspannung.

»Wunderbar, oh, ganz ausgezeichnet«, murmelte er und schloß die Augen.

Sie wandte sich an Riker: »Sie müssen viele Fragen haben.«

»Bitte verschwenden Sie keine Zeit mehr«, unterbrach Dr. Corfield.

»Ja, natürlich«, erwiderte sie. »Nils, würdest du...«

Nils bereitete die zweite Flasche vor. Sie lächelte ihn an.

»Sehen Sie, man ist in der Lage weiterzuarbeiten – hinterher. Ich hatte keine Ahnung, es ist wirklich höchst anregend. Alle Arten von Ermutigung. Als ich – als es mit mir geschah – war ich gerade dabei, meine wichtigste Untersuchung zu beenden. Das Hauptproblem, auf das ich gestoßen war, war eine Gewebeabwehrreaktion. Sie schien mit einem obskuren Anti-R-Faktor verknüpft zu sein – nur wenige Menschen besitzen ihn. Diejenigen, die ihn haben, zeigen keine Abwehr und umgekehrt.« Sie sprach rasch, sicher, so als stünde sie vor einem Fachpublikum. »Also begann ich nach Patienten mit diesem Faktor zu suchen – ich nahm Blutproben und...«

Kempton, der Loseblattordner – der verletzte Finger! Wortlos geriet Riker in Panik.

»Genau.« Sie fuhr fort, als ob er laut gesprochen hätte. »Wir fanden den Faktor in Ihrer Blutprobe.«

»Warum ich?« Seine Stimme war heiser und zitterte.

»Oh, aber begreifen Sie denn nicht? Wenn wir Sie hier erst richtig etabliert haben, können wir miteinander diskutieren. Denken Sie an die herrlichen Seminare, die wir abhalten können. Wir haben alle Zeit der Welt. Dr. Corfield ist ein absolutes Genie der Systemanalyse, er hat die originellsten Ideen. Professor Gregorys Spezialgebiet sind Stimulantien. Er hat gerade eine seiner Neuentwicklungen probiert.« Sie deutete auf den Schlafenden. Riker spürte seine Sinne schwach werden – er fühlte sich unter Drogen … Der Drink!

Er bemühte sich, aus dem Stuhl hochzukommen. Undeutlich sah er Nils, gespannt und argwöhnisch in Warteposition.

»Sie werden keine Sorgen mehr haben – stellen Sie sich das nur einmal vor. Ich werde Ihnen das ganze Denken abnehmen. Keine Ausschüsse mehr – vollkommener Frieden und gute Unterhaltung. Es ist ein wunderbares Heim. Nils hier ist ein wirklich geschickter Chirurg. Die Lumbalimplantation schmerzt nur Tage, dann können Sie beginnen! Wir denken immer über neue Effekte nach. Der Erfindungsreichtum des Professors ist unerschöpflich. Ich bin nicht die ganze Zeit hier, einen Teil der Zeit muß ich auch ›dort‹ sein.«

Mit einer ungeheuren Anstrengung drehte Riker den Kopf. Draußen vor den Fenstern war nur ein graues, träges Nichts. Er spürte, wie ihre Hände seinen Ärmel hochkrempelten und fachmännisch nach einer Vene tasteten. Während sein Bewußtsein verlosch, sah er Nils gerade noch eine Injektionsnadel gegen das Licht halten, an deren Spitze ein kleiner Tropfen Flüssigkeit glänzte.

Der Laden, der Übel tauschte

Ich denke oft an das Bureau d'Echange de Maux und den wundersam bösen alten Mann, der dort saß. Ich stand in einer kleinen Straße in Paris, vor einem Eingang, der aus drei braunen Holzbalken bestand und dessen oberster die anderen überlappte wie bei dem griechischen Buchstaben pi, der Rest war grün gestrichen, ein Haus, das viel niedriger und schmaler als seine Nachbarn war und weitaus sonderbarer, ein Ort, der die Phantasie anregte. Und über dem Eingang auf dem alten braunen Balken stand in verblichenen gelben Lettern die Inschrift: *Bureau d'Echange de Maux*.

Ich trat, ohne zu zögern, ein und sprach den teilnahmslosen Mann an, der schlaff auf einem Schemel neben dem Ladentisch herumlümmelte. Ich fragte ihn nach dem Zweck seines wunderbaren Ladens, welche bösen Waren er tausche und viele andere Dinge, die ich zu wissen wünschte, denn die Neugier trieb mich. Ohne diese Neugier wäre ich sogleich wieder gegangen, denn der fette Mann mit den Hängebacken hatte einen so boshaften Blick in seinen sündigen Augen, daß man glaubte, er habe mit der Hölle Geschäfte gemacht und durch bloße Schlechtigkeit den Vorteil daraus gezogen.

Solch ein Mann war der Ladenbesitzer, aber das Böse lag vor allem in seinen Augen, die so reglos, so apathisch waren, daß man hätte schwören mögen, er stehe unter Drogen oder sei tot. Wie bewegungslose Eidechsen an einer Wand lagen sie da, dann schossen sie plötzlich einen Blick ab, und seine ganze Verschlagenheit flammte auf und ließ von einer Sekunde zur nächsten verschwinden, was man zuvor nur für einen schläfrigen und gewöhnlichen bösen alten Mann gehalten hatte. Und so sah der Handel in dem sonderbaren Laden aus: Man bezahlte zwanzig Francs, die der alte Mann als Eintrittsgebühr von einem nahm, und dann hatte man das Recht, ein eigenes Übel oder Mißgeschick einzutauschen gegen ein Übel oder Mißgeschick, das sich irgend jemand im Geschäftslokal ›leisten konnte‹, wie der alte Mann es formulierte.

Vier Männer befanden sich in den schmutzigen Winkeln des niedrigen Raums und gestikulierten und flüsterten leise, immer in Zweiergruppen, wie Männer, die einen Handel abschließen, und hin und wieder kamen neue hinzu. Die Augen des schlaffen Ladenbesitzers schnellten ihnen beim Eintreten entgegen; er schien das Anliegen und die Bedürfnisse jedes einzelnen sofort zu erkennen. Dann fiel er wieder in seine Schläfrigkeit zurück, nahm mit einer fast leblosen Hand die zwanzig Francs entgegen und biß wie geistesabwesend darauf.

»Einige meiner Kunden«, sagte er zu mir. Dieser Laden war so außergewöhnlich für mich, daß ich den alten Mann trotz seiner Widerwärtigkeit in ein Gespräch verwickelte, und seiner Geschwätzigkeit verdanke ich die geschilderten Tatsachen. Er sprach in perfektem Englisch, obwohl er eine undeutliche und schwerfällige Aussprache hatte. Er betrieb das Geschäft schon viele Jahre – wie viele, wollte er nicht sagen –, und er war erheblich älter, als er aussah. Alle möglichen Leute kamen in seinen Laden. Was sie miteinander tauschten, war ihm egal, außer daß es Übel sein mußten; er war nicht ermächtigt, andere Geschäfte zu machen.

Es gibt kein Übel, erzählte er mir, das bei ihm nicht gehandelt werden könne; kein Übel, so wußte der alte Mann, habe jemals erfolglos seinen Laden verlassen. Manchmal müsse jemand warten und am nächsten Tag wiederkommen und am folgenden und am Tag darauf, wofür er jedes Mal zwanzig Francs bezahlen müsse, aber er, der alte Mann, habe die Adressen seiner Kunden und kenne ihre Bedürfnisse genau, und bald würden sich die Richtigen begegnen und ihre Güter austauschen. ›Güter‹ war das schreckliche Wort des alten Mannes, das er mit einem grausigen Schmatzen seiner dikken Lippen sagte, denn er war stolz auf sein Geschäft, und Übel waren für ihn Waren.

Ich lernte von ihm in zehn Minuten sehr viel über die menschliche Natur, mehr als ich jemals zuvor von jedem anderen gelernt hatte. Zum Beispiel, daß das eigene Übel eines Menschen das schlimmste ist und daß ein Übel die Menschen so aus dem Gleichgewicht bringt, daß sie in jenem kleinen, grausigen Laden immer nach Extremen suchen. Eine Frau, die keine Kinder hatte, hatte mit einer ärmlichen, halb verrückten Kreatur von zwölf Jahren getauscht. Bei einer anderen Gelegenheit hatte ein Mann Klugheit gegen Torheit getauscht.

»Warum um alles in der Welt hat er das getan?« fragte ich.

»Das geht mich nichts an«, antwortete der alte Mann in seiner schwerfälligen, trägen Art. Er nahm nur von jedem die zwanzig Francs und bestätigte die Vereinbarungen in dem kleinen Zimmer hinten im Laden, wo seine Kunden ihren Handel abschlossen. Der Mann, der sich von seiner Klugheit getrennt hatte, war offenbar auf Zehenspitzen und mit einem glücklichen, aber törichten Gesichtsausdruck aus dem Laden gegangen, während ihn der andere gedankenvoll und mit besorgter Miene verließ. Fast immer, so schien es, kam es zu einem Tausch von entgegengesetzten Übeln.

Doch was mir in all meinen Gesprächen mit dem unbeholfenen Mann am meisten Kopfzerbrechen bereitete und immer noch bereitet, ist die Tatsache, daß niemand von denen, die handelseinig wurden, jemals in den Laden zurückkehrte. Ein Kunde konnte viele Wochen lang Tag für Tag dorthin kommen, aber sobald er einen Tausch abgeschlossen hatte, kam er nie mehr wieder. Soviel sagte mir der alte Mann, doch als ich ihn fragte, warum, murmelte er nur, daß er es nicht wisse.

Um diese Merkwürdigkeit aufzuklären, und aus keinem anderen Grund, beschloß ich, selbst einen Handel in dem Hinterzimmer dieses rätselhaften Ladens abzuschließen. Ich beschloß, irgendein banales Übel gegen ein ebenso leichtes Übel zu tauschen, um den Vorteil so gering wie möglich zu halten und dem Schicksal keine Angriffsfläche zu bieten, denn ich mißtraute dieser Art von Geschäften, wohl wissend, daß das Wunderbare sich für den Menschen noch nie als Segen erwiesen hat und daß, je unglaublicher sein Vorteil zu sein scheint, die Götter oder die Hexen ihn um so sicherer und unentrinnbarer zu fassen kriegen.

In ein paar Tagen würde ich nach England zurückkehren, und ich fing an, mich davor zu fürchten, seekrank zu werden. Diese Angst vor der Seekrankheit – nicht die tatsächliche Krankheit, sondern nur die Angst davor – beschloß ich, gegen ein angemessenes kleines Übel zu tauschen. Ich wußte nicht, mit wem ich es zu tun haben würde, wer in Wirklichkeit der Geschäftsführer war (das weiß man nie beim Einkaufen), aber ich gelangte zu dem Schluß, daß nicht einmal der Teufel sehr viel aus so einem geringfügigen Handel machen konnte.

Ich erzählte dem alten Mann von meinem Vorhaben, und er machte eine höhnische Bemerkung über die Geringfügigkeit meiner Ware und versuchte mich zu einem böseren Handel zu überreden, aber es gelang ihm nicht, mich von meinem Vorhaben abzubringen. Und dann erzählte er mir in einer etwas prahlerischen Art Geschichten von den großen

Geschäften und Abschlüssen, die er getätigt hatte. Einmal war ein Mann gekommen und hatte den Tod tauschen wollen; er hatte versehentlich Gift geschluckt und nur noch ein paar Stunden zu leben. Der unheimliche alte Mann hatte ihm zu Gefallen sein können. Ein Kunde war bereit, sogar diese Ware zu tauschen.

»Aber was gab er für den Tod?« fragte ich.

»Leben«, sagte der grimmige alte Mann mit einem heimlichen Glucksen.

»Das muß ein schreckliches Leben gewesen sein«, sagte ich.

»Das ging mich nichts an«, sagte der Ladenbesitzer, während er träge eine kleine Tasche voller Zwanzig-Francs-Stücke rasseln ließ.

Ich beobachtete seltsame Geschäfte in den nächsten paar Tagen, den Austausch von Gelegenheitswaren, und hörte in den Winkeln des Ladens sonderbares Gemurmel zwischen Tauschpartnern, die sich bald darauf erhoben und, gefolgt von dem alten Mann, ins Hinterzimmer gingen, um sich ihren Handel bestätigen zu lassen.

Eine Woche lang bezahlte ich zweimal täglich meine zwanzig Francs und beobachtete das Leben mit seinen großen und seinen kleinen Bedürfnissen, die ich in ihrer ganzen wunderbaren Vielfalt vor mir ausgebreitet fand.

Und eines Tages traf ich einen angenehmen Mann mit nur einem kleinen Bedürfnis – er schien genau das Übel zu haben, das ich mir wünschte. Er hatte immer Angst, daß der Fahrstuhl versagen könnte. Ich wußte zuviel von Hydraulik, um derlei alberne Dinge zu befürchten, aber es war nicht meine Aufgabe, ihn von seiner lächerlichen Angst zu kurieren.

Es bedurfte nur weniger Worte, um ihn davon zu überzeugen, daß meines genau das richtige Übel für ihn war – er überquerte nie das Meer, und ich, andererseits, konnte immer zu Fuß die Treppe hinaufgehen –, und außerdem war ich in dem Augenblick der Meinung, wie es vielen in dem Laden gehen muß, daß eine so absurde Angst mich niemals quälen könne.

Nachdem die Pergamenturkunde in dem Hinterzimmer voller Spinnen von uns beiden unterzeichnet worden war und der alte Mann unseren Handel bestätigt hatte (wofür wir ihm jeder fünfzig Francs zahlen mußten), ging ich in mein Hotel zurück, und dort sah ich im Erdgeschoß das schreckliche Ding. Man fragte mich, ob ich mit dem Fahrstuhl nach oben fahren wolle. Aus reiner Macht der Gewohnheit riskierte ich es, und die ganze Zeit über hielt ich den Atem an und ballte die Fäuste.

Nichts wird mich dazu bringen, so etwas noch einmal zu probieren. Eher würde ich mit einem Ballon in mein Zimmer hinauffahren. Und warum? Nun, wenn mit einem Ballon etwas schiefgeht, hat man noch eine Chance – er kann sich zu einem Fallschirm ausbreiten, nachdem er geplatzt ist, er kann sich in einem Baum verfangen, oder hundert andere Dinge können geschehen – aber wenn ein Fahrstuhl in seinen Schacht stürzt, ist man erledigt. Was die Seekrankheit angeht, so wird sie mich nie wieder heimsuchen – ich kann nicht sagen, warum, außer daß ich weiß, daß es so ist.

Und der Laden, in dem ich diesen bemerkenswerten Tausch gemacht hatte, der Laden, in den niemand zurückkehrt, nachdem er seinen Handel abgeschlossen hat: ich machte mich am nächsten Tag dorthin auf. Blindlings hätte ich den Weg in das altmodische Viertel finden können, in dem die schäbige Straße verläuft, an deren Ende man die Gasse nimmt, von der aus die Sackgasse abzweigt, in der sich der sonderbare Laden befand. Ein Laden mit kannelierten und rotgestrichenen Säulen befindet sich auf der einen Seite; sein Nachbar ist ein anspruchsloser Juwelier mit kleinen Silberbroschen im Fenster. In solch ungleicher Gesellschaft befand sich der Laden mit den drei braunen Holzbalken, der im übrigen grün gestrichen war.

Nach einer halben Stunde stand ich in der Sackgasse, die ich in der vergangenen Woche zweimal täglich aufgesucht hatte. Ich fand den Laden mit den häßlich bemalten Säulen und den Juwelier, der Broschen verkaufte, aber das grüne Haus mit den drei braunen Balken war verschwunden.

Abgerissen, wird man sagen – obgleich in einer einzigen Nacht? Das kann nicht die Antwort auf das Rätsel sein, denn der Laden mit den rot gestrichenen, kannelierten Säulen und das anspruchslose Juweliergeschäft mit seinen Silberbroschen (von denen ich jede einzelne identifizieren könnte) standen noch Seite an Seite da.

FREDRIC BROWN

Marionettentheater

Das Grauen kam nach Cherrybell kurz nach Mittag an einem
brennendheißen Tag im August.

Vielleicht braucht man das nicht zu erwähnen, denn *jeder*
Augusttag in Cherrybell, Arizona, ist brennendheiß. Es liegt
am Highway 89, ungefähr vierzig Meilen südlich von Tucson
und ungefähr dreißig Meilen nördlich der mexikanischen
Grenze. Es besteht aus zwei Tankstellen, einer auf jeder Seite
der Straße, um die Reisenden in beiden Richtungen abzufan-
gen, einer Gemischtwarenhandlung, einem nur für Bier und
Wein konzessionierten Gasthaus, einem Handelsposten Typ
Touristenfalle für diejenigen, die nicht warten können, bis sie
an die Grenze kommen, um *serapes** und *huaraches*** zu
kaufen, einem verlassenen Hamburgerstand und etlichen
Adobehäusern, in denen Mexiko-Amerikaner wohnen, die in
Nogales, der Grenzstadt im Süden, arbeiten und die es, aus
weiß Gott welchem Grund, vorziehen, in Cherrybell zu leben
und zu pendeln, manche von ihnen in Modell-T-Fords. Auf
dem Schild am Highway steht: CHERRYBELL, POP.*** 42,
aber das Schild übertreibt; Pop starb im vergangenen Jahr –

---

* oft bunte Umhänge von Spanisch-Amerikanern
** Sandalenart, wie sie von Indianern und der ärmeren Bevölke-
rung getragen wird
*** »Pop.« für »population« = Bevölkerungszahl

Pop Anders, der den nun verwaisten Hamburgerstand betrieb –, und die richtige Zahl müßte 41 lauten.

Das Grauen kam nach Cherrybell auf einem Esel reitend, geführt von einer betagten, schmutzigen, graubärtigen Wüstenratte von einem Goldgräber, der seinen Namen später mit Dade Grant angab. Der Name des Grauens war Garvane. Er war ungefähr zwei Meter siebzig groß, aber so dünn, beinahe ein Stock-Mensch, daß er nicht über hundert Pfund gewogen haben konnte. Der Esel des alten Dade trug ihn leicht, ungeachtet der Tatsache, daß seine Füße auf beiden Seiten im Sand schleiften. Obwohl sie, wie sich später herausstellte, weit über fünf Meilen durch den Sand geschleift worden waren, war nicht die geringste Abnutzung an den Schuhen zu erkennen – eigentlich waren es mehr Schnürstiefel, die, abgesehen von einer Art Badehose in Rotkehlchenei-Blau, Garvanes einzige Bekleidung darstellten. Es waren jedoch nicht seine Dimensionen, die ihn so grauenvoll aussehen ließen; es war seine *Haut*. Sie sah rot, roh aus. Sie sah aus, als ob er bei lebendigem Leibe gehäutet und die Haut mit der rohen Seite nach außen gekehrt worden wäre. Sein Schädel, sein Gesicht waren gleichermaßen schmal oder in die Länge gezogen; sonst erschien er in jeder Hinsicht menschlich – oder wenigstens menschenähnlich. Wenn man einmal von so kleinen Dingen absah wie zum Beispiel, daß seine Haare, passend zur Badehose, rotkehlchenei-blau waren, ebenso wie seine Augen und seine Stiefel. Blutrot und hellblau.

Casey, Inhaber des Gasthauses, war der erste, der sie, aus der Richtung der Bergkette im Osten, über die Ebene kommen sah. Er war aus der Hintertür seines Gasthauses getreten, um etwas frische, wenn auch heiße Luft zu schöpfen. Sie waren zu jenem Zeitpunkt ungefähr hundert Meter entfernt, aber er konnte bereits die ausgesprochene Fremdartigkeit der Gestalt auf dem Esel erkennen. Auf diese Entfernung war es nur Fremdartigkeit, das Grauen kam erst mit größerer

Nähe. Caseys Unterkiefer fiel herab und blieb dort, bis das seltsame Trio etwa fünfzig Meter entfernt war, dann ging er langsam auf sie zu. Es gibt Leute, die beim Anblick des Unbekannten davonrennen, andere gehen ihm entgegen, um es kennenzulernen. Casey ging ihm – langsam – entgegen, um es kennenzulernen.

Er begegnete ihnen noch im freien Gelände, zwanzig Meter von der Rückseite des kleinen Gasthauses entfernt. Dade Grant blieb stehen und ließ das Seil fallen, an dem er den Esel führte. Der Esel stand still und ließ seinen Kopf hängen. Der Stock-Mensch erhob sich, indem er einfach seine Füße fest auf den Boden setzte, und stand rittlings über dem Esel. Er schwang ein Bein hinüber, verharrte einen Augenblick, indem er sein Gewicht mit den Händen auf dem Rücken des Esels abstützte, und setzte sich dann in den Sand. »Planet mit hoher Schwerkraft«, sagte er. »Kann nicht lange stehen.«

»Kann ich Wasser für mein' Esel haben?« fragte der Goldgräber Casey. »Muß inzwischen mächtig durstig sein. Mußte Wasserbehälter und 'n paar andere Sachen zurücklassen, damit er den da tragen konnte.« Er schnellte einen Daumen auf das rot-blaue Grauen.

Casey bemerkte gerade, daß es wirklich ein Grauen war. Auf eine Entfernung wirkte die Farbkombination nur ein bißchen scheußlich, aber aus der Nähe – die Haut war roh und schien die Blutgefäße auf der Außenseite zu haben, und sie sah feucht aus (obwohl sie es nicht war), und hol's der Teufel, wenn sie nicht so aussah, als ob sie abgezogen und mit der Innenseite nach außen gekehrt worden wäre. Oder einfach abgezogen, Punkt. Nie zuvor hatte Casey so etwas gesehen, und er hoffte, daß er nie wieder so etwas sehen würde.

Casey spürte etwas hinter sich und sah über seine Schulter. Andere waren inzwischen aufmerksam geworden und kamen herbei, aber am nächsten, zehn Meter hinter ihm, waren zwei Jungen. »*Muchachos*«, rief er. »*Agua por el burro. Un pozal. Pronto.*«

Er blickte wieder nach vorn und fragte: »Was –? Wer –?«

»Heiße Dade Grant«, sagte der Goldgräber, indem er eine Hand ausstreckte, die Casey geistesabwesend ergriff. Als er sie losließ, schnellte sie über die Schulter der Wüstenratte und wies mit dem Daumen auf das Etwas, das im Sand saß. »*Sein* Name ist Garvane, sagte er mir. Er ist irgendein Außer-sowieso und eine Art Abgesandter.«

Casey nickte dem Stock-Menschen zu und war froh, als Antwort ein Nicken und nicht eine ausgestreckte Hand zu erhalten. »Ich bin Manuel Casey«, sagte er. »Was meint er damit, ein Außer-sowieso?«

Die Stimme des Stock-Menschen war unerwartet tief und kraftvoll. »Ich bin ein Außerirdischer. Und ein bevollmächtigter Abgesandter.«

Erstaunlicherweise war Casey ein einigermaßen gebildeter Mann und verstand beide Sätze; er war wahrscheinlich die einzige Person in Cherrybell, die den zweiten verstand. Weniger erstaunlich war, angesichts der Erscheinung des Sprechers, daß er beide glaubte.

»Was kann ich für Sie tun, Sir?« fragte er. »Aber zuerst mal, warum kommen Sie nicht mit nach drinnen und aus der Sonne?«

»Nein, danke. Es ist ein bißchen kühler hier, als man mir gesagt hat, aber ich fühle mich ganz wohl. Und was Sie für mich tun können, ist, Ihre Behörden über meine Anwesenheit zu informieren. Ich glaube, sie werden interessiert sein.«

Nun, dachte Casey, durch blinden Zufall hat er den für diesen Zweck am besten geeigneten Mann im Umkreis von wenigstens zwanzig Meilen getroffen. Manuel Casey war halb Ire, halb Mexikaner. Er hatte einen Halbbruder, der halb Ire und halb gemischter Amerikaner war, und der Halb-

bruder war Hubschrauberoberst auf dem Luftwaffenstütz-
punkt Davis-Monthan in Tucson.

Er sagte: »Einen kleinen Moment, Mr. Garvane, ich werde
telefonieren. Wollen Sie, Mr. Grant, hereinkommen?«

»Nö, Sonne macht mir nichts aus. Bin jeden Tag draußen.
Und Garvane hier bat mich, bei ihm zu bleiben, bis er mit
dem, was er hier zu tun hat, fertig is. Sagte, er würde mir
etwas mächtig Wertvolles schenken, wenn ich's täte. Etwas –
ein 'lektrononisches –«

»Ein elektronisches batteriebetriebenes tragbares Gold-
suchgerät«, sagte Garvane. »Ein einfacher kleiner Apparat,
zeigt das Vorhandensein einer Goldkonzentration in bis zu
zwei Meilen Entfernung an, außerdem Art, Gütegrad,
Menge und Tiefe.«

Casey schluckte, entschuldigte sich und schob sich durch
die Menschenansammlung in sein Gasthaus. Innerhalb einer
Minute hatte er Oberst Casey am Apparat, aber er brauchte
weitere vier Minuten, um den Oberst davon zu überzeugen,
daß er weder betrunken war noch Witze machte.

Fünfundzwanzig Minuten später war ein Geräusch am
Himmel zu hören, ein Geräusch, daß anschwoll und erstarb,
als ein Vier-Mann-Helikopter aufsetzte und ein Dutzend
Meter von einem Außerirdischen, zwei Männern und einem
Esel seine Rotoren abstellte. Allein Casey hatte den Mut
gehabt, sich dem Trio aus der Wüste wieder anzuschließen;
es waren andere Zuschauer da, aber die hielten sich immer
noch zurück.

Oberst Casey, ein Major, ein Hauptmann und ein Leutnant, der den Helikopter gesteuert hatte, sie alle stiegen aus
und kamen herbeigelaufen. Der Stock-Mensch stand auf,
seine ganzen zwei Meter siebzig; an der Anstrengung, die es
ihn kostete, sich zu erheben, konnte man erkennen, daß er an
eine viel geringere Schwerkraft als die der Erde gewöhnt war.
Er verbeugte sich, wiederholte seinen Namen und seinen

Status als Außerirdischer und bevollmächtigter Abgesandter. Dann entschuldigte er sich dafür, daß er sich wieder hinsetzen müsse, erklärte, warum es notwendig war, und setzte sich.

Der Oberst stellte sich selbst und die drei Männer, die mit ihm gekommen waren, vor. »Und nun, Sir, was können wir für Sie tun?«

Der Stock-Mensch zog eine Grimasse, die wahrscheinlich ein Lächeln sein sollte. Die Zähne waren vom selben Hellblau wie seine Haare und Augen.

»Bei Ihnen ist die Phrase ›Bringen Sie mich zu Ihrem Anführer‹ üblich. Das verlange ich nicht. Tatsächlich *muß* ich hier bleiben. Noch verlange ich, daß einer von Ihren Anführern zu mir gebracht wird. Das wäre unhöflich. Ich bin völlig damit einverstanden, Sie als deren Repräsentanten zu akzeptieren, mit Ihnen zu sprechen und mir von Ihnen Fragen stellen zu lassen. Aber eine Bitte habe ich. Sie besitzen Tonbandgeräte. Ich bitte Sie, eines holen zu lassen, bevor ich rede oder Fragen beantworte. Ich will sichergehen, daß die Botschaft, die Ihre Anführer schließlich erreichen wird, vollständig und genau ist.«

»In Ordnung«, sagte der Oberst. Er wandte sich an den Piloten. »Leutnant, gehen Sie zu Ihrem Funkgerät im Hubschrauber und sagen Sie denen, sie sollen uns ein Tonbandgerät bringen, und zwar schneller als schnell. Es kann mit dem Fallschirm ab... Nein, das Herrichten fürs Abwerfen würde länger dauern. Sie sollen es mit einem anderen Helikopter herbringen.« Der Leutnant wandte sich zum Gehen.

»He«, sagte der Oberst.

»Außerdem fünfzig Meter Verlängerungsschnur. Wir müssen es in Manny's Gasthaus anschließen.«

Der Leutnant sprintete zum Helikopter.

Die anderen saßen einen Moment da und schwitzten, dann stand Manuel Casey auf. »Das bedeutet eine halbe Stunde

Warten«, sagte er, »und wenn wir hier in der Sonne sitzen, möchte da vielleicht jemand eine Flasche kaltes Bier? Sie, Mr. Garvane?«

»Das ist ein kaltes Getränk, nicht wahr? Mich fröstelt ein wenig. Wenn Sie etwas Heißes haben –?«

»Kaffee, kommt sofort. Kann ich Ihnen eine Decke bringen?«

»Nein, danke. Das ist nicht nötig.«

Casey ging und kehrte kurz darauf mit einem halben Dutzend Flaschen kalten Bieres und einer Tasse dampfenden Kaffees auf einem Tablett zurück. Der Leutnant war inzwischen wieder da. Casey setzte das Tablett ab und bediente zuerst den Stock-Menschen, der an dem Kaffee nippte und sagte: »Er ist köstlich.«

Oberst Casey räusperte sich. »Bedienen Sie unseren Goldgräberfreund als nächsten, Manny. Was uns betrifft – nun, trinken im Dienst ist verboten, aber in Tucson hatten wir dreißig Grad im Schatten, und hier ist es noch wärmer, und überdies *nicht* im Schatten. Meine Herren, betrachten Sie sich als offiziell beurlaubt für die Zeit, die Sie brauchen, um eine Flasche Bier zu trinken, oder bis das Tonbandgerät eintrifft, je nachdem, was zuerst eintritt.«

Das Bier war zuerst ausgetrunken, aber bis der letzte Rest davon verschwunden war, war auch der zweite Hubschrauber in Hör- und Sichtweite. Casey fragte den Stock-Menschen, ob er noch Kaffee wolle. Das Angebot wurde höflich abgelehnt. Casey sah Dade Grant an und zwinkerte, und die Wüstenratte zwinkerte zurück, so daß Casey hineinging, um noch zwei Flaschen zu holen, je eine für die beiden zivilen Irdischen. Auf dem Rückweg traf er den Leutnant mit der Verlängerungsschnur und begleitete ihn bis zum Eingang, um ihm zu zeigen, wo sich die Steckdose befand.

Als er zurückkam, sah er, daß der zweite Helikopter, neben dem Tonbandgerät, seine vollzählige Viererbesatzung mitgebracht hatte. Außer dem Piloten waren dies ein Technik-Sergeant, der das Tonbandgerät bedienen konnte und daran herumhantierte, ein Oberstleutnant und ein Bordoffizier, der nur wegen des Fluges mitgekommen war oder weil er durch die Bitte, schnellstmöglich ein Tonbandgerät nach Cherrybell, Arizona, zu fliegen, neugierig geworden war. Sie standen da und glotzten den Stock-Menschen an, und es wurden flüsternd Unterhaltungen geführt.

Der Oberst sagte ruhig: »Achtung«, und völliges Schweigen trat ein. »Nehmen Sie bitte Platz, meine Herren. In etwa kreisförmig. Sergeant, wenn Sie Ihr Mikrophon im Zentrum des Kreises aufstellen, wird es dann deutlich aufnehmen, was irgendeiner von uns zu sagen hat?«

»Ja, Sir. Ich bin gleich fertig.«

Zehn Männer und ein menschenähnlicher Außerirdischer setzten sich hin und bildeten einen ungefähren Kreis, in dessen Mitte das Mikrophon von einem Dreibein herabhing. Die Menschen schwitzten ausgiebig; der Menschenähnliche fröstelte leicht. Wenig außerhalb des Kreises stand niedergeschlagen und mit gesenktem Kopf der Esel. Etwas näher herangerückt, aber immer noch ungefähr fünf Meter entfernt, stand in einem Halbkreis die ganze Bevölkerung von Cherrybell, die zu dem Zeitpunkt zu Hause gewesen war; die Läden und Tankstellen lagen verlassen da.

Der Technik-Sergeant drückte eine Taste, und die Spule des Tonbandgeräts begann sich zu drehen. »Probeaufnahme... Probeaufnahme«, sagte er. Er drückte für eine Sekunde auf die Rückspultaste und ließ das Band dann wieder vorwärts laufen. »Probeaufnahme... Probeaufnahme«, sagte der Lautsprecher. Klar und deutlich. Der Sergeant drückte die Rückspultaste, dann die Löschtaste. Anschließend die Stopptaste.

»Wenn ich die nächste Taste drücke, Sir«, sagte er zum Oberst, »nimmt das Gerät auf.«

Der Oberst sah den großen Außerirdischen an, der nickte, und dann nickte der Oberst dem Sergeant zu. Der Sergeant drückte die Aufnahmetaste.

»Mein Name ist Garvane«, sagte der Stock-Mensch langsam und deutlich. »Ich komme vom Planeten eines Sterns, der nicht in Ihren Katalogen aufgeführt ist, obwohl Ihnen die kugelförmige, aus 90 000 Sternen bestehende Ansammlung, zu der er gehört, bekannt ist. Er befindet sich, von hier aus gesehen, in Richtung des Zentrums der Galaxie, in einer Entfernung von über viertausend Lichtjahren.

Ich bin jedoch nicht als Repräsentant meines Planeten oder meines Volkes hier, sondern als bevollmächtigter Abgesandter der Galaktischen Union, eines Bundes der vernünftigen Zivilisationen der Galaxie, zum Wohle aller. Es ist mein Auftrag, Sie zu besuchen und an Ort und Stelle zu entscheiden, ob Sie eingeladen werden, sich unserem Bund anzuschließen oder nicht.

Sie können nun Fragen stellen. Ich behalte mir jedoch das Recht vor, manche Antworten aufzuschieben, bis ich meine Entscheidung getroffen habe. Wenn die Entscheidung günstig ausfällt, werde ich alle Fragen, einschließlich der aufgeschobenen, beantworten. Ist das zufriedenstellend?«

»Ja«, sagte der Oberst. »Wie sind Sie hierher gekommen? Mit einem Raumschiff?«

»Richtig. Es befindet sich jetzt genau über uns, in Umlaufbahn zweiundzwanzig, tausend Meilen weit draußen, so daß es sich mit der Erde dreht und immer über dieser Stelle bleibt. Ich werde von dort beobachtet, was ein Grund dafür ist, weshalb ich lieber hier im Freien bleibe. Ich soll ihm ein Signal geben, wenn es herunterkommen und mich an Bord nehmen soll.«

»Woher können Sie unsere Sprache so fließend? Sind Sie telepathisch?«

»Nein. Und nirgendwo in der Galaxie ist eine Rasse telepathisch, ausgenommen die Mitglieder einer einzelnen Rasse untereinander. Man lehrte mich Ihre Sprache für diesen Zweck. Wir haben seit vielen Jahrhunderten Beobachter unter Ihnen – mit *wir* meine ich natürlich die Galaktische Union. Ganz offensichtlich kann ich nicht als Erdenbewohner durchgehen, aber es gibt andere Rassen, die das können. Zufällig sind sie keine Spione oder Agenten; sie haben in keiner Weise versucht, Einfluß auf Sie auszuüben; sie sind Beobachter, und das ist alles.«

»Welche Vorteile hat es für uns, Ihrer Union beizutreten, wenn wir dazu aufgefordert werden und wenn wir akzeptieren sollten?« fragte der Oberst.

»Erstens erhalten Sie einen Schnellkurs in den grundlegenden Sozialwissenschaften, was Ihre Neigung, sich gegenseitig zu bekämpfen, zum Verschwinden bringen und Ihre Aggressionen beenden oder diese zumindest kontrollierbar machen wird. Wenn wir mit Ihren Fortschritten zufrieden sind, werden Sie, falls es für Sie gefahrlos ist, die Möglichkeit zu Raumreisen erhalten und zu vielen anderen Dingen, so rasch Sie in der Lage sind, diese zu assimilieren.«

»Und wenn wir nicht aufgefordert werden oder uns weigern?«

»Nichts. Sie werden sich selbst überlassen; selbst unsere Beobachter werden dann zurückgezogen. Sie werden für Ihr eigenes Schicksal verantwortlich sein – entweder werden Sie Ihren Planeten im Laufe des nächsten Jahrhunderts unbewohnt oder unbewohnbar machen, oder Sie werden sich Ihre Sozialwissenschaft selbst aneignen und wieder Kandidaten für die Mitgliedschaft werden und diese wieder angeboten bekommen. Wir werden das von Zeit zu Zeit überprüfen, und wenn es sicher erscheint, daß Sie sich nicht selbst vernichten, wird man wieder an Sie herantreten.«

»Warum die Eile, jetzt, wo Sie hier sind? Warum können

Sie nicht so lange bleiben, bis unsere Anführer, wie Sie sie nennen, persönlich mit Ihnen gesprochen haben?«

»Aufgeschoben. Der Grund ist nicht wichtig, aber es ist kompliziert, und ich möchte einfach keine Zeit auf Erklärungen verschwenden.«

»Angenommen Ihre Entscheidung fällt günstig aus, wie sollen wir dann Kontakt zu Ihnen aufnehmen, damit wir Sie über *unsere* Entscheidung informieren können? Sie wissen offensichtlich genug über uns, um zu wissen, daß *ich* diese Entscheidung nicht treffen kann.«

»Wir werden Ihre Entscheidung durch unsere Beobachter erfahren. Eine Bedingung für die Annahme unseres Angebots ist die volle und unzensierte Veröffentlichung dieses Interviews in Ihren Zeitungen, im Wortlaut des Tonbandes, das wir hier benutzen. Und auch aller Beratungen und Entscheidungen Ihrer Regierung.«

»Und anderer Regierungen? Wir können nicht einseitig für die Welt entscheiden.«

»Ihre Regierung wurde für einen ersten Anfang ausgewählt. Wenn Sie akzeptieren, werden wir Ihnen die Methoden zur Verfügung stellen, mit deren Hilfe die anderen dazu bewegt werden, sich rasch anzuschließen – und diese Methoden beinhalten weder Gewalt noch die Androhung von Gewalt.«

»Das müssen ja *schöne* Methoden sein«, bemerkte der Oberst trocken, »wenn sie ein ganz bestimmtes Land, dessen Namen ich nicht zu nennen brauche, sogar ohne eine Drohung dazu bringen, sich anzuschließen.«

»Manchmal ist das Angebot einer Belohnung wirksamer als das Mittel der Drohung. Glauben Sie, das Land, das Sie nicht nennen wollen, sähe es gern, wenn Ihr Land Planeten oder ferne Sterne kolonisiert, bevor jene überhaupt den Mond erreichen? Aber das ist ein relativ unbedeutender Punkt. Sie können unseren Methoden vertrauen.«

»Das klingt fast zu gut, um wahr zu sein. Aber Sie sagten, daß Sie hier und jetzt entscheiden müssen, ob wir aufgefordert werden sollen, uns der Union anzuschließen oder nicht. Darf ich fragen, auf welche Kriterien Sie Ihre Entscheidung gründen werden?«

»Zum einen soll ich – sollte ich, denn ich habe es bereits getan – den Grad Ihrer Xenophobie prüfen. In dem lockeren Sinne, in dem Sie das Wort benutzen, das heißt in der Bedeutung von Fremdenangst. Wir haben ein Wort, zu dem es in Ihrer Sprache kein Gegenstück gibt: es bedeutet Angst vor oder heftige Ablehnung von *Andersartigen.* Ich – oder zumindest ein Mitglied meiner Rasse – wurde ausgewählt, um den ersten Kontakt zu Ihnen aufzunehmen. Weil ich bin, was Sie grob als menschenähnlich bezeichnen würden – so wie Sie sind, was ich grob als menschenähnlich bezeichnen würde –, bin ich wahrscheinlich grauenhafter, abstoßender für Sie, als es viele, völlig verschiedene Rassen wären. Weil ich für Sie die Karikatur eines menschlichen Wesens bin, erscheine ich Ihnen viel grauenhafter als ein Wesen, das nicht die entfernteste Ähnlichkeit mit Ihnen hat.

Sie sind vielleicht der Meinung, daß Sie *tatsächlich* Grauen mir gegenüber empfinden, und Abscheu, aber glauben Sie mir, Sie haben den Test bestanden. Es gibt Rassen in der Galaxie, die niemals Mitglied des Bundes sein können, ganz gleich wie sie sich sonst entwickeln mögen, weil sie sehr stark und unheilbar xenophobisch sind; sie könnten nie einem Fremden einer anderen Spezies gegenübertreten oder mit ihm sprechen. Sie würden entweder schreiend davonrennen oder ihn auf der Stelle zu töten versuchen. Da ich Sie und diese Leute beobachtet habe« – er machte eine ausholende Armbewegung in Richtung der Zivilbevölkerung von Cherrybell nicht weit außerhalb des Kreises der Konferenz –, »weiß ich, daß Sie meinen Anblick abstoßend finden, aber glauben Sie mir, dieses Gefühl ist relativ schwach und sicherlich heilbar. Sie haben diesen Test zufriedenstellend bestanden.«

»Und gibt es noch andere Tests?«

»Noch einen. Aber ich glaube, es ist Zeit, daß ich...« Anstatt den Satz zu beenden, legte sich der Stock-Mensch flach auf den Rücken in den Sand und schloß die Augen.

Der Oberst sprang auf die Füße. »Was zum Teufel?« sagte er. Er ging rasch um das Dreibein, an dem das Mikrophon hing, herum, beugte sich über den daliegenden Außerirdischen und legte ein Ohr an die blutigaussehende Brust.

Als er den Kopf hob, kicherte Dade Grant, der grauhaarige Goldsucher. »Kein Herzschlag, Oberst, weil kein Herz da ist. Aber ich lasse ihn gern als Souvenir für Sie hier, und Sie werden viel interessantere Dinge in seinem Innern finden als Herz und Eingeweide. Ja, er ist eine Marionette, die ich bewegt habe, so wie Ihr Edgar Bergen seinen – wie heißt er doch gleich? –, o ja, Charlie McCarthy bewegt. Nun, da er seinen Zweck erfüllt hat, ist er deaktiviert worden. Sie können auf Ihren Platz zurückkehren, Oberst.«

Oberst Casey ging langsam zurück. *»Warum?«* fragte er.

Dade Grant streifte seinen Bart und seine Perücke ab. Er rieb sich mit einem Tuch über das Gesicht, um das Make-up zu entfernen und entpuppte sich als ein gutaussehender junger Mann. Er sagte: »Was er Ihnen erzählt hat, oder was Ihnen durch ihn erzählt wurde, stimmt bis zu einem gewissen Grade. Er ist nur ein Scheinbild, ja, aber er ist das genaue Duplikat eines Mitglieds einer der intelligenten Rassen der Galaxie, der gegenüber Sie – wenn Sie sehr stark und unheilbar xenophobisch wären – nach Meinung unserer Psychologen das größte Grauen empfänden. Wir haben jedoch kein wirkliches Mitglied seiner Spezies für den ersten Kontakt mitgebracht, weil sie eine eigene Phobie haben, Agoraphobie – Platzangst. Sie sind hochzivilisiert und stehen in gutem Ansehen in der Union, aber sie verlassen nie ihren Planeten.

Unsere Beobachter versichern uns zwar, daß Sie diese Phobie nicht haben. Aber sie waren nicht in der Lage, im voraus den Grad Ihrer Xenophobie zu beurteilen, und die einzige Möglichkeit, ihn zu testen, war, *etwas* anstelle von *jemandem* mitzubringen, um einen Reaktionsmaßstab zu haben und es den vermutlich ersten Kontakt herstellen zu lassen.«

Der Oberst seufzte hörbar. »Ich kann nicht sagen, daß mich das in einer Hinsicht nicht erleichtert. Wir könnten mit Menschenähnlichen zurechtkommen, ja, und das werden wir auch, wenn wir es müssen. Aber ich muß zugeben, daß es mich wirklich erleichtert zu erfahren, daß die Herrscherrasse der Galaxie immerhin menschlich und nicht nur menschenähnlich ist. Worin besteht der zweite Test?«

»Sie sind gerade mittendrin. Nennen Sie mir...« Er schnippte mit den Fingern. »Wie lautet der Name von Bergens zweiter Marionette, nach Charlie McCarthy?«

Der Oberst zögerte, aber der Technik-Sergeant lieferte die Antwort. »Mortimer Snerd.«

»Richtig. Nennen Sie mich also Mortimer Snerd, und jetzt glaube ich, ist es Zeit, daß ich...« Er legte sich flach auf den Rücken in den Sand und schloß die Augen, so wie es der Stock-Mensch ein paar Minuten zuvor getan hatte.

Der Esel hob den Kopf und steckte ihn über die Schulter des Technik-Sergeants in den Kreis.

»Damit wären die Marionetten erledigt, Oberst«, sagte er. »Und nun, was bedeutet diese rätselhafte Äußerung, wie wichtig es ist, daß die Herrscherrasse menschlich oder wenigstens menschenähnlich ist? Was ist eine Herrscherrasse?«

RAY BRADBURY

Der Toynbee-Konvektor

»Toll! Prima! Ein Tusch für Roger!«

Roger Shumway sprang in seine Dragonfly Super-6, schnallte sich fest, warf den Rotor an, ließ den Helikopter in den Sommerhimmel steigen und schwirrte nach Süden ab, nach La Jolla.

»Glück muß der Mensch haben!«

Denn am Ziel erwartete ihn eine unerhörte Begegnung.

Nach hundert Jahren Schweigen hatte der Zeitreisende in ein Interview eingewilligt. Er wurde heute 130 Jahre alt, und heute nachmittag um Punkt vier Uhr pazifischer Zeit jährte sich seine erste und einzige Zeitreise.

Mein Gott, ja! Vor einhundert Jahren hatte Craig Bennett Stiles noch einmal gewinkt, war in seine *Große Uhr* gestiegen, wie er das Ding nannte, und aus seiner Gegenwart verschwunden. Er war als erster und einziger Mensch in der Geschichte durch die Zeit gereist. Und nun war Shumway als erster und einziger Reporter nach so vielen Jahren zum Nachmittagstee eingeladen. Und weiter? Vielleicht die Bekanntgabe einer zweiten und letzten Zeitreise? Der Reisende hatte so etwas angedeutet.

»He, Alter!« rief Shumway. »Mr. Craig Bennett Stiles – ich komme!«

Die Dragonfly schwang sich, seinem Fieber gehorchend, auf einen Wind und ritt mit ihm die Küste hinunter. Der alte

Mann erwartete ihn auf dem Dach des Time Lamasery, das am Rand des Drachenflugfelsens von La Jolla stand. Die Luft schwirrte von roten, blauen und gelben Hängegleitern, unter denen junge Männer juchzten, während junge Frauen von der Küste aus nach ihnen riefen.

Stiles war mit seinen immerhin 130 Jahren noch nicht alt. Sein Gesicht, das dem Helikopter blinzelnd entgegensah, war wie die leuchtenden Gesichter dieser drachenfliegenden Apolljünger, die schnell abdrehten, als der Helikopter nahte.

Shumway hielt sein Flugzeug noch ein Weilchen im Schwebeflug, um die Verzögerung zu genießen.

Unter ihm wartete ein Gesicht, das Bauwerke geträumt, beispiellose Leidenschaften gekannt, Sekunden und Stunden und Tage zu geheimnisvollen Plänen verwoben und sich dann in den Strom der Jahrhunderte gestürzt hatte, um dagegen anzuschwimmen. Ein Sonnenaufgangsgesicht, das seinen eigenen Geburtstag feierte.

Denn nur einmal, vor hundert Jahren, hatte Craig Bennett Stiles, frisch aus der Zeit zurückgekehrt, einen Abend lang über Telstar zu Milliarden Menschen in aller Welt gesprochen und ihnen von ihrer Zukunft erzählt.

»Wir haben es geschafft!« sagte er. »Es ist vollbracht! Die Zukunft ist unser. Wir haben unsere Städte umgebaut, die Dörfer erneuert, Seen und Flüsse gesäubert, die Luft gereinigt, die Delphine gerettet, die Wale vermehrt, die Kriege beendet, Sonnenstationen im All verteilt, um die Erde zu erhellen, den Mond besiedelt und uns weiter auf den Mars begeben, dann nach Alpha Centauri. Wir haben den Krebs geheilt und den Tod besiegt. Wir haben es geschafft – Dank sei Dir, Herr! – wir haben es geschafft. O herrlich leuchtende Zinnen der Zukunft, wachset empor!«

Er zeigte ihnen Bilder, brachte Proben mit, gab ihnen Tonbänder und Schallplatten, Filme und Tonkassetten von seiner wundersamen Hin- und Rückreise. Die Welt geriet aus dem Häuschen und eilte herbei, um diese Zukunft zu schaffen, diese Städte der Verheißung zu bauen und alles zu bewahren und mit den Tieren zu Land und zu Wasser zu teilen.

Der Willkommensruf des alten Mannes tönte durch den Wind zu ihm herauf. Shumway antwortete und ließ die Dragonfly sanft aus ihrem sommerlichen Element niederschweben.

Craig Bennett Stiles, 130 Jahre alt, nahte mit forschen Schritten und mußte – unglaublich! – dem jungen Reporter aus dem Flugzeug helfen, denn Shumway fühlte sich ob der Begegnung auf einmal ganz schwindlig und schwach.

»Ich kann's nicht fassen, daß ich hier bin«, sagte Shumway.

»Sie sind es, und keinen Tag zu früh«, lachte der Zeitreisende. »Es kann jetzt jeden Tag passieren, daß ich mich kurzerhand in nichts auflöse und fortwehe. Das Essen wartet. Marsch!«

Und wie eine Einmannparade unter den schwirrenden Rotorschatten, die ihn aussehen ließen wie die flimmernde Wochenschau einer bereits vergangenen Zukunft, marschierte Stiles davon.

Shumway folgte wie ein Hündchen der ruhmreichen Armee.

»Was wollen Sie wissen?« fragte der alte Mann, während sie im Eilmarsch über das Dach schritten.

»Erstens«, keuchte Shumway, der mühsam Schritt hielt, »warum wollen Sie nach hundert Jahren Ihr Schweigen brechen? Zweitens, warum vor *mir*? Drittens, was ist das für eine große Ankündigung, die Sie heute nachmittag um vier machen wollen, genau zu der Stunde, zu der Ihr jüngeres Ich aus der Vergangenheit erwartet wird und Sie für einen kurzen Augenblick an zwei Orten zugleich zu sehen sein werden, das Paradoxon: der Mann, der Sie waren, und der Mann, der Sie sind, verschmolzen zu einer glorreichen Stunde, die wir feiern?«

Der alte Mann lachte. »Sie legen aber los!«

»Entschuldigung.« Shumway errötete. »Das habe ich gestern abend geschrieben. Es sind meine Fragen.«

»Sie sollen Ihre Antworten bekommen.« Der alte Mann rüttelte ihn sanft am Ellbogen. »Alles zu seiner – Zeit.«

»Sie müssen mir meine Aufregung verzeihen«, sagte Shumway. »Aber schließlich *sind* Sie ein Mysterium. Sie waren berühmt, von aller Welt gefeiert. Sie sind weggeflogen, haben die Zukunft gesehen, sind wiedergekommen, haben uns davon berichtet und sich in die Versenkung begeben. Ja, gewiß: Sie sind ein paar Wochen lang per Fernschreiber durch die Welt gereist, haben sich im Fernsehen gezeigt, ein Buch geschrieben, uns einen herrlichen zweistündigen Fernsehfilm geschenkt, aber dann haben Sie sich hier eingeschlossen. Ja, gewiß, unten im Keller wird die Zeitmaschine ausgestellt, und jeden Mittag dürfen die Massen hinein und sie ansehen und anfassen. Aber Sie selbst haben sich dem Ruhm entzogen –«

»Keineswegs.« Der alte Mann führte ihn am Dachrand entlang. In den Gärten unten landeten jetzt andere Hubschrauber und brachten Fernsehkameras aus aller Welt, die das Wunder am Himmel festhalten sollten, den Augenblick, in dem die Zeitmaschine aus der Vergangenheit auftauchen und glitzernd weiterfliegen würde zu anderen Städten, ehe sie wieder in die Vergangenheit entschwand. »Ich hatte zu tun, ich habe als Baumeister mitgewirkt an der Erschaffung ebendieser Zukunft, die ich als junger Mann gesehen hatte, als ich in unserm goldenen Morgen eintraf!«

Sie blieben kurz stehen und sahen den Vorbereitungen dort unten zu. Es wurden lange Tische für Speisen und Getränke aufgestellt. Honoratioren aus aller Herren Länder würden bald eintreffen, um dem legendären, fast mythischen

Reisenden durch die Jahre zu danken – vielleicht zum letztenmal.

»Kommen Sie mit«, sagte der alte Mann. »Möchten Sie sich einmal hineinsetzen in die Zeitmaschine? Das hat bisher noch niemand gedurft. Wollen Sie der erste sein?«

Das bedurfte keiner Antwort. Der alte Mann sah ein feuchtes Glänzen in den Augen des jungen.

»Na, na«, sagte der alte Mann. »Aber, aber.«

Ein gläserner Aufzug trug sie nach unten und entließ sie in einen blütenweißen Keller, und dort in der Mitte stand –

Die unerhörte Maschine.

»Bitte.« Stiles drückte auf einen Knopf, und die Plastikkapsel, die hundert Jahre lang die Zeitmaschine umgeben hatte, glitt zur Seite. Der alte Mann nickte. »Nur zu. Setzen Sie sich hinein.«

Shumway ging langsam auf die Maschine zu.

Stiles drückte auf einen zweiten Knopf, und in der Maschine wurde es hell wie in einer Höhle voller Spinnweben. Sie atmete Jahre ein und hauchte Erinnerungen aus. Geister bewohnten ihre kristallenen Venen. Eine große Gottspinne hatte in einer einzigen Nacht ihre Tapisserien gewebt. Die Maschine war von Geistern bewohnt, sie lebte. Unsichtbare Gezeiten kamen und gingen in ihrem Räderwerk. Sonnen brannten, und Monde verbargen darin ihre Zyklen. Hier wehte ein Herbst in Lumpen davon, dort kamen Winter in Schneegestöbern, die zu Frühlingsblüten wurden und auf Sommerwiesen niederrieselten.

In dieses alles setzte der junge Mann sich mittenhinein, sprachlos, und umfaßte die Armlehnen des Polstersessels.

»Keine Angst«, meinte der alte Mann freundlich. »Ich will Sie nicht auf die Reise schicken.«

»Ich hätte gar nichts dagegen«, sagte Shumway.

Der alte Mann musterte sein Gesicht. »Nein. Das sehe ich

Ihnen an. Sie sehen genauso aus wie ich vor hundert Jahren. Sie würden mir als Sohn Ehre machen!«

Darauf schloß der junge Mann die Augen, und seine Lider glänzten, während rings um ihn die Geister in der Maschine seufzten und ihm noch viele Morgen verhießen.

»Na, und was halten Sie von meinem Toynbee-Konvektor?« fragte der alte Mann und brach mit seinem munteren Ton den Bann. Der junge Mann öffnete die Augen.

»Toynbee-Konvektor? Was –«

»Rätsel über Rätsel, ja? Der große Historiker Toynbee, der einmal gesagt hat, daß jede Gruppe, jede Rasse, jede Welt, die sich nicht beeilt, die Zukunft anzupacken und zu gestalten, dazu verdammt sei, im Grab der Vergangenheit zu verwesen.«

»Das hat er gesagt?«

»Mehr oder weniger. Ja. Welcher Name wäre also besser geeignet für meine Maschine? Toynbee, ganz gleich, wo du jetzt bist, hier ist er, dein die Zukunft anpackender Apparat!«

Er faßte den jungen Mann am Ellbogen und führte ihn wieder aus der Maschine.

»Das genügt jetzt. Es wird spät. Fast Zeit für das große Erscheinen, ja? Und für die welterschütternde letzte Ankündigung des alten Zeitreisenden Stiles! Hopp!«

Sie waren wieder auf dem Dach und sahen in die Gärten hinunter, in denen sich jetzt die Berühmten und weniger Berühmten der Welt drängten. Die umliegenden Straßen waren verstopft, am Himmel wimmelte es von Hubschraubern und langsam schwebenden Doppeldeckern. Die Drachenflieger hatten längst aufgegeben und standen aufgereiht am Klippenrand wie ein Schwarm bunter Pterodaktylen mit angelegten Flügeln und erhobenen Köpfen und stierten wartend in die Wolken.

»Mein Gott«, sagte der alte Mann leise, »und das alles *meinetwegen*!«

Der junge Mann sah auf die Uhr.

»Zehn vor vier, Countdown läuft. Fast Zeit für das große Erscheinen. Pardon, so habe ich es genannt, als ich vorige Woche in den *News* über Sie schrieb. Diesen winzigen Augenblick der gleichzeitigen Ankunft und Abreise, in dem Sie mit dem Durchschreiten der Zeit die ganze Zukunft der Welt verändert haben, von der Nacht zum Tag, vom Dunkel zum Licht. Ich habe mich schon oft gefragt –«

»Was?«

Shumway suchte den Himmel ab. »Als Sie vorwärts durch die Zeit reisten, hat *niemand* Sie da ankommen sehen? Ich meine, hat da überhaupt *irgend jemand* hochgeschaut und Ihren Apparat in der Luft schweben sehen, zuerst hier, wenig später dann über Chicago, dann New York, Paris? *Niemand?*«

»Hm«, machte der Erfinder des Toynbee-Konvektors, »ich glaube kaum, daß jemand mich *erwartet* hat. Und falls doch einer etwas gesehen hat, wußte er gewiß nicht, was er da in drei Teufels Namen sah. Allerdings habe ich auch darauf geachtet, daß ich mich nirgends zu lange aufhielt. Ich brauchte ja nur soviel Zeit, bis ich die umgebauten Städte fotografiert hatte, die sauberen Seen und Flüsse, die frische, smogfreie Luft, die abgerüsteten Völker, die geretteten, geliebten Wale. Ich war schnell, habe schnell fotografiert und bin durch die Jahre wieder nach Hause zurückgereist. Heute ist es paradoxerweise anders. Jetzt blicken Millionen und Abermillionen Augen mit großen Erwartungen nach oben. Gewiß werden sie von dem jungen Narren, der da am Himmel aufscheint, herübersehen zu dem alten Narren hier, der immer noch seinen Triumph genießt, oder?«

»Doch«, sagte Shumway. »*Bestimmt* tun sie das!«

Ein Korken knallte. Shumway wandte sich von den Menschenmassen auf den umliegenden Wiesen und den wimmelnden Schwärmen am Himmel ab und sah, daß Stiles eine Flasche Champagner geöffnet hatte.

»Für unsern ganz privaten Toast, unsere ganz private Feier.«

Sie hoben die Gläser und warteten auf den genauen Augenblick, den richtigen Augenblick zum Anstoßen.

»Fünf vor vier, Countdown läuft. Warum ist eigentlich nie mehr ein anderer durch die Zeit gereist?« fragte der junge Reporter.

»Das habe ich selbst verhindert«, antwortete der alte Mann, indem er sich über den Dachrand beugte und auf die Menge hinuntersah. »Ich hatte begriffen, wie gefährlich es war. Auf mich selbst hatte ich mich natürlich verlassen können, da bestand keine Gefahr. Aber mein Gott, stellen Sie sich das vor – *irgendwer* würde so mir nichts, dir nichts über die Kegelbahn der Zeit dahinrollen und die Kegel abräumen, hier die Eingeborenen ängstigen, dort die Bürger erschrekken, in Napoleons vergangenes Leben eingreifen und Hitlers zukünftigen Vettern wieder zur Macht verhelfen! Nein, nein! Und die Regierung hat natürlich eingewilligt – nein, verlangt –, daß der Toynbee-Konvektor verschlossen und versiegelt wurde. Sie waren heute der erste und letzte, der je seine Hebel berührt hat. Zehntausende von Tagen wurde der Konvektor rund um die Uhr aufs strengste bewacht, damit ihn keiner stehlen konnte. Wieviel Uhr ist es bei Ihnen?«

Shumway sah auf die Uhr und schnappte nach Luft.

»Eine Minute, Countdown läuft –«

Er zählte. Der alte Mann zählte. Sie hoben ihre Champagnergläser.

»Neun, acht, sieben –«

Tief unten in der Menge wurde es unvorstellbar still. Der Himmel wisperte vor Erwartung. Die Fernsehkameras schwenkten nach oben und begannen zu suchen.

»Sechs, fünf –«

Sie stießen an.

»Vier, drei, zwei –«

Sie tranken.

»Eins!«

Sie tranken Champagner und lachten. Sie sahen in den Himmel. Die goldene Luft über der Küste von La Jolla wartete. Der Augenblick für das große Erscheinen war da.

»Jetzt!« rief der junge Reporter, wie ein Zauberkünstler, der einen Trick vorführte.

»Jetzt«, sagte Stiles ernst und leise.

Nichts.

Fünf Sekunden vergingen.

Der Horizont blieb leer.

Zehn Sekunden vergingen.

Die Himmel warteten.

Zwanzig Sekunden vergingen.

Nichts.

Endlich drehte Shumway sich um und sah verwundert den alten Mann neben sich an.

Stiles sah ihn ebenfalls an und sagte achselzuckend:

»Ich habe geschwindelt.«

»Sie haben *was*?« rief Shumway.

Unten kam Unruhe in die Menge.

»Geschwindelt«, sagte der alte Mann gelassen.

»Nein!«

»Doch«, erwiderte der Zeitreisende. »Ich bin niemals irgendwohin gereist. Ich war hier und habe nur den Anschein erweckt. Es gibt gar keine Zeitmaschine – nur ein Ding, das so *aussieht*.«

»Aber wieso?« rief der junge Mann bestürzt und mußte sich am Dachgeländer festhalten. »Warum?«

»Ich sehe, daß Sie ein Mikrofon am Revers tragen. Schalten Sie es ein. Ja. So. Ich möchte, daß alle es erfahren. Jetzt.«

344

Der alte Mann leerte sein Glas und sagte dann:

»Ich bin geboren und aufgewachsen in einer Zeit – es waren die Sechziger, Siebziger, Achtziger –, in der die Menschen nicht mehr an sich glaubten. Ich habe diesen Unglauben gesehen, diese Vernunft, die für ihr eigenes Überleben keine Gründe mehr wußte, und ich war bewegt, bedrückt. Dann machte es mich wütend.

Ich sah und hörte überall nur Zweifel. Hörte überall von Zerstörung. Überall herrschten professionelle Verzweiflung, intellektuelle Langeweile, politischer Zynismus. Und wo nicht Langeweile und Zynismus herrschten, da grassierten Skeptizismus und keimender Nihilismus.«

Der alte Mann unterbrach sich, denn ihm war etwas eingefallen. Er bückte sich und holte unter dem Tisch eine Flasche Burgunder hervor, die ein Etikett mit der Jahreszahl 1984 trug. Er begann sie zu öffnen, hantierte vorsichtig mit dem alten Korken, während er weiterredete.

»Alles, was Ihnen einfällt, wir hatten es. Die Wirtschaft war eine Schnecke, die Welt eine Jauchegrube. Wirtschaftspolitik blieb ein unlösbares Rätsel. Melancholie war das Gefühl der Zeit, Unabänderlichkeit die Mode, Weltuntergang die Parole.

Nichts lohnte sich noch zu tun. Abends ins Bett, vollgepumpt mit schlechten Elf-Uhr-Nachrichten, morgens wieder aufwachen zu noch schlechteren Sieben-Uhr-Nachrichten. Sich durch den Tag schleppen wie unter Wasser. Nachts ertrinken in einer Flut von Pest und Plagen. Ah!«

Denn soeben war der Korken mit einem leisen Plopp herausgeglitten. Der harmlos gewordene 1984er durfte heraus. Der Zeitreisende schnupperte daran und nickte.

»Nicht nur die vier apokalyptischen Reiter kamen über den Horizont, um sich auf unsere Städte zu werfen, nein, mit ihnen ritt ein fünfter, übler noch als alle andern: Verzweiflung im dunklen Gewand der Niederlage, unablässig kün-

dend von vergangenen Katastrophen, gegenwärtigen Miß-
erfolgen, künftigen Feigheiten.

Die Menschheit, zugeschnürt mit dunkler Spreu und
ohne ein einziges goldenes Korn – welche Ernte erwartete
sie zum Ausgang dieses unerhörten zwanzigsten Jahrhunderts?

Vergessen war der Mond, vergessen die roten Landschaften des Mars, das große Auge des Jupiter, die phantastischen Ringe des Saturn. Wir ließen uns nicht mehr trösten.
Wir weinten am Grab unseres Kindes, und das Kind waren
wir.«

»So war es vor hundert Jahren?« fragte Shumway leise.

»Ja.« Der Zeitreisende hob die Weinflasche hoch, als ent-
hielte sie den Beweis. Er goß ein paar Tropfen in ein Glas,
betrachtete es, schnupperte daran und fuhr fort: »Sie haben
die Wochenschauen gesehen und die Bücher aus dieser Zeit
gelesen. Sie wissen es doch.

Gewiß, es gab auch ein paar lichte Momente. Als Salk
den Kindern der Welt das Leben schenkte. Oder jene
Nacht, als der *Eagle* landete und dieser große Sprung für
die Menschheit den Mond berührte. Doch in den Köpfen
und aus den Mündern vieler Menschen jubelte es dumpf
dem fünften Reiter entgegen. Und manche schienen große
Hoffnungen auf seinen Sieg zu setzen. Dann hätten sie voll
trister Befriedigung erklären können, daß sie mit ihren Un-
heilsverkündigungen von Anfang an recht gehabt hatten. So
wurden Prophezeiungen in die Welt gesetzt, die sich selbst
erfüllten; wir schaufelten unsere Gräber und waren dabei,
uns hineinzulegen.«

»Und das konnten Sie nicht zulassen«, sagte der junge
Reporter.

»Sie wissen es ja.«

»Deshalb haben Sie den Toynbee-Konvektor gebaut –«

»Nicht gleich. Erst nach jahrelangem Grübeln.«

Der alte Mann verstummte und schwenkte den dunklen Wein im Glas, betrachtete ihn lange, schloß die Augen und trank einen Schluck.

»In dieser Zeit war ich verzweifelt wie ein Ertrinkender, ich weinte still bis in die späte Nacht und dachte: Was kann ich tun, wie kann ich uns vor uns selbst nur retten? Meine Freunde retten, meine Stadt, mein Land, die ganze *Welt* retten vor diesem besessenen Untergangsglauben? Ja, und dann stieß ich eines späten Abends in meiner Bibliothek, als meine Hand die Regale absuchte, auf dieses alte, heißgeliebte Buch von H. G. Wells. Geisterhaft rief seine Zeitmaschine durch die Jahre nach mir. Ich *hörte*! Ich verstand. Ich *lauschte*. Dann begann ich Pläne zu zeichnen. Ich baute. Ich reiste, scheinbar zumindest. Der Rest ist Geschichte, die Sie kennen.«

Der alte Zeitreisende trank seinen Wein und öffnete die Augen.

»Großer Gott«, flüsterte der junge Reporter kopfschüttelnd. »Lieber Gott! Und welches Wunder, dieses Wunder –«

Unten in den Gärten, auf den umliegenden Wiesen und Straßen, in der Luft begann es zu gären. Noch immer warteten die Millionen. Wo blieb das große Erscheinen?

»Ach ja«, sagte der alte Mann, indem er jetzt ein zweites Glas für den jungen Reporter füllte. »Aber bin ich nicht gut? Ich habe die Maschinen konstruiert, Stadtmodelle gebaut, Seen, Teiche, Meere angelegt, weite Landschaften vor kristallklarem Himmel entstehen lassen. Ich habe mit Delphinen geredet, mit Walen gespielt, Tonbänder gefälscht und Filmepen ersonnen. Oh, es hat Jahre gedauert, Jahre schweißtreibender Arbeit und heimlicher Vorbereitung, bis ich meine Reise ankündigen, abreisen und mit der frohen Botschaft wiederkommen konnte!«

Sie tranken den alten Wein bis zur Neige. Stimmen summten. Die Menschen dort unten sahen alle zum Dach herauf.

Der Zeitreisende winkte ihnen zu und drehte sich um.

»Schnell. Ab jetzt liegt alles bei Ihnen. Sie haben das Band mit meiner Stimme, eben erst aufgenommen. Hier sind drei weitere Bänder mit ausführlicheren Angaben. Hier ist die komplette Geschichte meines genialen Schwindels auf einer Filmkassette. Hier ein letztes Manuskript. Nehmen Sie, nehmen Sie alles, und geben Sie es weiter. Ich ernenne Sie zum Sohn, auf daß er den Vater erkläre. Schnell!«

Shumway sah sich von neuem in den Aufzug gedrängt und fühlte die Welt unter seinen Füßen wegsinken. Er wußte nicht, ob er lachen oder weinen sollte, und endlich johlte er laut.

Verdutzt johlte der Alte mit, und sie stiegen unten aus und näherten sich dem Toynbee-Konvektor.

»Du verstehst doch die Pointe, mein Sohn? Leben hat schon *immer* geheißen, uns selbst etwas vorzulügen! Als kleine Jungen, junge Männer, alte Männer. Als kleine Mädchen, junge Frauen, alte Frauen. Lügen und die fromme Lüge zur Wahrheit machen. Träume spinnen und die Träume mit Verstand, mit Ideen ausfüllen, mit Fleisch auskleiden, mit echter Wirklichkeit. Alles ist letzten Endes nur Verheißung. Was Lüge scheint, ist ein gebrechliches Verlangen, das sich wünscht, geboren zu werden. Hier. Und so und jetzt.«

Er drückte auf den Knopf, der den Plastikschild hochhob, dann auf einen zweiten, und die Zeitmaschine begann zu summen. Schnell ging er hin und setzte sich in den Konvektor.

»Dreh den letzten Schalter, junger Mann!«

»Aber –«

»Du meinst –« und nun lachte der alte Mann – »wenn die Zeitmaschine ein Schwindel ist, wird sie ja nicht funktionieren, wozu also den Schalter drehen? Dreh ihn trotzdem. Diesmal *wird* sie funktionieren!«

Shumway wandte sich um, fand den Schalter, faßte ihn und sah zu Craig Bennett Stiles auf.

»Ich verstehe das nicht. Wo wollen Sie denn *hin*?«

»Ist doch klar. Eins sein mit der Zeit. Jetzt existieren, jedoch in der tiefen Vergangenheit.«

»Wie soll das *gehen*?«

»Glaub mir, diesmal wird es gehen. Leb wohl, mein lieber, schöner, guter junger Freund.«

»Leb wohl.«

»So. Und nun sag meinen Namen.«

»Was?«

»Sprich meinen Namen und dreh den Schalter.«

»Zeitreisender?«

»Ja. *Jetzt*!«

Der junge Mann drehte den Schalter herum. Die Maschine brummte, brüllte, glühte vor Kraft.

»Ah«, sagte der alte Mann und schloß die Augen. Sein Mund lächelte sanft. »Ja!«

Sein Kopf sank nach vorn, fiel auf seine Brust.

Shumway schrie auf, riß den Schalter zurück, sprang hin und zerrte an den Gurten, die den alten Mann an sein Gefährt fesselten.

Doch mitten in diesem Tun hielt er inne. Er faßte nach dem Handgelenk des Zeitreisenden, legte die Finger an seinen Hals, um dort den Puls zu fühlen, und seufzte. Er weinte.

Ja, der alte Mann war zurückgereist in der Zeit, und ihr Name war Tod. Er reiste jetzt in die Vergangenheit, für immer.

Shumway ging zurück und schaltete die Maschine wieder ein. Wenn der alte Mann reiste, so sollte die Maschine – jedenfalls symbolisch – mit ihm reisen. Die Maschine summte mitfühlend. Ein Feuer brannte in ihren Spinnengittern und Armaturen, das strahlende Feuer der Sonne, das auf den Wangen und der breiten Stirn des alten Reisenden glühte, und sein Kopf schien zu nicken mit den Vibrationen, während er ins Dunkel reiste, und sein Lächeln war das Lächeln eines sehr zufriedenen Kindes.

Der Reporter stand noch lange da und fuhr sich mit den Handrücken über die Wangen. Dann drehte er sich um, ohne die Maschine abzuschalten, ging durch den Raum zurück und drückte auf den Knopf für den gläsernen Aufzug, und während er darauf wartete, nahm er die Tonbänder und Kassetten des Zeitreisenden aus seinen Jackentaschen und warf sie nacheinander in die Müllverbrennungsklappe in der Wand.

Die Tür glitt auf, er trat in den Aufzug, die Tür glitt zu. Der Aufzug summte, auch er eine Zeitmaschine, die ihn hinauftrug in eine erstaunte Welt, eine wartende Welt, ihn emporhob auf einen strahlenden Kontinent, ein Land der Zukunft, einen herrlichen Planeten, der weiterlebte.

Und den ein Mann allein geschaffen hatte, allein mit einer Lüge.

Freunde

Wir blicken meist zurück, wenn wir alt werden. Das ist eine dieser unbequemen Wahrheiten, an die wir erst später glauben, wenn uns der Beweis ins Gesicht starrt. Ich blicke nicht gern zurück – ich gehe lieber vorwärts, auf ständig zurückweichende Landschaften zu –, aber ich mache die Gesetze des Lebens nicht: eine weitere unbequeme Wahrheit, die uns das Alter zu unserem Mißfallen beschert.

Das Schicksal hatte mich, da sonst kaum etwas anderes zu tun übrig war, einem Dasein mit sich wiederholenden Rückblicken ausgeliefert, denen ich mich auf der Terrasse meines Zufluchtsortes auf den Florida Keys hingab. Meine einzige Gesellschaft war ein Papagei, der mich nicht mochte. Er hätte mich mögen sollen als Dank für reichliche Tagesrationen Vogeldelikatessen, die aus Miami geliefert wurden, und für sündhaft teures Quellwasser, das mehrere hundert Meilen von hier entsprang, aber er nannte mich ›Betrüger‹. Er sprach das Wort genüßlich aus, mit zur Seite geneigtem Kopf, flüsternd, und die Beleidigung von der Zungenspitze schiebend, als ob er mir eine delikate Geheiminformation anvertraute. Er wußte, daß ich ein Betrüger war, denn wenn ich mich schlecht fühlte und über die kahlen Felder ging, die sich bis zu meiner Bucht erstreckten, konnte er mich rufen hören: ›Hans Thompson, du bist ein Betrüger!‹

Tatsächlich bin ich mehr als das. Ich bin auch der Peiniger

meiner lieben verstorbenen Frau, die ich während vieler langer Jahre demütigte, indem ich niemals nachgab, ihr Gespräch unterbrach, ihr immer sagte, was sie tun und was sie nicht tun sollte. Außerdem habe ich Steuern hinterzogen und mich um niemanden gekümmert als um mich selbst.

Ein Bösewicht, stimmt's?

Gewiß. Ich versuche jedoch immer, Entschuldigungen vorzubringen. Das zahlt sich manchmal aus. Ich habe meiner Frau das Leben eigentlich nicht absichtlich schwergemacht. Sie selbst hat den Ärger auch herausgefordert – das schonungslose zweischneidige Messer der täglichen Disharmonie wurde von uns beiden fachmännisch gehandhabt. Die Steuerbehörde übers Ohr zu hauen? Hör zu, alter Kumpel, du erwartest doch nicht im Ernst von mir, daß ich unsere Schulden produzierende Bürokratie unterstütze, oder? Und wenn ich mich nicht selbst verwöhne, wer dann? Ich bin ein einsamer, verlorener alter Kauz, der traurig in seinem Elf-Zimmer-›Häuschen‹ (so nennen wir unsere Behausungen hier, um Touristen mit unserer Bescheidenheit zu beeindrucken) umherwandert, ein Opfer seines eigenen Reichtums. Wer hat schon eine Wahl? Sind wir Menschen nicht alle auf Schlechtigkeit programmiert?

Doch ich bekenne mich schuldig, mich dafür entschieden zu haben, ein Betrüger zu sein. Mein Gewissen wird sich hier nicht rühren. Es stimmt, ich nehme die Schuld auf mich.

Ich war im Immobiliengeschäft in Boston tätig, mit dem jungen Frank als Partner, dem damals ein Viertel unseres erfolgreichen Unternehmens gehörte. Ich war gut in meiner Arbeit, und unser Geschäft florierte, aber je älter ich wurde, um so weniger tat ich. Ich beschränkte mich meistens auf beifälliges Kopfnicken. Nachdem ich ein paar Tausend davon verteilt hatte, hatte sich Frank ganz gut entwickelt. Meine Geduld wurde belohnt. Ich wollte aussteigen.

»Hör zu, Frankie«, sagte ich, »entweder kaufst du meinen

Dreiviertel-Anteil an unserem Geschäft, oder ich verhökere ihn an unsere ehrlose Konkurrenz.« Ich brachte seine Proteste mit meinem Blick zum Schweigen. »Vergiß nicht«, gab ich ihm zu bedenken, »daß ich mit fünfundsiebzig Prozent der König im Schloß bin. Ich kann an jeden verkaufen, der einen vernünftigen Preis bietet.«

Frankie setzte seine Armesündermiene auf.

»Ich glaube nicht«, sagte ich, »daß du Lust hättest, für die Konkurrenz zu arbeiten, stimmt's?«

Frank mußte mir recht geben. Es gab in der Welt der Immobilien keine Möglichkeit für Frankie, mit dieser Bande von Halsabschneidern zusammenzuarbeiten.

Er habe nichts dagegen, meinen Preis zu bezahlen, wenn ich gewillt sei, den Kauf zu finanzieren. Entrüstet wehrte ich ab. »Davon will ich nichts hören, Frankie. Dein Seniorpartner will Bargeld sehen.« Mein Preis war gepfeffert, man muß ja schließlich für die Zukunft sorgen. Das Geschäft blühte damals, die Käufer standen Schlange, man konnte ihnen teures Eigentum gar nicht schnell genug in den Rachen stopfen, aber das Immobiliengeschäft ist ein Geschäft, und wie jedes Geschäft verläuft es in Wellen. Was in die Höhe schießt, stürzt wieder herab. Auf fette Jahre folgen magere Jahre. Der Kapitalismus brüllt vor Begeisterung, der Kapitalismus vergießt Tränen. So war es immer, und ich wußte es nur zu gut, denn ich hatte Wohlstand im Elend versinken sehen und umgekehrt, und wieder umgekehrt.

Frank war nicht so vorausschauend wie ich. Er glaubte mein optimistisches Verkäufergerede und war noch viel zu unerfahren, um mein eigennütziges Bluffen zu durchschauen. Er gab mir alles Geld, das er besaß, und lieh sich den Rest von der gierigsten aller Banken. Ich schnappte mir die Beute, eilte gen Süden und hatte mich kaum im Luxusleben der Floridariffe eingerichtet, als sich der Markt drehte und Franks Kartenhaus zu wackeln begann.

Ein schlechtes Geschäft, in der Tat, aber der gute junge Frank weigerte sich, mir die Schuld zu geben. Er arbeitete noch härter, und es gelang ihm, mehr oder weniger rechtschaffen zu bleiben. Er versagte sich und seiner Familie alles, um die Ratenzahlungen für sein Bankdarlehen leisten zu können. Ich hätte ihn nicht in diese mißliche Lage bringen sollen.

Bin ich bestraft worden? Nun ja, ich glaube schon. Ich bin heutzutage kurzatmig, und mein Herzschlag verfällt manchmal in unkontrollierte Solos, und mein Magen hat die Neigung, sich zu verkrampfen. Schlechtes Gewissen, was sonst? Meine Frau tat ihren letzten Seufzer und verabschiedete sich in den Hausfrauenhimmel, und die Einsamkeit, die an ihre Stelle trat, schmerzt ebensosehr wie mein Körper. Ich tue die Dinge, die man auf den Keys eben tut: Bei schönem Wetter unternehme ich in der Bucht Ausflüge mit meinem 400-PS-Suzuki-Gleitboot, hin und wieder genehmige ich mir mit Call-Girls aus Miami traurige Sexorgien, und einmal in der Woche fahre ich sogar nach Key West, um meinen Sonnenuntergang mit den verrückten Typen zu teilen. Aber während die anderen einen eleganten älteren Bürger im Tom-Wolfe-Anzug sehen, der sich in einem langen Urlaub die Zeit vertreibt, bezeichne ich mich als verzweifeltes Arschloch.

Kann man den Schmerz von Schuldgefühlen besänftigen? Die Asche meiner Frau wurde in der Bucht verstreut, und ich lasse regelmäßig Rosen an der Stelle schwimmen. Manchmal ist es sehr beschwerlich, frische Rosen zu besorgen, weil der Touristenverkehr in der Saison überhand nimmt und meine verminderte Sehfähigkeit mich die Geschwindigkeit drosseln läßt, was die Fahrer hinter mir wütend macht. Trotzdem, ich fahre weiter. Mein Jaguar schüttelt sich, während der Hurrikan über die meilenlangen Brücken tobt und heftige tropische Regenfälle meine Windschutzscheibe überschwemmen. Die Situation ist nicht ungefährlich und kostet mich äußerste Anstrengung. Einmal wurde der Jaguar über zwei Fahrspuren geschoben, das Stahlgeländer schlug Funken, ich verlor das Bewußtsein, und ein Lastwagen fuhr in mein Auto hinein – das beinahe in den Golf von Mexiko katapultiert worden wäre –, aber irgendwie gefiel mir das.

Was tue ich sonst noch, um das Gewicht meiner Sünden zu verringern? Ich stifte Geld für einen Obdachlosenfonds und gehe schonend mit anderen um, selbst wenn es eine unerfahrene Kellnerin ist, die mir blutrote Chowder (ein Mischgericht aus Meeresfrüchten) über meinen englischen Nadelstreifenanzug und meine thailändische Seidenkrawatte kippt. »Macht nichts, meine Liebe.« Ich lächle, gebe doppeltes Trinkgeld, rufe meinen Bewährungsengel an, weise auf die gute Tat hin und hoffe, daß der Gepriesene es zur Kenntnis nimmt.

Ich denke auch an den jungen Frank. Ich weiß genau, wie sehr ich ihn reingelegt habe und würde das gern wiedergutmachen, aber ich kenne ihn. Er würde den Scheck zerreißen.

Manchmal wird es mir zuviel in diesem unmöglichen Paradies mit seinem klaren Wasser und dem blauen Himmel, mit seiner importierten Fauna, um den Mangrovendschungel und die spärlichen Pinienhaine zu beleben, und seinem immerwährenden Schauspiel vielfältiger und prächtiger Vogelarten: Fischadler, die auf Reklameflächen nisten, weiße Reiher, die graziös durch das Unkraut schreiten, Pelikane, die geduldig im Sturzflug in die Bucht eintauchen. Dann nehme ich, überwältigt, das Flugzeug nach Boston.

Wieder zu Hause, steige ich im besten Hotel ab. Wer sich die Mühe macht, mich zu bemerken (das tut niemand, aber ich darf es mir in der Phantasie vorstellen), sieht mich im Wintergefieder über braungebrannter Haut: dreiteiliger Tweedanzug, pelzgefütterter Regenmantel im Bogart-Stil – wohlhabend und mit leeren Händen.

Das erste Mittagessen nehme ich traditionsgemäß mit Frank ein, der sich höflich erkundigt, wie die Dinge stehen. »Gut«, versichere ich ihm. »Alles läuft wie geschmiert. Und wie steht's mit dir, mein Junge?«

Frank will mich nicht mit seinen Sorgen belasten. Hält er nicht den guten Namen der Firma hoch? Er will mich glauben machen, daß es nicht besser sein könnte. Der größte Teil des Personals ist gegangen, der frühere Glanz unserer halbseitigen Anzeigen ist auf einen Quadratzentimeter an einer billigen Stelle geschrumpft, und das Büro in Beacon Hill ist in eine Cambridger Gasse umgezogen, aber wir wollen keine dieser Lappalien erwähnen.

Frank setzt ein breites Lächeln auf.

»Irgend etwas nicht in Ordnung, mein Jungen?«

So erzählt mir Frankie schließlich alles – stückchenweise und mit einem leichten Stottern, das Bestandteil seines angeschlagenen Images heutzutage geworden ist. Das dunkle holländische Bier, das ich gern zum Mittagessen trinke und das ich dem gehorsamen Frank aufdränge, hilft, ihn mitteilsam werden zu lassen. Das Geschäft ist katastrophal, aber (sein Lächeln ruft längst vergangene Zeiten zurück) es gibt noch eine gute Chance, wieder hochzukommen, und diese Chance liegt in einem viergeschossigen Lagerhaus am Hafen, nahe bei Fosters Werft, das er spontan und billig auf einer Auktion kaufte.

»Ein großes Gebäude, mein Junge? Das sich aufpolieren läßt? Künftige Wohnungen für das reiche Künstlervolk?«

»Jessir. Bös heruntergekommen, natürlich, aber da läßt sich was draus machen.« Frank taut auf. »Phantastische Lage – die benachbarten Häuser sind in elegante Eigentumswohnungen umgewandelt worden. Es ist ein solides Projekt, in dem sich leicht fünf Apartments unterbringen lassen. Der Blick reicht über den ganzen Hafen. Ein Finanzierungsproblem sollte es auch nicht geben. Die Bank hat es sich angesehen, und der Kreditsachbearbeiter ist in das Projekt verliebt.«

Großartig. Genau das, was Frank brauchte. Warum hielt sein Lächeln also nicht an?

»Ich kann nicht in das Haus rein«, sagte Frank.

Besetzer? Hausbesetzer sind ein rauhes Volk heutzutage. Große Drogenhändler unterstützen sie, sie lieben Slums für ihre Geschäfte, aber die Polizei, wenn man vernünftig mit ihr spricht, ist daran interessiert, verseuchten Besitz zu säubern. Und es gibt noch andere Möglichkeiten. Ob ich vielleicht helfen könnte?

»Selbst Hausbesetzer können nicht rein, Mr. Thompson.«

»Wilde Ratten? Große Käfer?«

Frank rülpste leise hinter einer höflich gehobenen Hand. »Ein Geist.«

Ich tat das nicht als Scherz ab. Ich besitze einige Erfahrung mit Geistern. Ich werde diese Gabe in der Öffentlichkeit nicht zugeben, aber ich bin selbst so etwas wie ein Medium. Ich habe manchmal Begegnungen mit Toten. Es macht ihnen nichts aus, sie treten immer hübsch zur Seite.

Der erste war Onkel Jerry, dem ich höchst unerwartet im oberen Flur unseres alten Hauses in der Charles Street begegnete. Ich muß ungefähr fünf Jahre alt gewesen sein, als sich der Zwischenfall ereignete, und spürte ein dringendes Bedürfnis, Pipi zu machen. Da spazierte Onkel daher, unter seinem breitkrempigen Filzhut, hinter seinem Stock mit Silberknauf. Onkel benahm sich immer wie ein guter Kerl, deshalb brauchte ich mich nicht zu fürchten – obgleich ich keine Ahnung hatte, was er zu dieser frühen Stunde in unserem Flur machte und warum ich plötzlich durch seine gepflegte alte Gestalt hindurchsehen konnte. Es war die Nacht, in der Onkel starb. Er war für seine Höflichkeit bekannt, und ich glaube, er wollte auf Wiedersehen sagen.

Später sah ich andere Geister. Ein Herr, der von einem Lastwagen überfahren worden war, ging ruhig und in gutem Zustand gen Himmel, seinen zerschmetterten Körper auf dem Asphalt zurücklassend. Und dann – ein Erlebnis aus jüngerer Zeit – war da noch Sam, unsere Katze, die von einem grimmigen Dobermann aus unserer Straße zerfleischt wurde und im gleichen Moment durch das üppige Blätterwerk unseres Flamboyant-Baumes davonschwebte.

Viel weiter oben auf den Florida Keys, in der Nähe des Festlands, ging mir neben einem weitläufigen Friedhof einmal das Benzin aus, und ich mußte den dünnen Schreien der Bewohner lauschen und konnte undeutlich ihre Bewegungen sehen.

»Ein Geist behindert dein Geldprojekt?« fragte ich Frank.

Frank nickte. »Ich wollte es auch nicht glauben, Mr. Thompson, aber ich habe versucht, eine Nacht in dem Haus zu verbringen. Der letzte Bewohner ließ ein paar Möbel zurück, ich legte mich für eine Minute auf seine Couch und muß eingenickt sein.« Frank tupfte Schweißtropfen von seiner Stirn. »Es war schlimm, Mr. Thompson. Ich konnte es nicht aushalten – ich stürzte nach einer Weile hinaus, fiel hin, verstauchte mir den Knöchel. Verletzte mich auch am Schienbein. Ich habe nicht gewagt, zurückzugehen.«

Geschäftsleute versuchen pragmatisch zu sein. Frank ein guter Katholik.

»Besorg dir einen Priester«, sagte ich. »Deine Religion akzeptiert Geister. Der Priester taucht mit seinem Weihrauchbrenner auf, und alle gespenstischen Spielverderber flüchten sich irgendwoanders hin.«

Frank lächelte unsicher. »Ja, Mr. Thompson. Ich habe mir einen Exorzisten besorgt, aber es funktionierte überhaupt nicht. Der Priester konsultiert jetzt einen Therapeuten – einen Zen-Trappistenmönch.« Er versuchte, zynisch zu lachen.

Ich hätte mich auf eine Diskussion einlassen können, doch plötzlich wußte ich, was ich tun würde. Ich präsentierte meinen Vorschlag.

»Sie?« fragte Frank. »Aber Sir, Sie sind herzkrank – Sie sollten sich schonen.«

»Ich möchte mir das Projekt gern ansehen, Frank«, sagte ich.

Wir machten eine Zeit aus und trafen uns an jenem Abend vor Franks Lagerhaus. Als ich die markanten Umrisse des Gebäudes, seine soliden Grundmauern und sein Fachwerk sah, mußte ich mir einfach frohlockend die Hände reiben. Wenn es Frank gelang, dieses Projekt in Gang zu bringen, würde er seine Verluste wieder wettmachen können und sogar noch massenhaft Geld übrig haben. Ich sah alles vor mir: Entkernung des Gebäudeinneren, dann verputzte und weiß getünchte Zwischenwände, Wohn- und Arbeitsräume mit Mahagonitäfelung, Marmorfußböden im Empfangsbereich, Panoramafenster, um die Aussicht auf den Hafen zu maximieren, Jacuzzi-Bäder mit Unterwasserdüsen, einen Wahnsinns-Lift im Industrieformat (ich stellte ihn mir als kleines viktorianisches Vorzimmer mit Empire-Lehnstühlen auf einem Perserteppich vor), Wäscherutschen zum Erdgeschoß und einen zentralen Staubsauger mit Anschlüssen überall. O je, o je, die Preise könnten in schwindelnde Höhen getrieben werden, und man könnte leicht eine halbe Million damit verdienen.

Ich gratulierte Frank zu seinem glücklichen Fund.

»Danke«, meinte Frank. »Aber was habe ich davon, wenn sich niemand im Haus aufhalten kann? Ich werde auch nicht zulassen, daß Sie dort hineingehen, Sir. Ich beabsichtige, den Besitz auf einer Auktion zu versteigern, und habe die Hoffnung, mein Geld zurückzubekommen.«

Um Franks Stimmung zu verbessern, nahm ich ihn in

eines der gemütlichen neuen Lokale in der Nähe der Battery Street mit und lockerte, mit Whisky vorneweg und Cognac zum Nachtisch, seinen Widerstand. Im Laufe des Abends gab er mir den Schlüssel zum Haus.

Schuldgefühle erzeugen Mut, aber in meinem Fall nicht genug. Es tat mir leid, bevor ich die Tür hinter mir geschlossen hatte. Der Lichtschalter funktionierte nicht. Die Taschenlampe, die Frank mir gegeben hatte, beleuchtete eine Staubwolke, die mir in den knarrenden Aufzug vorausging. Eine vorübergehend sichtbare Ratte und ihre raschelnden Gefährten ließen mich vor Angst stöhnen, und die Taschenlampe fiel mir aus der Hand und zerbrach.

Die gußeiserne Ziehharmonikatür des Aufzugs quietschte sarkastisch, als ich das oberste Stockwerk erreichte. Zitternd umhertastend gelang es mir, den Etageneingang zu finden, und weitere rostige Angeln ächzten, während ich eine Tür aufstieß und das riesige Loch dahinter betrachtete. Als ich endlich genug Mut aufbrachte hineinzugehen, verfing ich mich in einem Vorhang, der sich um meinen Hals wickelte. Ich riß mich los, und der Vorhang schwang zurück, von einem Luftzug zum Fenster gesogen.

Straßenlaternen halfen mir, das gefaltete Gesicht des Vorhangs zu erkennen, und ich hörte seine Stimme, zusammengesetzt aus dem Knarren der Scharniere, einem Auto, das auf dem Kai vorbeifauchte, und dem Dröhnen eines Hubschraubers hoch über dem Hafen.

»Hihihi«, lachte ein alter Mann. »Zu Besuhuch hier?«

Ich konnte mein Herz wild gegen die Rippen schlagen hören.

Der Vorhang umarmte mich wieder, und ich kämpfte schwächlich mit ihm. Das wenige Licht, das sich von der Straße hereinstahl, erschien mir kalt und abweisend. Ich setzte mich auf die Fensterbank. Dem alten Mann war es irgendwie gelungen, eine Gestalt anzunehmen, die frei umherschweben konnte – ich sah in ihm ein heruntergekommenes Wrack, einen Streuner, der sich ins Haus verirrt hatte. Seine knochigen Kiefer, spärlich mit vertrockneter Haut bedeckt, gaben hohle Geräusche von sich. Ich bemerkte seine langen, schlanken Eckzähne, grüngerändert vom Alter, aber immer noch stark und scharf. Die Augen funkelten aus tiefen Höhlen unter Brauen, die aus rostigem Draht gebogen zu sein schienen.

Franks Phantom existierte also: ein flüchtiges, aber furchteinflößendes Abbild einer vergangenen menschlichen Gestalt. Der Geist war mit einer von Farbspritzern bedeckten Hose bekleidet, die an abgenutzten rosa Trägern hing. Er kam wieder näher, krümmte seine langen Knochenfinger und stieß die geschwärzten hundeartigen Nägel in die Luft, dann wich er zurück und untersuchte den Hintergrund des weitläufigen Raumes, durchstöberte einen Schrank, in dem Gläser klirrten. Da er offenbar nicht fand, was er suchte, schlurfte er auf seinen altmodischen karierten Pantoffeln davon.

Gut, dieser Dämon stand also zwischen Frank und seiner finanziellen Gesundung. Was konnte er mir antun? Ich versuchte mich an meinen guten alten Onkel Jerry zu erinnern – *er* hat mir nichts zuleide getan und auch nicht die Gespenster, die über dem Friedhof in der Nähe von Miami ihre Party feierten. Es gelang mir, meine zittrigen Nerven zu beruhigen, und ich verließ das Fensterbrett, um nach einer schmutzigen Couch zu suchen. Auf dem Weg fand ich eine leere Weinflasche und hob sie auf in der Absicht, sie als Waffe zu benutzen.

Es roch nach Moder. Etwas kroch aus einem Spalt in der Wand mir gegenüber und wurde zu einer überdimensionalen Motte, die Zementkrümel von sich abschüttelte. Sie flatterte dicht an mir vorbei, und ich schwang die Flasche. Ich verfehlte den Widersacher, brachte es jedoch fertig, mir mit der anderen Hand meine Brille von der Nase zu schlagen. Ich tastete auf dem Boden danach, entdeckte sie schließlich und setzte sie gerade wieder auf, als ich mich von den Knopfaugen einer Ratte beobachtet sah. Das fußgroße Biest schritt munter vorwärts, die Ohren gespitzt, den nackten Schwanz hoch aufgerichtet. Die Flügel der Motte berührten meinen Nacken. Der Geist schlurfte herbei, blieb stehen, drehte sich zu mir um und kratzte sich an seiner dünnen Nase, als ob er plötzlich erstaunt wäre.

»He.«

Ich räusperte mich. »Sir?«

»Sie dürfen diese Couch nicht benutzen«, kreischte er. »Verpiß dich. *Ich* schlafe hier.«

»Sie sind tot, Mr. Geist«, sagte ich – langsam, als ob ich mir die Worte von der Zunge schälen würde.

»Und wenn schon«, erwiderte er. »Sie sind trotzdem auf meiner Couch.« Mir fiel auf, daß einige seiner Wörter davonrollten, als ob sie aus einer kläglichen Pfennigspfeife geblasen würden.

Die Ratte und die Motte rannten und flogen in der Gegend umher, geradewegs durch meinen geisterhaften Gastgeber hindurch – die Ratte durchquerte seine dünnen Knöchel, die Motte bohrte sich in seinen Kopf.

Er deutete auf mich. »Ein Tropfen?«

»Was war das?« fragte ich.

»Ein Tropfen. Her mit der Flasche.«

Ich brachte meinen widerstrebenden Körper dazu, sich von der Couch zu erheben. Vielleicht würde der Geist auf gute Manieren reagieren. Ich verbeugte mich, nannte meinen Namen.

Seine Klaue schoß auf mich zu, packte die Flasche und schlug gegen ihren Boden, dann näherte er seine schnabelartige Nase ihrem Hals und inhalierte geräuschvoll.

Ich fragte ihn nach seinem Namen.

Er stellte die Flasche auf den Boden – vorsichtig, als ob er ihren wertvollen Inhalt schützen wollte. »Geht Sie'n Dreck an, Sie Pisser«, krächzte er. »Los, los, verschwinden Sie, ja? Oder –« Er tänzelte näher heran und klatschte in die Hände.

»Ich kann nicht weggehen«, sagte ich.

Seine Hände fielen herunter. »Warum nicht?«

»Wegen meinem früheren Partner«, sagte ich. »Dem Mann, den sie weggejagt haben. Er hat gutes Geld für dieses Haus bezahlt, und nun lassen Sie niemanden herein. Ich bin hier, um Ihnen klarzumachen, daß *Sie* es sind, der hier verschwinden muß.«

Die rostigen Augenbrauen bewegten sich nach oben. »Ihr Mann hat mein Haus gekauft? Wo ist denn das Geld?«

»Sie sind tot, Sir«, sagte ich. »Geld nützt Ihnen nichts mehr.«

Seine Klauen schlossen sich langsam um die abgenutzten rosa Hosenträger. »Mit Geld kann man sich Schnaps kaufen. Her damit, Pisser.« Die tiefliegenden Augen zwinkerten. Der Ausdruck gefiel ihm offensichtlich. Er sagte ihn wieder. »Pisser!« Er lachte.

»Vielleicht ist das Geld an Ihre Erben gegangen«, sagte ich.

Die plötzlich losgelassenen Hosenträger schnappten gegen seine Rippen. »Hab keine.«

»Was tun Sie dann noch hier?« fragte ich. »Warum gehen Sie nicht in den Himmel, wo Sie erwartet werden? Der Himmel soll ein ganz angenehmer Ort sein.«

»Hören Sie«, quiekte er, »die Bullen kann ich vielleicht nicht mehr rufen, aber es gibt eine Menge Teufel hier. Wollen Sie, daß ich ein paar auf Sie hetze?« Er blickte über seine Schulter. »Der Mann hier will euer Heim. Los, Jungens, schnappt ihn euch.« Sein durchsichtiger Finger bohrte sich durch meine Brust.

Die Ratte tauchte auf und saß halb im Fuß des alten Mannes, die Umrisse ihres Gesichts waren deutlicher sichtbar als die des Geistes. Die Ratte war wirklich.

»Und ich bin auch wirklich«, sagte der Geist. »Mehr sogar noch.«

Telepathie. Warum nicht? Geister, vom Körper befreit, dürften über schärfere Sinne verfügen als wir.

Der Finger des Geistes wackelte hin und her. »Sie haben keine Ahnung, wozu wir hier fähig sind.«

»Sie sind substanzlos«, sagte ich. »Sie können mir nichts tun.«

»Sie sind ein Pisser. Sobald Sie schlafen, gehört Ihre Seele mir, und wenn ich erst ein wenig daran geknabbert habe, wird sie kaum in der Lage sein, sich zu rächen.« Er kicherte. »Was halten Sie von *der* Substanz? Erinnern Sie sich daran, wie Ihr Freund aufgegeben hat? Werden Sie nun also verschwinden? Oder wollen Sie, daß ich Ihre substantielle Seele zerreiße, während Rattie hier an Ihren Zehen knabbert? Schmerz ist Schmerz, und Sie werden ihn spüren.« Er fuchtelte mit beiden Armen. »Dies ist Ihre letzte Chance. Bei drei fallen wir über Sie her. Und eins, und zwei...«

Die Motte ängstigte mich mehr als der Geist oder die Ratte. Der riesige Falter kam aus dem Bauchnabel des alten Mannes auf mich zugeflattert. Ich versuchte das bösartige Insekt zu fangen, aber es wich mir geschickt aus. Der alte Mann lachte bei meinem hektischen Schreckenstanz.

Ich wurde müde, aber ich konnte mir unter keinen Umständen erlauben einzunicken. Unglücklicherweise neige ich in letzter Zeit dazu, plötzlich einzuschlafen, und ich komme nicht ohne Nickerchen aus. In Taxis, Flugzeugen, Warteräumen schlafe ich hilflos ein.

Der Geist las meine Gedanken und grinste höhnisch. Er

deutete auf die Couch. »Na los, legen Sie sich hin, entspannen Sie sich – hä hä.«

Ich mußte mich hinlegen. Er ging auf Zehenspitzen um die Couch herum – ich konnte die Gelenke in seinen Fußknochen knacken hören. Ich versuchte, mich aufzusetzen, um seine Angriffe abzuwehren, aber ich fühlte mich zu schwach. Das alkoholische Abendessen war ein schlimmer Fehler. Schläfrig, betrunken und gegen einen Dämon kämpfen – all das würde mein Los nicht verbessern. Bald hatte der alte Mann seine Hauer in meine Kehle geschlagen. »Leckeres Zeug«, murmelte er.

»Vampir«, stöhnte ich.

»Nicht doch.« Er zog sich zurück und berührte mit dem Mund kurz seinen Handrücken. »Ich brauche nur die Dämpfe. Richtiges Blut wäre ordinär.« Er gestikulierte zur Tür. »Gut, ich lasse Sie gehen.« Seine Augen blinkten kurz. »Hauen Sie ab.«

Ich stolperte zur Tür. Frank würde mich entschuldigen müssen – jeder Mensch hat seine Grenze. Ich war gefährlich nahe an meine herangekommen.

Ein vorbeifahrendes Taxi hielt an und brachte mich zum Hotel. Das Telefon in meinem Zimmer klingelte. »Gott sei Dank«, sagte Frank. »Wie ist es gegangen?«

»Ja, ja«, sagte ich unbestimmt. »Frank – wie heißt der alte Kauz?«

»Max Polski.«

»Was weißt du sonst noch?«

»Er war ein verschrobener Geizhals«, erwiderte Frank. »Er vermietete das Haus an Ausbeutungsbetriebe, aber er erhöhte ständig die Miete, und schließlich gingen alle. Dann zog er selbst ein und verbrachte die meiste Zeit mit Trinken. Er nahm eine Woche lang die Post nicht aus dem Kasten, und als der Briefträger die Polizei benachrichtigte und diese die Tür aufbrach, hatte der alte Max schon eine ganze Weile tot auf seiner Couch gelegen. Die Stadt versteigerte das Gebäude, um aus dem Erlös unbezahlte Steuern zu begleichen. – Wir haben es hier mit dem Teufel zu tun, Sir.«

»Frank«, sagte ich, »leider bin ich nicht jemand, der aufgibt. Du rufst ein Reinigungsunternehmen an, sobald du ins Büro gehst. Ich möchte, daß sie sofort mit einer großen Mannschaft – in der Menge liegt die Sicherheit – in das Haus gehen und es gut ausmisten. Alle Möbel und Vorhänge – alles, was dort so herumfliegt, auf den Müll und weg damit. Sie sollen Spinnweben beseitigen, die Fußböden mit Ungeziefervernichtungsmitteln imprägnieren, Rattengift versprühen, Gas in die Ritzen blasen.«

»Haben Sie eine Ahnung, was das kostet, Sir?« fragte Frank traurig.

»Kein Problem – ich bezahle«, sagte ich munter.

Frank hielt stand. »Bitte, Mr. Thompson, Sie verschwenden Ihr Geld. Gegen diese Art des Bösen hilft nichts. Selbst der Priester…«

»Der Priester hat uns den Weg bereitet«, sagte ich. »Max muß jetzt schwächer sein, nachdem der gute Mann ihn mit Zaubersprüchen und Weihrauch bearbeitet hat. Ich habe ihn wahrscheinlich auch ein bißchen mürbe gemacht. Seine Moral dürfte jetzt einen Tiefpunkt erreicht haben. Besorg die Reinigungsmannschaft, Frank. Heute. Riskier's.«

Ich spürte Frank nachgeben. Das Haus bedeutete ihm ebensoviel wie mir. Er mußte inzwischen begriffen haben, daß ich etwas wiedergutmachen wollte. Mein Gehirn mag zwar abgenutzt sein, aber ich kann immer noch rechnen. Der Profit, den Frank mit Polskis Haus machen konnte, würde in etwa dem entsprechen, was ich ihm bei unserer Trennung zu Unrecht abgenommen hatte. Wenn ich Max herausbekommen konnte, würde sich die Bürde meiner Schuld verringern.

Am nächsten Abend fand ich mich wieder in dem Haus ein. Der Geruch der Reinigungsmittel warf mich beinahe um. Polskis wehende Erscheinung wartete im obersten Stockwerk auf mich. Sein Rattenfreund war da, schien jedoch ziemlich schlaff zu sein, und die Motte pflegte einen eingerissenen Flügel.

»Sie haben mir das alles angetan?« fragte Polski ruhig.

»Max«, sagte ich, »tun Sie mir einen Gefallen und denken Sie zur Abwechslung einmal an andere. Sie sind tot. Gehen Sie dahin, wo es den Toten gut geht und lassen Sie die Lebenden in Ruhe, damit wir hier unten ein wenig Frieden haben.«

Polski verhakte seine dünnen Arme und ließ das Kinn fallen. »Niemand stößt mich in die Hölle, Mister. Mir geht es gut hier, dies ist mein Revier.«

Ich seufzte. »In Ordnung. Was machen wir jetzt – wollen wir wieder miteinander kämpfen? Kommen Sie nur, Max.« Ich zeigte ihm eine zitternde Faust. »Auf ein neues.«

Er ging hinter seinen knochigen scharfen Fäusten auf mich los, aber alle Aufwärtshaken gingen geradewegs durch mich hindurch. »Warten Sie nur!« kreischte er. »In einer Minute sind Sie eingeschlafen, und dann werde ich Sie wieder gehörig in Stücke reißen. Mein Verstand gegen Ihren. Sie sind herzkrank, stimmt's? Das werden Sie morgen früh nicht mehr sein, Sie Pisser! Wissen Sie, warum?« Er lachte dünn. »Weil Ihr Herz dann nicht mehr schlagen wird.«

Ich grinste, während ich durch ihn hindurchging, aber ich wußte, daß er nicht prahlte. Ich mußte mich bestimmt bald hinlegen, und damit hätte Max freies Spiel.

Dieses Mal bearbeitete er mich mit Visionen. Sich zersetzende Leichen tropften von Decke und Wänden, der Fußboden verrottete, und ich fiel in wandernde Höhlen, wo ich beinahe in meinem eigenen Kot erstickte. All meine vergangenen Fehler wurden mir vorgespielt auf Bühnen, die in den lebenden Fels gehauen waren, mit hervorragenden Schauspielern, korrekt inszeniert, und führten mir die schäbige Kleinlichkeit meiner erbärmlichen Existenz vor Augen. Unfähig, mich loszureißen, beobachtete ich auch, was mein abscheuliches Verhalten im Leben anderer Leute bewirkte. Es schien, als ob nichts, was ich je getan habe, etwas anderes als Schwierigkeiten verursacht hätte.

Zum Glück gelang es mir, hin und wieder aufzuwachen, so daß ich mich ein bißchen erholen und in dem gründlich geschrubbten Gebäude umherwandern konnte. Doch dann überfiel mich wieder die Müdigkeit, und ich trottete dahin, wo Polski mich erwartete, um seine hummergroße Motte auf mich zu hetzen.

»Bitte«, sagte ich unterwürfig zu seinen Füßen, »geben Sie's auf, Max. Sie können nicht gewinnen. Ich werde diese Nacht durchstehen, und ich werde morgen früh noch da sein. Ich werde das Haus dem Erdboden gleichmachen – und Sie werden keine Bleibe mehr haben.«

Er beschimpfte mich mit poetischen, aber üblen Ausdrükken.

»Schreien Sie ruhig weiter«, sagte ich. »Sie verschwenden nur Ihre Zeit und Ihre Kraft – wenn Sie erst einmal erledigt sind, werden Sie hingehen, wohin Sie gehören.«

»Niemals.« Seine Stimme schwang sich noch höher.

Die Sonne malte endlich raffinierte abstrakte Kunst auf die Rückwand des Obergeschosses. Polski verblaßte, und ich ging zum Hotel zurück. Ich beauftragte Frank, ein paar Männer mit Vorschlaghämmern und Preßluftbohrern ins Lagerhaus zu schicken, damit sie ein wenig Radau machten, aber keinen wirklichen Schaden anrichteten. Es geht doch nichts über das Showgeschäft, um die Dummen zu beeindrucken.

In jener Nacht war Max bereit zu reden.

»Keine Kompromisse«, versicherte ich ihm. »Sie müssen einfach gehen.«

»Wohin?«

»An den Ort, zu dem Ihr Handeln hier Sie bestimmt hat.« (Du liebe Zeit, wenn man mich so hört – Mama hatte recht, ich hätte Priester werden können.)

Polski setzte wenig Vertrauen auf Belohnungen im Jenseits. Er beschrieb mir seine irdischen Taten. Ich mußte zugeben, daß sie sich zu einem vergeudeten Leben summierten, mit einem schlechten Start und einem schlechten Ende und viel Elend dazwischen.

»Allein, immer allein«, piepste Max. »Nie ein Freund.«

Ich seufzte. »Hier ist es dasselbe.«

»Und ich werde nicht gehen.« Polskis Eckzähne mahlten grauenvoll. »Nur zu, bauen Sie das Haus um – in dem Augenblick, in dem Sie die Wohnungen auf dem Markt anbieten, finden Sie mich hier wieder.«

Ich war dabei einzunicken und konnte ihn deutlich sehen: eine menschliche Vogelscheuche, verloren zwischen Himmel und Erde. Ich ging, aber er blieb in meinen Gedanken.

In der folgenden Nacht gab er auf. Wir saßen nebeneinander auf dem Fußboden. Max war sogar ein wenig gesellig, er wollte wissen, wo ich lebte, womit ich mich beschäftigte, ob es mir Spaß machte. Höflich beantwortete ich alle seine Fragen: »Auf einer weniger bekannten, mangrovenbewachsenen Koralleninsel mit Brückenverbindung vor der Küste Floridas.« – »Ich bin pensioniert, gondle nur so herum. Gewiß, ich trinke – jeden Abend unter dem Banjanbaum, wenn es nicht zu heiß ist und die Moskitos verschwinden.« – »Ja, Max, es ist sehr schön da unten.«

»Das ist in den Tropen?«

»Absolut«, sagte ich.

Max kauerte sich zusammen, die Arme eng um die Knie

geschlungen, und fröstelte. Dann lächelte er. »Thompson, Sir?«

»Mr. Polski?«

Er zuckte die Achseln. »In Ordnung. Sie haben gewonnen. Sagen Sie dem jungen Frank, das Haus gehört ihm, ich ziehe aus.« In seinen Augen waren Tränen, wahrscheinlich verursacht durch die Dämpfe der Reinigungsprodukte. Oder vielleicht waren es Tränen des Zorns über den Verlust seiner geräumigen Wohnung und der geschmackvoll angeordneten Möbel. Vielleicht erbosten ihn die vergasten Küchenschaben, die unter meinen Füßen knirschten. Oder sollten wir vielleicht annehmen, daß am Ende irgendein himmlisches Licht den Weg in seine Schatten gefunden hatte und Max plötzlich erkannte, daß andere auch Bedürfnisse haben?

»Ist das Ihr Ernst, Max?«

»Ja«, sagte Polski ruhig.

Wir verließen gemeinsam das Haus und winkten zum Abschied der hustenden Ratte und der verletzten Motte zu. Als wir auf die Straße traten, wurde Polskis Gesicht von den hellen Scheinwerfern eines vorbeifahrenden Autos ausgelöscht. Ich wartete einige Minuten darauf, daß er wieder erschiene, aber er zeigte sich nicht.

Bis zum nächsten Abend, als die Lichter im Flugzeug nach Miami für einen Moment ausgingen – und da saß er neben mir, die zerlumpte Erscheinung vom Mondlicht durchdrungen, auf dem Sitz, auf dem ich meinen neuen Hut abgelegt hatte. Ich schlug mit dem Hut nach der geisterhaften Erscheinung. Polski grinste und verschwand, aber in meinem Auto auf der Verbindungsstraße über die Keys war er wieder da und studierte aufmerksam den Golf von Mexiko auf der einen, den Atlantischen Ozean auf der anderen Seite.

Azurblaues gegenüber kobaltblauem Wasser, es mangelt uns nicht an eindrucksvollen Farben hier.

»Dies ist nicht der Himmel, Max«, sagte ich.

Seine Eckzähne zeigten sich in ihrem breitesten Lächeln. »Gut genug für mich, Mr. Thompson.«

»Bitte verschwinden Sie«, bat ich.

Max schüttelte seinen grauen Kopf. »Wenn ich das tue, gehe ich schnurstracks in das Bostoner Haus zurück.«

Unmöglich. Ich hatte dem jungen Frank versichert, daß ich alle Hindernisse aus dem Weg geräumt hätte. In mißmutigem Schweigen fuhr ich weiter. Max bewunderte eine Gruppe von Truthahngeiern, die auf einem Inselchen irgendein Aas umkreisten, das aus dem Mangrovengewirr zu unserer Rechten herausgetrieben zu sein schien. Die Vögel landeten einer nach dem anderen mit dunklen ausgebreiteten Schwingen, Klauen und Schnäbel bereit zum Beißen und Reißen. Max seufzte glücklich. »Ich hätte nichts gegen einen Tropfen einzuwenden. Haben Sie irgend etwas an Bord?«

Ich fand eine Miniatur-Bourbonflasche, ein Souvenir aus dem Flugzeug, nippte an ihrem Inhalt und ließ ihn dann schnuppern. »Aaaah«, sagte er.

Zu Hause angekommen, stellte ich eine Kochplatte auf die Terrasse, wo ich in einem kleinen Kessel mehr Whisky erhitzte. Bourbondämpfe erweisen sich als Maxens beliebteste Fahrkarte zu höherer Einsicht. Jeden Abend sehe ich ihn auf der Terrasse knien und tief inhalieren. Danach tanzt und singt er manchmal, oder er rezitiert Gedichte mit einem irischen Akzent.

Er ist nicht so lästig, wie ich befürchtet hatte. Wenn er sich langweilt, spaziert er gelegentlich durch meine Wohnung, aber im allgemeinen weiß er sich gut zu beschäftigen und bleibt mir aus dem Weg.

Einige illegale Siedler ertranken im vergangenen Jahr auf der anderen Seite unserer Bucht, als sie mit ihrem Boot verunglückten, und Max lädt ihre geisterhaften Überreste gern ein, seine Dämpfe mit ihm zu teilen. Bei Vollmond flattert er rhythmisch um die Bananenbäume herum, und ich kann undeutlich den Klang von Voodoo-Trommeln hören, vielleicht Erinnerungen an entflohene haitianische Sklaven, die hier vor einem Jahrhundert Schiffbruch erlitten. In letzter Zeit geht er mir immer mehr aus dem Weg, außer wenn ich mich verspäte, seinen Whisky zu erhitzen, dann verdichtet er seine Gestalt und lungert herum, exotische Flüche flüsternd, die er von seinen neuen Bekannten aufgeschnappt hat.

Der Papagei hat aufgehört, mich zu beleidigen, denn er ist ebenfalls hellseherisch veranlagt und sich der jüngsten Veränderungen wahrscheinlich bewußt. Er kann auch unseren nichtzahlenden Mieter wahrnehmen, schüttelt seine Flügel und kreischt enthusiastisch, wenn Maxens halbdurchsichtige Gestalt an seinem Käfig vorbeischwebt.

Frank rief neulich an, um mich über die Fortschritte zu informieren. Die Wohnanlage ist noch keineswegs fertiggestellt, aber er hat eine der fünf Wohnungen verkauft und eine Anzahlung kassiert, die selbst in diesem frühen Stadium all seine finanziellen Sorgen beseitigt.

Während ich diese Aufzeichnungen in die Maschine tippe, versucht ein überdimensionaler Nachtfalter meine Drahtgittertür zu überwinden, eine Ratte raschelt in einem nahegelegenen Raum an der Wand entlang, und mein lebendiges Gespenst schwebt über der Terrasse und summt ein Jagdlied der Seminolen-Indianer. Der Papagei krächzt schläfrig. Es ist spät. Bald werde ich von meinem Schreibtisch aufstehen, meinen schmerzenden Rücken strecken, genüßlich gähnen und all meinen Freunden eine aufrichtige gute Nacht wünschen.

Horror

Klassische und moderne Horrorgeschichten
von Charles Dickens bis Ernest Hemingway
Ausgewählt und mit einem Nachwort von
Mary Hottinger. detebe 22488

»Ein Schreckenskabinett, in dem Englands und Amerikas Schreib-Elite von Stevenson und Poe bis Hemingway und Evelyn Waugh effektvoll schwarze Erzählkünste praktiziert. Seeungeheuer und mannschaftslos treibende Schiffe, mysteriöse Zugunglücke, mordende Phantomgestalten und unsichtbar durch zerfallene Häuser spukende Gespenster versetzen zielstrebige Helden und Publikum in jenen Gänsehaut-Zustand, den der Buchtitel verspricht. Das Rezept für diese Art Literatur, von Dickens, Kipling und Saki treu verfolgt, verriet der englische Autor Burrage in seiner hitchcockesken Erzählung ›Die Wachsfigur‹: ›Es muß natürlich eine schauerliche Geschichte werden; schauerlich – mit einem winzigen rettenden Schuß von Humor.‹«
Der Spiegel, Hamburg

Lord Dunsany
im Diogenes Verlag

Smetters erzählt Mordgeschichten

Fünf Kriminalgrotesken. Aus dem Englischen
von Elisabeth Schnack
Mit Zeichnungen von Paul Flora
detebe 20597

»Lord Dunsanys ›Zwei Flaschen Würze‹ ist eine der
unvergeßlichsten Detektiv- und Horrorgeschichten
aller Zeiten. Dieses einmalige Meisterstück hat eine
interessante und bezeichnende Geschichte: Dunsany
hatte festgestellt, daß das Publikum lieber grausliche
Mordgeschichten als seine eigenen, feineren Erzählun-
gen las. Er nahm sich vor, etwas zu schreiben, das
›grauslich genug für die da‹ sei. Und mit dem Schalk im
Nacken und grimmiger Entschlossenheit braute er
›Zwei Flaschen Würze‹ zusammen. Auch ohne die anderen Geschichten in diesem Band hätte der Schöpfer
von Detektiv Linley einen Stammplatz an König
Edgars Tafelrunde verdient.« *Ellery Queen*

Jorkens borgt sich einen Whisky

Zehn Clubgeschichten
Deutsch von Elisabeth Schnack
Mit Zeichnungen von Paul Flora
detebe 20598

Mehr als alles andere von Lord Dunsany liebte Rud-
yard Kipling die Jorkens-Geschichten, deren Einfalls-
reichtum die Lust des Autors an exzentrischen, über-
sinnlichen und zufälligen Gegebenheiten beweist. Mit
den Münchhausiaden des Mr. Joseph Jorkens hat Lord
Dunsany seinem kosmopolitisch-ironischen Fabulier-
talent das Denkmal eines Lügenbarons unserer Zeit
gesetzt.

»Im deutschen Sprachbereich läßt sich Ähnliches
eigentlich nur bei E. T. A. Hoffmann finden.«
Die Weltwoche, Zürich

Fredric Brown
Flitterwochen in der Hölle
und andere Schauer- und
Science-Fiction-Geschichten

Aus dem Amerikanischen von B. A. Egger
Illustrationen von Peter Neugebauer unter
Verwendung von Zeichnungen von Ludwig Richter
und Julius Schnorr von Carolsfeld
detebe 20384

Fredric Brown, Schach-, Flöten-, Pokerspieler, versucht die Grenzen der Vernunft, überwindet Raum und Zeit, zähmt und entfesselt die Dämonen.
Vergessen Sie alles, was Sie von Yetis, Wudus, Vamps, Rotbart oder dem Planeten Placet wissen. Fredric Brown, Mathematiker, Musiker, Phantastiker, gibt letztmögliche Aufschlüsse: über den engelhaften Angelwurm und Flitterwochen in der Hölle, über den Solipsisten Jehova und die tödlichen Puppen Giesenstecks, den Anonymus Alcoholicus, der uns alle vor interstellarischer Sklaverei bewahrte, und den endzeitlichen Zweikampf mit dem roten Kugelwesen auf der Arena des blauen Planeten.

»Seit Ray Bradbury und Roald Dahl haben wir keinen Erzähler kennengelernt, der seine Leser auf so phantastische Zukunftsabenteuer geschickt hätte. Ein Meister des schwarzen Humors und logischer Hochakrobatik.« *Westermanns Monatshefte, Braunschweig*

»Mit diesem ergötzlichen, phantastischen und bizarren Buch erweitert Diogenes seinen Vorrat an brillanten Kabinettstücken um eine höchst attraktive Neuerwerbung.« *Westdeutscher Rundfunk, Köln*

Margaret Millar
Gesetze sind wie Spinnennetze

Roman. Aus dem Amerikanischen
von Jobst-Christian Rojahn
detebe 22449

»Ein Krimi ist immer so gut wie seine Überraschung am Ende. So lautet die klassische Faustregel. Nur ist sie schon lange überholt. Der moderne Kriminalroman richtet sein Augenmerk meist stärker auf die psychologische Durchleuchtung seiner Figuren oder auf eine Enthüllung des Verbrechens als Spiegel unserer gesellschaftlichen Realität.
Die Kriminalromane der Amerikanerin Margaret Millar können freilich alle diese Qualitäten für sich in Anspruch nehmen. In ihrem neuen Roman *Gesetze sind wie Spinnennetze* ist dies nicht anders. Ein Mordfall wird vor Gericht verhandelt. Es gibt Indizien, aber kaum ein Motiv, und die Ungewißheit des Urteils hält den Leser ebenso in Spannung wie die offene Frage, ob es denn überhaupt zu einer Lösung des Falles kommt. Der Fall selbst dient der routinierten Autorin dabei als eine Gelegenheit, die verborgenen Interessen der darin verwickelten Personen aufzudecken und die unterschwelligen Beziehungen zwischen ihnen zu verdeutlichen.« *Frankfurter Allgemeine Zeitung*

»Sie gehört seit langem zu jenen Autorinnen des Diogenes Verlags, nach deren Büchern man blind greifen kann. Sie sind immer handwerklich perfekt und stammen aus dem angelsächsischen Raum, wo man für derlei Themen offen Interesse zeigt in der Überzeugung, spannend unterhalten, also nicht enttäuscht zu werden.« *Die Presse, Wien*

Mary Hottingers Anthologien
im Diogenes Verlag